W0361992

HER SCAN 156

32	GHJ	0111010100111
798	ZQW	11100
567	LFDG	0101011100
0	KLiU	001101011
7098	BN	0011101110
654	CXV	1110000

EBIET

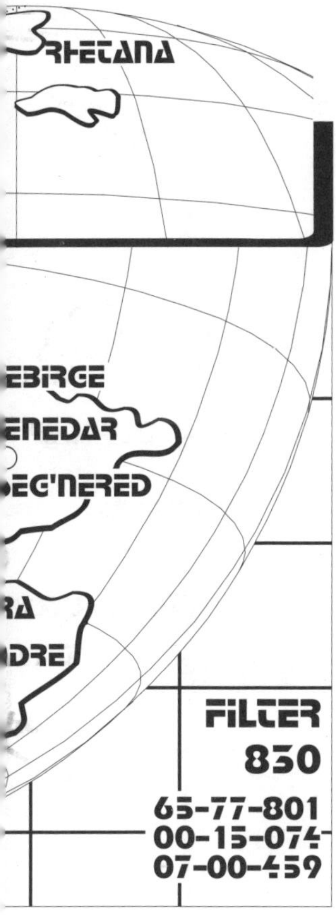

FILTER
830

65-77-801
00-15-074
07-00-459

AUTOKARTOGRAFIERUNG
STATUS - 100%
SÜD 02001.73 3219.01

137 1877 329 705

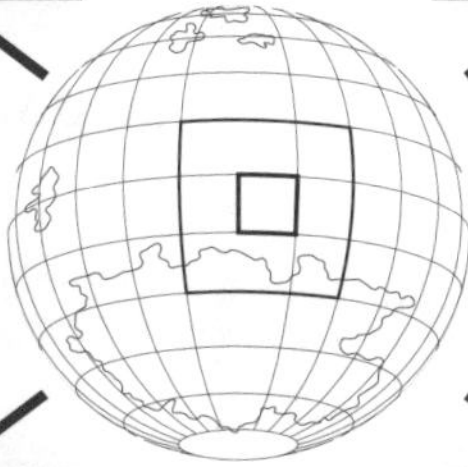

123.741 112.327

EBENE NEUN - SENHOLZER

KONTINENT GRENN

HAUPTSTADT:
GRAT'HALA

RESIDENZSTÄDTE:
FA'SENN
GREN'VOLAT
MERIAN'SENN
MA'DESCH

Hermann Stöckl • Aschereide

Hermann Stöckl

Aschereide

DIE SEDD-CHRONIKEN 1

TILSNER

Originalausgabe
Verlag Thomas Tilsner

Lektorat: Ute Perchtold
Umschlagillustration: Franz Berthold
Umschlaggestaltung: XiMOX!, Bielefeld
Karte: Erhard Ringer

Gedruckt vom Wiener Verlag, Österreich

Die Deutsche Bibliothek - CIP-Einheitsaufnahme

Stöckl, Hermann:
Aschereide : Science-fiction-Roman / Hermann Stöckl. -
München : Tilsner, 1996
ISBN 3-910079-34-2

Ein Gesamtverzeichnis schickt Ihnen gerne
Verlag Thomas Tilsner, Karl-Theodor-Str. 66, 80803 München

Inhalt

Gelassen streckte Term die rechte Hand aus, so als würde er etwas in Empfang nehmen.

Übergangslos entstand aus dem Nichts ein winziger Punkt, der über seinen Fingerspitzen schwebte und von einer Schwärze war, die alles Licht zu schlucken schien. Langsam dehnte sich das Gebilde aus und schwoll zu einer Kugel an, die wie ein herausgeschälter Teil der absoluten Finsternis wirkte.

+Bist du stark genug?+ wisperte die Stimme des Partners im Bewußtsein des TRÄGERS.

+Stark genug für dich!+ gab der Diener gemäß dem festgesetzten Ritus zurück.

Als Antwort schwebte das auf Faustgröße angewachsene Gebilde in die ausgestreckte Hand des Mannes.

Er umfaßte die Kugel und wurde innerhalb eines Augenblickes zu einem dunklen, dreidimensionalen Schatten.

Die Liaison war erfolgt, keine Sekunde zu früh...

1
Vor der Zeitenwende

Denara saß auf dem wackligen Hocker vor ihrer Holzhütte, die auf einer leichten Anhöhe stand und blickte auf die Große Ebene hinab.

Ihr rechtes Auge, das vor einiger Zeit durch den grauen Star erblindet war, triefte fortwährend und zwang die Alte dazu, sich von Zeit zu Zeit mit einer schon automatisch gewordenen Bewegung die Tränen aus dem verrunzelten Gesicht zu wischen.

Denara lebte schon fast eine Dekade hier und wurde von den Bewohnern Da'Landres versorgt, denen sie lange Zeit mit ihren Gaben als Heilerin gedient hatte.

Wohlig ließ sie sich von den Strahlen der untergehenden Sonne wärmen und beobachtete schläfrig einen Sumner, der sich auf ihrer linken Hand niedergelassen hatte. Während der Heißen Zeit kamen diese stachelbewehrten Insekten von der Großen Ebene nach Da'Landre und machten den 'hala das Leben schwer.

Für den Bruchteil einer Sekunde weiteten sich die Pupillen der Alten derart, daß die Iris und das Weiße nicht mehr zu sehen waren. Im selben Moment fiel der Sumner, den sie mit einem Wunsch getötet hatte, leblos von ihrer knotigen Hand zu Boden.

Noch vor wenigen Jahren konnten sich diese Plagegeister der Heilerin nicht mehr als drei Fuß nähern, ohne zu verbrennen. Dies war die Wirkung eines Wunsches gewesen, den sie in ihrer Jugend nach einem Insektenstich wutentbrannt formulierte.

Denara hatte früher über mächtige Gaben verfügt, doch als sie alt wurde, ließen diese immer mehr nach. Schließlich war sie nicht einmal mehr in der Lage gewesen, sich selbst zu helfen, als der graue Star und die Gicht ihr zusetzten.

Zuletzt war die Heilerin immer eigenwilliger geworden. Nachdem sie wegen ihres zänkischen Wesens, das von den Gebrechen rührte, dauernd mit den Bewohnern von Da'Landre in Streit geriet, wählte sie das Eremitendasein am Rande der Großen Ebene.

Die Greisin seufzte resignierend, als sie daran dachte, wie schwach ihre Kräfte geworden waren. Im Alter von 15 Jahren hatte sie mit ihren Gaben einen betrunkenen Reiser getötet, der ihr ans Mieder wollte, als sie ihm in der Herberge ihres Vaters das Zimmer bereitete. Noch heute spürte Denara den unbändigen Zorn, der sie damals packte, als der Mann mit Gewalt in sie eindringen wollte. Wie einen Peitschenhieb hatte sie ihm ihre Wut entgegengeschleudert, verpackt in den Wunsch, er möge sterben. Es hatte einiger Tage bedurft, das Zimmer wieder bewohnbar zu machen, da der Wunsch den Reiser zerfetzte, als hätte ihn ein Riese wie ein Stück Stoff zerrissen.

Nun reichte ihre Kraft gerade noch dazu aus, sich einzelner Insekten zu erwehren, die sie sekierten.

Ächzend stand das greise Weib auf, als der junge Senar, Sohn des Schmiedes Ker, kam, um ihr das Essen zu bringen. Die Bewohner des Dorfes versorgten ihre Heilerinnen bis zu deren Tod, so war es immer schon gewesen.

»Du bist spät dran, Rotzjunge!« keifte sie und schlurfte zum Eingang ihrer Hütte.

»Auch nicht später als sonst, Amme Denara«, behauptete Senar, »es kommt dir nur so vor, weil dir langweilig ist«.

Die Greisin bedachte den Halbwüchsigen mit einem giftigen Blick aus ihrem gesunden Auge und keifte: »Es wäre klüger gewesen, ich hätte deinen Vater bei seiner Geburt verrecken lassen, dann müßte ich mich heute nicht mit dir herumärgern!«

Senar grinste, weil er wußte, daß es die Alte nicht so meinte und ging mit ihr in die Hütte. Mühevoll kaute Denara auf dem Brot herum, das der Junge ihr gebracht hatte und verwünschte die Tatsache, daß sie nur noch drei Zähne besaß.

»Bald wirst du nur noch Getreidebrei verzehren können«, prophezeite ihr der Sohn des Schmiedes mit schelmischem Grinsen, was die Greisin dazu veranlaßte, sich auszumalen, welche Torturen sie dem Rotzbengel angedeihen lassen würde, wenn sie noch über ihre alte Kraft verfügt hätte.

Finster musterte sie ihn, doch schon nach kurzer Zeit besiegte die Neugierde ihren Groll.

»Was gibt es Neues im Dorf?« fragte die Alte wie jeden Tag, wobei man sie noch schlechter als sonst verstand, da sie mit vollem Mund redete.

Mit leichtem Ekel schaute Senar zu, wie dem Weib einige durchgekaute Brotkrumen aus dem Mund fielen und auf dem Tisch landeten.

»Was gibt es Neues im Dorf?« wiederholte Denara, da sie annahm, der Junge hätte sie beim ersten Mal nicht verstanden.

Anders als sonst, wenn der Halbwüchsige auf diese Frage nur mit den Schultern zuckte, meinte er heute: »Keliath sagt, die Zeit für die Suche nach den Aschereide werde bald kommen.«

Keliath war einer der vier Informierten. Die Bewohner von Da'Landre waren sehr stolz darauf, daß er aus ihrem Dorf stammte.

Denara hob interessiert die Brauen und ermunterte den Sohn des Schmiedes dadurch, weiterzusprechen.

»Er meint, alles deute darauf hin, daß die Heimsuchung kurz bevorsteht.«

Nachdenklich lehnte sich die Heilerin zurück. Sie wußte um die Alten Schriften, die in der Großen Bibliothek in Grat'Hala aufbewahrt wurden und in denen von einer Heimsuchung die Rede war. Diese Aufzeichnungen existierten schon mehr als 1500 Jahre und stammten aus der Unerklärlichen Zeit, über die kaum etwas bekannt war.

Es hieß, daß die 'hala damals anders gelebt hatten und viele seltsame Dinge besaßen.

»Wie kommt er darauf?« fragte die Alte.

»Keine Ahnung«, entgegnete Senar achselzuckend, »aber ich weiß noch etwas, das dich bestimmt interessiert...«

Der Junge machte eine Kunstpause, lehnte sich in seinem Stuhl zurück und genoß sichtlich den gespannten Gesichtsausdruck der Greisin.

»Nun rede schon!« keifte die Alte ungeduldig.

»Es findet bald eine Zusammenkunft der Informierten in Grat'Hala statt.«

Zufrieden registrierte der Halbwüchsige, daß sich Denaras Augen erstaunt weiteten. Gewöhnlich trafen sich die Erhabenen nur, wenn es galt, einen aus ihrer Mitte zu ersetzen. Dies war dann der Fall, wenn einer der vier gestorben oder seine Kraft so geschwunden war, daß er vom Schrein nicht mehr akzeptiert wurde.

»Wird einer ausgewechselt?«

»Nein. Du weißt doch, daß Keliath, der älteste von ihnen, erst knapp über hundert ist. Da wird es sicher noch einige Jahre dauern, bis seine Gaben nachlassen«, belehrte sie Senar altklug und fuhr in verschwörerischem Tonfall fort: »Sie kommen wegen der Heimsuchung zusammen. Du wirst sehen, sie steht kurz bevor, die Alten Schriften lügen nicht.«

»Die Alten Schriften!« schnaubte die Heilerin verächtlich. »Sie bestehen fast ausschließlich aus dummem Gewäsch, das den Informierten seit 1300 Jahren dazu dient, die 'hala bei der Stange zu halten.«

»So darfst du nicht reden, Denara«, tadelte sie der Junge, »das ist Frevel!«

»Frevel? Das ist die Wahrheit! Und die haben diese sogenannten Informierten beileibe nicht für sich alleine gepachtet!« schnappte die Greisin.

Der Sohn des Schmiedes verzog das Gesicht, weil er wie jeder 'hala die Verehrung für die Elite seines Volkes schon mit der Muttermilch aufgesogen hatte.

»Ich geh' jetzt lieber, Amme Denara, bis morgen«, versetzte er deshalb in beleidigtem Tonfall und trat zur Türe hinaus.

Die Alte schien ihn nicht mehr wahrzunehmen. Einige Zeit saß sie zusammengesunken auf dem Stuhl am Küchentisch und starrte ins Leere. Plötzlich straffte sich der von der Last der Jahre gebeugte Körper der Greisin.

»Es stimmt«, murmelte sie. »Die Alten Schriften lügen nicht. Die Heimsuchung wird kommen, und das wird schneller geschehen als diese Narren ihre Zusammenkunft einberufen können.«

Mühsam erhob sich Denara und ging wieder vor die Hütte, wo die Sonne allmählich auf der anderen Seite der Großen Ebene unterging.

Fröstelnd starrte sie auf die riesige, von Wiesen und Bäumen bewachsene Fläche hinab und zog die Lumpen, die sie trug, enger um ihren ausgemergelten Körper. Trotz der Heißen Zeit fror die alte Heilerin, als sie daran dachte, was ihrem Volk bevorstand.

»Heute hast du es aber nicht lange bei ihr ausgehalten«, stellte Ker schmunzelnd fest, als sein Sprößling die Schmiede betrat.

Dieser betrachtete stolz den vor Schweiß glänzenden, muskelbepackten Oberkörper seines Vaters, der gerade ein Eisen für ein Wagenrad schmiedete.

»Sie war heute wieder reichlich übellaunig, außerdem vertrage ich es nicht, daß sie ständig gegen die Erhabenen wettert«, murrte der Junge.

»Tja, es ärgert die Alte wohl immer noch, daß die Informierten sie nicht in ihren Kreis aufgenommen haben«, vermutete Ker, während er den Blasebalg betätigte, so daß das Feuer in der Esse hell aufloderte.

»Denara als Informierte?« Der Junge schüttete sich aus vor Lachen, als er sich das zahnlückige Weib in dieser Würde vorstellte.

»Das war nur Spaß, oder?« meinte er dann, nachdem er sich wieder beruhigt hatte.

»Nein, keineswegs. Ich wette sogar, daß sie alle in den Schatten gestellt hätte, damals, als sie noch jung war. Aber eine Frau im Kreis der Erhabenen, das ist undenkbar!« erklärte Ker und hieb wieder kräftig auf das glühende Eisen.

»Warum ist das undenkbar, Vater?«

Der Schmied hörte auf das Eisen zu malträtieren und sah seinen Sohn überrascht an.

»Na ja, es geht einfach nicht«, meinte er, schaute noch einen Moment nachdenklich, zuckte dann mit den Schultern und hieb erneut auf das glühende Eisen ein.

»Und was ist mit Era, wäre sie nicht geeignet für dieses Amt?« erkundigte sich Senar unschuldig.

Der Schmied fuhr zusammen und schlug daneben, wobei ihm beinahe der Hammer aus der Hand gefallen wäre.

»Willst du mich auf den Arm nehmen, du Rotzbengel?« Drohend ging der schweißglänzende Hüne einen Schritt auf seinen Sohn zu. Senar hatte keine Angst, da er wußte, daß sein Vater ihn nie züchtigen würde.

»Ich meine ja nur, weil bei ihr die Gaben besonders ausgeprägt sind. Ich kenne weit und breit niemanden, der so damit gesegnet ist wie sie.«

»Bei Era zweifle ich daran, daß es ein Segen ist, daß sie die Gaben besitzt«, polterte der Schmied.

Der Junge grinste, als er daran denken mußte, wie Era mit einem Wunsch dem Bäcker Regah zwei Tage das Urinieren unterbunden hatte, als er sie beim Stehlen erwischte und ihr deshalb mit dem Lederriemen eins überzog.

»Sie kann ihre Abstammung von dem alten Ekel Denara eben nicht verleugnen«, stellte der Halbwüchsige ironisch fest.

»So ist es auch wieder nicht!« wies Ker seinen Sohn zurecht. »Denara hat viel für uns getan und niemand hätte von ihr verlangt, Da'Landre zu verlassen, als ihre Gaben schwanden und sie wunderlich wurde.«

»Ist schon gut, Vater, so war's nicht gemeint!« lenkte Senar ein, während er zusah, die Schmiede wieder zu verlassen, ehe seinem Erzeuger noch eine Arbeit für ihn einfallen konnte.

»Ich geh nach draußen«, rief er Ker noch zu und huschte flugs durch die Tür ins Freie.

»Oh, hallo Era!« stammelte der Junge überrascht, als er vor der Schmiede beinahe mit einem schlaksigen, schwarzhaarigen Mädchen zusammengestoßen wäre.

»Oh, hallo Senar!« äffte sie ihn nach, wobei ihre dunklen Augen zornig funkelten.

»Ähem, wie geht es dir?« fragte der Sohn des Schmiedes das etwa 16-jährige Mädchen verlegen.

»Weißt du, ich habe Ohrensausen, das kriege ich jedesmal, wenn schlecht über mich gesprochen wird«, meinte sie und schob ihr Kinn angriffslustig vor.

Betreten senkte der Junge den Kopf und schielte auf die Füße des Mädchens, die vor Dreck starrten. Auch sonst war Era keine gepflegte Erscheinung. Sie trug ein abgerissenes Leinenkleid, dessen ursprüngliche Farbe kaum mehr zu erahnen war. Die langen Haare fielen zottelig über ihre Schultern und einen Teil des durchaus hübschen Gesichts, das allerdings Wasser und Seife vertragen hätte.

»Wie meinst du das?« fragte Senar unbehaglich.

Era sah ihm ins Gesicht, und der Zorn, der eben noch in ihren Augen stand, verflog. Sie versetzte ihrem Gefährten einen freundschaftlichen Stoß vor die Brust und meinte: »Spiel nicht das Unschuldslamm, Alter!«

»Meinst du vielleicht, weil ich gesagt habe, du könntest deine Abstammung von Denara nicht verleugnen?«, erkundigte sich der Junge mit geheucheltem Erstaunen.

»Siehst du, jetzt kommen wir der Sache schon näher«, stellte seine Freundin im Tonfall eines Beauftragten fest, der gerade einen Dieb verhört.

»Ach, das war doch nicht so gemeint, das weißt du doch!«

»Schon vergessen«, erklärte sie großmütig, während sich Senar unbehaglich umschaute. Er hatte Angst, daß sein Vater ihn mit Era sah, da dieser ihm den Umgang mit dem Mädchen untersagt hatte.

Da die Luft rein war, gingen sie gemächlich die staubige Dorfstraße hinunter.

»Wie geht's denn dem alten Miststück?«

»Du solltest nicht so über Denara reden, schließlich ist sie deine Urgroßmutter!« tadelte sie Senar.

»Ich kann sie nicht ausstehen!« preßte Era zwischen den Zähnen hervor. Für einen kleinen Moment wurden ihre Pupillen so weit, daß die Iris und das Weiße nicht mehr zu sehen waren. Ein zotteliger Hund, der am Straßenrand gedöst hatte, ergriff aufjaulend die Flucht, als ihm das Mädchen mit einem Wunsch Schmerzen zufügte, um ihrem Zorn ein Ventil zu schaffen. Senar wußte, daß seine Freundin zwölf Jahre ihres Lebens bei der Alten verbracht hatte. Eras Mutter hatte das Kind, als es ein gutes Jahr war, vor Denaras Hütte gelegt und war mit einem wohlhabenden Reiser, der einige Tage in Da'Landre seine Waren verkauft hatte, auf Nimmerwiedersehen verschwunden. Die Alte gab sich damals redlich Mühe, das Kind gut aufzuziehen, aber es hatte auch viel unter der zänkischen Art seiner Urgroßmutter zu leiden.

»Das alte Miststück konnte es nie verwinden, daß ich die Gaben erbte, die meiner Mutter und deren Mutter versagt blieben. Außerdem wurmte es sie, daß sie bei mir immer stärker wurden, während sie bei ihr schwanden«, wetterte Era.

Senar nickte nur, er hatte diese Beschwerden schon ein dutzendmal von dem Mädchen gehört.

»Dein Vater hat dir den Umgang mit mir verboten, nicht wahr?« fragte sie plötzlich.

Der Junge errötete.

»Ich habe dich etwas gefragt, Alter!« Era blieb stehen und sah Senar ins Gesicht.

»Äh, nicht direkt«, druckste der Sohn des Schmiedes herum, »es ist nur so, daß er es nicht gerne sieht, wenn wir zusammen sind.«

Era senkte für ein paar Sekunden ihren Blick und biß sich auf die Unterlippe. Als sie dann ihren Gefährten wieder ansah, glänzten ihre Augen feucht und eine Träne lief über das schmutzige Gesicht.

Senar musterte seine Freundin überrascht, da er sie noch nie weinen gesehen hatte. Er kannte sie als hart zu sich selbst und dickhäutig. Ihr übler Ruf störte sie ebensowenig wie die ständigen Schikanen des Lehrers Targat, dem sie für Unterkunft und Essen den Haushalt bestellte.

Eine Welle der Zuneigung überflutete den Jungen, er umarmte das schmuddelige Mädchen und drückte es an sich, den strengen Geruch, der von Era ausging, ignorierend.

»Was ist mit dir?« fragte er sanft.

»Du bist der einzige, mit dem ich gerne zusammen bin und der mich versteht. Ich könnte es nicht verwinden, wenn wir uns nicht mehr treffen könnten!«

Egal wie sein Vater dazu stand, Senar würde seine Gefährtin nie im Stich lassen, das schwor er sich in diesem Moment.

»Werd' nicht sentimental!« schnauzte er das Mädchen mit belegter Stimme an, knuffte es heftig in die Rippen und lief davon.

»Wenn ich dich kriege, kannst du was erleben!« kreischte Era und rannte ihm nach, während sie glücklich über das ganze Gesicht strahlte, da sie seine Gedanken gelesen hatte.

Vier Monate später hatte sich der Informierte Keliath als erster der vier Erhabenen in Grat'Hala zur Zusammenkunft eingefunden. Er war der älteste von ihnen. Einige Jahre noch, dann würden seine Gaben nachlassen und ein anderer seine Stelle einnehmen.

Keliath unterbrach seine Wanderung durch das Zimmer, das ihm der hiesige Beauftragte auf der Festung zur Verfügung gestellt hatte und blickte durch das geöffnete Fenster auf die Stadt hinab. Die schwarzen Schindeln der Dächer und die massive, dichtgedrängte Bauweise mit den schmalen Straßen und Gassen verliehen der Hauptstadt des Landes Grenn etwas Düsteres. Nachdenklich musterte der Mächtige die hohe Stadtmauer, die mit Bogenschützen und Schwertkämpfern besetzt war und fragte sich, ob sie tatsächlich Schutz gegen die Heimsuchung bieten würde, wie ihre Erbauer vor über tausend Jahren gehofft hatten.

Wieder ging er ruhelos auf und ab und verfluchte seine Ungeduld, die es ihm schwermachte, die Zeit bis zum Eintreffen von Begron und Machal in Gelassenheit zu verbringen.

»Tretet ein, Beauftragter Raan!« murmelte der Erhabene beiläufig, gerade laut genug, daß der Mann vor der Türe, der eben klopfen wollte, es hören konnte.

Der Beauftragte für Grat'Hala wirkte befangen, als er den Raum betrat. Raan war groß, breitschultrig und hatte viele sportliche Wettkämpfe gewonnen, bevor er von den Informierten als hiesiger Statthalter auserkoren worden war. Respektvoll schaute der Athlet auf den kleinen, dickbauchigen Mann herab und fragte sich, warum die Natur einen so herausragenden Intellekt in einen solchen Körper steckte.

»Ist die Unterbringung zu Eurer Zufriedenheit, Erhabener?«

»Das ist nicht so wichtig, Beauftragter. Habt Ihr die nötigen Vorbereitungen für unsere Reise zum Schrein getroffen?«

»Natürlich, Erhabener, ich habe alles veranlaßt!« versicherte der Angesprochene eilfertig und fuhr dann fort: »Ist etwas Wahres an den Gerüchten, daß die Heimsuchung bevorstehen soll?«

Keliath musterte sein Gegenüber einige Sekunden. Er mußte den Kopf tief in den Nacken legen, um dem hochgewachsenen Mann ins Gesicht sehen zu können. Raan merkte, wie ihm der Schweiß den Rücken herunterlief. Er fragte sich, ob er mit seiner Neugierde zu weit gegangen war. Schließlich bequemte sich der Erhabene doch zu einer Antwort.

»Der Schrein, unser Immerwährender Beschützer, hat uns wissen lassen, daß es notwendig ist, daß wir ihn aufsuchen. Er meinte, an der Struktur werde manipuliert, was immer das auch heißen mag. Er teilte uns auch mit, daß SIE bald eintreffen werden.«

»Wer trifft ein?«

»Wir haben keine Ahnung«, bekannte Keliath. »Manchmal ist das, was uns der Immerwährende Beschützer mitteilt, schwer zu verstehen.«

Raan war verblüfft, ein solches Geständnis aus dem Mund eines so mächtigen Mannes zu hören.

Für einige Sekunden wirkte der dickbauchige Mann geistesabwesend, dann sprach er weiter. »Die Informierten Begron und Machal sind soeben in Grat'Hala eingetroffen, sorgt dafür, daß sie sofort zu mir gebracht werden!«

»Wann ist mit dem Eintreffen des Erhabenen Mares zu rechnen?« erkundigte sich Raan.

»Mares kommt nicht, es kränkt ihn, daß er vom Schrein nicht mehr akzeptiert wird.«

Raan war über die Beiläufigkeit, mit der ihm Keliath diese ungeheuerliche Nachricht mitteilte, verblüfft.

»Der Erhabene Mares ist doch noch jung und seine Gaben sind stark«, wandte der Beauftragte ein. Keliath musterte ihn kühl und schien zu überlegen, ob er antworten sollte.

»Alle Informierten wurden vom Schrein unterrichtet, daß ihr Status erloschen ist. Wir erhalten nur noch einmal Zutritt, um eine letzte Anweisung zu empfangen«, erklärte er schließlich und fuhr mit einem spöttischen Grinsen fort: »Mares fühlt sich von der Entscheidung des Immerwährenden Beschützers besonders gedemütigt und ist dem Ruf daher nicht gefolgt.«

Nach diesen Worten ging Keliath zur Türe, öffnete diese und sah den Beauftragten auffordernd an.

»Kann ich Eurer Wißbegierde noch mit weiteren Auskünften dienen, oder habt Ihr nun Zeit, den Auftrag zu erfüllen, den ich Euch gab?«

Raan zog sich mit erschrockenem Gesichtsausdruck schleunigst zurück, um die Befehle des Mächtigen auszuführen.

»Keliath hat unsere Ankunft registriert«, teilte Begron seinem Reisegefährten mit, der neben ihm auf einem Jahak ritt.

Machal, der zweitälteste der Informierten, nickte nur. Er wischte sich mit einem bunten Tuch den Schweiß von seinem aufgedunsenen Schädel und verfluchte die Hitze, die in Grat'Hala während dieser Jahreszeit herrschte. Danach steckte er es mit seinen feisten Fingern wieder in eine Tasche seines prunkvollen Gewandes.

Machal wirkte wie ein gemütlicher alter Mann, doch der Schein trog: Wie kein anderer zuvor hatte er die Anordnungen der Informierten mit Gewalt durchgesetzt und war auch vor schauerlichen Anwendungen seiner Gaben nicht zurückgeschreckt.

»Erhabene, mein Name ist Kenal. Ich bin Privilegierter des Beauftragten Raan und wurde angewiesen, Euch auf die Festung zu geleiten«, stellte sich ein Soldat vor, der die beiden Reisenden kurz nach dem Stadttor erwartet hatte und die Uniform eines hochrangigen Offiziers des Reiches trug.

»Es ist sehr freundlich vom Beauftragten Raan, uns eine Eskorte zu schicken«, lobte Begron mit Blick auf die bewaffnete Reiterstaffel, die sich hinter Kenal in Wartestellung befand.

»Ich bitte euch, Erhabene«, wiegelte der Soldat ab, »wenn ihr uns folgen wollt?«

»Natürlich, reitet voran«, brummte Machal und trieb seinen Jahak an. Das zottelige, rinderähnliche Tier schnaubte unwillig.

Als die Eskorte durch die Hauptstraße ritt, säumten Hunderte von Schaulustigen die Straßen, um die mächtigsten Männer des Landes Grenn zu sehen.

Machal saß mit gesenktem Kopf und halbgeschlossenen Augen auf seinem Reittier. Es sah so aus, als sei er durch dessen gleichmäßig schaukelnden Gang eingenickt. Doch der Schein trog, der Informierte registrierte jede Kleinigkeit.

+Paß auf, Begron, da stimmt etwas nicht!+ teilte er seinem Begleiter in der lautlosen Sprache mit.

Dieser schaute nur kurz zu Machal hinüber und gab ihm so zu verstehen, daß er seine Gedanken aufgefangen hatte. Im nächsten Moment rannte ein Dutzend vermummter Gestalten, die Begron als Angehörige der Messerwerfergilde des Zirkels erkannte, aus einer Seitenstraße.

Der Zirkel kämpfte schon seit Jahrhunderten gegen die Herrschaft der Informierten, hatte aber bisher noch keinen nennenswerten Erfolg verzeichnen können, außer den, daß es ihn trotz aller gegenteiliger Bemühungen der Erhabenen immer noch gab.

Das erste Messer durchschnitt pfeifend die Luft. Es wäre Machal durch die Kehle gefahren, hätte es seine Flugbahn beibehalten. So aber wich etwa zwei Fuß vorher alle Energie aus dem kraftvollen Wurf und der geschliffene Stahl fiel klirrend zu Boden.

Gleich darauf ging ein wahrer Regen dieser tödlichen Werkzeuge auf die Informierten nieder, während die Eskorte von einem Pfeilhagel eingedeckt wurde.

»Da müssen mindestens zwanzig Bogenschützen des Zirkels auf dem Hausdach sein!« schrie Begron seinem Begleiter durch den Kampflärm zu und deutete auf ein Gebäude.

»Es wird keiner entkommen, verlaß dich drauf!« preßte Machal zwischen den Zähnen hervor und konzentrierte sich darauf, seinen Schutz aufrechtzuerhalten.

Eine kleine Gruppe der Eskorte, teilweise verwundet, bahnte sich einen Weg durch die panikerfüllte Menge zu den Messerwerfern, die anscheinend einen unerschöpflichen Vorrat der handspannenlangen Mordinstrumente bei sich trugen. Mit tödlicher Sicherheit fanden die Attentäter die ungeschützten Stellen am Körper der angreifenden Soldaten und jagten ihnen mit geschickten Würfen Messer in die Augen, in den Hals oder durch die unbehandschuhten Hände. Doch durch den Gegenangriff der Eskorte bekamen die Informierten jene Entlastung, die sie benötigten, um zurückschlagen zu können.

»Komm, wir holen sie vom Dach!« forderte Machal Begron auf. Im nächsten Augenblick spürten die Bogenschützen auf dem Dach des zweistöckigen Hauses den Druck des gemeinsamen Willens der beiden Mächtigen.

Im Umkreis von etwa einer halben Landmeile wälzten sich die 'hala schreiend am Boden, da sie meinten, die Schädel würden ihnen bersten, als die Erhabenen mit machtvollen Gedankenbefehlen die Bogenschützen dazu zwangen, sich herabzustürzen. Der Wille der Bewaffneten auf dem Dach war innerhalb einer Sekunde gebrochen, so daß sie losrannten und wie Hagelschlag auf die Straße fielen.

»So, jetzt seid ihr dran!« preßte Machal zwischen den Zähnen hervor und konzentrierte mit aller Macht seine zerstörerischen Gaben auf die Messerwerfer. Der Reihe nach zerplatzten mit lautem Knall die Köpfe der Vermummten, als wären sie unter Überdruck gestanden. Der feiste Mann kannte keine Gnade, er ließ keinen der Attentäter am Leben.

Als alles vorbei war, herrschte ein unbeschreibliches Durcheinander, da die Schaulustigen in Panik geraten waren und schreiend vor Angst und Entsetzen durcheinander liefen. Die reiterlosen Jahaks wurden zusehends nervöser. Es war nur noch eine Frage der Zeit, bis sie durchgehen würden. In dicken Blutlachen lagen die meisten Angehörigen der Eskorte tot auf dem Pflaster der Hauptstraße. Einige wenige, die ihr Leben behalten hatten, wälzten sich röchelnd und stöhnend am Boden.

»Das wird mir der Zirkel büßen!« stieß Machal grimmig zwischen den Zähnen hervor. »Diesmal sind sie zu weit gegangen. Ich werde dafür sorgen, daß diese Brut ein für allemal ausgemerzt wird!«

»Du vergißt, daß wir unseren Status als Informierte nicht mehr lange haben werden«, stellte Begron nüchtern fest.

»Das ist mir egal, meine Gaben wird mir der Schrein nicht nehmen können. Wenn's sein muß, führe ich einen Privatkrieg gegen diese Seuche, die sich Zirkel nennt«, schwor Machal.

»Das kannst du später machen, jetzt binden wir erst einmal die Jahaks an, bevor sie alles niedertrampeln und kümmern uns um die Verletzten.«

Als sie an den Straßenrand ritten, bemerkten sie einen hochgewachsenen, hageren Mann, der mit verschränkten Armen scheinbar unbeteiligt an einer Hauswand lehnte. Machal beruhigte mit ein paar Guten Gedanken sein Reittier, das vor dem Fremden Angst zu haben schien und trieb es auf ihn zu. Er trug einen Turban, wie er in Grat'Hala üblich war und war auch sonst wie ein Bürger dieser Stadt gekleidet. Dennoch spürte der Informierte die unfaßbare Andersartigkeit, die den Mann wie eine Aura umgab.

»Ihr scheint Euch nicht zu fürchten, wer seid Ihr?« fragte ihn Begron, der jetzt mit seinem Jahak neben Machal war.

Der Hagere antwortete nicht. Er musterte die beiden Reiter nur kalt.

+Ich kann seine Gedanken nicht erfassen+, teilte Machal dem anderen Mächtigen in der lautlosen Sprache mit.

+Ich auch nicht+, antwortete Begron ihm auf dieselbe Weise, +mit dem stimmt etwas nicht!+

Machal nickte nur und versuchte nun, dem Fremden, der immer noch schwieg, seinen Willen aufzuzwingen. Für einen Moment gelang es dem Erhabenen, einen Gedanken des Mannes zu erfassen, der sich offenbar auf ihn und Begron bezog.

Machal konnte dabei etwas spüren, was ihn zutiefst traf: Absolute Geringschätzung.

Es war nicht so, daß dieser Kerl ihnen Haß oder Verachtung entgegenbrachte. Er schaute auf sie herab wie auf ein niederes Insekt.

Nun griff der Fremde mit der linken Hand in eine Tasche seiner weißen Leinenjacke und holte einen seltsamen Gegenstand hervor. Die beiden Mächtigen konnten die Bedrohung, die von dem Mann und jenem Ding in seiner Hand ausging, fast körperlich spüren. Mit einer beiläufigen Geste streckte der Hagere den Arm aus und zeigte mit dem Gegenstand auf Machal.

Zum ersten Mal in seinem Leben hatte der Erhabene Angst.

Er spürte, wie seine Hände zu zittern begannen und schaffte es nur mit Mühe und Not, einen Schutz um sich aufzubauen. Im nächsten Moment gab das Ding in der Hand des Fremden ein kurzes, trockenes Geräusch von sich. Der Informierte spürte einen fürchterlichen Hieb, der ihn an der Brust traf und aus dem Sattel hob. Noch während er vom Jahak fiel, hörte er das Geräusch ein zweites Mal und sah noch, wie Begron von seinem Jahak stürzte.

Ohne Hast drehte sich der Hagere um und ging fort.

Machal versuchte aufzustehen, doch es gelang ihm nicht. Er registrierte, daß aus einer etwa fingerdicken Wunde in seiner Brust ein stetiger Blutstrom drang.

Der Informierte versuchte sich zu entspannen und die Heilende Gabe einzusetzen. Durch sie spürte er, daß ein Teil eines Fremdkörpers in seiner Brust steckte. Der andere Teil war offenbar durch seinen Rücken ausgetreten. So sehr sich der Erhabene auch bemühte, die Wunde wollte sich nicht schließen, und das Blut floß weiterhin aus seinem Körper. Mühsam kroch er zu Begron hin, der ebenfalls auf dem Boden lag.

»Ich kann mich nicht heilen, die Gabe versagt!«

Begron wollte ihm antworten, doch es wurde nur ein Gurgeln daraus, als sich ein Schwall Blut aus seinem Mund ergoß.

»Ich werde versuchen, Keliath zu Hilfe zu holen«, keuchte Machal mit schmerzverzerrtem Gesicht und konzentrierte sich. Dabei stellte er fest, daß der Fremdkörper in seiner Brust seine Lebensenergie aufzusaugen schien wie ein Schwamm.

Als Keliath wenige Minuten später mit einer schwerbewaffneten Reiterschar eintraf, war Machal bereits tot.

»Was ist geschehen, wer hat so etwas fertiggebracht?« stieß Keliath hervor, als er sich über den schwerverletzten Begron beugte und verzweifelt versuchte, mit der Heilenden Kraft dessen Tod zu verhindern.

Begron, der trotz der großen Hitze am ganzen Körper zitterte, schien seine Umgebung kaum mehr wahrzunehmen.

»Die Heimsuchung steht bevor!« röchelte er. »Wir können sie nicht aufhalten, alle Gaben versagen.«

Dann zog er Keliath, der sich über ihn beugte, mit letzter Kraft zu sich heran. Dieser brachte sein Ohr ganz nahe an den Mund des Sterbenden.

»Er war so furchtbar überlegen...« flüsterte Begron mit Tränen in den Augen.

Keliath spürte, daß der Fremdkörper in der Brust des zu Tode Getroffenen die Heilende Kraft blockierte. Deshalb entschloß er sich, dieses Ding zu entfernen, doch bevor er sich auf einen entsprechenden Wunsch konzentrieren konnte, war Begron bereits tot.

* * *

Eines der größten Mysterien dieser Welt sind die Alten Schriften der Großen Bibliothek in Grat'Hala. Ganze Passagen davon sind selbst für uns Informierte nicht lesbar, obwohl alle Buchstaben und Worte mühelos zu entziffern sind. Es ist, als hätte man die vorhergehenden Wörter schon wieder vergessen, wenn man das nächste liest, so daß man den Sinn des Satzes nie begreift...

Immerhin haben wir es noch besser als das gemeine Volk, dem die Bibliothek ebenfalls zugänglich ist. Ihm bleibt der Inhalt völlig verborgen, während sich uns nur einzelne Passagen verschließen.

Es heißt, jene Frauen, die sich Hohe Gesegnete *nennen, können alles lesen. Ich hatte allerdings noch keine Gelegenheit, dieses Gerede zu überprüfen.*

Aus den persönlichen Aufzeichnungen des Informierten Mares.

* * *

»Ein Reiser namens Miller ersucht um ein Gespräch mit Euch, Erhabener.«

Der Angesprochene schaute ungnädig von dem Buch auf, in das er sich schon seit mehreren Stunden vertieft hatte.

»Ich habe doch gesagt, daß ich nicht gestört werden will, oder drükke ich mich neuerdings nicht mehr klar aus, Vram?«

Hilflos sah der Erste Diener zu, wie sich der Informierte wieder dem Buch zuwandte.

»Ihr solltet Euch diesen Miller ansehen, er ist irgendwie..., nun sagen wir, außergewöhnlich!« wagte Vram einen neuen Anlauf.

Langsam erhob sich Mares von seinem Stuhl.

Er war der jüngste der Erhabenen und jener, der sich rühmen konnte, mit den Gaben am meisten gesegnet zu sein.

Mares' Äußeres entsprach dem eines Durchschnittsbürgers seiner Residenzstadt Gren'Volat, und sein Gesicht war so nichtssagend, daß man es sofort wieder vergaß. Der Informierte machte kein Aufsehen um seine Person, und sein einziger Ehrgeiz bestand darin, seine Kenntnisse durch das Studium der Alten Schriften zu vervollkommnen.

»Was ist das für ein Name, *Miller*?«

»Ich habe einen solchen Namen auch noch nie gehört, Erhabener. Er trägt die Kleidung eines Reisers, aber ich glaube nicht, daß er einer ist.«

»Laß ihn noch ein bißchen warten und führe ihn dann herein«, entschied Mares schließlich, nun doch ein wenig neugierig geworden.

»Wie ihr meint, Erhabener!« säuselte der Erste Diener und verneigte sich noch etwas tiefer als sonst. Dann verließ er rückwärts gehend und sich mehrmals verbeugend erleichtert die Bibliothek.

Mares nahm wieder in seinem schweren Sessel Platz. Er war viel herumgereist und kannte alle wichtigen Städte des Kontinents. Aus den Alten Schriften, die noch aus der Unerklärlichen Zeit stammten, wußte er, daß Senholzer, so wurde die Welt in diesen Aufzeichnungen genannt, nur über einen einzigen Kontinent verfügte, der etwa tausend Landmeilen vom Südpol entfernt war. Der Rest der Welt bestand aus Wasser und vier Inseln. Doch nur die nächstgelegene hatten die 'hala bisher erreicht, nämlich Setha, den Sitz des Schreines.

Vielen Seefahrern hatte die Suche nach den anderen drei Inseln, die es noch geben mußte, schon das Leben gekostet. Ihre Lage war den Informierten genau bekannt, da die Schriften auch Karten von Senholzer enthielten. Aus unbekannten Gründen hatte jedoch kein Schiff, das sich auf die Suche gemacht hatte, bisher sein Ziel erreicht. Manche waren auch nie mehr zurückgekehrt.

Mares glaubte die Ursache dafür zu kennen. Die drei Inseln lagen dicht beisammen in der Nähe des Nordpols. Der Informierte hatte in den Aufzeichnungen Hinweise gefunden, daß es in dieser Gegend starke Meeresströmungen, aber so gut wie nie Wind gab. Offenbar wurden die Schiffe durch die Strömung auf einen bestimmten Kurs gezwungen und hatten mangels Wind nicht die Möglichkeit, diesen zu ändern.

»Erhabener, der Reiser Miller bittet darum, nun vorgelassen zu werden!«

Mares schreckte aus seinen Gedanken auf und verfluchte das uralte Privileg der Ersten Diener, nicht anklopfen zu müssen, wenn sie den Raum betraten.

»Also gut, führe ihn herein, damit ich es hinter mich bringe«, meinte der Informierte ungnädig und lehnte sich seinem Sessel zurück.

Vram trat zur Seite und gab den Weg frei, offenbar hatte Miller unmittelbar hinter ihm gestanden. Mit Interesse musterte Mares den Mann.

»Ich danke Euch sehr, daß Ihr mich empfangt, Erhabener!«

Der Informierte horchte auf. Täuschte er sich, oder hatte er einen spöttischen Unterton aus den Worten seines Besuchers herausgehört?

»Nehmt Platz, Reiser.« Mares wies auf einen Stuhl vor seinem Schreibtisch. Der Fremde setzte sich und musterte sein Gegenüber ungeniert, ohne ein Wort zu sagen. Obgleich dies eine Unverfrorenheit war, beschloß der Erhabene, nicht darauf zu reagieren und betrachtete seinerseits den Reiser.

Dieser war überdurchschnittlich groß, sehr schlank und hatte eine dunkle Hautfarbe, was den Schluß zuließ, daß er aus der Gegend von Fa'Senn kam, einer Hafenstadt im äußersten Norden von Grenn, wo es sehr heiß war. Sein kahler Schädel deutete darauf hin, daß er an Hadnan litt, einer auszehrenden Krankheit, bei der die Kopfbehaarung gänzlich ausfiel.

Während sich Mares noch wunderte, wie gesund der Reiser trotz dieser schweren Erkrankung aussah, lehnte sich dieser bequem in seinem Stuhl zurück, legte beide Füße auf den Schreibtisch des Informierten und meinte spöttisch:

»Ihr denkt, ich habe Hadnan, nicht wahr? Nun, da kann ich Euch beruhigen, bei meinem Volk ist Haarausfall etwas völlig Normales.«

In diesem Moment wurde dem Erhabenen klar, daß Miller niemals das war, was er vorgab zu sein. Keiner im Lande Grenn hätte es gewagt, sich gegenüber einem Informierten so respektlos zu benehmen. Zudem strahlte dieser Mann eine Fremdartigkeit aus, wie sie Mares noch niemals in seinem Leben begegnet war.

War dieses Individuum überhaupt ein 'hala? In den Alten Schriften war mehrmals von der Existenz anderer Welten und fremder Rassen die Rede. Stammte Miller etwa nicht von Senholzer, sondern...?

All das schoß dem Mächtigen jetzt durch den Kopf, doch es gehörte zu Mares' starken Seiten, nie zu zeigen, was in ihm vorging. Er ließ sich seine Unsicherheit nicht anmerken und beschloß, das Verhalten des Fremden zu ignorieren, bis sich herausstellte, was dieser damit bezwecken wollte.

Ohne auf die Ausführungen seines Besuchers einzugehen, entgegnete der Mächtige scheinbar freundlich:

»Wie ich sehe, fühlt Ihr Euch wie zuhause, Reiser Miller. Vielleicht hättet Ihr trotzdem die Güte, Eure Füße von meinem Schreibtisch zu nehmen und mir nun endlich den Grund zu nennen, weshalb Ihr hier seid!«

Das selbstgefällige Grinsen auf Millers Gesicht verschwand und machte gespielter Verwunderung Platz.

»Ich hätte eigentlich damit gerechnet, daß Ihr mich zur Strafe für mein unverschämtes Auftreten in ein Insekt verwandelt, Erlauchter«, spottete Miller und nahm seine Füße wieder vom Tisch.

»Was Euer Gehirn betrifft, müßte ich mich wohl dabei nicht allzusehr anstrengen«, konterte Mares und verzichtete darauf, sein Gegenüber darüber zu belehren, daß ein Informierter mit »Erhabener« oder »Mächtiger« anzusprechen sei.

»Nun, mein Benehmen hatte eigentlich den Grund, festzustellen, ob Ihr dazu überhaupt in der Lage wärt.«

»Sagt was Ihr hier wollt und dann verschwindet, bevor ich mich mit dem Gedanken befasse, Euch so zu behandeln, wie es andere an meiner Stelle tun würden!«

»Also gut«, sagte Miller und beugte sich vor, »ich will Auskünfte über den Schrein.«

Mares blieb weiterhin beherrscht.

»Nichts leichter als das«, entgegnete er süffisant. »Ihr braucht nur zu warten, bis Ihr den Status eines Informierten erhaltet, dann werdet Ihr alles über den Schrein erfahren.«

»Soweit ich weiß, sind vor ein paar Stunden einige Plätze frei geworden«, führte der Reiser genüßlich aus. »Machal und Begron sind nicht mehr am Leben, was aber kein großer Verlust für Grenn ist.«

Jetzt war es dem Fremden gelungen, Mares aus der Fassung zu bringen. Mit hochrotem Kopf sprang er von seinem Sessel auf und schlug mit der Faust krachend auf den Tisch.

»Ich bin wahrlich keiner, der wie andere Informierte als Halbgott behandelt werden will, aber ich habe mir von Euch jetzt genug Unverschämtheiten angehört!«

Außer sich vor Wut gab Mares einem Wunsch nach, der sein Gegenüber auf der Stelle töten mußte, aber es passierte überhaupt nichts. Als der Mächtige seine Gaben einsetzte, weiteten sich für den Bruchteil einer Sekunde seine Pupillen, bis die Iris und das Weiße nicht mehr zu erkennen waren. Der Fremde namens Miller bemerkte es und zog den richtigen Schluß daraus.

»Siehst du, mein Freund, das meinte ich mit dem Insekt«, erklärte der Kahlköpfige selbstgefällig, während er sich von seinem Stuhl erhob.

»Ich lasse dich jetzt allein, damit du in Ruhe über alles nachdenken kannst«, fügte er in sanftem Tonfall hinzu. »Aber morgen komme ich wieder. Dann wirst du mir einige Fragen über den Schrein beantworten. Sollte ich jedoch nichts von dir erfahren«, der Reiser beugte sich jetzt drohend vor, »wirst du deinen leider viel zu früh verstorbenen Freunden Machal und Begron bald Gesellschaft leisten.«

Der Erhabene saß wie versteinert hinter seinem Schreibtisch. Er zweifelte keinen Augenblick daran, daß der Fremde in der Lage war, seine Drohung in die Tat umzusetzen. Das zeigte schon die beleidigende Anredeform, die er nun benutzte.

»Im übrigen«, fügte der Reiser nach einem Blick auf ein seltsames Ding an seinem linken Handgelenk hinzu, »würde ich meine Hand nicht ins Feuer legen, daß Keliath noch lange unter den Lebenden weilt... Also dann bis morgen!« bekräftigte Miller noch mit einem freundlichen Lächeln und verließ das Zimmer.

Er ließ einen verwirrten Mares zurück. Zum ersten Mal in seinem Leben hatte der Mächtige die Erfahrung machen müssen, daß sich etwas völlig seiner Kontrolle entzog. Er hatte keinen Einfluß auf die Geschehnisse nehmen können. Das erfüllte ihn mit ohnmächtiger Wut, aber auch mit Furcht.

Als der Erste Diener hereinkam, natürlich ohne anzuklopfen, gelang es dem Mächtigen nicht, das Zittern seiner Hände zu verbergen und der Stimme einen festen Klang zu verleihen. Er wies Vram an, alles für eine sofortige Abreise nach Grat'Hala vorzubereiten.

Seit dem Tod von Machal und Begron waren zwei Tage vergangen. Keliath hatte sich ein ziemlich genaues Bild von den Vorgängen verschaffen können, die zum Tod der Informierten geführt hatten, da Begron ihm seine Gedanken geöffnet hatte, bevor er starb.

»Es ist alles fertig für Eure Abreise, Erhabener«, drang die Stimme von Raan in die Gedanken des Mannes, der nachdenklich aus dem Fenster sah.

»Ist schon eine Antwort von Mares eingetroffen?«

»Nein, Erhabener, das ist auch nicht möglich, da der Bote ihn frühestens morgen erreicht!«

»Ihr habt recht, daran habe ich nicht mehr gedacht. Ich werde jetzt sofort den Schrein aufsuchen, sorgt dafür, daß Mares auch wirklich nachkommt. Wenn nötig, schickt nochmals einen Boten. Er muß begreifen, wie wichtig es ist!«

»Natürlich, Erhabener, ich werde alles tun, was in meiner Macht steht!« versicherte der Beauftragte.

»Gut, ich habe keine Zeit mehr zu verlieren, helft mir in das Kettenhemd.«

Raan ließ sich seine Verwunderung nicht anmerken, als er dem Mann, der mit seinem Geist einen Schutz um sich aufbauen konnte, der tausendmal wirksamer war als ein Kettenhemd, dabei behilflich war, das starre und schwere Eisengeflecht anzulegen.

»So, jetzt können wir gehen«, erklärte Keliath zufrieden und begab sich in den Hof der Festung, wo sein Jahak gesattelt bereit stand. Zusammen mit einer bewaffneten Eskorte von 50 Bogenschützen und Schwertkämpfern verließ der Mächtige Grat'Hala, um sich nach Setha zum Schrein zu begeben.

Fünf Tage später hatte die Gruppe ohne Zwischenfälle die Hafenstadt Fa'Senn erreicht. Der Kapitän der Sadre begrüßte den Informierten ehrerbietig, als er an Bord kam.

»Wir können morgen früh auslaufen, Erhabener. Bis dahin wird die Sadre beladen und die Mannschaft vollständig sein.«

»Ich weiß, daß Euch meine Nachricht erst gestern erreichte, Kapitän, trotzdem muß ich Euch bitten, Euer Möglichstes zu tun, damit wir noch in dieser Nacht auslaufen können.«

Der Seefahrer verzog das Gesicht als hätte er in eine bittere Frucht gebissen.

»Es ist manchmal wahrlich kein Vergnügen, Kapitän auf Eurem Schiff zu sein, Erhabener!«

Keliath schätzte den Seemann zu sehr, um ihn wegen dieser Bemerkung zu tadeln. Es gab keinen fähigeren Navigator und Schiffskommandanten als ihn.

»Es ist wirklich wichtig, Tennar!«

Die Tatsache, daß ihn der Informierte mit dem Namen anredete, zeigte dem alten Seemann, daß etwas Ungewöhnliches passiert sein mußte.

»Ich habe verstanden, Erhabener!« bestätigte er, verneigte sich kurz und zog sich zurück. Der Mächtige kannte den Seefahrer gut genug, um sicher zu sein, daß die Sadre noch in der Nacht auslaufen würde.

Fasziniert betrachtete Keliath einige Zeit später von seiner Kabine aus den Sonnenuntergang am Meer und dachte daran, wie gut es die Bewohner von Fa'Senn hatten, da sie dieses Naturschauspiel jeden Tag sehen konnten.

In Gedanken versunken gab er sich dem Anblick des glutroten Balles hin, der langsam im Ozean zu versinken schien. Als die Türe geöffnet wurde und jemand eintrat ohne anzuklopfen, zuckte der Erhabene zusammen. Obwohl es Keliaths Gewohnheit war, mit den Fühlern seiner Gedanken immer seine unmittelbare Umgebung zu überwachen, hatte er nicht registriert, daß sich jemand seiner Kabine genähert hatte. Das beunruhigte ihn.

»Wer seid Ihr und was habt Ihr hier zu suchen?« fuhr er die zierliche, rothaarige Frau an, die eben die Türe schloß.

»Nun, wer bin ich wohl?« fragte die Besucherin mit aufreizendem Lächeln. Der Informierte war erleichtert, als er bemerkte, daß sie die Gewänder einer Fa'Sennischen Edelmetze trug. Offenbar hatte sie gehört, daß er sich an Bord befand und witterte ein lukratives Geschäft, da es auch unter den Mächtigen üblich war, die Dienste dieser Gilde in Anspruch zu nehmen. Seine Erleichterung währte jedoch nur kurz, da er spürte, daß die Frau von einer Aura unsagbarer Fremdartigkeit umgeben war. Keliath wurde klar, daß das Weib die Kleidung einer teuren Hure nur gewählt hatte, um ohne Schwierigkeiten an den Posten vorbei auf das Schiff und in seine Kabine zu kommen. Er konnte sich das verständnisvolle Grinsen der Wachen gut vorstellen, als die Rothaarige in Richtung seiner Unterkunft entschwunden war.

»Nun, jedenfalls seid Ihr nicht das, was Ihr vorgebt«, stellte der Informierte zögernd fest, während sich seine Gedanken überschlugen.

»Steckt nicht in jeder Frau etwas von einer Metze?« philosophierte seine Besucherin mit kokettem Lächeln.

Keliath ließ sich davon nicht täuschen. Er konnte die Gefährlichkeit dieses Weibes spüren, als stände er einem Raubtier gegenüber.

»Ich habe Euch gefragt, was Ihr hier wollt!«

»Also gut, mein Süßer, du sollst es wissen. Ich begleite dich auf deiner Reise. Du wirst mich zum Schrein mitnehmen.«

Wie sie das sagte, war es mehr eine Feststellung als eine Forderung. Sie schien die Möglichkeit, ihren Willen nicht durchsetzen zu können, gar nicht in Betracht zu ziehen.

»Ihr seid nicht nur völlig übergeschnappt, sondern auch unverschämt im Ton. Seid froh, daß ich Euch dafür nicht zur Rechenschaft ziehe. Und nun verschwindet!«

Bei diesen Worten öffnete Keliath bebend vor Wut die Türe und schaute das Weib auffordernd an. Nachsichtig lächelnd holte die Fremde aus einem Lederbeutel, den sie bei sich trug, ein kleines, klobiges Ding heraus. Damit deutete sie auf einen Punkt neben Keliath. Im selben Moment war ein kurzes, trockenes Geräusch zu hören und die Türe hatte in der Mitte ein Loch, durch das man bequem zwei Finger stecken konnte. Angesichts der Tatsache, daß die Türe aus Blockholz und drei Zoll dick war, konnte sich der Informierte gut vorstellen, was passieren würde, wenn diese Frau das Ding in ihrer Hand bei ihm anwendete. Leichenblaß setze er sich in den Stuhl an seinem Schreibtisch.

»Also gut, wir wollen in aller Ruhe darüber reden«, lenkte er ein.

»Jetzt wird er vernünftig, der Erhabene«, spottete das Weib und lümmelte sich auf ein Sofa in der Ecke.

»Also, was wollt Ihr von mir?« fragte der Informierte.

»Ich sagte es schon, wir werden gemeinsam dem Immerwährenden Beschützer einen Besuch abstatten.«

Keliaths Verstand arbeitete fieberhaft. Er war sich im klaren darüber, daß er mit allen Mitteln verhindern mußte, daß dieses Weib den geheiligten Ort betrat. Aus einem unbestimmten Gefühl heraus hatte der Mächtige Zweifel daran, daß der Schrein stark genug war, sie in ihre Schranken zu weisen. Noch vor kurzer Zeit wären ihm solche Gedanken nie in den Sinn gekommen, denn der Immerwährende Beschützer galt als übermächtig und fast allwissend.

»Darf ich mich erkundigen, was Ihr vom Schrein wollt?«

Die Frau bedachte ihn mit einem nachsichtigen Blick, als wäre er ein kleiner Junge, der gerade eine sehr dumme Frage gestellt hatte.

»Das wirst du sehen, wenn wir dort sind«, entgegnete sie arrogant. Dann holte die Fremde eine kleine Glasphiole aus ihrem Lederbeutel hervor und öffnete diese, indem sie den oberen Teil abbrach. Den Inhalt schüttete sie in einen Becher, der am Tisch stand und mit Fomt, einem alkoholischen Getränk, gefüllt war.

»Trink!« wies das Weib Keliath an und deutete mit dem klobigen Ding in ihrer Hand auf den Becher.

»Was ist das?« erkundigte sich der Informierte, während er spürte, wie ihm die Angst die Kehle zuschnürte.

»Es bringt dich nicht um, ich habe nur keine Lust, die ganze Zeit auf dich aufzupassen.«

»Ein Schlafmittel also«, stellte er fest.

»Ja, so etwas Ähnliches, also jetzt runter damit!« befahl sie ungeduldig. Keliath wußte, daß er jetzt handeln mußte, weil er später keine Möglichkeit mehr dazu haben würde. Mit aller Macht konzentrierte er sich und versuchte, mit einem Wunsch den Herzschlag der Frau anzuhalten, doch es gelang ihm nicht. Auch der Versuch, ihren Willen zu beeinflussen, schlug fehl. Das schlimmste daran war, daß sie seine Bemühungen nicht einmal zu registrieren schien.

»Meine Geduld ist bald erschöpft!« drohte sie.

»Wenn mir etwas zustößt, kommt Ihr nicht lebend vom Schiff, also seid vernünftig und laßt uns in Ruhe darüber reden!« versuchte der Informierte Zeit zu gewinnen. Als Antwort ertönte von dem klobigen Ding in ihrer Hand ein Klicken. Obwohl Keliath nicht wußte, was es zu bedeuten hatte, spürte er, daß sein Leben nun am seidenen Faden hing.

»Trink!«

Die Rothaarige preßte das Wort voll unterdrückter Wut zwischen den Zähnen hervor. Keliath griff mit zitternder Hand zum Becher. Dabei bemerkte er den Brieföffner bei den Schreibutensilien auf seinem Tisch. Kalter Schweiß brach ihm aus, als er daran dachte, was passieren würde, wenn sein Versuch fehlschlug. Er schloß die Augen, ließ einen Schluck aus dem Becher in seinen Mund rinnen und lenkte dann alle Kraft seines Wunsches in den Brieföffner. Dieser schnellte vom Tisch weg, durchschnitt wie ein Wurfmesser die Luft, fuhr der Fremden von vorne in den Brustkorb und trat am Rücken wieder aus. Dann blieb das Ding mit einem knallenden Geräusch in der Türe stecken.

Im selben Moment spie der Informierte den Schluck, den er getrunken hatte, prustend auf den Boden. Nun ging ein wahrer Hagel von Gegenständen auf die Rothaarige nieder. Alles was in der Kabine nicht niet- und nagelfest war, schleuderte Keliath mit der Kraft seines Geistes auf das Weib, um zu verhindern, daß sie dieses Ding doch noch gegen ihn einsetzte. Ein besonders dickes Buch mit einem eisenbeschlagenen

Einband lenkte der Informierte auf die Hand, in der die Fremde jenen Gegenstand hielt. Durch die Wucht des Aufpralls splitterten ihre Mittelhandknochen.

Zitternd stützte sich der Informierte am Schreibtisch ab, als er seine Kräfte verbraucht hatte. Das Weib lag am Boden neben dem Sofa. Mit jedem Atemzug quoll ein Schwall dunkelroten Blutes aus ihrem Mund. Dennoch war sie bei Bewußtsein und sah ihn an.

»Ich sollte dich sofort töten, du Ausgeburt der Finsternis«, stieß Keliath hervor und sah das Weib dabei haßerfüllt an. »Aber du stirbst sowieso«, fügte er dann in zufriedenem Tonfall hinzu und öffnete das Fenster der Kabine.

Mit einer letzten Anstrengung seines Geistes schleuderte er die tödliche Waffe der Fremden ins Wasser und ging nach oben, um Tennar zu informieren. Dieser begleitete den Erhabenen sofort zu dessen Kabine.

Als Keliath die Türe öffnete, registrierte er zu seiner maßlosen Verblüffung, daß die Besucherin scheinbar unverletzt vor ihm stand. Wäre ihre Kleidung nicht blutverschmiert gewesen, hätte der Mächtige an seinem Verstand gezweifelt.

»Wo ich herkomme heißt es, man soll den Tag nicht vor dem Abend loben«, erklärte sie mit gefährlicher Ruhe und ging auf die beiden zu. Unvermittelt führte sie mit ihrem rechten Fuß einen mörderischen Tritt gegen die Schläfe des Informierten, der ihn fällte wie einen Baum.

Als Keliath wieder zu sich kam, lag er in einem Bett mit duftenden weißen Laken. Die Sonne schien ihm durch ein großes Fenster mitten ins Gesicht. Widerwillig wandte er den Kopf zur Seite, um nicht länger geblendet zu werden und bemerkte dadurch, daß eine Heilerin mittleren Alters neben seinem Lager saß und ihn musterte.

Die Frau war von einer beeindruckenden Häßlichkeit. Der braune Teint der Bewohner von Fa'Senn war bei ihr besonders ausgeprägt, außerdem wies sie eine beträchtliche Leibesfülle auf und hatte ein lückenhaftes Gebiß.

»Ich sehe, es geht wieder aufwärts mit dir, Erhabener«, sagte sie mit einer sonoren Stimme, die im krassen Gegensatz zu ihrem Aussehen stand.

»Wer seid Ihr?« fragte Keliath die Fettel.

»Ich bin Armaran, die Heilerin von Fa'Senn«. Keliath lauschte dem dunklen Timbre ihrer Stimme nach und fühlte sich plötzlich viel besser.

»Wo bin ich hier?« erkundigte er sich.

»Du bist in meinem Haus. Ich habe dich hierher bringen lassen, damit du die Pflege bekommst, die notwendig ist.«

»Wie lange bin ich schon hier?«

»Fast drei Tage, Erhabener. Es war nicht leicht, dein Leben zu retten. Bei Tennar haben meine Gaben versagt. Sein Kehlkopf war zertrümmert, und auch die Wachen an Bord der Sadre waren übel zugerichtet.«

»Ist sie entkommen?«

»Sie ist spurlos verschwunden, Mächtiger, es tut mir leid, daß ich dir keine erfreulichere Auskunft geben kann.«

Erst jetzt fiel Keliath auf, daß ihn die Heilerin duzte, was normalerweise nur einem anderen Informierten zustand. Seltsamerweise empfand er keinen Zorn darüber, obwohl er zu jenen gehörte, die auf die Etikette großen Wert legten. Im Gegenteil, ein Gefühl der Geborgenheit und Vertrautheit stellte sich ein, und er wartete darauf, ihre Stimme wieder zu hören. Als sie nichts sagte, machte er den Anfang.

»Wie lange werde ich noch untätig hier liegen müssen?«

»Ich habe alle organischen Defekte beseitigt, aber in dir sitzt noch ein tiefer Schock, und nackte Angst erfüllt dein Denken. Es wird wohl noch einige Zeit dauern, bis du wieder zu dir gefunden hast.«

Armaran hatte dem Informierten Wahrheiten gesagt, die er sich normalerweise nicht ohne wütende Reaktion angehört hätte, da er ein sehr ausgeprägtes Selbstwertgefühl besaß.

Bei ihr jedoch machte es ihm seltsamerweise nichts aus.

Er spürte, wie ein Damm in ihm brach. Er erzählte der Heilerin alles von dem Moment an, als die Fremde seine Kabine betreten hatte. Mehrmals brach er in Tränen aus, als die Erinnerung wieder lebendig wurde, aber danach fühlte er sich erleichtert und nicht mehr so verängstigt.

»Es ist gut, Erhabener, ich glaube, du kannst morgen früh wieder deiner Wege gehen. Jetzt schlaf noch ein bißchen!«

Keliath fühlte, wie er müde wurde. Während ihm langsam die Augen zufielen, betrachtete er die Heilerin, fühlte ihre Stimme in seinem Kopf nachklingen und fand Armaran mit einem Mal sogar ein wenig attraktiv.

Mit steinerner Miene hörte sich Mares den Bericht von Keliaths Boten an. Dieser war zunächst nach Gren'Volat, der Residenzstadt des Informierten geritten und hatte dort erfahren, daß Mares unterwegs nach

Grat'Hala war. Ohne sein Jahak zu schonen, war ihm der Bote sofort nachgeritten und hatte ihn in der Mitte der Strecke zwischen den beiden Städten eingeholt.

»Ihr müßt sofort nach Fa'Senn reiten und mit dem Erhabenen Keliath den Schrein aufsuchen!« schloß er seinen Bericht. Erst jetzt merkte der Bote, daß er es gewagt hatte, einem Informierten Anweisungen zu erteilen. Er senkte den Kopf und stammelte: »Vergebt mir meine Anmaßung, Erhabener.« Mit einer knappen Geste gab Mares zu verstehen, daß er dies nicht übel genommen hatte.

»Wir schlagen sofort den Weg nach Fa'Senn ein«, wies er den Führer seiner Eskorte an.

»Erhabener, wir haben nicht genug Proviant für diese Reise mitgenommen, wir sollten zuerst nach Gren'Volat zurückkehren.«

»Dazu ist keine Zeit mehr, tut was ich Euch gesagt habe, Eskortenführer!«

»Natürlich, Erhabener!« stimmte der Eskortenführer zu, erschrocken über den barschen Tonfall, den er von Mares nicht gewohnt war. Der Informierte wandte sich wieder an den Boten.

»Nehmt Euch einen ausgeruhten Jahak und reitet voraus nach Fa' Senn. Bestellt Keliath, daß ich unterwegs bin und sagt ihm, ich werde versuchen, bis morgen abend dort zu sein.«

»Wie wollt Ihr das schaffen, Erhabener? Ich muß mein Jahak zuschanden reiten, wenn ich morgen vor Einbruch der Dunkelheit in der Hafenstadt sein will. Ihr seid mit der Eskorte und den vollbepackten Lastenjahaks nicht einmal halb so schnell.«

»Tut, was ich Euch aufgetragen habe. Keliath wird wissen, wie es gemeint ist und seine Vorbereitungen treffen.«

Obwohl der Bote nicht wußte, was Mares meinte, senkte er in der Geste der Zustimmung den Kopf und machte sich daran, einen ausgeruhten Jahak zu satteln.

»Hört zu, Eskortenführer, wir müssen so schnell wie möglich etwa 60 Landmeilen vor Fa'Senn gelangen. Den Rest der Strecke lege ich dann alleine zurück«, bestimmte der Mächtige. Der Soldat wagte nicht zu widersprechen und gab die Anweisung weiter.

Am Spätnachmittag des darauffolgenden Tages hatten sie ihr Ziel erreicht. Sie waren die ganze Nacht durchgeritten, ohne sich eine Rast zu gönnen. Die Männer waren müde und erschöpft, doch keiner wagte zu murren. Allein wäre Mares mindestens doppelt so schnell vorangekommen, zumal die Jahaks in der Herde nicht zu einer schnelleren Gangart als zum Schritt zu bewegen waren. Es war eine Eigenart dieser Tiere, daß man sie nur dann zu einem hohen Tempo antreiben konnte, wenn sie von der Herde getrennt wurden.

»Ab hier werde ich alleine weiterreiten, Eskortenführer, Ihr könnt nach Gren'Volat zurückkehren.«

Der Soldat zögerte. Man merkte ihm an, wie gerne er dem Informierten ausgeredet hätte, alleine weiterzureiten. Ein Blick in dessen Gesicht riet ihm aber davon ab, diesbezüglich einen Versuch zu unternehmen.

»Ist noch etwas?« erkundigte sich Mares kühl.

»Nein, Erhabener, wir werden sofort umkehren, wie Ihr es für richtig haltet.« Mit einer kurzen Geste bekundete der Soldat seine Ergebenheit, dann machte er sich mit seinen Männern auf den Rückweg.

Mares wartete, bis sie außer Sichtweite waren, band dann seinen Jahak los und gab ihm einen Klaps auf das Hinterteil. Aufgrund der großen Verbundenheit dieser Tiergattung mit der Herde rannte der Jahak sofort im Höchsttempo der Eskorte nach. Alle Versuche, dies durch Zucht und andere Maßnahmen zu unterbinden, waren bisher fehlgeschlagen. Die meisten Jahaks waren ohnehin nicht einmal mit Schlägen dazu zu bewegen, die Herde zu verlassen. Der Informierte sah seinem Reittier kurz nach, dann schloß er die Augen und sammelte sich.

Die Gabe der Ortsversetzung war sehr selten. Mares verfügte über sie. Die einzige Person außer ihm, von der er gehört hatte, daß sie diese Fähigkeit auch besessen hatte, war eine Heilerin namens Denara aus Da'Landre gewesen.

Alles in ihm sträubte sich dagegen, diese Gabe anzuwenden, noch dazu über diese große Entfernung, doch er wußte, daß es notwendig war. Er spürte die Aura von Keliath im 60 Landmeilen entfernten Fa' Senn und nahm sie als Wegweiser. Dann bündelte er seine Konzentration und sammelte sie wie Wasser in einer Schale.

+Jetzt!+

Mit diesem einen Gedanken verlieh er der Gabe die Macht, es zu vollbringen. Sein Körper wurde innerhalb eines Augenblicks zu einer dichten schwarzen Staubwolke mit menschlichen Umrissen, die dann explosionsartig auseinanderstrebte und verschwand.

Zur selben Zeit war Keliath in der Hafenstadt gerade dabei, sich anzukleiden. Vor wenigen Minuten hatte er den Boten von Mares empfangen und konnte sich denken, auf welche Weise der jüngere der noch lebenden Mächtigen zu ihm kommen würde.

Keliath brauchte nicht lange zu warten.

Das Zimmer war einige Augenblicke lang von einem dunklen, konturlosen Nebel erfüllt, der sich rasend schnell zusammenzog und zu Mares wurde. Dieser tat noch einige unsichere Schritte und fiel dann schreiend zu Boden. Der Mächtige war nackt und bis auf die Knochen abgemagert.

Obwohl selbst noch schwach auf den Beinen, kniete sich Keliath hin und legte seine rechte Hand auf die Stirn des sich vor Schmerzen Krümmenden. Mit seiner Heilenden Kraft betäubte der Mächtige Mares' Pein.

»Ich hatte fast vergessen, wie weh es tut!«

»Es hätte dich umbringen können«, meinte Keliath vorwurfsvoll. Mühsam versuchte der Nackte sich aufzurichten, doch es gelang ihm nicht.

»Ich komme nicht hoch«, stöhnte er und seine glasigen Augen, in denen viele Äderchen geplatzt waren, zeigten, daß er noch nicht ganz bei sich war.

»Ich weiß jemanden, der kann dir besser helfen als ich.« Keliath konzentrierte sich und sandte einen Gedanken zu Armaran. »Du mußt ihn so schnell wie möglich auf die Beine bringen, Heilerin«, wies der Informierte sie an, als sie kurz darauf das Zimmer betrat.

»Was ist mit ihm, hat er ein Fastengelübde abgelegt?« erkundigte sich die Heilerin mit ihrer sonoren Stimme flapsig und rang damit sogar dem völlig ausgemergelten Mares ein schiefes Grinsen ab.

»Sagen wir mal, es ist die schnellste Methode, abzunehmen«, krächzte er. Seltsamerweise schien Armaran genau zu wissen, worauf sein Zustand zurückzuführen war.

»Ich glaube nicht, daß du dir damit Zeit gespart hast, Erhabener. Was du durch die Ortsversetzung herausgeholt hast, wird dir durch die notwendige Bettruhe wieder verloren gehen«, prophezeite sie ihm, doch Mares hörte es nicht mehr, da er das Bewußtsein verloren hatte.

»Die Bettruhe kann er an Bord der Sadre haben, wenn wir zum Schrein unterwegs sind. Es ist wichtig, daß du ihn so schnell wie möglich halbwegs auf die Beine bringst«, drängte Keliath die Heilerin.

»Zwei Invaliden auf dem Weg zum Immerwährenden Beschützer, um die 'hala zu retten. Ich sehe goldene Zeiten auf uns zukommen!« spottete Armaran und ignorierte den mißbilligenden Blick des Informierten.

»Nun geh!« wies sie ihn dann an. »Ich brauche keine Zuschauer bei meiner Arbeit.«

Für einen Moment schien es so, als würde der Erhabene wütend werden, aber dann lächelte er nur und meinte: »Dein Wunsch ist mir Befehl, Kräuterhexe, aber in einer Stunde will ich Mares an Bord sehen.«

»Du hast ihn in einer halben Stunde, aber jetzt laß' mich allein mit ihm!« Keliath nickte kurz und verließ das Zimmer.

»Es wird wohl notwendig sein...«, murmelte sie, schloß die Augen und streckte ihre rechte Hand über den im Bett liegenden abgezehrten Körper des Informierten aus.

Langsam fing Armarans Haut an, goldgelb zu schimmern, als wäre Honig aus ihren Poren getreten.

Nach einer Weile rann von ihren Fingerspitzen zähflüssig ein goldener Strom auf die entblößte Brust des Informierten. Die von der Heilerin abgegebene Lebensenergie drang, ohne Spuren zu hinterlassen, in den Körper des Geschwächten ein.

Nach etwa drei Minuten war es vorbei. Armaran lehnte sich seufzend zurück. Sie hatte dunkle Ringe unter den Augen und schien um Jahre gealtert.

»Hoffentlich war es das wert«, sagte sie zu sich selbst und gab Mares einen Klaps auf die Backe, da sie zu schwach war, ihn mit einem Wunsch zu Bewußtsein zu bringen. Der Informierte öffnete die Augen und brauchte nur kurze Zeit, um wieder klar denken zu können. Nachdenklich musterte er die Frau.

»Ich wußte nicht, daß das geht«, brachte er nach längerem Schweigen hervor und bewies damit, daß er erkannt hatte, welcher Behandlung er seine rasche Genesung zu verdanken hatte.

»Ihr nennt euch Informierte und wißt doch vieles nicht«, entgegnete Armaran müde, »denn in Wahrheit seid ihr nur Gaukler im Vergleich zu jener Hohen Gesegneten, die mich vor langer Zeit im Gebrauch meiner Gaben unterwies.«

Verständnislos starrte Mares die Heilerin an. »Eine Hohe Gesegnete hat dich unterwiesen? Sage mir ihren Namen!«

»Der ist nicht wichtig, Erhabener. Diejenige, die ich meine, ist sicher schon lange nicht mehr am Leben, obwohl ich ihr zutrauen würde, selbst den Tod zu überlisten. Doch nun geh, Keliath wartet auf dich an Bord der Sadre, um die Welt zu retten.«

Bei diesen Worten lächelte sie leicht. Mares hatte den Eindruck, daß sich die Heilerin schon etwas erholt hatte. Als er aufstand und Armaran eben das Zimmer verlassen wollte, wandte er sich nochmals an sie.

»Sage es mir, wer war diese Hohe Gesegnete?«

Die Frau musterte den Mächtigen und schien zu überlegen, ob sie ihm antworten sollte.

»Sie hieß Denara und lebte in Da'Landre«, entgegnete Armaran schließlich und verließ ohne ein weiteres Wort das Zimmer.

Wenige Stunden später beobachteten die beiden Informierten von Keliaths Kabine an Bord der Sadre aus, wie das Schiff ablegte.

»Ich habe das dumme Gefühl, die Zeit läuft uns davon, und wir schaffen es nicht mehr rechtzeitig zum Schrein«, unkte Mares mit düsterem Blick.

»Ich bezweifle, daß der Schrein überhaupt in der Lage ist, uns zu helfen«, gab sein Gegenüber mit einem Blick auf die durchlöcherte Kabinentüre nicht weniger pessimistisch zurück.

»In zwei Wochen werden wir es wissen, dann muß uns das verdammte Ding Rede und Antwort stehen.«

Keliath sah Mares überrascht an. Noch vor kurzem hätte es keiner der Erhabenen gewagt, so über den Immerwährenden Beschützer zu sprechen.

»Sei dir nicht so sicher, daß wir Setha erreichen. Ich würde mich nämlich nicht wundern, wenn dieses Weib plötzlich hier hereinkommt und uns auch so ein Loch verpaßt«, sagte Keliath, während er nervös auf und ab ging. Unbehaglich musterte Mares die Türe und fragte sich, weshalb sie bisher noch nicht repariert worden war.

»Deine Besucherin und dieser Miller gehören sicherlich zusammen. Mich würde interessieren, woher sie kommen und was sie vom Schrein wollen.«

»Es sind jedenfalls keine 'hala. Vielleicht haben sie etwas mit der Heimsuchung zu tun«, überlegte Keliath.

Überrascht zog der Informierte aus Gren'Volat die Augenbrauen hoch. »Glaubst du?«

»Es würde mich nicht wundern. Mich beunruhigt auch, daß wir keine Macht über die verdammte Brut haben.« Bei diesen Worten zog Keliath mit seinem Zeigefinger nachdenklich die Konturen des Loches in der Kabinentüre nach.

»Was kannst du mir über Denara von Da'Landre sagen?« wechselte Mares das Thema. Sein Gesprächspartner unterbrach seine Wanderung durchs Zimmer und schaute ihn verblüfft an. »Wie kommst du auf sie?«

»Nur so«, entgegnete Mares achselzuckend, »ich habe in letzter Zeit ziemlich unglaubliche Dinge über sie gehört.«

»Sie lebte lange Zeit in Da'Landre, dem Dorf, aus dem ich stamme. Vor gut zwei Dekaden ließ sie sich dann eine Hütte am Rande der Großen Ebene bauen, und dort haust sie jetzt.«

»Warum das?«

»Sie wurde mit dem Alter immer zänkischer und hat sich mit niemandem mehr vertragen. Vielleicht liebt sie aber auch nur die Einsamkeit, was weiß ich...« Mit einem ärgerlichen Gesichtsausdruck gab Keliath zu erkennen, daß er nicht gerne an Denara erinnert wurde, doch der andere Informierte nahm darauf keine Rücksicht.

»Du hattest einmal Streit mit ihr, hörte ich.«

»Einmal? Als sie noch im Dorf lebte, hatte ich jeden Tag Streit mit ihr!«

»Wieso, du warst doch meistens in deiner Residenzstadt Merian 'Senn«, wandte der Informierte aus Gren'Volat verwundert ein. Keliath schnaubte. »Das hat sie nicht daran gehindert, mich jeden Tag zu belästigen. Wann immer sie wollte, hatte ich ihre Stimme in meinem Kopf. Wenn sie etwas für besonders wichtig hielt, schickte sie mir ihr Sendbild, das dann Anweisungen und gute Ratschläge erteilte. Sie hat sich fortwährend in meine Entscheidungen eingemischt und wußte alles besser. Außerdem lege ich heute noch meine Hand dafür ins Feuer, daß die Alte dafür verantwortlich war, daß der Mächtige Setener, der sich einmal mit ihr anlegte, alle Gaben verlor.«

»Bemerkenswert«, meinte Mares und grinste leicht. Keliath schaute seinen Gesprächspartner ernst an. »Du magst dich jetzt darüber amüsieren, aber glaube mir, das Weib war damals sehr gefährlich. Ich muß zwar zugeben, daß sie in vielen Dingen recht behalten hat, wo ich anderer Meinung war, aber ich lebte früher dauernd in der Angst, daß sie mich eines Tages ausschalten und meinen Platz einnehmen würde.«

»So groß war ihre Macht?«

»Ja, seit der Sache mit Setener bin davon überzeugt, daß wir damals nicht einmal zu viert mit ihr fertig geworden wären. Im übrigen«, Keliaths Stimme wurde zu einem vertraulichen Flüstern, »glaube ich, daß sie mindestens dreimal so lange gelebt hat wie je eine 'hala zuvor... und nun will ich nicht mehr über dieses verdammte Weib reden, wer weiß, ob sie überhaupt noch lebt«, schloß Keliath unwirsch seinen Bericht.

Mares schaute sein Gegenüber nachdenklich an. »Ich bin überzeugt, daß wir sie jetzt gut gebrauchen könnten.«

»Das mag schon sein«, wiegelte Keliath ab, »aber mittlerweile ist sie alt und ihre Gaben sind verbraucht. Wenn sie nicht schon tot ist, dann dauert es bestimmt nicht mehr lange.«

»Hat sie Nachkommen?« fragte Mares interessiert. Keliath zuckte zusammen, und sein Gesicht wurde noch düsterer. »Reden wir nicht drüber!« meinte er, doch Mares ließ nicht locker.

»Erzähl schon!«

»Sie hat noch eine Urenkelin namens Era.«

»Und?« bohrte Mares.

»Du weißt, daß die Gaben nicht immer direkt vererbt werden. Manchmal treten sie in einer Familie nie mehr auf und gelegentlich überspringen sie einige Generationen, so wie bei Era. Sie hat offenbar alle Fähigkeiten Denaras erhalten. Leider ist Era ein schwieriges Kind, deshalb verbot ich allen Beauftragten und Heilerinnen, sie im Gebrauch der Gaben zu unterweisen, denn was sie sich bisher selbst beigebracht hat, genügt schon, um eine Menge Schaden anzurichten.«

»Ich verstehe dich nicht, Keliath«, meinte Mares. »Du weißt selbst, daß nur einer unter tausend 'hala genügend begabt ist, um heilen zu können und nur einer unter etwa fünftausend ist befähigt, Beauftragter zu werden. Etwa zwei Million Kinder müssen geboren werden, bevor eines zur Welt kommt, das geeignet ist, später ein Informierter zu werden. Können wir es uns angesichts dessen leisten, Eras Fähigkeiten brach liegen zu lassen?«

»Du siehst das falsch, Mares«, wies Keliath die Kritik zurück. »Ich mußte mich fragen, ob wir es uns leisten können, das Mädchen auszubilden. Sie ist asozial und total verwahrlost. Wenn sie die Fertigkeiten ihrer Urgroßmutter im Umgang mit den Gaben erlangen würde, könnte sie zu einer großen Gefahr werden, denn Era reagiert oft aufbrausend und hat sich dann nicht mehr unter Kontrolle.«

»Du machst mich neugierig. Ich werde mir das Mädchen ansehen, wenn wir das alles hinter uns haben.«

»Vorausgesetzt du lebst dann noch«, versetzte Keliath trocken und ging an Deck, um dem neuen Kapitän der Sadre aufzutragen, noch mehr Fahrt aus dem Schiff herauszuholen.

* * *

Richtet euer Augenmerk auf die Große Ebene, denn dort werden die Passager das Tor öffnen.

Wie ein riesiger, finsterer Schatten senkt sich dann die STADT über euch. Ihre Bauwerke berühren den Himmel, vom Gipfel des höchsten Berges ist ihr Ende nicht zu erkennen.

Alle Bäume, Pflanzen und Kreaturen zermalmt die STADT unter sich wie der Huf des Jahaks das Insekt.

Ihre Bewohner, zahlreich wie Sumner, breiten sich aus wie die Sachlamseuche: unbarmherzig und tödlich.

SIE kennen nur sich selbst, anderes Leben ist für SIE wertlos. Jene unter euch, die überleben, werden von IHNEN geknechtet und zum Sklavendasein verdammt.

Doch seid nicht verzagt, weil eure Gaben nutzlos sind, denn der Immerwährende Beschützer wird euch beistehen. Mächtige Geschöpfe, mordlüstern wie Rorar, wird er euch zur Seite stellen, um die Heimsucher von dieser Welt zu tilgen...

Aus den Alten Schriften, Große Bibliothek Grat'Hala

* * *

+Wach auf, ich brauche dich!+

Müde rieb sich Termalnjong die Augen und erhob sich von seiner einfachen Schlafstätte. +Ich komme gleich+, dachte er intensiv, während er sein Gesicht mit Wasser aus einer Blechschüssel benetzte und dann mit einem Kamm durch sein schlohweißes Haar fuhr.

+Ich bin bereit+, gab er dann mit einem Gedanken zu verstehen und hatte daraufhin für einen kurzen Moment das Gefühl, ins Bodenlose zu fallen. Für einige Sekunden wurde ihm schwarz vor den Augen.

»Ich werde mich wohl nie daran gewöhnen«, murmelte er, als es vorbei war und er sich im Inneren Bereich wiederfand.

+Ich weiß, du liebst diese Art der Fortbewegung nicht, aber ich habe eine wichtige Aufgabe für dich und es bleibt nicht mehr viel Zeit... Präge dir genau ein, was ich dich jetzt wissen lasse, denn ich offenbare dir wichtige Dinge aus Vergangenheit und Zukunft dieser Welt.+

Termalnjong konzentrierte sich und lauschte der Stimme in seinem Kopf, die ihn über Begebenheiten informierte, die teils weit in der Vergangenheit lagen und teils erst in einer Dekade eintreten würden.

+...es hängt also alles davon ab, daß du die Hohen Gesegneten und den Einäugigen findest. Sage ihnen, was sie tun müssen und bringe sie wohlbehalten zu den Aschereide.+

Termalnjong schwirrte der Kopf von den Dingen, die er soeben erfahren hatte. Der Schrein kannte offenbar die Zukunft, oder wenigstens Teile davon.

+Keliath und Mares sind mit einem Schiff auf dem Weg zu mir, aber sie werden nicht mehr rechtzeitig eintreffen, wenn ich sie nicht herbeischaffe. Der Transport wird sie ziemlich mitnehmen, deshalb mußt du ihnen helfen, wenn sie angekommen sind+, drang die Anweisung des Immerwährenden Beschützers in seine Gedanken.

Der Diener nickte nur. Es war nicht das erste Mal, daß der Schrein jemanden auf diese Weise zu sich holte. Mehrere Informierte, die geglaubt hatten, sich gegen ihn auflehnen zu können und seinem Ruf nicht gefolgt waren, hatten sich von einer Sekunde zur anderen schreiend vor Schmerzen auf dem kühlen Steinboden des Inneren Bereiches wiedergefunden. Aus eigener Erfahrung wußte der Diener, daß der Transport umso unangenehmer wurde, je größer die zurückgelegte Strecke war. Der Erhabene Selahat hatte vor etwa 700 Jahren so einen Transport nicht überlebt. Termalnjong war heute noch der Überzeugung, daß es die Absicht des Schreines gewesen war, den Tod des mißliebigen Informierten auf diese Weise herbeizuführen.

Der Diener ging zu einer bestimmten Stelle an der Wand im Inneren Bereich. Mit einer beiläufigen Bewegung strich er über einige dort angebrachte Schriftzeichen, worauf ein in die Mauer eingelassenes Fach sichtbar wurde. Währenddessen wurde ein großer Teil des Inneren Bereiches von einer dunklen, nebelartigen Staubwolke ausgefüllt. Diese verdichtete sich rasend schnell zu zwei Körpern, die im Augenblick ihrer Entstehung leblos zu Boden fielen.

In dem Fach, das der Diener geöffnet hatte, lag ein klobiger, faustgroßer Gegenstand, der mit einem Griff versehen war und an einer Seite spitz zulief. Termalnjong nahm ihn und ging zu den beiden Mächtigen. Er beugte sich zu ihnen hinunter und berührte zuerst Mares und dann Keliath mit dem spitzen Ende des Gegenstandes im Nacken. Im Moment des Kontakts war ein kurzes Zischen zu hören. Kurz darauf begannen sich die beiden Informierten wieder zu regen. Keliath kam als erster wieder zu Bewußtsein. Mühsam stand er auf und preßte eine Hand an seinen Nacken. Sein Blick fiel auf Mares, der immer noch am Boden lag. Dann wandte er sich an Termalnjong.

»Er ist sehr geschwächt, könnt Ihr etwas für ihn tun, Diener?«

Der Alte schaute Keliath ausdruckslos an. Dieser begann sich unter dem Blick der wasserblauen Augen unbehaglich zu fühlen.

Niemand wußte genau, wer Termalnjong war, fest stand jedoch, daß er weit über tausend Jahre alt sein mußte, da er in den Überlieferungen der Informierten schon seit Anbeginn im Zusammenhang mit dem Schrein erwähnt wurde. Man erzählte sich, daß er keinerlei Begabung hatte, aber auch auf deren Anwendung nicht reagierte. Bis vor kurzem hatte Keliath bezweifelt, daß es so etwas gab. Nun wußte er es besser.

»Die Dosis, die Mares aus der Injektionspistole erhalten hat, wird ausreichen«, erklärte der Weißhaarige in einem Tonfall, der keine Widerrede zuließ. Wie um diese Worte zu bestätigen, begann sich Mares zu regen. Termalnjong ging zur Wand und kam mit zwei Gläsern wieder, die mit einer klaren Flüssigkeit gefüllt waren.

»Trinkt dies, dann werdet ihr Euch gleich besser fühlen.«

Keliath stellte verblüfft fest, daß die Stimme des Dieners mitfühlend geklungen hatte. Die Erhabenen leerten die Becher und merkten, wie sie sich rasch erholten.

»Der Schrein wird in Kürze mit Euch Verbindung aufnehmen. Ihr werdet von ihm einen Auftrag erhalten, bei dessen Ausführung ich Euch begleite.«

Mares machte ein finsteres Gesicht. »Wir brauchen keinen Aufpasser!« schnauzte er Termalnjong an. Der Diener blieb von der heftigen Entgegnung unberührt. Mit mildem Lächeln erklärte er: »Ich bin kein Aufpasser. Der Schrein schickt mich zu Eurem Schutz mit.«

Mares musterte das Männchen. Termalnjong war nur etwas über fünf Fuß groß und spindeldürr. Die fremdartige Kleidung, die er trug, schlotterte um seine Arme und Beine.

»Ich bin überzeugt, Ihr werdet uns verteidigen wie ein wilder Rorar seine Jungen«, spottete der Erhabene.

»Bitte beleidige ihn nicht!« wies Keliath ihn zurecht.

Termalnjong musterte Mares kühl. Dieser merkte, daß die Schmähung den Diener nicht im mindesten berührt hatte.

»Dort wo ich hergekommen bin, Erhabener, würdet Ihr die nächste Stunde nicht überleben, hätte man es darauf abgesehen«, stellte der Weißhaarige ruhig fest.

In diesem Moment entstand in der Mitte des gewölbeartigen Raumes eine goldene Spindel, das Symbol des Schreines. In den Köpfen der Anwesenden entstanden die Worte des Immerwährenden Beschützers.

+Es bleibt keine Zeit für Förmlichkeiten und lange Erklärungen, also hört gut zu. Die Heimsuchung steht unmittelbar bevor. Manipulationen an der Struktur zum Zweck des Einzeldurchganges haben in letzter Zeit deutlich zugenommen. Viele von IHNEN sind bereits angekommen. Jetzt aber reißen SIE das Gefüge großflächig auf. Ich gehe davon aus, daß in Kürze ein umfangreicher Durchgang erfolgt. IHR erster Schritt wird sein, mich zu finden und zu vernichten. Ich werde mich deshalb IHREM Zugriff entziehen. Die einzige Möglichkeit, IHNEN Einhalt zu gebieten, sind die Aschereide, die sich auf Rhetana befinden.

Eure Aufgabe wird es sein, diejenigen zu finden, die sie dort holen werden und auch in der Lage sind, sie zu gebrauchen. Wendet euch an Denara, sie war schon auf Rhetana und kennt das Geheimnis der Aschereide.+

»Waaas?« würgte Keliath hervor.

+Termalnjong ist bereits Träger eines Aschereide. Ihr müßt aber noch weitere holen, um SIE zu bezwingen.+

Der Schrein unterbrach sich und schwieg für einige Zeit.

Dann fuhr er fort: +Soeben ist es geschehen, SIE sind angekommen. Ich bringe euch nun zurück auf das Schiff und entziehe mich dann IHREM Zugriff. Denkt daran, von eurem Handeln hängt der Fortbestand der 'hala ab!+

Im nächsten Moment fanden sich die Informierten und der Diener an Bord der Sadre wieder, dann verloren sie das Bewußtsein.

2
Die Heimsuchung

DORT

Mühsam versuchte Sansala mit ihrer Herrin Schritt zu halten. Das hübsche, engelsgleiche Gesicht der Sklavin war vor Anstrengung verzerrt, sie atmete keuchend. Ihre goldblonden Locken fielen schweißverklebt ins blasse Gesicht. Das nur etwa vier Fuß große, zierliche Geschöpf schleppte einen Tragekorb, der fast der Hälfte ihres Körpergewichtes entsprach.

»Was ist, hast du keine Lust mehr? Soll ich die Sachen tragen?« Die Stimme der Herrin klang gereizt. Sansala mobilisierte ihre letzten Reserven. Wenn sie den Unwillen ihrer Gebieterin erregte, würde aus dem langersehnten Besuch bei der Familie nichts werden.

»Ich komme schon«, keuchte die Sklavin und beschleunigte ihre Schritte. Dabei stolperte sie, und der Inhalt des Korbes ergoß sich auf die Straße. Frisches Brot, Fleisch und Obst rollten durch den Schmutz.

Im Gesicht der athletisch gebauten Frau war keine Regung zu erkennen, als sie das zierliche Persönchen mit einer Hand am Kragen packte und mühelos hochhob. Angstvoll starrte die Sklavin in die edlen Gesichtszüge ihrer Herrin, die Kälte und Grausamkeit ausstrahlten. Der Griff der durchtrainierten Frau schmerzte.

»Den Besuch bei deiner Sippe kannst du dir abschminken. Und nun heb' die Sachen wieder auf!« Nach diesen Worten stieß die hochgewachsene Gebieterin Sansala von sich.

Das Mädchen schlug mit dem Hinterkopf hart auf den Boden. Mit Tränen des Schmerzes und der Enttäuschung in den Augen sammelte es die Lebensmittel wieder auf und packte sie in den Korb. Haß und Verzweiflung übermannten die Sklavin.

»Meine Wut dem WERKZEUG«, flüsterte sie leise und umklammerte da-

bei heimlich ihren Gebetskristall. Für einen Moment spürte Sansala ein leichtes Schwindelgefühl. Als es verschwand, war sie wieder völlig ruhig und ausgeglichen. Demütig, wie es ihre Herrin erwartete...

Ächzend erhob sich Denara von ihrem Lager in der Holzhütte und ging ins Freie. Die Große Ebene lag ruhig und friedlich vor ihr. »Ich darf nicht mehr länger warten«, murmelte die Alte und schlurfte zurück in die Hütte. Dort ging sie zu dem morschen Schrank, öffnete ihn und holte eine kleine, eisenbeschlagene Holztruhe hervor.

Unverständliches vor sich hinmurmelnd stellte sie die Truhe auf den grobgezimmerten Tisch und öffnete sie. Vorsichtig, als handle es sich um etwas sehr Kostbares, griff Denara hinein und holte einen kugelförmigen Klumpen heraus, der die doppelte Größe einer Männerfaust hatte und von schmutziggelber Farbe war. Andächtig betrachtete die Alte das Ding eine Weile, und ein jugendliches Lächeln überzog ihr faltiges Gesicht.

Dann schlurfte sie zurück zu der einfachen Pritsche und legte sich hin. Während sie mit einer Hand die Kugel an sich preßte, öffnete sie mit der anderen die Schnüre an der Vorderseite ihres sackähnlichen Gewandes, bis ihre verwelkten Brüste zum Vorschein kamen. Mit beiden Händen drückte sie den Klumpen an ihr Brustbein und schloß die Augen. Nach einiger Zeit verlor die Kugel ihr schmutziges Aussehen, begann zu schimmern und schien an der Oberfläche zu schmelzen. Zähflüssig wie Honig rann die goldgelbe Substanz auf Denaras entblößte Brust herab und drang darin ein, ohne Spuren zu hinterlassen.

»Aaah!« Ein tiefes, beinahe wollüstiges Stöhnen entrang sich der Kehle der Alten, während der Klumpen immer weiter schrumpfte und schließlich ganz in ihr aufging. Denara schloß die Augen und stieß einen tiefen Seufzer aus, bevor sie sich erhob. Prüfend betrachtete sie sich in dem verschmutzten Spiegel an der Wand und sah darin eine alte Frau, die jedoch keineswegs einen gebrechlichen Eindruck machte, sondern energisch und vital wirkte.

»Es gibt keine Zeit zu verlieren«, meinte sie zu sich selbst. Um ihre Mundwinkel lag das leichte, spöttische Lächeln, das früher charakteristisch für sie gewesen war.

Während sie die Hütte verließ, beglückwünschte sie sich dazu, vor vielen Jahren etwas von ihrer Lebensenergie in Form dieses Klumpens gespeichert zu haben. Allerdings erinnerte sie sich heute noch mit Grauen daran, wie schlecht es ihr anschließend mehrere Tage lang gegangen war.

»Ich hoffe, es hält lange genug an«, murmelte sie, während sie regungslos am Boden sitzend auf die in die Morgendämmerung gehüllte Große Ebene hinabblickte. Ihre Augen wurden zu schmalen Schlitzen, als sie ein seltsames Flimmern in der Luft nahe des Zentrums der Ebene bemerkte. Geschmeidig erhob sich die Alte und betrachtete prüfend das Phänomen. Die Erscheinung wurde von Minute zu Minute dunkler und schien dabei zu schrumpfen. Nach einiger Zeit schwebte im Zentrum der Ebene ein pechschwarzer Fleck.

»Sie haben das Tor geöffnet...«, murmelte Denara.

Ein immenser Sog ging von diesem Gebilde aus. Heulend stürzten die Luftmassen darauf zu. Innerhalb weniger Minuten entwickelte sich ein Sturm, der alles, was nicht niet- und nagelfest war, mitriß.

Denara baute einen Schutz um sich auf und war für alle Gewalten dieser Welt nicht mehr erreichbar. »Hoffentlich dauert das nicht allzulange«, brummte sie. In ihrem Gesicht spiegelte sich Besorgnis wider. Es kostete enorme Kraft, einen so wirksamen Schutz aufrecht zu erhalten, außerdem war ihre Stärke nur geborgt.

Schlagartig hörte der Sturm auf, als hätte man ihn abgedreht wie die Flamme einer Öllampe. Dann hallte ein gewaltiger Donnerschlag über die Große Ebene. Ein Licht, greller und weißer als tausend Sonnen erstrahlte für einige Sekunden. Eine Druckwelle fegte über die Ebene hinweg, gegen die der Sturm zuvor nur ein laues Lüftchen gewesen war. Sie entwurzelte die Bäume und schleuderte sie Dutzende von Landmeilen durch die Luft.

Mit einer letzten Anstrengung hielt die Alte ihren Schutz aufrecht und bewahrte sich damit vor einem schnellen Tod. Aber als die Druckwelle abgeebbt war, verließen Denara ihre Kräfte, und sie verlor das Bewußtsein.

Mühevoll hob die Greisin den Kopf, als sie nach Stunden das Bewußtsein wieder erlangte. Sie lag bäuchlings im Schmutz und fühlte, daß beide Beine und ihr linker Arm mehrmals gebrochen waren. Nur ein kleiner Rest der Lebensenergie war noch übrig. Es dauerte einige Minuten, bis ihre Augen wieder etwas erkennen konnten. Ihr Verstand weigerte sich zu glauben, was sie sah.

Vor ihr breitete sich eine Stadt aus, die bestimmt tausendmal so groß war wie Grat'Hala. Die Gebäude waren so hoch, daß sich der Leuchtturm von Fa'Senn daneben wie ein Spielzeug ausgenommen hätte. Von der Großen Ebene war nichts mehr zu sehen außer einem einzigen, riesigen Häusermeer. Als Denara versuchte, sich etwas aufzurichten, wurde ihr schwarz vor den Augen. Sie wurde erneut ohnmächtig und kam erst nach längerer Zeit wieder zu sich, als ein stechender Schmerz durch ihre Rippen fuhr. Als die Geschundene aufsah, bemerkte sie die Anwesenheit einer Gruppe von etwa zehn Männern und Frauen, die eine seltsame Uniform trugen und die alte Heilerin angafften, als wäre sie ein exotisches Tier. Eine rothaarige Frau aus diesem Kreis versetzte ihr einen Tritt. Nun wußte die Alte, warum die Rippen so schmerzten.

»Wo kommst du denn her, Halbäffin? Du müßtest doch tot sein, wenn du hier in der Nähe warst.«

Denara musterte die Fremde mit einem spöttischen Lächeln und erntete dafür noch einen Fußtritt an den Brustkorb. Eine Schmerzwelle überflutete die Greisin. Sie erkannte, daß mehrere Rippen gebrochen waren, verzichtete jedoch darauf, die letzte ihr verbleibende Energie für den Heilungsprozeß zu verwenden.

Die Fremde nahm einen Gegenstand aus einer Tasche an ihrem Gürtel und richtete ihn auf Denaras Kopf. »Antworte, Halbäffin, sonst befördere ich dich mit diesem Ding in die Hölle!«

Mit letzter Kraft richtete sich die Alte trotz ihrer gebrochenen Beine auf und sah das Weib durchdringend an.

»Für dich und das, was mit dir gekommen ist, gibt es auf dieser Welt keinen Platz.« Mit lauter Stimme wandte sich die Heilerin dann an die anderen Fremden. »Geht dahin zurück wo ihr hergekommen seid, oder Senholzer wird euer Grab!«

Sie hatte kaum ausgesprochen, als das Ding in der Hand des rothaarigen Weibes ein kurzes, trockenes Geräusch von sich gab. Die Alte verspürte einen Schlag in der Magengegend. Im selben Moment färbte sich ihr abgerissenes Leinenhemd am Bauch blutrot, und höllische Schmerzen jagten durch ihre Eingeweide. Es gelang Denara jedoch, auf den Beinen zu bleiben. Sie ging sogar noch einen Schritt auf die Rothaarige zu, die offenbar die Anführerin der Gruppe war.

»... und was dich betrifft, du Metze, wir werden uns wiedersehen, auch wenn du's jetzt nicht glauben magst. Du wirst noch vor mir an dem Ort sein, den du Hölle nennst.«

Unwillkürlich wich die Fremde zurück und starrte das alte Weib, das ihr so furchtlos gegenüber trat, haßerfüllt an.

»Ich blase dir das Hirn aus deinem Schädel, du Kreatur!«

Das Projektil durchschlug Denaras Kopf. Sie wurde durch den Schuß von den Beinen gerissen und blieb leblos liegen.

»Sorgt dafür, daß der Kadaver wegkommt!« befahl die Frau und warf einen verächtlichen Blick auf die Leiche der Heilerin, die mit zerfetztem Schädel und seltsam verrenkten Gliedern im Gras lag, während am Rand der Großen Ebene zum ersten Mal die Sonne hinter einem riesigen Meer aus Hochhäusern unterging.

»Wo hast du dich wieder rumgetrieben, du Inkarnation des Ungehorsams?« fauchte Targat das schmuddelige Mädchen an, als es über das offene Fenster in sein Zimmer kletterte.

Era zuckte zusammen wie ein ertappter Dieb und musterte ihren Pflegevater finster. Dieser ließ keine Gelegenheit aus, sie zu schikanieren. Schon oft hatte Era mit dem Gedanken gespielt, es ihm heimzuzahlen, aber Targat war nicht umsonst Beauftragter der Informierten für Da'Landre. Er verfügte über mächtige Gaben, denen das Mädchen nicht viel entgegenzusetzen hatte.

»Ich hatte dich doch gebeten, nachts nicht mehr herumzustreunen«, fuhr er mit ruhiger, fast freundlicher Stimme fort. Ein flaues Gefühl machte sich in Era breit, da sie wußte, daß Targat in diesem Ton nur mit ihr sprach, wenn er außer sich vor Wut war.

»Es ist jetzt fast Mitternacht. Ich habe bemerkt, daß du vor drei Stunden deine Kammer durch das Fenster verlassen hast. Also, lege deinen Starrsinn ab und erleichtere dein Gewissen. Wo bist du gewesen?«

Der Ton des Beauftragten war nun so sanft wie der eines Ker'Mellischen Wanderpredigers.

Eras Unbehagen wandelte sich in Wut. Wut, die sich lange Zeit aufgestaut hatte und nun ein Ventil suchte. Mit überschnappender Stimme schrie sie ihn an: »Ich bin jetzt beinahe siebzehn Jahre alt und habe genug davon, dir über alles Rechenschaft ablegen zu müssen, was ich mache. Es genügt schon, daß ich dir für dieses schäbige Zimmer und das bißchen, das ich zu fressen brauche, den lieben langen Tag die Dienstmagd machen muß und geduldig deine Gemeinheiten ertrage. Aber damit ist jetzt Schluß. Ich gehe jetzt und will nie wieder etwas mit dir zu tun haben!«

Era drehte sich um und wollte das Zimmer wieder durch das Fenster verlassen, da spürte sie grausame Schmerzen in jeder Faser ihres Körpers. Wimmernd wand sie sich am Boden, während Targat sie mit der Macht seiner Gedanken weiter peinigte. Verzweifelt versuchte das Mädchen, mit ihren Gaben gegen die seinen anzukämpfen.

Genüßlich weidete sich der Beauftragte an den Qualen des Mädchens und amüsierte sich über dessen hilflose Versuche, ihm Widerstand zu leisten.

»Du hast Talent, kleine Göre, aber leider fehlt dir die Ausbildung«, meinte er hämisch und ließ es nach langen Minuten endlich genug sein. Schweißgebadet lag das Mädchen am Boden und zitterte am ganzen Körper.

»Hör' gut zu, was ich dir jetzt sage. Ich bin mit meiner Geduld am Ende. Wenn du noch einmal gegen meine Anweisungen handelst, war dies nur ein kleiner Vorgeschmack dessen, was auf dich zukommt. Also dann, gute Nacht!«

Mit selbstzufriedenem Lächeln verließ Targat das Zimmer. Era warf sich auf ihr Bett und vergrub das Gesicht im Kissen. Der hagere Körper des Mädchens wurde von Weinkrämpfen geschüttelt. Es dauerte Stunden, bis sie sich wieder gefaßt hatte. Dann packte sie das Nötigste ihrer wenigen Habe zusammen und verließ ihre Kammer durch das Fenster, in der festen Absicht, das Haus ihres Peinigers nie mehr zu betreten.

+Senar, mach mir bitte auf!+

Der Junge fuhr in seinem Bett hoch, als hätte man ihm einen Kübel kalten Wassers übergegossen.

»Was ist los, wer ist da?« rief er laut und schaute sich verwirrt in seinem Zimmer um.

+Sei leise! Ich bin's, Era. Bitte, ich muß mit dir reden!+

Erst jetzt merkte Senar, daß die Stimme nur in seinem Kopf zu hören war und stieg aus dem Bett, um das Fenster zu öffnen.

»Beim Immerwährenden Beschützer, wie siehst du denn aus!« entfuhr es ihm, als er das Mädchen sah.

»Kann ich zu dir?«

»Natürlich! Warte, ich helfe dir«, flüsterte er, reichte ihr die Hand und zog sie herein. Mit rotgeränderten Augen sah Era ihren Freund hilflos an, unfähig ein Wort zu sagen. Sie zitterte am ganzen Körper.

»Era, meine Güte, was ist los mit dir?« stieß Senar betroffen hervor und drückte sie voller Mitleid an sich.

»Ich weiß nicht mehr, wo ich hin soll!« rief das Mädchen verzweifelt aus und fing an, hemmungslos zu weinen. Bestürzt hielt der Junge die zerbrechlich wirkende Gestalt in seinen Armen und fing an, sich Sorgen zu machen. In so einem Zustand hatte er Era noch nie gesehen. Sie wirkte völlig hilflos und war am Ende ihrer Kräfte.

»Was ist los? Erzähl's mir!« forderte er sie auf. Schluchzend klammerte sie sich an ihn und berichtete, immer wieder unterbrochen von Weinkrämpfen, was vorgefallen war.

»Dieser Mistkerl!« stieß Senar hervor, als sie geendet hatte. Seine Augen funkelten vor Zorn.

»Heute nacht bleibst du hier, du kannst mein Bett haben, ich schlafe auf dem Boden. Morgen werde ich mit meinem Vater reden; er muß dir helfen oder ich bin nicht mehr länger sein Sohn!« Senar hielt seine Freundin noch eine Weile tröstend im Arm, dann forderte bei beiden die Müdigkeit ihren Tribut. Sie legten sich hin und waren bald darauf eingeschlafen.

Era wurde, gerade als ihr Schlaf die tiefste Phase erreicht hatte, von etwas in ihrem Inneren geweckt. Sie wußte, daß sich ihre Gaben bemerkbar machten, aber nicht warum. Draußen dämmerte der neue Morgen. Sie fühlte sich noch immer müde und ausgelaugt. In ihr war jedoch ein bohrendes Gefühl der Gefahr, das sie nicht mehr zur Ruhe kommen ließ. Zum tausendsten Mal verfluchte sie die Tatsache, daß ihre Gaben nicht geschult waren und sie ihr Talent deshalb nur zu einem Bruchteil nutzen konnte. Die Ahnung einer drohenden Gefahr wurde immer stärker, an Schlaf war nicht mehr zu denken. Schweißgebadet und am ganzen Körper zitternd setzte sich das Mädchen im Bett auf und überlegte, ob sie Senar wecken sollte. Vergeblich kämpfte sie gegen die immer stärker werdende Panik an.

»Was hast du, Era?« fragte Senar, der plötzlich neben dem Bett stand. Era fühlte sich unendlich erleichtert, daß ihr Freund aufgewacht war, obwohl sie wußte, daß er ihr nicht helfen konnte.

»Irgend etwas Schlimmes geschieht, ich kann es spüren.«

Der Junge wußte, daß er Eras Worte nicht auf die leichte Schulter nehmen durfte. »Ich hole meinen Vater.«

Era richtete sich plötzlich kerzengerade auf. »Nein, Senar, bleib hier und laß mich nicht allein, es geht gleich los!« kreischte sie panikerfüllt.

»Was geht los?« fragte der Junge.

»Ich weiß es nicht. Irgendetwas Schreckliches. Ich bin so durcheinander, ich glaube, ich verliere gleich den Verstand«, stammelte das Mädchen.

»Reiß' dich zusammen, Era.« Der Junge nahm ihre Hände in die seinen und fühlte im selben Moment ebenfalls die unmittelbar bevorstehende Gefahr.

Mit absoluter Klarheit erkannte Senar, daß es von seiner Freundin abhing, ob sie die nächsten Minuten überleben würden.

»Beruhige dich und mach' einen Schutz für uns!«

Seine Worte hallten in Era nach. »Einen Schutz für uns, ja...« murmelte sie und fühlte, wie alle Gedanken in ihr nebensächlich wurden bis auf den, für ihren einzigen Freund und sich einen Schutz aufzubauen. Sie schloß die Augen, umklammerte fest Senars Hände mit den ihren und fing an, leise zu singen. Es war eine ruhige Melodie, die Senar noch nie zuvor gehört hatte. Der Oberkörper des Mädchens wiegte langsam vor und zurück. Der Junge spürte, wie in ihm zuerst leicht, dann immer stärker ein Gefühl der Sicherheit entstand.

Die Minuten vergingen und Eras Gesang wurde, obwohl sie ihre Stimme nicht erhob, immer mächtiger. Er schien eine ungeheure Kraft auszustrahlen, die auch Senar stärkte. Der Junge hatte plötzlich das Gefühl, nichts und niemand könne ihm mehr etwas anhaben. Zögernd begann er die monotone Weise des Mädchens zu begleiten. Der letzte Rest von Angst und Unsicherheit fiel von ihm ab, er fühlte sich nun mächtig und unverwundbar.

Erst jetzt bemerkte er, daß sie in eine leuchtende Aureole gehüllt waren. Ein steter Strom von Kraft strömte aus den Berührungspunkten ihrer Hände dem Schutz zu, der sie umgab. Senar lächelte Era an, und sie lächelte zurück. Er fühlte sich eins mit ihr auf einer Ebene, die weit über der körperlichen lag.

Im nächsten Moment brach die Hölle los. Ein fürchterlicher Donnerschlag krachte durch die stille Morgendämmerung. Das Haus wurde von einer Druckwelle in seine Bestandteile zerlegt und die Trümmer sausten wie Geschosse durch die Luft. Blitze zuckten durch die Aureole, von der das Paar umgeben war, aber sie hielt stand. Wie ein Fels in der Brandung saßen die beiden am Boden, hielten sich an den Händen und gaben sich gegenseitig Kraft, den Schutz aufrecht zu erhalten, während Da'Landre zerstört wurde.

Als die Druckwelle verebbte, war Totenstille.

Erst Stunden später erwachten die beiden aus ihrer Trance und merkten, daß der Schutz sie sehr viel Kraft gekostet hatte. Era hatte Ringe unter den Augen wie die fomtsüchtigen Straßenmetzen in Grat'Hala, und der Junge war weiß wie die Wand.

Fassungslos starrten sie das an, was von dem Dorf noch übrig geblieben war. Kein Stein stand mehr auf dem anderen, und alle Bäume weit und breit waren entwurzelt worden. Überall hörte man das Stöhnen und Wehklagen der Verletzten. Diejenigen, die noch am Leben waren und nicht unter den Trümmern lagen, gruben mit bloßen Händen nach verschütteten Angehörigen oder ihrem Hab und Gut. Targat lief zwischen den Überlebenden herum und organisierte die Hilfsmaßnahmen. Er war offenbar unverletzt geblieben.

Am Spätnachmittag waren alle Verschütteten geborgen. Mehrere Heilerinnen aus Nachbardörfern waren eingetroffen und kümmerten sich um die Verletzten.

Am Abend zog der Beauftragte Bilanz. Es stellte sich heraus, daß nur 119 der ursprünglich 431 Dorfbewohner überlebt hatten. Vierzehn von ihnen waren so schwer verletzt, daß keine Aussicht bestand, ihr Leben zu retten. Ker gehörte zu ihnen. Eine Heilerin namens Krala aus dem Dorf Fre 'Losat bemühte sich verzweifelt, seine schweren inneren Verletzungen zu beheben, die ein auf ihn herabstürzender Dachbalken verursacht hatte. Nur seiner starken Muskulatur, die einiges von der Wucht abgefangen hatte, verdankte der Schmied, daß er noch am Leben war.

Weinend hielt Senar die Hand seines Vaters. Die Mutter des Jungen war tot aus den Trümmern ihres Hauses geborgen worden, und wenn nicht noch ein Wunder geschah, würde Ker ebenfalls sterben. Ratlos stand Era daneben und spürte, wie gering die Gaben der Heilerin waren, die sich um Ker bemühte.

»Bitte, laß es mich einmal versuchen!« wandte sich das Mädchen an die Frau, deren Miene von Minute zu Minute hilfloser wurde.

»Bist du eine Heilerin?« fragte sie mißtrauisch.

»Ich? Äh, eigentlich nicht«, stammelte Era verlegen.

»Was willst du dann?«

»Ich bin Era, vielleicht hast du schon einmal von mir gehört?« versuchte es das Mädchen noch einmal. Krala zuckte zusammen und verzog das Gesicht, als hätte sie in eine saure Frucht gebissen.

»Du bist also Denaras Urenkelin. Dein Ruf eilt dir voraus. Ich habe tatsächlich schon von dir gehört, aber nichts Gutes.«

»Bitte, du weißt, daß ich über starke Gaben verfüge. Laß es mich versuchen!«

Die Heilerin bemerkte den Hoffnungsschimmer im Gesicht des Jungen und wurde nachdenklich. Sie wußte, daß man Ker nicht mehr helfen konnte. Warum sollte sie also ablehnen?

»Also gut, meinetwegen. Versuche dein Glück!« entschied Krala. Das Mädchen verlor keine Zeit und beugte sich über den Schwerverletzten. Im selben Moment brandete eine Woge von Schmerzen durch ihren Körper, und sie fiel neben Ker ins Gras. Durch den Tränenschleier, der sich vor ihre Augen gelegt hatte, bemerkte sie Targat.

»Du hast dich wieder ohne meine Zustimmung aus dem Haus geschlichen. Ich hatte dir gesagt, was passiert, wenn du noch einmal gegen meine Anweisungen handelst!« stellte der Beauftragte mit ruhiger Stimme fest.

»Was hast du mit mir vor?« erkundigte sich das Mädchen angstvoll.

»Ich werde dich jetzt nach Hause bringen. Dort kommst du für einige Zeit an einen sicheren Ort, wo du keinen Blödsinn mehr anstellen kannst, während ich hier mit Wichtigerem beschäftigt bin.«

Era begriff sofort. Offenbar hatte es Targat geschafft, sein Haus vor der Vernichtung zu bewahren. Mit dem sicheren Ort meinte er das Verließ im Keller, das als Dorfgefängnis genutzt wurde. Wer dort schon einmal eingesperrt worden war, überlegte es sich, ob sein Verhalten nochmals einen Grund bot, ihn dorthin zurückzubringen. Das Verließ war ein finsteres Loch mit kahlen Wänden. Der einzige Einrichtungsgegenstand bestand aus einem Blecheimer für die Exkremente. Zum Schlafen blieb nur der Steinboden, der mit verfaultem Stroh ausgelegt war.

Era wußte, daß ihre einzige Chance darin bestand, ihren Erzieher um Gnade anzuflehen.

»Habt Erbarmen, Herr! Ich werde künftig immer gehorchen, aber laßt mich bitte Senars Vater helfen!« Tränen liefen über Eras Gesicht, während sie verzweifelt bettelte. Ein zufriedener Ausdruck überzog Targats Gesicht. Endlich hatte er ihren Widerstand gebrochen.

»Du und jemandem helfen?« höhnte er. »Du kommst jetzt sofort mit, sonst werde ich dir helfen!«

»Nein, bitte, Herr, laßt es mich versuchen, dann komme ich sofort mit!«

Eine neue Schmerzwelle durchflutete Era, als der Beauftragte rücksichtslos seinen Gaben freien Lauf ließ.

»Beauftragter, glaubt Ihr nicht, daß Ihr etwas zu streng seid?« wandte Krala vorsichtig ein, während man ihrem Gesichtsausdruck deutlich entnehmen konnte, wie wenig ihr solche Erziehungsmethoden gefielen.

Targat ging einige Schritte auf die Frau zu, beugte sich herab, so daß sein Gesicht nur wenige Zoll von dem ihren entfernt war und fragte mit gefährlicher Ruhe: »Willst du mich kritisieren, Heilerin?«

Diese hielt seinem Blick nur kurz stand, senkte dann den Kopf und murmelte: »Nein, Beauftragter. Bitte vergebt mir meine Anmaßung.«

Währenddessen hatte Era das Bewußtsein verloren, da Targat ihr auch während des Wortwechsels mit der Heilerin Schmerzen zugefügt hatte.

»Oh, es ist ihr wohl zuviel geworden«, spottete er, hob das Mädchen auf, warf es sich wie einen Sack über die Schultern und machte sich auf den Heimweg. Senar hockte mit leerem Gesichtsausdruck neben seinem sterbenden Vater. Der Beauftragte hatte ihn, als er spürte, daß der Junge seiner Freundin zu Hilfe kommen wollte, in einen tranceartigen Halbschlaf versetzt.

»So ein Dreckskerl!« fluchte Krala, als der Beauftragte außer Hörweite war, und versuchte weiter, Kers Leben zu retten.

Era erwachte durch ein Gefühl, als hätte jemand sie leicht gezupft. Müde und ausgebrannt starrte sie von ihrem Strohlager auf die schwere Eisentüre, während der letzte Schimmer der untergehenden Sonne durch die kleine, vergitterte Luke in die Zelle fiel. Dem Mädchen war jetzt alles egal, es hatte nur noch den Wunsch zu sterben.

+So etwas solltest du nicht denken, Era. Sterben ist nicht so schön, wie du vielleicht glaubst!+

Mit einem schrillen Schrei fuhr Era in die Höhe und sah sich panikerfüllt um. Sie hatte die Worte gehört, aber außer ihr war niemand in der Zelle. Wurde sie langsam wahnsinnig, oder war es Targat, der sie weiter peinigen wollte?

»Targat, hör auf mich zu quälen!« schrie Era verzweifelt.

+Beruhige dich, Kind. Der Beauftragte hat nichts damit zu tun.+

Das Mädchen horchte in sich hinein und stellte fest, daß die Stimme in ihrem Kopf entstand, so als wäre dort ein zweites Bewußtsein.

»Jetzt ist es passiert, ich verliere den Verstand«, murmelte sie resignierend und hockte sich auf den Boden.

+Was man nicht hat, kann man auch nicht verlieren+, meinte die Stimme in ihrem Kopf mit gutmütigem Spott.

Jetzt spürte es Era ganz deutlich: Sie war nicht mehr allein in ihrem Körper. +Wer bist du?+ fragte sie zaghaft in sich hinein.

+Erkennst du mich nicht?+

Era erfaßte das zweite Ich in ihrem Körper immer deutlicher. Sie spürte, daß dieses Bewußtsein sehr mächtig war, und es war ihr irgendwie vertraut. Für einen kurzen Augenblick glaubte sie, die Wahrheit erkannt zu haben. Doch es konnte nicht sein, nein, der Unterschied war einfach zu groß.

+Du darfst nicht vergessen, daß ein alternder Körper die Seele und den Geist immer mehr einengt+, meinte die Stimme in ihr ruhig.

»Denara!« rief das Mädchen in einer Mischung von Überraschung und Entsetzen.

+Ja, Era, ich bin es+, bestätigte das Bewußtsein sanft.

+Geh sofort aus meinem Körper, du alte Hexe, oder ich schmeiße dich eigenhändig raus!+ giftete das Mädchen auf Gedankenebene ihren »Gast« an.

+Wie willst du das anstellen? Du bist am Ende deiner Kräfte. Targat hat dich zermürbt. Er wird dich ganz zerstören, wenn ich dir nicht helfe.+

Era antwortete nicht, sie wußte, daß ihre Urgroßmutter recht hatte. Außerdem fühlte sie, daß diese Denara anders war als jene, die sie kennengelernt hatte. Etwas Herzliches und Liebevolles ging von ihrem Bewußtsein aus. Widerwillig fühlte sich das Mädchen zu ihr hingezogen.

+Paß auf, Schäfchen+, fühlte Era die warmherzige Stimme in ihrem Kopf, +ich weiß, ich war oft ekelhaft zu dir, aber durch die Beschwerden des Alters wird man halt so. Mein Körper wurde verdammt alt, viel älter als es ihm zustand. Zum Schluß war er nur noch ein häßliches, quälendes Gefängnis. Nun ist er tot, aber mein Ich existiert weiter, weil es in dir Zuflucht fand.+

+Du hast dem Tod getrotzt?+ fragte das Mädchen respektvoll.

+Noch nicht ganz. Ich bin auf deine Hilfe angewiesen. Kann ich mit dir rechnen?+

+Ich weiß nicht...+, entgegnete Era zögernd.

+Wir haben nicht viel Zeit+, drängte Denara. +Wir müssen bald verschmelzen, sonst werden wir beide wahnsinnig. Aus Era und Denara muß Erdena werden, so wie aus Dena und Raha Denara geworden ist.+

Die Augen des Mädchens weiteten sich ungläubig. +Du bist schon einmal mit einem anderen Bewußtsein verschmolzen?+

+Ja, ein Teil meines Ichs wurde als Dena geboren. Sie verschmolz nach ihrem Tod mit ihrer Enkelin Raha. Allerdings hatten sich die beiden schon zu Denas Lebzeiten gut verstanden, weshalb es bei der Verschmelzung ihrer Seelen keine Probleme gab.+

Era senkte den Kopf und dachte nach. Ihr wurde bewußt, wie einsam sie immer gewesen war, sah man von den Stunden, die sie mit Senar verbracht hatte, einmal ab. Obwohl sie dies nie zugegeben hätte, sehnte sie sich nach Geborgenheit und einer starken Hand, die sie schützte und ihre Ängste zerstreute. Im Grunde ihres Herzens war Era furchtsam und unsicher, was sie jedoch ihrer Umgebung durch ihr herausforderndes und trotziges Auftreten erfolgreich verheimlicht hatte. Nun fühlte sie sich leer und ausgebrannt und wußte nicht, wie es weitergehen sollte.

Era lächelte müde und meinte: +Weißt du, daß du dir den besten Zeitpunkt ausgesucht hast, um mich dazu zu bewegen, mit der Verschmelzung einverstanden zu sein?+

+Den Zeitpunkt habe nicht ich ausgesucht, sondern eine Passager mit einer Waffe in der Hand+, meinte Denara trocken.

+Wer?+ fragte das Mädchen zurück.

+Eine Passager, so werden in den Alten Schriften jene genannt, welche die Heimsuchung bringen. Aber jetzt ist keine Zeit mehr für lange Erklärungen, Schäfchen, du mußt dich entscheiden!+

+Was ist, wenn ich nicht will, machst du es dann mit Gewalt?+

+Nein, mit Gewalt ginge es nicht, dazu bist du zu stark. Wenn ich es trotzdem versuchen würde, wäre das unser beider Ende. Es bliebe mir nur die Möglichkeit, dich wieder zu verlassen.+

+Was wird dann mit dir?+ erkundigte sich das Mädchen neugierig.

+Ich weiß es nicht+, antwortete Denara, während das Mädchen dazu mit den Schultern zuckte. +Wir müssen uns beeilen! Dein Körper beginnt schon auf meine Gedanken zu reagieren. Bald kann ich ihn nicht mehr verlassen!+ drängte Denara. Era fühlte, daß ihre Urgroßmutter unruhig wurde.

+Also gut, ich bin einverstanden. Aber ich habe eine Bedingung: Du bringst uns anschließend schnell hier heraus und heilst Senars Vater. Er liegt schwerverletzt bei den Trümmern seines Hauses.+

+Du hast mich anscheinend nicht richtig verstanden, Schäfchen! Nach der Verschmelzung gibt es mich nicht mehr und dich genausowenig. Das neue Bewußtsein wird aus uns beiden gebildet. Es hat alle unsere Erinnerungen, Fähigkeiten und Eigenschaften. Du kannst mir keine Bedingungen stellen, die Erdena, das neue Geschöpf, erfüllen muß!+

+Ich verstehe... Also gut, bringen wir es hinter uns!+ meinte Era dann ein letztes Mal in der ihr eigenen burschikosen Art.

+Gut, dann leg' dich auf den Boden+, wies Denaras Bewußtsein sie an.

+Wird es weh tun?+

+Aber nein, Schäfchen, und wenn du mir hilfst, geht es ziemlich schnell.+

+Was muß ich tun, Urgroßmutter?+

+Du wirst es wissen, wenn es soweit ist. Laß uns jetzt anfangen, Schäfchen, entspanne dich.+ Langsam tastete Denara nach Eras Bewußtsein, das sich ihr weit öffnete. +Gut machst du das, du bist ja ein Naturtalent!+ lobte das Bewußtsein der Alten. Als sie in den Geist des Mädchens eindrang, fühlte sie, wie zerrissen und instabil Eras Psyche geworden war. Das harte Leben ohne elterliche Liebe und die Schikanen von Targat hatten dazu geführt, daß es nur noch eines geringen Anlasses bedurft hätte, das Mädchen um den Verstand zu bringen.

In stundenlanger Arbeit sortierte Denara die Gedächtnisinhalte aus Eras Bewußtsein und legte fest, welche für den Charakter von Erdena wichtig waren. Der Rest wurde zu weniger prägenden Erinnerungen. Schließlich war das reine Bewußtsein des Mädchens, seine Seele, »freigelegt«.

Dieselbe Prozedur dauerte bei Denara nur wenigen Sekunden, da sie diese Auswahl für sich schon lange getroffen hatte. Jetzt war es soweit. Die beiden Seelen im Körper des jungen Mädchens, nun rein und unbelastet wie zum Zeitpunkt ihrer Entstehung durch die Vereinigung von Ei und Samenzelle, verschmolzen. Das vereinigte Bewußtsein nahm die vorher selektierten persönlichkeitsbildenden Gedächtnisinhalte auf und vollzog innerhalb weniger Minuten das, was normalerweise vom Zeitpunkt der Befruchtung bis zum Erwachsenenalter dauerte: Eine stabile, ausgereifte Persönlichkeit bildete sich, Erdena war entstanden.

Die junge Frau schlug die Augen auf, erhob sich langsam und streifte mit den Händen das Stroh von ihrer zerrissenen, schmutzigen Kleidung. Ihr war, als sei sie aus einem langen, bösen Traum erwacht. Sie fühlte eine mächtige, nie gekannte Ruhe und Gelassenheit in sich und ein zufriedenes Lächeln überzog ihr hübsches Gesicht.

»Ja, Era und Denara, meine Mütter, es hat geklappt«, murmelte sie befriedigt und atmete tief durch. Von den Strapazen der letzten Tage und den körperlichen Leiden, die ihr Targat zugefügt hatte, spürte sie nichts mehr, sie fühlte sich frisch und erholt.

»Jetzt werde ich erst einmal Ker helfen, nicht wahr Era?« meinte sie mit leisem Spott zu sich selbst und registrierte befriedigt, daß sie seine Gedanken noch spüren konnte, also lebte er noch. In diesem Moment wurde mit einem schleifenden Geräusch der Riegel der Zellentüre zur Seite geschoben, und Targat trat ein.

»Na, du kleines Luder, bist ja schon wieder auf den Beinen. Ich hätte nicht gedacht, daß es so schnell geht!« höhnte er.

»Gut, daß du kommst, Beauftragter, das erspart es mir, dich zu holen. Und nun öffne die Gittertür!« sagte Erdena eisig.

Mit diesen Worten schaffte sie es, Targat aus der Fassung zu bringen. Er stand in der Türöffnung. Drei Fuß von ihm entfernt war der Raum nochmals durch ein Gitter abgeteilt, hinter dem das Mädchen stand und ihn auffordernd ansah.

»Was hast du gesagt? Ich höre wohl nicht richtig! Anscheinend bin ich noch viel zu sanft mit dir umgegangen, aber das werden wir gleich ändern!« drohte er haßerfüllt.

Erdena entgegnete nichts darauf, sie sah ihn nur abwartend an, mit einer Verachtung und Geringschätzung, die fast körperlich spürbar war. Der Beauftragte zögerte. Er fühlte die Veränderung in dem Mädchen.

»Verdammte Göre, ich werde dir helfen...!« preßte er zwischen den Zähnen hervor und formulierte einen Wunsch, der den widerspenstigen Zögling in ein wimmerndes Bündel aus Schmerzen verwandeln sollte.

Statt dessen durchzuckte grausame Pein jede Zelle seines Körpers. Der Schmerz schien nicht enden zu wollen. Keuchend rang Targat nach Luft, als die Schmerzwelle nach langen Minuten endlich verebbte. Er begriff, daß das Mädchen den Wunsch reflektiert hatte, eine Gabe, die nur bei Informierten anzutreffen war. Ehe er weiter darüber nachdenken konnte, verlor er den Boden unter den Füßen. Eine unwiderstehliche Gewalt zog ihn zum Gitter hin. Sein Körper wurde derb gegen die Stäbe gedrückt.

»Muß ich dich zu mir holen, ohne daß die Türe geöffnet wird?« fragte Erdena ruhig.

Der Druck verstärkte sich. Von Targats Stirn rann Blut, da sein Kopf, wie die übrigen Körperteile, immer fester gegen die Gitterstäbe gepreßt wurde. Mit einem dumpfen Knacken brach die erste Rippe. Der Beauftragte rang nach Luft, da der Druck, der ihn an die Stäbe preßte, keinen Raum mehr zum Atmen ließ. Erdena stand gelassen da. Mehr noch als die Schmerzen, die er empfand, erschreckte Targat der Umstand, daß sie sich nicht einmal anzustrengen schien. In diesem Moment wurde dem Beauftragten klar, daß sie ohne weiteres in der Lage war, ihre Drohung wahrzumachen. Sie würde ihn zwischen den Gitterstäben durchpressen, wie ein Stück Fleisch durch den Wolf. Verzweifelt versuchte er um Gnade zu betteln, doch seine Lungen wurden so zusammengedrückt, daß er keinen Ton herausbekam.

+Hat es dir die Sprache verschlagen, Beauftragter?+ wisperte die Stimme des Mädchens in seinem Kopf.

+Bitte, laß mich am Leben!+ dachte er flehentlich.

+Du hast Glück, daß meine Mütter mir die Mordlust nicht als Charakterzug mitgegeben haben!+ gab Erdena zurück.

Im selben Moment wurde Targat vom Gitter weg gegen die Mauer geschleudert. Mit einem lauten Knall flog gleichzeitig die Türe aus den Scharnieren und krachte haarscharf neben dem Beauftragten gegen die Wand, wo sie ihr Muster hinterließ.

»Es ist höchste Zeit, Ker zu helfen, also geh' voraus«, wandte sich Erdena an das Häufchen Elend, das keuchend und Blut hustend am Boden lag. Mühsam und ohne ein Wort zu sagen, erhob sich der Beauftragte und taumelte mehr als er ging ins Freie, wo eine halbe Landmeile entfernt Ker im Sterben lag.

Verblüfft hob Krala den Kopf, als sie Targat zusammen mit der jungen Frau kommen sah.

»Wie geht es Ker?« erkundigte sich Erdena, ohne den erstaunten Blick der Heilerin zu beachten.

»Es geht zu Ende mit ihm; ich habe getan, was in meiner Macht stand.«

»Das weiß ich!« bestätigte Erdena und Krala wunderte sich, warum diese Worte sie freuten wie das Lob einer hochstehenden Person.

»Das ist dein Werk, nicht wahr?« Wie ein Peitschenhieb kam die Frage an Targat, während Erdena anklagend auf Senar deutete, der teilnahmslos am Boden hockte und ins Leere starrte. Der Beauftragte hob den Kopf und sah Erdena mit einer Mischung von Haß und Angst an.

»Es war nur zu seinem Besten, Era, er wäre sonst durchgedreht«, versuchte er sich zu rechtfertigen.

»Nenne mich nicht Era. Für dich bin ich die Hohe Gesegnete!« fuhr ihn Erdena an. Targat zuckte ob dieser Zurechtweisung zusammen. In seiner Miene spiegelte sich der blanke Haß, aber er wagte es nicht, aufzubegehren.

»Du wirst dein Unrecht nun wieder gutmachen«, erklärte Erdena mit einem gefährlichen Unterton in der Stimme. »Komm her!«

Der Beauftragte fühlte, wie die Angst in ihm hochkroch. Die Dominanz der jungen Frau schüchterte ihn ein. Es wurde ihm endgültig klar, daß er nicht mehr die Era vor sich hatte, die er kannte. Dieses Geschöpf umgab eine Aura von Macht, Weisheit und Stärke, wie er sie nicht einmal beim Zusammentreffen mit Informierten gespürt hatte.

Dennoch machte er keine Anstalten, der Anweisung zu folgen.

Die Augen des Mädchens wurden zu schmalen Schlitzen. Targats Körper wurde mit einem Mal von einer unerklärlichen Starre befallen. Er war unfähig, auch nur den kleinen Finger zu rühren. Dann verlor er den Boden unter den Füßen und schwebte auf Ker zu. Wenige Zoll über dem Schwerverletzten kam Targat zur Ruhe. Langsam begann die Haut des Beauftragten goldgelb zu schimmern, als wäre Honig aus seinen Poren getreten. Zähflüssig löste sich ein dünner Strom aus Lebensenergie von Targats Körper und drang in den Schwerverletzten ein.

Von Minute zu Minute wurde die Gesichtsfarbe von Erdenas Widersacher fahler. Schließlich war er bleich wie der Tod.

Die Frau aus Fre'Losat erkannte, daß hier Gaben am Werk waren, wie sie nicht einmal die Informierten besaßen.

»Hohe Gesegnete, du solltest ihn nicht umbringen«, wandte sich die Heilerin in unterwürfigem Ton an Erdena.

»Das habe ich auch nicht vor, Krala.«

Erdena ließ mit einer kurzen Handbewegung den Strom aus Lebensenergie versiegen und setzte den Beauftragten einige Schritte entfernt im Gras ab. Dessen Augen lagen nun tief in den Höhlen. Er atmete stoßweise und war weiß wie die Wand. Mit einem Wunsch heilte Erdena seine Rippenbrüche und die Wunde an seiner Stirn, die er sich am Zellengitter zugezogen hatte.

»Warum hilfst du mir?« brachte Targat mühsam hervor.

»Ich sagte bereits, daß meine Mütter mir die Mordlust nicht als Charakterzug mitgegeben haben. Allerdings werde ich nicht zulassen, daß jemand wie du noch länger Macht ausüben kann.«

»Was hast du vor?« fragte der Beauftragte angstvoll.

»Ich werde dir deine Gaben nehmen, du hast nur Schindluder damit getrieben. Damit ist es jetzt vorbei!« stellte Erdena fest. Für einige Sekunden wurde ihr Blick abwesend, als sie, ohne daß Targat etwas davon spürte, bestimmte Sektoren in seinem Gehirn für immer blockierte.

»Erledigt«, meinte sie trocken, drehte sich um und ging zu Senar.

Erdenas Gesichtszüge wurden weich, als sie sich zu ihm herunterbeugte und sanft ihre rechte Hand auf seine Stirn legte. Im selben Moment erwachte der Junge aus seiner Starre und schaute die junge Frau verwirrt an.

»Was ist los, Era?« fragte er verwirrt. Dann kehrten seine Erinnerungen zurück. Mit einem Aufschrei rannte er zu seinem Vater, der im Gras lag und tief und gleichmäßig atmete.

»Er schläft jetzt. Du brauchst dich nicht mehr um ihn zu sorgen, er wird bald wieder völlig gesund sein«, meinte Erdena beruhigend. »Und wir müssen uns jetzt um die anderen kümmern, die unserer Hilfe bedürfen, Heilerin«, wandte sie sich dann an Krala, die sie voller Scheu anblickte.

»Natürlich, Hohe Gesegnete«, entgegnete die Frau und verneigte sich leicht.

Im selben Moment wurde Erdenas Gesicht zu einer starren Maske. Ihr Kopf ruckte nach oben, als suche sie etwas am Himmel. »Verdammt!« entfuhr es ihr.

+Lauft alle weg! Flieht, solange ihr noch könnt, sonst droht euch der Tod!+ sandte sie dann ihre Gedanken in einer Stärke aus, daß jeder im zerstörten Dorf die Warnung wahrnehmen konnte, als wäre sie laut gesprochen.

Doch Erdena wußte, daß es schon zu spät war. Drei silbern glitzernde Gebilde in der Form von dreieckigen Scheiben flogen am Himmel pfeilschnell auf Da'Landre zu. Augenblicke später stoben hunderte von grellen Funken mit infernalischem Geheul von den Scheiben weg und trafen die Trümmer des Dorfes und seine Bewohner. Dutzende von 'hala wurden in Sekunden zu Asche verbrannt. Überall war Rauch, Hitze und Feuer.

Mit zwei, drei schnellen Schritten lief Erdena zu Senar, warf sich mit ihm zu Boden und hielt ihn fest umklammert. Beinahe schlagartig zerflossen die beiden zu einer dunklen, nebelartigen Wolke, die sich rasch ausdehnte und verschwand. Fast zur gleichen Zeit tauchte drei Landmeilen entfernt jene Wolke aus dem Nichts wieder auf. Rasend schnell verdichtete sie sich zu zwei am Boden liegenden Körpern, von denen einer den anderen umklammert hielt.

Nach wenigen Sekunden löste sich Erdena von ihrem Gefährten und erhob sich. Senar schüttelte ein paar Mal heftig den Kopf, um seine Benommenheit zu vertreiben, dann stand auch er auf. Verwirrt sah er sich um. Er befand sich mit seiner Begleiterin auf einer Anhöhe, von der man auf Da'Landre, oder das, was davon noch übrig war, hinuntersehen konnte.

»Wie hast du das gemacht, Era?« erkundigte sich der Sohn des Schmiedes fassungslos. In diesem Moment überflog die zweite Staffel der dreieckigen Gebilde das Dorf und vollendete das Vernichtungswerk. Mit einem Aufschrei lief Senar den Hang hinunter. Nach wenigen Schritten stolperte er und fiel der Länge nach hin. Im Nu war Erdena über ihm und hielt ihn fest. »Bist du lebensmüde?« fuhr sie ihren Gefährten zornig an.

Nach kurzer Gegenwehr gab Senar seinen Widerstand auf und fing an zu schluchzen. »Das werden sie mir büßen, wer immer sie auch sind!« stammelte er mit tränenerstickter Stimme. Er wußte, daß sein Vater tot war, weil dort unten niemand mehr am Leben sein konnte. Verzweiflung und wilde Entschlossenheit spiegelten sich in seinem Gesicht. Tröstend schmiegte sich die junge Frau an ihren Freund. Dabei fiel ihr auf, wie stark und muskulös Senar in letzter Zeit geworden war. Er bekommt die Statur seines Vaters, dachte sie bei sich. Für einige Augenblicke genoß Erdena seine Nähe, dann löste sie die Umarmung und erhob sich. »Wir müssen hier schleunigst weg. Es kann sein, daß die Passager die Gegend absuchen. Wenn sie uns finden, werden wir ebenfalls sterben!«

Senar sprang auf. »Ja, wir werden gehen. Aber ich schwöre beim Andenken an Ker, den Schmied, daß ich zurückkommen und jene, die für dieses Gemetzel verantwortlich sind, zur Rechenschaft ziehen werde«, stieß der Jüngling haßerfüllt hervor.

»Irgendwann werden sie es mit den Aschereide zu tun bekommen. Dann werden die Heimsucher den Tag verfluchen, an dem sie ihren Fuß auf unsere Welt setzten«, murmelte die Hohe Gesegnete düster.

»Wer sind die Aschereide?« erkundigte sich Senar verwirrt.

»Das ist jetzt nicht wichtig«, antwortete Erdena in einem Ton, der keinen Zweifel daran ließ, daß sie nicht mehr darüber reden wollte. »Wir machen uns sofort auf den Weg nach Grat'Hala. Die Informierten müssen erfahren, was hier vorgefallen ist. Außerdem werde ich dort endlich die Alten Schriften vollständig studieren. Wenn es für Grenn und die 'hala Rettung gibt, dann erfahren wir es aus diesen Aufzeichnungen.«

Senar warf Erdena einen verwunderten Blick zu, sagte aber nichts.

»Worauf wartest du noch?« fragte sie ihn und ging los. Der Jüngling warf noch einen letzten Blick auf das zerstörte Dorf und beeilte sich dann, seiner Gefährtin zu folgen.

Ein gequältes Stöhnen entrang sich Keliaths Brust. Helle Punkte tanzten vor seinen Augen, als es ihm nach mehreren vergeblichen Versuchen gelang, sie zu öffnen. Er fühlte sich wie gerädert, jede Faser seines Körpers schmerzte.

»Ist nicht angenehm, zweimal innerhalb kurzer Zeit vom Schrein an einen anderen Ort gebracht zu werden, nicht wahr?« erkundigte sich Termalnjong mitfühlend. Prüfend schaute der Informierte den Diener an und überlegte, ob dieser ihn verspotten wollte. Der kleine Mann streckte seine Hand aus, um ihm aufzuhelfen.

»Ihr seht überhaupt nicht angegriffen aus, Termalnjong, hat Euch der Transport denn nichts ausgemacht?«

»Nun, sagen wir, man gewöhnt sich daran. Der eine verträgt es besser und der andere weniger gut«, antwortete der Diener des Schreins und fuhr mit einem Seitenblick auf Mares, der immer noch regungslos auf dem Boden lag, fort: »Und manche vertragen es ganz schlecht.«

»Könnt Ihr etwas für ihn tun, Diener?«

»Das ist nicht nötig, er wird sich auch so wieder erholen.«

Als wäre dies sein Stichwort gewesen, begann Mares sich zu regen.

»Was hat der Gnom eben gesagt?« stöhnte er.

Keliath zuckte zusammen. Hatte der jüngere der beiden Informierten den Diener vorher schon respektlos behandelt, wurde er nun beleidigend. »Ich glaube nicht, daß es nötig ist, der Person, die dem Immerwährenden Beschützer am nächsten steht, den gebührenden Respekt in einer Weise zu verweigern, wie Ihr das tut, Erhabener Mares!« wies Keliath ihn scharf zurecht.

»Du kannst mich ruhig wieder duzen!« spottete der Angesprochene und dokumentierte damit, daß ihn die Rüge kalt gelassen hatte.

»Laßt ihn reden, Keliath. Er kann mich nicht beleidigen«, versuchte Termalnjong den beginnenden Streit zu schlichten.

»Wenn ich mich recht erinnere, war eine der letzten Aussagen des Schreines, daß Ihr im Besitz eines der Aschereide seid. Ich will das verdammte Ding jetzt sehen und wissen, was es damit auf sich hat. Außerdem würde mich interessieren, warum Ihr, wenn dieses Ding solche Macht verleiht, wie es in den Alten Schriften heißt, nicht schon früher eingegriffen habt!« fuhr Mares den Diener an.

»Erhabener, ich handle auf Anweisung des Schreines. Er sagte mir nicht, daß ich einen Ein-Mann-Krieg gegen die Passager führen soll. Was den Aschereide betrifft, der mir zur Verfügung steht, würdet Ihr nicht begreifen, was er kann und was er ist, außerdem wärt Ihr nicht fähig, ihn zu benutzen. Daher braucht Ihr Euch über ihn keine Gedanken zu machen. Denkt lieber darüber nach, wie wir Denara finden oder was wir tun, wenn sie nicht mehr am Leben ist«, erklärte Termalnjong ruhig.

Mares biß die Zähne zusammen, daß die Kiefermuskulatur scharf hervortrat. Noch nie war er so gedemütigt worden wie in diesem Moment. Während ihm Miller damals seine Grenzen aufzeigte, war der

Diener noch einen Schritt weitergegangen: Er hatte ihn getadelt wie einen dummen Jungen, was Mares noch schlimmer traf.

»Du wagst es, mich zu maßregeln, du Gnom?« schrie der Informierte außer sich und ging auf Termalnjong los. Der Weißhaarige schob Mares mit einer beiläufigen Handbewegung zur Seite, so daß dieser einige Schritte rückwärts stolperte und Mühe hatte, nicht zu stürzen.

»Nun ist es genug. Was glaubt Ihr eigentlich, wer Ihr seid? Ihr meßt Euren Gaben zuviel Bedeutung bei! Sie sind nichts, im Vergleich zur Macht, die den TRÄGERN die Aschereide verleihen. Bangt und hofft, daß ich Euch das nie beweisen muß! Kommt wieder zu Sinnen, Mares!«

Der Ton des Weißhaarigen war ruhig gewesen, in keiner Weise wütend, eher eindringlich. Der Informierte starrte den Diener lange an und senkte dann den Kopf.

»Entschuldigt, Termalnjong, ich habe mich vergessen. Mein Zorn auf den Immerwährenden Beschützer war groß, weil er mir meinen Status aberkannte. Ich habe Euch wohl dazu benutzt, meine Wut abzulassen.«

»Es ist gut, daß du wieder vernünftig wirst, Mares. Wir haben jetzt Wichtigeres zu tun, als uns gegenseitig anzufeinden«, meinte Keliath erleichtert und fuhr dann fort: »Was schlagt Ihr vor, Diener?«

»Als erstes«, erwiderte Termalnjong mit feinem Lächeln, »schlage ich vor, daß wir die Förmlichkeiten begraben. Ihr könnt mich Term nennen, so bin ich vor langer Zeit von jenen genannt worden, die mir nahestanden. Dann wird es wohl zweckmäßig sein, daß wir an Deck gehen und den Kapitän anweisen, so schnell wie möglich Kurs auf Fa'Senn zu nehmen.«

»Ach ja, der Kapitän!« erwiderte Keliath lachend. »Der hat mit Sicherheit nicht mitbekommen, daß wir von Bord waren. Er wird Augen machen, wenn er Euch, äh... dich sieht, Term.«

Gemeinsam begaben sich die beiden Informierten und der Diener des Schreines an Deck, wo Gastha, der neue Kapitän der Sadre, gerade fluchend auf und ab ging. Gastha war ein ebenso guter Seemann wie es Tennar gewesen war. Seine Ehrerbietung gegenüber den Erhabenen war jedoch nicht so ausgeprägt wie die seines Vorgängers, was bisher verhindert hatte, daß er Kapitän auf dem Schiff eines Informierten wurde.

»Was bilden sich die beiden da unten in ihrer Kajüte eigentlich ein?« wetterte er gerade. »Seit drei Tagen liegen wir schon an der Bannzone vor Anker, und die Kerle lassen sich nicht blicken. Da kommt man sich ja vor wie ein Idiot, wenn man stundenlang gegen die Türe hämmert und die rühren sich nicht! Was glauben die eigentlich was sie sind? Götter?« Gastha schnaubte wütend und holte Luft für die Fortsetzung seiner Schimpftirade.

Einige aus der Mannschaft, die bemerkt hatten, daß die Mächtigen an Deck gekommen waren, bemühten sich vergeblich, ihren Kapitän mit Gesten und Grimassen darauf aufmerksam zu machen.

»Guten Tag Kapitän, hattet Ihr Ärger?« machte sich Keliath mit leiser Stimme bemerkbar.

Gastha drehte sich um. Wer geglaubt hatte, daß er jetzt in Verlegenheit geraten war, der irrte. »Oh, Erhabener, wie schön, daß Ihr uns mit Eurer Anwesenheit beglückt. Kaum hämmert man drei Tage lang mindestens einmal jede Stunde gegen die verschlossene Türe Eurer bescheidenen Unterkunft, schon kommt Ihr flugs herauf und fragt nach, was los ist«, keifte er Keliath an.

Dieser lief dunkelrot an, und Mares brauchte sich nicht länger zu fragen, warum dieser fähige Seefahrer so lange bei den Beförderungen zum Kapitän eines Schiffes übergangen worden war.

»Erstens sind wir nicht an Deck gekommen, um nachzufragen was los ist, zweitens waren wir nicht in unserer Kabine, sondern an einem Ort, wo Ihr wohl nie hinkommen werdet, Kapitän, und drittens habt Ihr die längste Zeit ein Schiff befehligt, wenn ich von Euch noch eine einzige Unverschämtheit höre«, erwiderte Keliath, mühsam um Beherrschung ringend.

Die Seefahrt hatte in Grenn eine besonders hohe Bedeutung. Sie unterstand der direkten Kontrolle der Mächtigen. Ohne deren Zustimmung wurde kein Schiff gebaut, und jede Fahrt außer dem Fischfang bedurfte der Genehmigung eines Informierten. Auch die Schiffskommandanten wurden von ihnen eingesetzt. Gastha war dies wohl bewußt, und so schluckte er eine Erwiderung, die Keliath sicher nicht gefallen hätte, hinunter, gab sich einen Ruck und meinte: »Es soll nicht wieder vorkommen, Erhabener, vergebt mir meine Respektlosigkeit.«

»Wir müssen so schnell wie möglich nach Fa'Senn zurück. Sorgt dafür!« versetzte Keliath barsch, drehte sich um und wollte gehen.

Jetzt bemerkte der Kapitän Termalnjong. »Bei allem Respekt, Erhabener, ich führe dieses Schiff, solange Ihr mich nicht absetzt. Deshalb möchte ich wissen, wer dieser Mann in Eurer Begleitung ist und wie er an Bord kam. Außerdem stünde es Euch gut an, mir zu sagen, warum wir den weiten Weg nach Setha gesegelt sind, wenn Ihr nicht an Land geht, um den Immerwährenden Beschützer aufzusuchen.«

Mares beobachtete amüsiert, wie Keliaths Gesichtsfarbe von rot auf weiß wechselte. Der ältere der beiden noch lebenden Mächtigen hatte gute Seiten und einige weniger gute. Zu letzteren gehörte, daß er großen Wert auf Respekt legte und keine Widerrede oder gar Kritik vertrug.

Gastha hatte eben die Grenze dessen überschritten, was Keliath zu tolerieren bereit war. Der Informierte setzte zu einer scharfen Zurechtweisung an, die wohl in einer Kommandoenthebung gegipfelt hätte, da legte ihm von hinten Termalnjong die Hand auf die Schulter und meinte leise: »Er ist ein fähiger Kapitän, Keliath, vergiß das nicht. In diesen Zeiten brauchen wir jeden guten Mann. Außerdem bin auch ich der Meinung, daß Gastha ein Recht darauf hat, zu erfahren, wie ich auf sein Schiff gekommen bin und warum ihr euch so lange nicht gemeldet habt.«

Der Mächtige zögerte einige Sekunden, dann gab er ebenso leise zurück: »Gut, Term, dann erkläre du es ihm, denn ich gehe jetzt in meine Kabine und beiße in ein Stück Blockholz, bevor ich mich vergesse und ihn in der Luft zerreiße.«

Dazu kam es jedoch nicht, denn am Himmel waren plötzlich drei pfeilförmige Gebilde zu sehen, die sich mit hoher Geschwindigkeit auf Setha zubewegten.

Kurz bevor sie die Insel überflogen, schleuderten sie mehrere grelle Lichtkugeln von sich, die auf Setha einen gewaltigen Feuersturm entfachten. Wenige Sekunden später wurde die Sadre von einer Druckwelle erfaßt. Mit lautem Krachen barst der Hauptmast und die eben gehißten Segel wurden von den verdrängten Luftmassen zerfetzt. Obwohl das Schiff drei Seemeilen von Setha entfernt vor Anker lag, versengte die Gluthitze des Feuersturms den Männern die Gesichter. Mit infernalischem Heulen rasten die Flugkörper über die Sadre hinweg, flogen eine weite Schleife und nahmen erneut Kurs auf die Insel.

»Das sind SIE. SIE wollen den Schrein zerstören!« rief Termalnjong über den Lärm hinweg.

»Und uns werden SIE auch nicht verschonen«, prophezeite Keliath mit steinernem Gesicht, während rings um ihn die Besatzungsmitglieder vor Panik schreiend durcheinanderrannten. Mares lief der Schweiß in Bächen übers Gesicht. Er bemühte sich vergebens, den Flugkörpern Schaden zuzufügen.

»Da irrst du dich, Keliath, wir werden SIE nicht verschonen!« entgegnete der Diener gelassen und streckte die rechte Hand aus, so als würde er etwas in Empfang nehmen. Übergangslos schwebte über seinen Fingerspitzen ein winziger Punkt, der rasch zu einer pechschwarzen Kugel anschwoll, die alles Licht zu schlucken schien.

+Bist du stark genug?+ wisperte die Stimme des PARTNERS in Termalnjongs Bewußtsein.

+Stark genug für dich!+ gab der Diener gemäß dem festgesetzten Ritus zurück.

Als Antwort schwebte die auf Faustgröße angewachsene Kugel in Terms ausgestreckte Hand. Der Diener umfaßte sie und wurde innerhalb eines Augenblicks zu einem dunklen, dreidimensionalen Schatten. Im selben Moment waren die Flugkörper heran und schleuderten mehrere Lichtkugeln auf die Sadre. Fassungslos sahen die beiden Informierten, wie die Energien von dem lichtlosen Etwas mit menschlichen Umrissen angezogen wurden und darin verschwanden, als hätte es sie nie gegeben. Dann drehte sich der Schatten um und streckte beide Hände nach den pfeilförmigen Gebilden aus, die das Schiff eben überflogen hatten. Übergangslos wurde die schwarze Silhouette zu einem gleißendhellen Schemen mit menschlichen Umrissen. Aus den ausgestreckten Händen ergoß sich röhrend ein Energiestrom, der in Nullzeit die abdrehenden Angreifer einholte. Für einige Sekunden stand eine zweite Sonne am Himmel, die mit ihrer Leuchtkraft Sen bei weitem übertraf. Mit einem gewaltigen Donnerschlag fegte erneut eine Druckwelle über die Sadre. Langsam dehnte sich der Glutball aus und verlor an Helligkeit. Das Gebilde mit menschlichen Umrissen war nun wieder schwarz wie die Nacht und stand wie ein Bote der Finsternis auf dem Deck der Sadre.

Keliath wurde von Grauen geschüttelt. In dieser dunklen Gestalt schien alle Macht der Dämonen vereinigt zu sein. Jetzt streckte der Schatten wieder den rechten Arm aus und öffnete die Hand. Vom Kopf ab beginnend wich die Lichtlosigkeit aus Termalnjongs Körper. Nach und nach kam die wahre Gestalt des Dieners wieder zum Vorschein. Schließlich war nur noch sein ausgestreckter Arm schattengleich. Aber auch aus diesem zog sich die Finsternis nun zurück und verdichtete sich zu einer faustgroßen Kugel, die langsam aus der geöffneten Hand des Gnomes schwebte. Allmählich schrumpfte das seltsame Gebilde, bis es nur noch stecknadelkopfgroß war und verschwand.

»Was bei den ausflußkranken Wandermetzen von Ma'Desch war das?« fluchte Mares und starrte Termalnjong an, als hätte er ein Ungeheuer vor sich.

»Kannst du dir das nicht denken?« fragte der Diener zurück. Als er in das verständnislose Gesicht des Informierten blickte, beantwortete er sich die Frage selbst und stellte fest: »Nein, offenbar nicht.«

»Um ehrlich zu sein«, meldete sich Keliath zu Wort, »ich verstehe auch nicht, was da vor sich ging.«

»Warum nennt ihr euch dann Informierte?« frotzelte Termalnjong, doch seine tief in den Höhlen liegenden Augen verdeutlichten, daß es ihm nicht so gut ging, wie er mit seiner lockeren Rede glauben machen wollte. »Nun gut, wir treffen uns in einer halben Stunde in meiner Kabine, dann werde ich euch Rede und Antwort stehen«, meinte er noch zu seinen beiden Begleitern und begab sich dann mit schleppendem Gang unter Deck.

»Er bestimmt jetzt, was geschieht. Unsere Zeit ist endgültig abgelaufen«, stellte Mares ohne Bedauern fest.

»Nun, ganz so ist es auch nicht, immerhin nimmt der Kapitän noch Befehle von mir an«, stellte Keliath voll Selbstironie fest und wandte sich an Gastha, der ebenfalls Zeuge von Termalnjongs Verwandlung gewesen war. »Kapitän, sorgt dafür, daß alle Schäden umgehend repariert werden und wir so schnell wie möglich Kurs auf Fa'Senn nehmen können. Solltet Ihr irgendwelche Fragen haben, wendet Euch an den Diener des Immerwährenden Beschützers, er wird sie beantworten.«

Gastha war jedoch das Interesse an weitergehenden Informationen über seine drei Passagiere vergangen. Mit gewohnter Präzision gab er der Mannschaft die nötigen Anweisungen, und schon nach wenigen Tagen war die Sadre auf dem Weg nach Fa'Senn.

* * *

Weit von hier, auf der Insel Rhetana, warten eure Verbündeten an einem Ort, der ihnen Heimat und Gefängnis zugleich ist.

Sie hoffen auf den Tag, an dem die TRÄGER ihre Wahl treffen und sich rüsten mit den Geschöpfen, deren Passion Vernichtung und Tod ist.

Die Heimsucher werden sich in Sicherheit wähnen, werden glauben, unangreifbar zu sein in ihren fliegenden Wagen und hinter den dicken Mauern ihrer STADT.

Dabei harrt der schwarze Tod lechzend vor Gier nach Blut und Zerstörung auf die Stunde seiner Freiheit. Aschereide heißt der Alptraum der Passager, und sie werden nirgends vor ihm sicher sein...

Aus den Alten Schriften, Große Bibliothek Grat'Hala

* * *

»Wie läuft es, Miller?«

»Nicht schlecht, Erster. Wir haben die Umgebung der STADT von Einheimischen gesäubert und einen Schutzstreifen angelegt. Beim Übergang hat es nach den bisherigen Informationen keine größeren Probleme gegeben. Einige Bürger haben zwar wie erwartet durch den Wechsel einen psychischen Schaden davongetragen, aber es sind weniger als die vom Amt für Wissenschaft prognostizierten 0,3 Prozent.«

»M-hm, das hört sich nicht schlecht an. Und was macht der Schrein, Miller?«

Der Angesprochene verzog das Gesicht. »Wir haben die Insel mit drei Jägern dem Erdboden gleichgemacht, aber der Schrein hat sich vorher abgesetzt. Es dürfte wohl einige Zeit dauern, bis wir ihn wieder aufgespürt haben.«

»Nun, es war zu erwarten, daß wir ihn mit solchen Methoden nicht erwischen. Aber da Sie und Jankee Ihren Auftrag verpatzten, blieb keine andere Möglichkeit, als es auf diese Weise zu versuchen. Übrigens, was ist mit den beiden Informierten, leben sie noch?«

»Darauf wollte ich eben kommen, Erster. Ich glaube, wir haben da ein Problem...«

»Was heißt das?«

»Der Verbandsführer der Jäger teilte vor etwa 45 Minuten mit, daß in der Nähe der Insel ein Schiff kreuzt. Ich habe die Anweisung gegeben, es zu vernichten, da ich vermute, daß sich die Informierten an Bord befinden.«

»Und wo ist das Problem?«

»Wir haben seit einer halben Stunde keine Funkverbindung mehr zu den Jägern. Ich habe eben einen Aufklärer losgeschickt, um festzustellen, was los ist.«

»Gut, Miller, halten Sie mich auf dem laufenden. Ich möchte in etwa einer Woche mit Phase II beginnen.«

»Das meine ich auch, wir dürfen den Einheimischen keine Zeit lassen, den Widerstand zu konsolidieren.«

»Ich bedanke mich für den Hinweis, Zweiter, ohne Sie wäre ich nicht darauf gekommen«, versetzte der Erste spöttisch.

Der Angesprochene verzog keine Miene, nickte nur leicht und sagte: »Ich nehme die Rüge zur Kenntnis, Bonner«. Dann verließ er den Raum.

Der Erste drehte sich um und ärgerte sich einige Sekunden darüber, daß ihn sein Stellvertreter mit dem Namen angeredet hatte, obwohl ihm dies nicht zustand. Müde ging der Oberbefehlshaber der Passager dieser Welt zum Fenster. Er bemühte sich, die herrliche Aussicht auf die STADT zu genießen, die sich ihm von seinem Büro aus bot.

Allmählich wich seine Anspannung. Es kostete große Nervenstärke, einen Mann wie Miller, der auf Ebene ZWEI geboren war, zurechtzuweisen. Das Durchsetzungsvermögen und den starken Willen der Passager von ZWEI konnte man fast greifen, wenn man ihnen gegenüberstand. Sie vermittelten einem stets das Gefühl, minderwertig zu sein.

Der Erste, der selbst von der Hauptebene stammte, sah sich wieder einmal in seiner Überzeugung bestärkt, daß es gut war, daß zwischen den verschiedenen Ebenen kein kontinuierlicher Materieaustausch in größerem Umfang stattfinden konnte. Eine umfassende Manipulation der Struktur, wie sie zum Übergang großer Gegenstände oder einer Vielzahl von Personen nötig war, durfte nur einmal in dreißig Jahren vorgenommen werden, wollte man keine Katastrophe riskieren. Er war überzeugt davon, daß ZWEI längst die Herrschaft über alle besiedelten Ebenen beansprucht hätte, wäre dies möglich gewesen. Außerdem war der Erste sicher, daß Miller hier ein hartes Regiment führen würde, wenn er einmal das Sagen hatte.

Resignierend zuckte der hagere Mann mit den Schultern. Miller war unentbehrlich für das Projekt. Der Erste konnte seinen Vertreter zwar nicht leiden, mußte ihm aber geniale strategische Fähigkeiten und hohe Intelligenz zugestehen.

Bonner betrachtete prüfend sein Gesicht im Spiegel oberhalb des kleinen Waschbeckens in seinem Büro. »Du siehst schlecht aus, alter Freund«, meinte er zu seinem Spiegelbild.

Die Besiedelung von Ebene NEUN war bereits die zweite Expansion, die der Erste leitete. Es kam damals einer Sensation gleich, so kurz hintereinander den finanziellen und logistischen Kraftakt zu vollbringen, eine ganze Stadt für die Eroberung einer fremden Welt vorzubereiten. Früher war dies nur alle paar hundert Jahre möglich gewesen.

Die erste Expansion unter der Leitung Bonners fand vor dreißig Jahren auf Ebene SECHZEHN statt. Damals wie heute hatte Bonner die Angleichung problemlos überstanden und dabei Glück gehabt, daß er nicht zu jenen gehörte, die beim Übergang den Verstand verloren. Die Besiedelung von Ebene NEUN war sein letztes Kommando. Bereits jetzt hatte er sein Soll für das Projekt erfüllt. Ein, zwei Jahre noch, dann würde er sich zur Ruhe setzen.

Miller würde dann in den Rang eines Ersten aufsteigen und seine Sache sicherlich gut machen, da ihm nie ein Fehler unterlief. Bonner glaubte nicht daran, daß sein Stellvertreter den Auftrag, von Mares etwas über den Schrein zu erfahren und den Informierten dann zu töten, aus Unvermögen verpatzt hatte. Miller hatte eigene Pläne, dessen war sich der Erste sicher. Womöglich liebäugelte der Mann von Ebene ZWEI sogar mit dem Gedanken, sich die Machtmittel dieses rätselhaften Dinges nutzbar zu machen.

Beim Gedanken an den Schrein runzelte Bonner die Stirn. Dieser Immerwährende Beschützer, wie die 'hala ihn nannten, war eines der letzten ungelösten Geheimnisse. Auf drei der Ebenen, welche die Passager bisher erreicht hatten, war so eine rätselhafte Einrichtung gewesen und hatte sich gegen die Expansion gewandt. Mit Schaudern dachte der Erste an die Aufzeichnungen über die vor 1000 Jahren erfolgte Expansion auf Ebene VIER, wo ein Schrein die dortige STADT mit ihren Bewohnern fast völlig ausgelöscht hatte. Es war das erste Mal seit Beginn des Expansionsprojekts vor fast 1700 Jahren gewesen, daß man auf ernsthaften Widerstand gestoßen war.

Ein weiteres Zusammentreffen mit einem Schrein auf Ebene SIEBEN folgte, bei dem sich die Passager nur behaupten konnten, weil sie ihre Städte nun bis an die Zähne bewaffnet durch den Übergang schickten. Nach dem Fiasko auf VIER war man dazu übergegangen, zunächst Saboteure auf jene Ebene zu schicken, die man als nächstes besiedeln wollte, wenn die Sonden anzeigten, daß dort ein Schrein existierte.

Miller hatte sich freiwillig gemeldet, als sich herausstellte, daß es auch auf Ebene NEUN einen Schrein gab. Bonner war dies damals schon verdächtig erschienen, denn die Aufgabe eines Saboteurs war mit einem hohen Risiko behaftet. Der Übergang einer geringen Materiemenge konnte zwar beliebig oft erfolgen, ohne daß die Struktur darunter litt, aber die Häufigkeit einer Schädigung des Transportgutes lag um den Faktor zwanzig höher. Außerdem waren schon mehrere Saboteure kurz nach ihrer Ankunft im Einsatzgebiet unter mysteriösen Umständen ums Leben gekommen. Man vermutete, daß der »Immerwährende Beschützer« den Übergang angemessen und entsprechend reagiert hatte. Wenn Miller in Kenntnis dieser Risiken als Führungskraft eine Aufgabe wahrnahm, die normalerweise den unteren Chargen zugewiesen wurde, mußte das gute Gründe haben.

»Ich werde dir gut auf die Finger sehen, verlaß dich drauf! Und wenn ich es irgendwie verhindern kann, wirst du nach meinem Abgang nicht Erster«, murmelte Bonner. Stolz betrachtete er durch das Panoramafenster seines Arbeitsraumes die STADT. Er blickte auf ein Meer von Wolkenkratzern, zwischen denen sich in luftiger Höhe zahlreich wie Insekten Schweber bewegten, welche die Bewohner an ihr jeweiliges Ziel brachten. Der Horizont wurde glutrot von der untergehenden Sonne ausgefüllt. Hier auf Ebene NEUN war sie ein ausgebrannter Riese, der nur noch für wenige Millionen Jahre Licht und Wärme spenden würde.

Die ersten Sterne funkelten am dunkelblauen Himmel. Bonner betrachtete sie und fragte sich nachdenklich, wo wohl die Erbauer des Schreins lebten, der offensichtlich die Expansion der Passager verhindern sollte. Miller würde an sein Ziel gelangen, dessen war sich der Erste sicher. Er würde das Geheimnis lösen und auf irgendeine Weise seinen Nutzen daraus ziehen.

»Erster!« Bonner drehte sich um und sah seinen Stellvertreter in der Türe stehen. »Ich habe angeklopft, aber Sie waren wohl zu sehr in Gedanken«, meinte Miller spöttisch, als er Bonners verärgerten Gesichtsausdruck sah.

»Was gibt es?« fragte der Erste kurz angebunden.

»Der Aufklärer ist soeben zurückgekehrt. Es ist dem Piloten gelungen, eine Rekonstruktion anzufertigen.«

»Und?«

»Die drei Jäger wurden von einer bisher unbekannten Waffe vernichtet und zwar innerhalb weniger Sekunden.«

»Eine neue Waffe des Schreins?«

»Es sieht nicht so aus! Der Angriff erfolgte nicht von der Insel, sondern von dem Schiff, auf dem ich die Informierten vermute. Der Schrein hatte sich vorher schon abgesetzt.«

»Die Rekonstruktion läßt keinen Zweifel zu, Miller?«

»Sehen Sie selbst, Erster«, entgegnete der Angesprochene und legte eine kleine, silbern schimmernde Scheibe in das Abspielgerät, worauf ein Hologramm von zwei Metern Durchmesser die Vernichtung der Jäger zeigte, als wäre sie gefilmt worden.

Die Rekonstruktion war ein Abfallprodukt jener Technik, die es ermöglichte, die Struktur abzutasten und zu manipulieren. Jedes Ereignis prägte sich in die Struktur ein und verblaßte dann allmählich wieder. Bei Vorgängen, die nicht länger als einen Tag zurücklagen, konnte man mit der Rekonstruktion Bilder gewinnen, die an Klarheit und Schärfe nichts zu wünschen übrig ließen.

Der Erste nickte, nachdem er die Aufnahme gesehen hatte.

»Eine Rekonstruktion der Vorgänge auf dem Schiff war nicht möglich«, erklärte Miller besorgt, »weil irgendetwas die Struktur in der näheren Umgebung des Schiffes so verzerrt hat, daß keine vernünftige Abtastung möglich war.«

»Ich habe Ihnen weitgehend freie Hand bei militärischen Aktionen gegeben«, meinte Bonner. »Was werden Sie jetzt tun?«

»Ich habe nicht vor, das Schiff zum jetzigen Zeitpunkt nochmal anzugreifen. Die Jäger verfügten über Absorber und waren sehr schnell, trotzdem hat irgendetwas auf dem Schiff sie 'runtergeholt wie Fliegen mit einer Klatsche. Wir müssen herausfinden, wer an Bord ist, wohin sie wollen und vor allen Dingen, was das für eine Waffe war, die es aufgrund der niedrigen Entwicklungsstufe eigentlich hier nicht geben dürfte.«

»Finden Sie's heraus, Zweiter, und wenn Sie es wissen, möchte ich sofort informiert werden.«

Der Kahlköpfige nickte und wollte gehen.

»Miller!«

Der Angesprochene drehte sich nochmals um.

»Keine Fehler oder Eigenmächtigkeiten, haben Sie verstanden?«

»Natürlich, Bonner!« entgegnete Miller mit eisigem Lächeln und verließ den Raum.

»Ich habe das Gefühl, daß ich hier noch viel Ärger haben werde«, murmelte der Erste und stellte eine Verbindung zum Dritten her.

»Was gibt es?« fragte Trenner, der Befehlshaber der Bodentruppen, in seiner trockenen Art. Bonner lächelte ein wenig. Er mochte Trenner, vielleicht weil dieser wie er von der Hauptebene stammte.

»Wir beginnen mit Phase II. Sie haben das Kommando über den Einsatz, weil der Zweite wichtigere Aufgaben hat.«

»Was ist wichtiger als Phase II?« wunderte sich Trenner und ergänzte dann: »Wir fangen sofort an.«

»Das will ich auch hoffen«, schmunzelte Bonner und unterbrach die Verbindung. Dann lehnte er sich in seinem Sessel zurück und malte sich die Schwierigkeiten aus, die noch auf ihn zukommen würden auf dieser Drecksebene, wie er sie im Stillen bezeichnete.

Seit der Zerstörung von Da'Landre waren sechs Wochen vergangen. Senar und Erdena hatten ein Viertel der Strecke nach Grat'Hala zurückgelegt. Die beiden waren nur langsam vorangekommen. Meist waren sie zu Fuß abseits der Wege gegangen, weil auf allen größeren Straßen immer wieder Fahrzeuge der Passager auftauchten. Diese Wagen wurden nicht von Jahaks gezogen, sondern fuhren von selbst, was bei Senar, als er dies zum ersten Mal sah, maßloses Staunen ausgelöst hatte.

Aus Berichten anderer Reisender erfuhr das Pärchen, daß die Fremden alle größeren Städte und Dörfer besetzt und die jeweiligen Beauftragten hingerichtet hatten. In den vier Residenzstädten, so wurde erzählt, waren von den Passager riesige Stützpunkte errichtet worden. Jeder, der sich den Eroberern in den Weg stellte, wurde mit Waffen, die über große Entfernung hinweg töten konnten, umgebracht.

In der Herberge von Sal'Kondra, einem kleinen Dorf 40 Landmeilen südlich von Ma'Desch, lauschten Senar und Erdena zusammen mit den anderen Gästen gebannt dem Bericht eines Reisers. Dieser hatte vor wenigen Stunden mit viel Glück aus der Residenzstadt, die von den Fremden abgeriegelt worden war, fliehen können.

»... dann sind sie in das Haus des Informierten Machal, seine Seele möge Friede finden, eingedrungen. Die Garde des Erhabenen haben sie innerhalb weniger Sekunden mit einem Rohr, das auf einem ihrer Wagen aufgestellt war, getötet. Als die Fremden dieses Ding auf Machals Gardisten richteten, hat es gekracht, wie wenn ein Schmied auf den Amboß schlägt, nur viel schneller. Die Männer wurden in Sekunden zerfetzt. Sie konnten sich nicht einmal wehren, und ich sage euch, diese Waffe schlug Löcher in die Mauern des Hauses, die so groß waren wie meine Faust.«

Ein ungläubiges Raunen ging durch die Zuhörerschar. Mit einem großen Schluck Fomt spülte der Reiser das Grauen hinunter, bevor er fortfuhr.

»Ich habe in Ma'Desch gehört, daß alle Informierten tot sind, von den Fremden umgebracht! Jeder, der ihnen im Weg ist, wird beseitigt, sie kennen kein Erbarmen!« Der Reiser nahm wieder einen kräftigen Schluck Fomt und stellte den Becher dann mit zitternden Händen auf den grob gezimmerten Tresen zurück.

»An den Hauswänden haben sie Schriften angebracht, auf denen steht, daß alle Dörfer und Städte einen Statthalter bekommen, dessen Anweisungen bedingungslos zu gehorchen ist.«

Empörtes Gemurmel erhob sich unter den Gästen der Herberge. Die meisten hatten inzwischen ihren Platz verlassen und standen am Tresen bei dem Reiser, um ja kein Wort zu versäumen. Erdena und Senar löffelten an einem Tisch in einer Ecke des Gastzimmers ihre Suppe. Sie hielten sich im Hintergrund, hatten aber jedes Wort mitbekommen. Die junge Frau legte größten Wert darauf, nicht aufzufallen. Es bereitete ihr noch große Schwierigkeiten, ihre starke charismatische Ausstrahlung zu verbergen. Mit Unbehagen erinnerte sich Erdena an den vergangenen Tag, als sie und Senar die Herberge betreten und um ein Zimmer gebeten hatten. Alle Gespräche waren plötzlich verstummt. Die Gäste hatten die Ankömmlinge angestarrt, als wäre der Immerwährende Beschützer persönlich erschienen. Der Wirt war kaum in der Lage gewesen, ihre Namen in das Buch einzutragen, weil seine Hände so zitterten, und die Zimmermagd hatte die junge Heilerin nicht einmal anzublicken gewagt.

»Wie willst du unter diesen Umständen bis nach Grat'Hala kommen?« unterbrach Senar flüsternd die düsteren Gedanken seiner Gefährtin.

»Was?«

»Hörst du nicht zu? Der Reiser hat gesagt, daß alle Residenzstädte abgeriegelt sind. Keiner kommt ohne Kontrolle raus oder rein.«

»Wir finden schon einen Weg, überlaß das ruhig mir. Und nun sei still, ich will hören, was er sonst noch zu erzählen hat!« Die junge Heilerin legte ihrem Freund die Hand auf den Oberschenkel, um zu zeigen, daß ihre Worte nicht als Zurechtweisung gemeint waren.

Sie hat sich sehr verändert, dachte Senar, während er seine Gefährtin unauffällig musterte. Trotz der abgetragenen Sachen, die Erdena anhatte, wirkte sie immer gepflegt, auch stank sie nicht mehr, da sie sich seit neuestem regelmäßig wusch. Der Jüngling errötete, als er daran dachte, wie unbefangen sie sich bei der Körperpflege vor ihm entblößte und was er bei diesem Anblick empfand.

»Hast du das gehört?« drang ihre Stimme in seine Gedanken.

»Was? Äh, nein, ich habe gerade über etwas nachgedacht«, gab er verlegen zurück. Erdena schaute ihm prüfend in die Augen. Unter ihrem Blick fühlte sich Senar wie ein ertappter Sünder. Ein warmes Lächeln überzog ihr Gesicht, das wesentlich voller und fraulicher geworden war, in letzter Zeit.

»Ich glaube, wir müssen jetzt einmal miteinander reden. Gehen wir aufs Zimmer«, sagte sie in ihrer bestimmenden Art und stand auf.

Nun wurde es ihm mulmig. Hatte sie seine Gedanken gelesen?

»Es... es ist nicht so wie du denkst, Era, ich dachte nur...« stammelte er verlegen. Ohne ihn ausreden zu lassen, packte sie ihn an der Hand. Widerwillig ging er mit ihr nach oben auf das gemeinsame Zimmer.

Sie schloß die Türe. »Setz dich!«

Linkisch nahm er auf einem einfachen Holzstuhl Platz.

»Ich wollte schon lange mit dir darüber sprechen und glaube, daß ich es jetzt nicht länger aufschieben darf.«

»Worüber, Era? Habe ich etwas falsch gemacht?« fragte Senar und sah dabei aus wie die Inkarnation des schlechten Gewissens. Ein flüchtiges Lächeln überzog das Gesicht der jungen Frau, als sie ihren Begleiter so dasitzen sah, aber gleich wurde sie wieder ernst.

»Also paß auf«, begann sie, »ich bin nicht mehr Era, jedenfalls nicht mehr die Era, die du kennst.«

Der junge Mann sah sie schweigend an. Erdena fuhr fort.

»Die alte Denara lebt nicht mehr. Sie wurde das Opfer der Passager. Doch die Fremden konnten nur den Leib der Heilerin töten, ihr Geist fand Zuflucht in Eras Körper, wo beide Seelen zu einer Einheit verschmolzen.«

Ein Grinsen überzog Senars Gesicht. Er konnte sich beim besten Willen nicht vorstellen, daß es sich bei seiner Gefährtin nun um die alte Fettel handeln sollte.

»Erstens war Denara keine alte Fettel«, wies Erdena ihn zurecht und bewies wieder einmal, daß seine Gedanken wie ein offenes Buch vor ihr lagen, »und zweitens habe ich nicht gesagt, daß ich jetzt Denara bin.«

Das Grinsen verschwand so schnell von Senars Gesicht, als hätte er eine Ohrfeige erhalten.

»Also hör gut zu, ich werde dir alles von Anfang an berichten«, sagte die Heilerin bedächtig, während sie sich auf dem zweiten Holzstuhl im Zimmer niederließ. Dann begann sie, und ihr Gegenüber hörte mit wachsendem Staunen und ungläubiger Miene zu. Als sie geendet hatte, herrschte minutenlanges Schweigen.

»Erdena?«

»Ja, Senar?«

»Stimmt das alles?«

»Natürlich, oder glaubst du, ich habe nichts besseres zu tun, als dir Märchen zu erzählen?«

»Dann sage mir bitte eines, was empfindest du nun für mich?«

Erdena rückte ihren Stuhl vor den Senars und nahm seine Hände in die ihren. »Ich empfinde dasselbe für dich, was Era für dich empfand«, sagte sie ernst.

Ein glückliches Lächeln überzog Senars Gesicht, während er die junge Frau fest an sich drückte. Erdena verspürte ein Gefühl, das sie bislang nicht gekannt hatte. Sie fühlte sich körperlich zu ihrem Gefährten hingezogen. Aus dem Halbwüchsigen war in letzter Zeit ein junger Mann geworden. Als sie dem Sohn des Schmiedes in die Augen schaute, mußte sie zu ihm aufsehen.

Nach einer Weile ließ er sie los. »Wie soll es jetzt weitergehen?« fragte er dann.

»Darauf wollte ich gerade kommen. Unser Problem ist, daß es in ganz Grenn keinen Ort gibt, an dem wir sicher sind. Überall treiben sich Passager herum. Sie kontrollieren alle Straßen, sind in allen größeren Dörfern und Städten und bringen jeden sofort um, der ihnen gefährlich erscheint. Meine Persönlichkeit ist zwar ausgereift, aber ich habe mein Charisma noch nicht unter Kontrolle. Jeder, der mir begegnet, spürt sofort die Macht, die in mir wohnt.«

Erdena schaute ihren Gefährten einige Sekunden nachdenklich an, bevor sie fortfuhr. »Und du bist noch zu unerfahren, um als Kämpfer gegen die Heimsucher zu bestehen. Wir sind deshalb beide in großer Gefahr. Ich glaube nicht, daß ich uns unter diesen Verhältnissen auf Dauer vor den Fremden schützen kann. Unsere einzige Chance besteht darin, für zwei oder drei Jahre von Grenn zu verschwinden.«

»Und wie soll das vor sich gehen?«

Die junge Frau verzog das Gesicht und lehnte sich mit ihrem Stuhl zurück, bevor sie fortfuhr. »Ich habe die Möglichkeit, diesen Zeitraum mit dir einfach zu überspringen. Für uns wird es so sein, als wäre nur ein Augenblick vergangen.«

»Die Sache hat einen Haken«, stellte der junge Mann nach einem Blick auf die Miene seiner Begleiterin trocken fest.

»Ja, so kann man es ausdrücken«, bestätigte Erdena. »Wir werden um wesentlich mehr als den übersprungenen Zeitraum altern.«

»Was bei dir keine große Rolle spielt, weil du, wenn du alt und gebrechlich geworden bist, wieder eine Urenkelin heimsuchst«, feixte Senar.

»Offenbar hast du noch nicht begriffen, was ich dir sagen will, sonst würdest du jetzt keine Witze machen«, schnappte die junge Frau und musterte ihren Gefährten ärgerlich, worauf Senar betreten schwieg.

»Schau, ich brauche dich doch als Begleiter«, meinte sie dann versöhnlich. »Außerdem wirst du später sicher einmal eine wichtige Rolle im Freiheitskampf unseres Volkes übernehmen, aber dazu bist du jetzt noch zu jung und unerfahren.«

Der Jüngling nickte nachdenklich, stand von seinem Stuhl auf und ging ruhelos im Zimmer auf und ab. Erdena schwieg, sie wußte, daß er sich nun endlich ernsthaft mit dem Problem auseinandersetzte.

»Wie soll denn unsere geistige Reifung, die deiner Meinung nach so notwendig ist, vonstatten gehen, wenn wir den übersprungenen Zeitraum nicht bewußt erleben? Ich meine, du kannst mir doch nicht erzählen, daß wir uns psychisch weiterentwickeln, wenn du uns innerhalb eines Augenblickes zwei Jahre in die Zukunft versetzt«, meinte Senar skeptisch.

Das Mädchen machte ein säuerliches Gesicht. »Ich habe nicht gesagt, daß ich uns in die Zukunft versetze. Wir überspringen die Zeit, indem ich uns in eine fremde Welt bringe. Dort ist jedoch der Ablauf der Zeit anders als hier. Wir werden ungefähr acht Jahre DORT verbringen müssen, bis hier zwei Jahre vergangen sind. Und wir werden nicht mehr wissen, was wir während dieser Zeit erlebt haben, denn nach der Rückkehr in unsere Welt sind alle Erinnerungen an DORT ausgelöscht. Wir werden glauben, nur wenige Augenblicke fort gewesen zu sein.«

Senars Miene verdüsterte sich zusehends. »Verstehe ich das richtig? Wenn wir nach sagen wir mal zwei Jahren zurückkehren, sind wir um acht Jahre gealtert, ohne uns daran erinnern zu können, was während dieser Zeit mit uns passiert ist?«

»Genau!« bestätigte Erdena. »Und das Schlimme dabei ist, daß ich keine Ahnung habe, was uns in jener Welt erwartet. Es kann uns DORT alles mögliche zustoßen.«

Senar schaute sie fragend an. »Wir sind nicht die ersten, die so etwas riskieren, nicht wahr?«

»Nein, es gab andere vor uns, die ebenso wie wir die Zeit betrügen wollten und nicht mehr von DORT wiederkehrten«, gestand Erdena.

»Was geschah mit ihnen?«

»Von den meisten hat man nichts mehr gehört.«

»Na fein. Und woher stammen dann eigentlich deine Informationen?« erkundigte sich Senar mißtrauisch.

Für einen Moment wirkte seine Gefährtin unsicher. »Das frage ich mich auch schon die ganze Zeit. Sie sind mir irgendwie... zugeflossen.« Sie zuckte mit den Schultern.

»Zugeflossen... hm, na gut. Und wo liegt diese Welt, Erdena?«

Sie schaute ihn unergründlich an. »Sie ist hier und doch nicht hier. Ich kann es dir nicht erklären, du würdest es nicht verstehen.«

Senar schaute seine Freundin durchdringend an. »Du erzählst mir von Sachen, die wohl nicht einmal die Erhabenen wissen oder begreifen. Wer bist du?«

Sie lächelte ihn fröhlich an. »Ich bin Erdena, die hier ist, um die 'hala zu retten und dich zu lieben.« Damit hatte sie dem Jüngling allen Wind aus den Segeln genommen. Er errötete und sah verlegen zu Boden.

»Also, wollen wir es wagen?« fragte sie ihn, während ihre Augen unternehmungslustig blitzten.

»Du wirst wohl wissen, wie es am besten ist«, gab er sich geschlagen.

»Ich gäbe viel darum, wenn es so wäre«, gestand Erdena. »Ich weiß nur eines: Daß wir hier unter den jetzigen Umständen nicht lange überleben. Wenn wir nach DORT gehen, haben wir wenigstens die Passager nicht mehr am Hals.«

Im selben Moment kündigte ein schrilles Heulen von draußen die Landung eines Luftfahrzeuges an. Senar und Erdena schauten sich bestürzt an. »Verdammt!« fluchte die junge Heilerin, als wenige Sekunden später Schreie, vermischt mit dem trockenen Hämmern von Passagerwaffen zu hören waren.

»Der Wirt hat uns verraten«, stieß Erdena hervor, nachdem sie kurz in sich hineingehorcht hatte. Traurig schüttelte sie den Kopf. »Ich hätte nie gedacht, daß sich 'hala finden, die mit den Fremden gemeinsame Sache machen.«

»Woher willst du wissen, daß es der Wirt war?«

Erdena blickte ihren Gefährten an, als habe er eben eine sehr dumme Frage gestellt.

»Du hast seine Gedanken gelesen.«

»Natürlich, und nun halt' dich an mir fest, ich bringe uns nach DORT. Beeile dich!« drängte sie ihn.

»Wie lange, Erdena?« sprudelte es aus ihm hervor.

»Zwei Jahre Hier-Zeit müßten genügen.«

Die nackte Angst stand ihm ins Gesicht geschrieben. »Versprich mir, daß es nicht länger dauern wird!«

»Hör auf jetzt, Senar! Ich muß mich konzentrieren!«

Das Trampeln schwerer Stiefel war auf der Treppe zu hören. Sekunden später flog die Türe krachend aus den Scharnieren. Die schwerbewaffneten Passager sahen noch zwei schemenhafte Körper, die von Wellen durchzogen wurden wie ein Spiegelbild im Wasser, in das man einen Kieselstein geworfen hatte. Als sich die Waffen der Eindringlinge entluden, trafen sie nur noch die gegenüberliegende Wand.

Schweigend starrten die beiden Informierten Termalnjong an, als er seine Ausführungen beendet hatte. Mares erhob sich aus seinem Sessel, um sich nochmals ein Glas Fomt einzuschenken.

»Kannst du dieses Ding nochmal herholen, damit wir es genauer betrachten können?« erkundigte sich Keliath.

Der Gnom machte ein Gesicht, als hätte man ihm eben vorgeschlagen, sein Geld einem Son'Thekischen Glücksspieler zur Aufbewahrung zu geben.

»Hast du mir nicht zugehört?« fragte er ärgerlich. »Ein Aschereide ist ein Symbiont, aber nur, solange man ihn beherrscht. Bei jeder Aktivierung versucht er, die Herrschaft über seinen TRÄGER zu übernehmen. Es kostet alle geistige Kraft, ihn zu kontrollieren. Gelingt das einmal nicht, wird er zum Parasiten und der TRÄGER sein Sklave. In seiner Gier läßt er dann den Wirtskörper nicht mehr zur Ruhe kommen, bis er ihn völlig verbraucht hat.«

Der Gnom schwieg kurz und schloß dann nachdenklich: »Irgendwann kommt für jeden TRÄGER der Tag, an dem er nicht stark genug ist, wenn er mit seinem Symbionten die Liaison eingeht.«

»Da pfeife ich auf die ganze Macht, die mir dieses Ding verleiht, wenn ich jedesmal um mein Leben fürchten muß, wenn ich es rufe«, meinte Mares abfällig.

»Da ist was dran«, bestätigte Termalnjong mit feinem Lächeln. »Trotzdem brauchen wir noch einige Aschereide und geeignete TRÄGER, damit wir den Kampf gegen die Heimsuchung aufnehmen können.«

»Bei letzteren hast du wohl an uns gedacht?« stellte Mares trocken fest. Da lachte der Diener des Schreins schallend und schien sich gar nicht mehr beruhigen zu können.

»Nein, wirklich nicht, mein Freund Mares«, gab er zur Antwort, als er sich wieder einigermaßen beruhigt hatte, »die Aschereide würden euch euer bißchen Verstand in wenigen Sekunden umdrehen.«

Die beiden Erhabenen machten beleidigte Gesichter. Als Termalnjong dies sah, wiegelte er ab. »Ihr verfügt über starke Gaben, was aber noch lange nicht heißt, daß ihr auch über einen starken Willen verfügt. Es gibt hier in Grenn außer der Hohen Mutter nur zwei, die geeignet sind, Träger eines Aschereide zu werden. Das ist die alte Denara, oder wie immer sie auch jetzt heißen mag, und der Einäugige. Denara hat sich immer geweigert, sich so ein Ding aufzuhalsen, also bleibt nur der Einäugige.«

Keliath machte ein überraschtes Gesicht. »Die Hohe Mutter gibt es wirklich? Ich dachte immer, sie existiert nur in der Phantasie einiger aufmüpfiger Heilerinnen. Wo lebt dieses Weib?«

»Das ist jetzt nicht wichtig«, antwortete der weißhaarige Gnom in einem Tonfall, der keine Widerrede zuließ.

»Gibt es außer dir noch jemandem, der in Symbiose mit einem Aschereide lebt?« fragte Mares.

»Ja, der Alte von Rhetana.«

Mares schnaubte verächtlich. »Der muß doch längst tot sein. Der Informierte Dretam ist dem Alten einmal begegnet, wie ich aus Aufzeichnungen weiß. Und Dretam ist vor über zweihundert Jahren gestorben.«

»Sednadrang, der Alte von Rhetana, ist Hüter der Aschereide und besitzt das ewige Leben«, belehrte Termalnjong den Informierten.

»Und wer ist der Einäugige? Von ihm habe ich noch nie gehört«, erkundigte sich Keliath interessiert.

»Ich weiß es selbst nicht genau«, bekannte Termalnjong. »In den Informationen, die mir der Schrein gab, ist die Rede davon, daß der Einäugige der Begleiter von Denara ist.«

»Das ist doch alles Unsinn«, meinte Mares. »Ich habe nie gehört, daß Denara einen einäugigen Begleiter hat. Außerdem«, fuhr er anzüglich grinsend fort, »glaube ich nicht, daß sie sich in ihrem Alter jetzt noch einen sucht. Derartige Bedürfnisse wird sie wohl nicht mehr haben, oder was meinst du, Keliath?«

Der Angesprochene zuckte mit den Schultern. »Ich kann mir sowieso nicht vorstellen, daß sie noch lebt.«

»Offenbar doch, denn der Schrein ließ mich wissen, daß Denara demnächst wieder einen Generationssprung vollziehen und dann einen jungen Körper haben würde«, erklärte Termalnjong.

»Was heißt das?« fragte Keliath fassungslos.

»Nun, wenn ich den Schrein richtig verstanden habe, ist diese Frau in der Lage, in einen jüngeren Körper zu wechseln, wenn der alte verbraucht ist. Offenbar hat sie das schon einige Male hinter sich.«

»Diese Hexe!« fluchte Keliath erbittert, als er wieder einmal erkennen mußte, wie überlegen ihm die Alte doch war.

»Und woher weiß der Schrein das alles?« erkundigte sich Mares.

»Offenbar ist die Zukunft kein Geheimnis für ihn. Aber lassen wir das jetzt, wir haben Wichtigeres zu tun. Wir müssen Denara und ihren Begleiter, den Einäugigen, finden und zu den Aschereide bringen.«

»Wer sagt, daß ich das muß?« fragte Mares trotzig.

»Niemand. Du kannst dich natürlich auch bequem zurücklehnen und dabei zusehen, wie deine Heimat und alles, an das du bisher geglaubt hast, zerstört wird«, meinte Termalnjong ernst.

»Wir werden uns dieser Aufgabe stellen!« bekräftigte Keliath. »Nicht wahr, Mares?« bedrängte er den Freund.

»Nun gut... Was bleibt mir übrig...«, gab dieser mürrisch nach und griff nach dem Becher Fomt, der vor ihm auf dem Tisch stand.

»Ich wußte es«, meinte der Zwerg strahlend und leerte seinen Becher auf einen Zug. Danach wischte er sich den Schaum vom Mund und meinte: »Bevor ich es vergesse, der Schrein meinte, daß es einige Jahre dauern könnte, bis wir die beiden finden, weil sie momentan nicht in unserer Welt sind.« Keliath zog die Augenbrauen hoch, und Mares starrte den Diener verwundert an.

»Wo sind sie dann?«

»Fragt mich nicht, ich weiß auch nicht mehr. Ich schlage vor, daß wir für einige Zeit untertauchen, denn in Fa'Senn warten bestimmt schon die Passager, um uns den Garaus zu machen. Aus der Luft werden sie uns nicht nochmal angreifen, das ist ihnen zu riskant, denn momentan haben sie vielleicht noch nicht genügend Flugkörper, um sie leichtsinnig aufs Spiel zu setzen. Wir werden uns jetzt an einen sicheren Ort absetzen und in einigen Monaten mit der Suche beginnen.«

»Wie willst du von Bord kommen, etwa mit einem Ruderboot? Und überhaupt, wo sollen wir denn vor den Passager sicher sein, die finden uns doch überall«, gab Mares zu bedenken.

»Das laß nur meine Sorge sein!« meinte der Zwerg und streckte die rechte Hand aus, so als würde ihm jemand etwas geben. Übergangslos schwebte ein winziger Punkt, der rasch zu einer pechschwarzen Kugel anwuchs, die alles Licht zu schlucken schien, über der ausgestreckten Hand des Dieners...

Einige Tage später legte die Sadre im Hafen von Fa'Senn an. Das Schiff wurde bereits von schwerbewaffneten Passager erwartet. Sie durchsuchten es gründlich, ohne die Informierten oder den Diener des Schreins zu finden. Diese waren spurlos verschwunden. Weder die Besatzung noch der Kapitän wußten, wohin. Daran änderten auch Folter und die nachfolgende Hinrichtung nichts.

3
Rückkehr aus dem DORT

Er hatte das Gefühl, ins Bodenlose zu fallen. Funken tanzten vor seinen Augen, und vor Übelkeit drehte sich ihm der Magen um, während jede einzelne Faser seines Körpers schmerzte. Mit einem lauten Schrei brüllte er seine Qualen hinaus, bis ein mörderischer Schlag sein Bewußtsein auslöschte...

Als er wieder zu sich kam, lag er auf einer Wiese. Die Sonne schien ihm ins Gesicht. Er hob den rechten Arm, um sein Auge vor den blendenden Sonnenstrahlen zu schützen. Soweit er blicken konnte, sah er nur Gras, Bäume und Sträucher. In seinem Kopf schien sich alles im Kreis zu drehen. Mühsam versuchte er, seiner Verwirrung Herr zu werden und Ordnung in seine Gedanken zu bringen.

»Steh auf«, wies er sich an. Einen kurzen Moment lauschte er noch dem dunklen, rauhen Klang seiner Stimme nach, dann erhob er sich ächzend. Sein Körper fühlte sich bleiern an, er gehorchte ihm noch nicht richtig. Wie ein Automat setzte er sich in Bewegung, Schritt vor Schritt, ohne zu wissen, wohin er eigentlich ging. Nach mehreren Stunden erreichte er einen kleinen See und trank von dem kristallklaren Wasser. Danach übermannte ihn die Erschöpfung. Er legte sich auf die warme Erde am Ufer und schlief sofort ein.

Er wußte nicht, wie lange er geschlafen hatte, als ihn ein Fußtritt weckte.

»He, ich habe dich gefragt, was du hier machst!«

Unwillig öffnete er sein gesundes Auge und musterte damit die beiden Männer, die vor ihm standen. Sie trugen eine Uniform, die ihm vertraut vorkam. Nach einigen Augenblicken arbeiteten sich Erinnerungsfetzen in seinem Gedächtnis empor.

Geschmeidig erhob er sich, worauf die beiden Fremden unwillkürlich einen Schritt zurückwichen. Vor ihnen stand ein gut sechseinhalb Fuß großer Hüne, dessen Körper eine massive, mit dutzenden von Narben übersäte Muskulatur aufwies. Seine langen, im Nacken zu einem dicken Zopf zusammengebundenen hellblonden Haare waren von einzelnen grauen Strähnen durchzogen. Eine steile Falte zwischen den Augenbrauen verlieh dem braungebrannten Gesicht einen markanten Ausdruck. An jener Stelle, wo eigentlich das linke Auge sein sollte, zog sich eine unansehnliche Narbe von der Braue zur Backe. Das Lid war zugenäht worden, um die leere Augenhöhle zu schützen. Die fremdartige Kleidung des Einäugigen hing in Fetzen herunter und gab den Blick auf Wunden frei, die eben erst zu verkrusten begannen.

»Was wollt ihr von mir?« fragte der Hüne drohend, ohne die beiden anzusehen. Sein Blick ruhte prüfend auf dem Fahrzeug, das einige Schritte von den beiden entfernt stand.

»Wir stellen die Fragen, nicht du!« schnauzte ihn der Wortführer der beiden Uniformierten an und fuhr fort: »Also, wer bist du und was machst du hier?«

»Mit welchem Recht fragst du mich aus?« erkundigte sich der Einäugige gelassen.

»Leg' den Typen um, Gomez, ich hab' keine Lust, mich mit ihm rumzuärgern!« meinte der andere geringschätzig und ging zum Fahrzeug, als sei die Sache für ihn bereits erledigt.

Gomez zog ein klobiges Ding aus dem Holster an seinem Gürtel und legte auf den Einäugigen an. Dieser griff mit einer Bewegung, die so schnell war, daß man sie mit dem Auge kaum verfolgen konnte, unter seinen Zopf und schleuderte ein dort befindliches Wurfmesser mit tödlicher Sicherheit auf sein Gegenüber. Mit einem häßlichen Knirschen bohrte sich der Stahl durch den Schädelknochen zwischen die Augen des Gegners, der lautlos zusammensackte.

Der zweite hatte das Fahrzeug schon erreicht und wollte gerade einsteigen, als er hörte, wie der Körper seines Partners am Boden aufschlug. Der Uniformierte fuhr herum und starrte zunächst den Toten und dann den Einäugigen fassungslos an. Nach einigen Sekunden hatte er sich wieder gefangen. Seine rechte Hand fuhr zum Holster mit der Waffe.

»Ich würde mir das gut überlegen, Passager!« meinte der Hüne kalt und musterte sein Gegenüber abwartend. Dessen ganze Überheblichkeit und Selbstsicherheit war schlagartig dahin. Der Soldat fühlte, wie die Angst in ihm hochkroch. Langsam ging der Einäugige auf ihn zu, während der Uniformierte immer weiter zurückwich. Panikerfüllt versuchte er seine Waffe aus dem Holster zu ziehen, das mit einem Druckknopf verschlossen war.

Bevor er sein Vorhaben verwirklichen konnte, hatte ihn der Hüne erreicht und drückte ihm das Handgelenk zusammen, daß man das Brechen der Unterarmknochen hören konnte. Mit einem schrillen Schrei ließ der Passager die Waffe fallen.

»Jetzt wollen wir uns einmal unterhalten, und diesmal stelle ich die Fragen«, meinte der Einäugige und blickte den Soldaten scheinbar freundlich an.

»Natürlich, Herr!« bestätigte der Mann ängstlich.

»Gut! Wie ist dein Name?«

»Mein Name? Ich heiße Redcliff.«

»Also gut, Redcliff, welches Jahr schreiben wir heute nach der Zeitrechnung der 'hala?«

Ein spöttisches Grinsen überzog für einen Augenblick das Gesicht des Passager. »Die 'hala schreiben das Jahr 9 nach der Heimsuchung.«

Der Einäugige erstarrte. Das Jahr 9? Neun Jahre sollten seit der Ankunft der STADT vergangen sein?? Seine Gedanken überschlugen sich. Das würde bedeuten, daß er fast 36 Jahre weg gewesen war! Er ließ den Passager los und ging zu dessen Fahrzeug. Die Seitenscheibe als Spiegel benutzend betrachtete er sich lange. Als er sich wieder umdrehte, waren seine Gesichtszüge zu einer Grimasse des Schmerzes verzogen. Aus dem gesunden Auge bahnten sich Tränen ihren Weg.

Mit einem Faustschlag beendete er das Leben des Passager, der eben seine Waffe gezogen hatte und im Begriff war abzudrücken.

Einige Stunden saß der Einäugige neben den Toten und starrte teilnahmslos vor sich hin. Mehrmals hörte er aus dem Fahrzeug eine Stimme. Aus einer unerklärlichen Quelle floß dem Hünen das Wissen zu, daß die Passager die Möglichkeit hatten, sich über große Entfernungen zu verständigen. Allmählich setzte sich in seinem vor Leid getrübten Bewußtsein die Erkenntnis durch, daß er sich in große Gefahr begab, wenn er noch länger hierbliebe. Kurze Zeit spielte er mit dem Gedanken, abzuwarten und dann im Kampf mit einem Suchtrupp seiner Feinde den Tod zu finden. Schließlich siegte aber doch sein Selbsterhaltungstrieb. Langsam stand er auf und klopfte sich den Staub aus der Kleidung. Mit weit ausholenden Schritten ging er fort, ohne zu wissen, wohin er sich wenden sollte.

Aufgeregt schwatzend strömten die Leute am Marktplatz von Gren'Volat zusammen. In einer Zeit, wo es nicht mehr viel zu lachen gab unter der harten Knute der Passager, war jede Abwechslung willkommen. Wie ein Lauffeuer hatte sich die Nachricht in der Stadt verbreitet: Gaukler waren in die ehemalige Residenzstadt des Informierten Mares gekommen und hatten die Genehmigung des Stadtkommandanten erhalten, eine Vorstellung zu geben.

»Bestaunt mit uns die Kräfte von Javir, der einen Rorar im Kampf bezwingt, laßt euch verzaubern von den Tänzen der Dienerinnen des Immerwährenden Beschützers und lauscht den Weissagungen von Genire, der kein Ereignis in der Vergangenheit oder Zukunft verborgen bleibt«, pries der Schreier der Gauklertruppe die bevorstehenden Attraktionen an.

Kurz nachdem die Vorstellung mit Sanan begonnen hatte, der Trugbilder erzeugte, welche die Zuschauer verwirrten und in ihren Bann zogen, bahnte sich eine Gruppe Passager den Weg durch die Menge und nahm ganz vorne Platz.

»Es ist mir eine hohe Ehre, den Stadtkommandanten und seine Begleiter bei unserer Vorstellung begrüßen zu dürfen!« unterbrach der Schreier in unterwürfigem Tonfall kurz die Darbietung Sanans und verneigte sich tief in Richtung der Passager.

»Fahrt fort, laßt euch nicht stören«, meinte der Angesprochene in jovialem Tonfall und winkte gnädig. Der Schreier verbeugte sich noch ein paarmal und bedeutete dann Sanan, weiterzumachen. Während die Menge immer wieder Beifall spendete und die Kunststücke der Gaukler mit verzückten Ausrufen begleitete, saß der Statthalter gelangweilt da.

»Warum schleppen Sie mich hierher, Miller?« zischelte er ärgerlich dem Mann neben ihm zu.

»Gefällt Ihnen die Vorstellung nicht, hoher Herr?« fragte der Angesprochene spöttisch.

Der Statthalter war das, was man landläufig als eitlen Gockel bezeichnete. Der Ton, den Miller ihm gegenüber an den Tag legte, verletzte ihn deshalb zutiefst. »Es steht Ihnen trotz Ihres Ranges nicht zu, sich über mich lustig zu machen, Zweiter«, preßte er mit mühsam unterdrückter Wut zwischen den Zähnen hervor. Obwohl Miller nicht das geringste von ihm hielt, entschied er, ihn nicht weiter zu reizen.

»So war es nicht gemeint, Commander Soames«, wiegelte Miller deshalb ab, »ich möchte nur, daß Sie sich die Vorstellung ansehen und sich das Gesicht dieses Sanan merken.«

»Wer ist das?« fragte der Stadtkommandant und bewies damit, daß er sich für die Vorstellung bisher nicht interessiert hatte.

»Er ist ein Mitglied der Gauklertruppe und tritt am Schluß noch einmal auf. Angeblich soll er ein Sohn des Informierten Machal sein, den wir bei Beginn der Expansion beseitigt haben. Ich habe Informationen darüber, daß dieser Sanan eine Widerstandsbewegung aufbauen will.«

»Den lasse ich hinrichten, und der Fall ist erledigt«, meinte Soames und schickte sich an, die entsprechenden Befehle zu geben.

»Nein! Zuerst müssen wir mehr über ihn und seine Hintermänner wissen. Sie werden ihn nur beschatten lassen und mir regelmäßig Bericht erstatten«, wies Miller den Commander an.

Soames nickte. »Diesen Kerl werden meine Leute nicht mehr aus den Augen lassen, das verspreche ich Ihnen.«

»Und nun wird euch Genire, die Vergangenheit und Zukunft kennt, euer Schicksal offenbaren!« lenkte der Schreier die Aufmerksamkeit der beiden Passager wieder auf die Darbietung der Gaukler.

Eine etwa 40jährige Frau trat aus einem der aufgebauten Zelte. Millers Gesicht verzog sich zu einem abfälligen Grinsen, als er das lächerliche Gewand sah, das die angebliche Seherin trug. Mit diesem geschmacklosen Fetzen wollte man offenbar versuchen, ihr ein geheimnisvolles und exotisches Aussehen zu verleihen.

Mit dramatischer Stimme weissagte sie nun Freiwilligen aus dem Publikum. Zunächst erzählte sie ihnen etwas über ihre Vergangenheit und ließ sich lauthals die Richtigkeit ihrer Angaben bestätigen. Danach sagte sie mit vor Anstrengung verdrehten Augen, unterbrochen von Gestöhne und Gekeuche, die Zukunft voraus. Millers Gesicht war ein einziger Ausdruck der Verachtung für diese Schmierenkomödie und für die 'hala, die den Weissagungen ehrfürchtig lauschten.

»Wir dürfen die weise Genire nicht überanstrengen, lassen wir es genug sein für heute!« wehrte eben der Schreier weitere Interessenten aus dem Publikum ab.

»Es wäre mir eine besondere Ehre, meine Zukunft aus dem Munde der großen Seherin zu erfahren«, meldete sich Miller zu Wort, als Genire eben wieder in ihr Zelt zurückkehren wollte. Alle Augen richteten sich auf den Passager, der sich von seinem Platz erhoben hatte. Der Schreier zerbiß einen Fluch zwischen den Zähnen.

»Genire ist es nicht wert, in Euer Leben zu schauen, hoher Herr, außerdem hat sie sich schon zu sehr angestrengt und bedarf der Ruhe«, versuchte er Miller von seiner Absicht abzubringen.

»Du willst mir doch wohl die Gunst nicht verweigern, meine Zukunft zu erfahren?« fragte Miller, und sein Gesichtsausdruck ließ erkennen, daß er sein Ansinnen als Befehl betrachtete.

»Hoher Herr...«, begann der Schreier nochmals zaghaft, wurde aber dann von Genire unterbrochen.

»Natürlich stelle ich meine Fähigkeiten in den Dienst des hohen Herrn!« rief sie theatralisch und verbeugte sich tief.

»Das will ich auch hoffen!« entgegnete der Kahlköpfige trocken und ging durch die Gasse, die von den Leuten für ihn eilig freigemacht wurde, zur Bühne.

»Nehmt Platz, hoher Herr, setzt Euch mir gegenüber«, bat ihn Genire.

Als Miller ihren grotesken Aufzug aus der Nähe sah, bereute er seinen Entschluß, die Seherin bloßzustellen und damit seine Überlegenheit zu demonstrieren. Er würde sich beim Stadtkommandanten und seinem Gefolge nur lächerlich machen, indem er diese Posse mitspielte.

»Gebt mir bitte Eure linke Hand, hoher Herr«, drang Genires Stimme durch seine verdrießlichen Gedanken. Widerwillig ließ er zu, daß die Seherin seine Hand nahm und kurz an ihre Stirn drückte. Dann legte sie mit geschlossenen Augen ihren Kopf in den Nacken und bemühte sich um einen entrückten Gesichtsausdruck. Miller fühlte, wie der Ärger in ihm hochstieg.

»Es entsteht ein Bild, es ist noch sehr verschwommen«, hauchte das Weib, dann begann sie heftig zu keuchen. »Ja! Ja! Ich kann es erkennen! Ihr kommt von weit her, um unserem Volk Glück und Wohlstand zu bringen«, rief sie euphorisch.

Aus den Augenwinkeln konnte Miller erkennen, wie Commander Soames spöttisch grinste.

»Ihr werdet die größte Hochachtung unseres Volkes erlangen und ein mächtiger Herrscher sein«, tönte die Seherin weiter, während dem

Schreier ein Stein vom Herzen fiel, da er insgeheim befürchtet hatte, Genire würde etwas sagen, das dem Passager nicht gefiel. »...und Ihr werdet der Vater vieler gesunder Kinder.«

»Es genügt, danke!« brachte Miller mit mühsam unterdrückter Wut hervor, entzog seine Hand unsanft ihrem Griff und wollte aufstehen. Die Seherin öffnete die Augen und sah ihn an.

Miller war wie vom Donner gerührt. Der Blick, der ganze Gesichtsausdruck des Weibes hatte sich schlagartig so verändert, als säße er einer völlig anderen Person gegenüber. Er spürte die ungeheure Macht und Stärke, die in dieser Frau wohnte. Ihr lächerlicher Aufzug war mit einem Mal bedeutungslos geworden. Langsam beugte sie sich vor und flüsterte leise, so daß nur Miller es hören konnte:

»Hat dir meine Prophezeiung nicht gefallen, Zweiter? Willst du eine andere hören? Also gut, dann gib acht: An jenem Tag, an dem die Abtrünnige unter den Gesegneten dem Immerwährenden Beschützer den Rückweg ebnet, suchen vier Aschereide eure STADT heim. Die Hohen Gesegneten und ihre Helfer werden zusammen mit der Wanderin zwischen den Welten eurer Tyrannei ein Ende setzen. Und du, Miller, der du noch viel Elend über unser Volk bringen wirst, bis es soweit ist, wirst dich im hintersten Winkel deiner Welt verkriechen. Aber vergebens, denn du kannst der Rache des Einäugigen nicht entkommen.«

Fassungslos starrte der Zweite das Weib an.

»Na, gefällt dir diese Prophezeiung besser?« fragte sie mit beißendem Spott und fuhr fort: »Sie hat nämlich einen Vorteil, sie ist wahr!«

Es war noch nie vorgekommen, daß Miller seine Selbstsicherheit verlor. Er war immer der kühle Denker und Taktierer gewesen, den nichts überraschen konnte. Jetzt aber starrte er kreidebleich in die Augen der Frau, die Macht und Bosheit ausdrückten. Mit gespielter Freundlichkeit nahm die Seherin wieder seine Hand.

»Hat es dir die Sprache verschlagen, Miller?« flüsterte sie gehässig. »War es wieder nicht das, was du hören wolltest?«

Ich muß aus der Defensive, schoß es dem Zweiten durch den Kopf. »Was macht dich eigentlich so sicher, daß ich dich nicht auf der Stelle töten lasse?« brachte er schließlich hervor.

»Du hättest Angst, es auch nur zu versuchen«, bescheinigte sie ihm abfällig, ließ seine Hand los und rief laut, so daß es alle hören konnten: »Ich danke meinem Schicksal, einem so großen Mann begegnet zu sein!«

Miller drehte sich um und ging mit hölzernen Schritten an seinen Platz zurück. Er wußte, daß er jetzt nichts unternehmen durfte. Alles, was er in seiner gegenwärtigen Verfassung tat, wäre falsch. Er mußte Abstand zu der Sache gewinnen und in Ruhe nachdenken. Erst dann wäre er in der Lage, die richtigen Maßnahmen zu treffen. Allmählich gewann er seine Fassung zurück und schaffte es, den Rest der Darbietungen über sich ergehen zu lassen, ohne sich etwas anmerken zu lassen.

Einige Zeit nach der Vorstellung ging Genire in das Zelt des Schreiers, der auch Chef der Gauklertruppe war. Er war gerade damit beschäftigt, an einem schweren Schreibtisch aus Blockholz die Einnahmen aus der Vorstellung zu zählen. Als sie das Zelt betrat, blickte er auf.

»Ich muß euch jetzt verlassen. Wenn ich bei euch bliebe, wärt ihr alle in Gefahr, Nedith!«

Der Angesprochene lehnte sich in seinem Stuhl zurück und verzog das Gesicht. »Ich habe mir schon gedacht, daß du zum Schluß noch etwas gesagt hast, was der Passager nicht hören wollte«, entgegnete er reserviert.

»Hat man das gemerkt?« fragte Genire böse lächelnd. Nedith beantwortete die Frage mit einem schiefen Grinsen. Genires Augen wurden zu schmalen Schlitzen, und leise, aber mit einem drohenden Unterton sagte sie:

»Die Zeit wird kommen, wo sich die 'hala gegen die Heimsuchung auflehnen. Die Passager sollen von der Angst kosten, wie damals die Informierten, als sie gejagt und getötet wurden.«

»Wer bist du wirklich?« fragte Nedith die Frau und musterte sie durchdringend.

»Die große Seherin Genire, wer sonst?« antwortete sie und machte in diesem Moment wieder den Eindruck einer Person, die ebenso dumm wie eingebildet war. Nedith ging zu der Frau und umarmte sie zärtlich. Er wußte, es hatte keinen Zweck, sie zum Bleiben zu überreden.

»Ich wünsche dir alles Gute, Genire. Versprich mir, auf dich zu achten«, bat er sie leise. Dann löste er zögernd die Umarmung und griff nach einem Beutel mit Münzen, dem Anteil an den Einnahmen aus der Vorstellung, der Genire zustand. Als sich Nedith ihr wieder zuwandte, erschrak er.

»Was ist los mit dir?« fragte er sie, denn die Seherin stand stocksteif da und blickte ins Leere. Statt einer Antwort begann sie zu weinen. Tränen rannen über ihr Gesicht, während sie am ganzen Körper zitterte, als würde sie frieren.

»Er ist da, er hat es endlich geschafft«, brachte sie schließlich unter lautem Schluchzen hervor. Nedith war sicher, daß dies die erste echte Gefühlsregung war, die er von dieser Frau zu sehen bekam, und das wollte etwas heißen, denn sie tingelte mit ihm und seiner Gruppe immerhin schon fast zwei Jahre herum. Erneut nahm der Schreier das Weib in seine Arme und drückte sie an sich. Es dauerte mehrere Minuten, bis sie sich einigermaßen beruhigt hatte.

»Ich muß zu ihm!« stammelte sie und schob Nedith mit sanfter Gewalt von sich. Dann wischte sie sich die Tränen aus dem Gesicht, dessen Ausdruck so glücklich war, daß es dem Schreier, der Genire schon lange liebte, das Herz zusammenkrampfte.

»Ich weiß nicht, was du meinst, aber ich merke, daß du nicht länger bleiben willst, also geh!« versetzte er trotzig und wandte sich ab.

»Hab Dank für alles!« Für einen kurzen Moment spürte Nedith noch ihre warme Hand auf seinem Rücken, dann war er allein im Zelt.

»Nichts, absolut nichts!«

»Was soll das heißen?«

»Diese Frau ist von der Zentralen Erfassung nicht registriert. Wir haben keine Fingerabdrücke von ihr und keine Lichtbilder, außer jenem, das bei der Veranstaltung angefertigt wurde.«

»Was ist mit der Datenbank?«

»Im Rechner der Erfassung sind keinerlei Daten über dieses Weib gespeichert.«

»Alle 'hala sind erfaßt und mit Codegebern markiert. Es müssen Daten vorhanden sein, oder wollen Sie behaupten, die Schlampe ist gerade vom Himmel gefallen?« schnauzte Miller den Leiter der Zentralen Erfassung wütend an. Dieser machte eine Geste des Unwillens, die am Bildschirm nur unvollkommen zu sehen war.

»Was soll ich machen, soll ich Daten herzaubern? Was wollen Sie denn hören? Daß es mir leid tut, daß keine da sind?« schnappte Derrit, der den Rang eines Sechsten innehatte, beleidigt.

»Sie sollten sich Ihre Antipathie gegen mich nicht so deutlich anmerken lassen«, riet Miller seinem Gesprächspartner mit gefährlicher Ruhe.

Der Fünfte schwieg einen Moment und lenkte dann ein. »Ich wollte nicht respektlos sein, Zweiter. Es ist mir ein Rätsel, wie diese Frau der Erfassung entgehen konnte.«

»Gehen Sie der Sache nach«, riet Miller kurz angebunden und unterbrach dann die Verbindung. Nachdenklich blickte er aus dem Fenster auf das Häusermeer der STADT. Das Erlebnis mit der Seherin, das nun schon vier Tage zurücklag, beschäftigte ihn mehr denn je. Noch während der Vorstellung hatte er Agenten des Sicherheitsdienstes, sogenannte Erfasser, damit beauftragt, Genire zu beschatten. Die Frau war nach der Darbietung in ein Zelt gegangen und nicht wieder herausgekommen. Als die Erfasser nach einigen Stunden ungeduldig wurden und das Zelt durchsuchten, konnten sie die Seherin nicht finden.

Es war erste Mal gewesen, daß dem Sicherheitsdienst, der in jedem noch so kleinen Dorf präsent war und sich auch aus den Reihen kooperativer 'hala rekrutierte, jemand durch die Lappen ging. Nachdenklich betrachtete Miller das Holo, das er von Genire am Ende der Vorstellung hatte anfertigen lassen. Dann ging er zur Sprechanlage an seinem Schreibtisch und drückte eine Taste.

»Ich brauche eine Verbindung zum Ersten, es ist dringend!«

»Sofort, Zweiter«, bestätigte die Stimme des Kommunikationscomputers, die von einer menschlichen nicht zu unterscheiden war. Miller mußte eineinhalb Stunden auf die Verbindung warten. Er wußte, daß ihn der Erste absichtlich warten ließ, um ihn merken zu lassen, wer der Untergebene war.

Eine der letzten Maßnahmen des ehemaligen Ersten, Bonner, war es gewesen, kurz vor Beendigung seiner Dienstzeit mit Hilfe seiner Beziehungen im Obersten Amt dafür zu sorgen, daß Miller Zweiter blieb. Trenner, ein junger, hochdekorierter Mitarbeiter des Amtes für Expansion, der zu Zeiten Bonners Dritter gewesen war, bekam den Oberbefehl. Miller hatte diese Niederlage weggesteckt, weil er wußte, daß seine Zeit kommen würde. Er war, wie die meisten Abkömmlinge von Ebene Zwei, eine außergewöhnlich starke Persönlichkeit und obendrein ein Meister der Intrige. Er würde Mittel und Wege finden, die Amtszeit Trenners vorzeitig zu beenden. Und dieser, das wußte Miller, hatte nicht den Einfluß, ihn auszumanövrieren. Außerdem schien der Erste in zunehmendem Maße seine Liebe für ein stark alkoholisches Getränk der Eingeborenen zu entdecken, was Miller natürlich sehr gelegen kam.

»Verbindung steht«, gab der Kommunikationscomputer endlich bekannt. Miller wandte sich dem Bildschirm zu.

»Was gibt es?« fragte Trenner statt einer Begrüßung.

Miller musterte ihn und sah, daß sich die Zeichen des Alkoholmißbrauches mehrten. Das Gesicht des Ersten war aufgedunsen und seine Augen gerötet. Er sieht von Tag zu Tag heruntergekommener aus. Lange macht er es nicht mehr, registrierte der Kahlköpfige zufrieden.

»Ich möchte eine Genehmigung zum Verhör der beiden Gefangenen«, entgegnete Miller.

»Wir haben viele Gefangene, welche meinen Sie?« erkundigte sich der Erste scheinheilig. Miller war sicher, daß Trenner genau wußte, von welchen Gefangenen sein Stellvertreter sprach. Er beugte sich etwas vor, damit ihn die Optik besser erfassen konnte.

»Sie sehen schlecht aus, Erster. Der Fomt setzt Ihnen offenbar zu. Ich habe auch das Gefühl, daß Ihr Gedächtnis bereits nachläßt, wahrscheinlich eine Folge des ständigen Alkoholmißbrauches. Ich an Ihrer Stelle würde mich in medizinische Behandlung begeben, damit diese Ausfallerscheinungen wenigstens teilweise aufgefangen werden können.« Miller sprach so sachlich, als würde er das Ergebnis eines medizinischen Gutachtens zusammenfassen. Dabei musterte er seinen Vorgesetzten kalt.

Trenner spürte seine Unfähigkeit, diesem Blick standzuhalten. »Die Genehmigung ist erteilt«, murmelte er resignierend und unterbrach abrupt die Verbindung. Danach starrte der Oberbefehlshaber der Passager auf Senholzer noch lange auf den dunklen Bildschirm. Trenner hatte sich in der Gegenwart seines Stellvertreters schon immer unbehaglich gefühlt. Mittlerweile, so gestand sich der Erste ein, war es sogar soweit gekommen, daß er sich vor Miller fürchtete.

Dieser hatte offenbar schon von Anfang an erkannt, daß er mit seinem neuen Vorgesetzten keine Schwierigkeiten haben würde, denn es schien ihn damals nicht sonderlich zu berühren, daß nicht er, sondern Trenner Erster wurde. Miller hatte dies wohl als unbedeutende Verzögerung auf seinem Weg zum Ziel hingenommen. Trenner mußte schon kurz nach seiner Amtsübernahme feststellen, daß sein Stellvertreter tat, was er wollte, ohne sich von ihm etwas vorschreiben zu lassen. Solche Schikanen wie eben, als Trenner Miller warten ließ, waren nur untaugliche Versuche, seinen Status nach außen hin zu demonstrieren.

»Was soll's...«, murmelte der Erste bitter, lehnte sich in seinem Stuhl zurück und trank einen tiefen Schluck.

»Ich brauche eine Unterkunft, für wie lange, weiß ich noch nicht.«

Mißtrauisch beäugte der Besitzer der Herberge den einäugigen Hünen, der in zerlumpter Kleidung vor ihm stand. »Ich habe nicht das Gefühl, daß mein Haus das richtige für dich ist«, meinte der Wirt skeptisch, »aber der Schmied gegenüber läßt manchmal Fremde für einige Tage in seinem Stall übernachten, wenn sie ihm ein wenig zur Hand gehen.«

Für einen Moment schien es, als wollte der Hüne wütend werden, dann aber lächelte er breit und meinte: »Wahrscheinlich hast du recht, vielen Dank für den Rat.« Dann drehte er sich um und verließ die Herberge, um den Schmied aufzusuchen. Dieser bearbeitete gerade ein glühendes Rundeisen für einen Jahak und fluchte, weil sich das Ding so widerspenstig gab.

»Ich habe gehört, bei dir kann man eine Unterkunft bekommen, auch wenn man knapp bei Kasse ist.«

Der Schmied, ein untersetzter, stiernackiger Kerl von kleinem Wuchs, drehte sich um und musterte den Einäugigen.

»Du siehst aus, als könnte man dich beim Arbeiten schon gebrauchen«, meinte er. »Also, ich gebe dir Unterkunft und Verpflegung, wenn du mir zur Hand gehst, denn du mußt wissen, mein Geschäft geht gut, ich komme mit der Arbeit kaum nach.«

»Ich habe dieses Handwerk gelernt, ich könnte dir schon helfen, Schmied«, entgegnete der Einäugige.

»Nenn' mich Sandon«, gab der Stiernackige zurück und streckte ihm die schwielige Pranke hin. Der Einäugige ergriff die kräftige Hand des Schmiedes und erkannte mit untrüglichem Gefühl, daß dieser ein grundehrlicher Mann war.

»Dann will ich mal sehen, ob ich noch nichts verlernt habe«, meinte der Hüne, griff nach dem Hammer und ließ sich vom Schmied die Zange mit dem glühenden Eisen reichen. Mit geschickten Schlägen formte er das Rundeisen innerhalb kürzester Zeit, und sein Gesicht drückte zum ersten Mal seit langem Freude und Zufriedenheit aus.

»Das hätte ich nicht besser machen können«, meinte Sandon anerkennend, als er das fertige Stück betrachtete. »Hast du nicht Lust, bei mir zu arbeiten? Ich bräuchte dringend eine Hilfe wie dich.«

»Darüber läßt sich reden«, gab der Einäugige zurück. »Aber momentan bin ich müde und hungrig, da treffe ich nicht gerne Entscheidungen.«

»Das verstehe ich! Komm mit ins Haus und iß' mit mir zu Abend, ich höre heute zur Feier des Tages etwas früher auf.«

»Ich habe noch nicht zugesagt«, schränkte der Hüne ein.

»Wir werden uns schon einig«, grinste der Schmied. »Komm jetzt! Thera, mein Weib, hat einen frischgeschlachteten Berm gebraten, da wird dir das Wasser im Mund zusammenlaufen...«

Mit wohligem Stöhnen lehnte sich der Einäugige eine Stunde später am Mahltisch zurück, während das feiste Weib des Schmiedes über das ganze breite Gesicht grinste.

»Ich sehe, meine Küche schmeckt dir. Ich habe noch nie jemanden gesehen, der so viel auf einmal verdrücken konnte«, bemerkte sie mit dröhnender Stimme.

»Mein Weib ist einfältig und hat ein lautes Organ, da ihr Vater, bei dem sie die meiste Zeit ihres Lebens verbrachte, fast taub war«, entschuldigte sich Sandon und fuhr fort, während er dem Einäugigen vertraulich zuzwinkerte, »aber niemand kocht so gut wie sie und keine Frau weit und breit versteht es besser, dem Manne Lust zu bereiten.«

Thera errötete leicht, grinste dann aber noch breiter und schrie: »Hör nicht auf ihn, Fremder, er hat nur zwei Sachen im Kopf, und die eine davon ist Essen.«

Der Hüne lachte und meinte: »Es wird Zeit, daß wir uns einig werden. Also, höre meine Bedingungen: Unterkunft und Verpflegung sind frei, außerdem bezahlst du mir am Tag einen halben Plenas.«

»Für gute Arbeit ist das nicht viel«, meinte der Schmied und nickte, »ich bin einverstanden.« Er streckte dem Hünen die Hand hin und dieser schlug ein.

»Du hast mir deinen Namen noch nicht verraten«, forschte Sandon, während er noch immer die Hand des Hünen drückte.

»Nenne mich einfach Einäugiger, meinen richtigen Namen habe ich vergessen.«

»Also gut, mir soll es recht sein«, meinte der Schmied und hieb seinem Gegenüber mit dröhnendem Gelächter freundschaftlich auf die Schulter.

Am nächsten Tag wollte der Einäugige früh aus dem Haus, um sich das Notwendigste zu kaufen.

»Hüte dich vor den Spitzeln der Passager, sie treiben sich gern auf dem Markt herum, sogar hier in Tix Banan«, warnte ihn Sandon, als sie bei der Morgenmahlzeit saßen.

»Wieso sollte ich mich fürchten, glaubst du, ich habe etwas zu verbergen?«

»Ja«, bestätigte Sandon trocken, während er seinen Brei löffelte. Belustigt verzog der Hüne das zernarbte Gesicht.

»Wenn du das glaubst, warum nimmst du mich dann auf? Du würdest dich und dein Weib doch in Gefahr bringen, wenn es so wäre.«

»Schmiede, die ihr Handwerk gut verstehen, sind rar«, gab Sandon kauend zurück, wobei ihm einige Brocken Brei aus dem Mund fielen. Prüfend schaute ihn der Hüne an, ob er diese Bemerkung ernst gemeint hatte, aber der Schmied ließ sich nichts anmerken und löffelte seelenruhig weiter. Nach einer Weile fuhr er fort: »...außerdem bist du nicht aus Grenn, mir kannst du nichts vormachen. Du weißt die einfachsten Sachen nicht. Aber ich spüre, daß du gut bist, deshalb helfe ich dir.«

»Merkt man es so sehr, daß ich fremd bin?« erkundigte sich der Einäugige nachdenklich.

»Ich rate dir, nimm dich in acht, wenn du das Haus verläßt und unterhalte dich mit niemandem. Und sieh zu, daß du dein Gewand loswirst, es ist nicht zerrissen genug, um jemanden darüber hinwegzutäuschen, daß es solche Kleidung in Grenn nicht gibt.«

Der Hüne nickte, erhob sich und ging dann grußlos aus dem Haus, um sich auf dem Markt zu versorgen. Schon nach kurzer Zeit wußte er, was der Schmied gemeint hatte, denn die meisten Leute, denen er begegnete, drehten sich nach ihm um. Sogar im Gewimmel des Marktes fiel er auf, vor allem wegen der fremdartigen Kleidung, aber auch wegen seiner Statur wurde er angegafft. Bei der Auswahl eines neuen Gewandes konnte er nicht wählerisch sein, er mußte an den Ständen der Reiser das nehmen, was in seiner Größe vorrätig war. Er behielt die Sachen nach der Anprobe gleich an und trug sein altes Gewand als zusammengeknülltes Bündel unter dem Arm.

»Jetzt brauche ich nur noch neues Schuhwerk«, murmelte er zufrieden und ging zu einem entsprechenden Verkaufsstand.

»Was willst du für diese Stiefel?« fragte er den Händler und hielt ihm ein Paar entgegen, das einzige, das er in seiner Größe gefunden hatte.

Der Reiser wog sie prüfend in beiden Händen und schmeichelte dann: »Du hast einen guten Geschmack, Vetter. Es sind die besten von allen, gerade richtig für einen riesigen Kerl wie dich! Du bekommst sie für den Spottpreis von drei Plenas.«

»Ich habe dich nicht gefragt, wieviel alle Schuhe kosten, die du hier hast, ich möchte nur dieses Paar Stiefel, und das ist nicht mehr wert als einen halben Plenas.«

Für einen kurzen Augenblick strahlte der Reiser über das ganze Gesicht, weil er spürte, daß sein Gegenüber die Kunst des Feilschens noch beherrschte. Blitzschnell wurde der Gesichtsausdruck des Händlers dann abweisend.

»Du besitzt die Frechheit, mir für diese robusten Stiefel, die dich noch um Generationen überdauern werden, einen halben Plenas zu bieten? Ist das nicht der Gipfel der Schamlosigkeit?« wandte er sich lautstark und mit empörter Miene an andere Marktbesucher in der Nähe, die daraufhin bei seiner Verkaufsbude zusammenliefen.

»...nun gut, ich gebe sie dir für zweieinhalb Plenas, damit du gehst und ich deinen Anblick nicht länger zu ertragen brauche!«

»Du verlangst allen Ernstes zweieinhalb Plenas für diese schäbigen Treter? Nicht einmal einer deiner halsabschneiderischen Zunftbrüder aus Ma'Desch wäre so dreist. Du bekommst einen Plenas und kannst dann deinen Stand für die ganze Woche zusperren, weil du das Geschäft deines Lebens gemacht hast.«

»Sieh' zu, daß du mir aus den Augen kommst und nimm die verdammten Stiefel mit! Du sollst sie für zwei Plenas haben, weil ich sie nicht mehr sehen will, da sie mich immer an dich unverschämten Halsabschneider erinnern würden!«

»Diese Stiefel sind schlecht verarbeitet und sehen obendrein aus, als wären sie schon getragen. Offenbar hast du sie von einem unzufriedenen Käufer zurücknehmen müssen. Mein letztes Wort ist eineinhalb Plenas, wobei ich davon überzeugt bin, daß du für diesen Wucher in der Hölle schmoren wirst.«

Der Reiser reichte dem Einäugigen mit wehleidigem Blick die Stiefel und eine Büchse Lederfett und jammerte: »Nimm die verdammten Dinger und gib mir das Geld, aber schwöre mir beim Grab deiner Mutter, daß du nie wieder die Unverfrorenheit besitzt, an meinen Stand zu kommen.«

Der Einäugige grinste, nahm die Ware entgegen und reichte dem Reiser das Geld. Dieser nahm es in Empfang, grinste dann ebenfalls und meinte: »Alles Gute, Vetter! Beehre mich bald wieder. Mögest du mit deinem neuen Schuhwerk immer nur auf glücklichen Wegen wandeln.«

»Das werde ich, Reiser«, antwortete der Hüne freundlich, drehte sich um und ging weiter.

»Es ist schade«, meinte der Händler zu seinem Weib neben ihm, »daß man heutzutage nur noch wenige trifft, welche die alten Sitten noch kennen. Schon lange hat mir das Verkaufen nicht mehr soviel Spaß gemacht, wie gerade eben.«

»Ja, es hat sich viel geändert...«, stimmte sie mit einem haßerfüllten Blick auf die zwei uniformierten Passager zu, die schwerbewaffnet auf dem Marktplatz patrouillierten.

»Ich möchte deine Erfassung sehen!«

Der Hüne drehte sich um und schaute in das Gesicht eines jungen 'hala. Mit einer kleinen Scheibe, die ein dreidimensionales Symbol zeigte, legitimierte er sich als Mitarbeiter der Zentralen Erfassung.

Es war das erste Mal, daß der Einäugige einem 'hala gegenüberstand, der mit den Passager kollaborierte. »Teser« wurden diese Verräter genannt, es war das schlimmste Schimpfwort, das die Sprache seines Volkes kannte. Er spürte, wie bitterer Zorn in ihm hochstieg, als er daran dachte, wieviele 'hala die Passager gnadenlos getötet hatten, um Grenn zu unterwerfen. Gleichwohl wußte er, daß er seine Wut beherrschen mußte, wenn er ungeschoren aus dieser Situation herauskommen wollte.

»Verzeih, ich habe meine Erfassung daheim vergessen«, gab der Hüne deshalb in unterwürfigem Ton zurück. »Aber ich werde sie sofort holen. Oder willst du mich zu meinem Haus begleiten? Dann könnten wir ein Glas Fomt trinken, und ich zeige sie dir.«

»Da bin ich aber neugierig«, meinte der 'hala mit einem gefährlichen Unterton und sah sich suchend um. Der Einäugige wußte, daß der Kollaborateur nun die beiden bewaffneten Passager, die auf dem Markt Streife gingen, zu Hilfe holen würde, da er mit Sicherheit nicht so dumm war, diesen körperlich weit überlegenen Mann alleine zu begleiten. Der 'hala hob die Hand und öffnete den Mund, um nach der Streife zu rufen. Dann jedoch ließ er seine Hand langsam wieder sinken und schaute ängstlich auf etwas, das sich unmittelbar hinter dem Einäugigen befand.

Dieser spürte plötzlich eine Aura von Macht und Stärke in seiner Nähe, gleichzeitig stellte sich ein Gefühl von Vertrautheit ein.

»Du wirst sofort den Markt verlassen und deine Begegnung mit dem Einäugigen vergessen. Wenn du willst, daß ich dich am Leben lasse, gehe weit weg von hier und wage es nicht, länger mit den fremden Mördern zusammenzuarbeiten! Denn ich schwöre dir, beim ersten Wort, das du ab jetzt zu einem von ihnen sagst, wirst du tot sein, noch ehe dein Körper am Boden aufschlägt.«

Alle Farbe war aus dem Gesicht des jungen 'hala gewichen. Die Frau, die eben zu ihm gesprochen hatte, trat einen Schritt vor, so daß sie neben dem Hünen stand. Sie hatte ein hübsches, etwas kantiges Gesicht, das eine samtbraune Tönung aufwies. Ihr Kopf wurde umrahmt von dunklen Haaren. Lachfältchen zierten ihre Augenwinkel, doch um den Mund lag ein bitterer, leicht grausamer Zug. Ihre Gestalt hob sich von der anderer Frauen ab. Sie war hochgewachsen, aber wohlproportioniert. Mit ihrem runden Hintern und den wohlgeformten Brüsten unter dem Leinenkleid sah sie sehr begehrenswert aus. Doch in diesem Moment wirkte sie kalt und unnahbar, als sie sagte: »Ich sehe, du hast mich verstanden, Teser.«

Der Kollaborateur blickte in die dunklen Augen der Frau und kam sich vor wie ein Wurm, der kurz davor stand, zertreten zu werden. Dann senkte der junge 'hala schnell den Blick, da er es unwillkürlich als Frevel empfand, ihr ins Gesicht zu sehen.

»Ja, Hohe Gesegnete«, versicherte er, ohne sich zu wundern, wie er zu dieser Anrede kam.

»Geh!« sagte sie leise. Trotzdem klang dieses Wort in ihm wie ein Peitschenhieb. Er verneigte sich unterwürfig und machte sich eilig davon.

Der Hüne, der es bisher vermieden hatte, den Blick zu wenden, drehte sich zur Seite und musterte die Frau, die trotz ihres hochgewachsenen Körpers neben ihm klein und zierlich wirkte. Die Aura von Macht und Stärke, die sie verbreitet hatte, war wie weggewischt, nun wirkte sie schwach und verletzlich.

»Senar, erkennst du mich?« fragte sie mit erstickter Stimme, während ihr Tränen über das Gesicht liefen.

»Senar ist tot. Ich kenne dich nicht«, antwortete er kalt, drehte sich um und ging. Nach zwei, drei Schritten überholte sie den Hünen und versperrte ihm mit tränenüberströmtem Gesicht den Weg.

»Bitte geh' nicht weg! Ich habe dich so sehnsüchtig erwartet, keinen Tag länger würde ich es ertragen, von dir getrennt zu sein«, schluchzte sie verzweifelt, ohne Rücksicht darauf zu nehmen, daß die Umstehenden neugierig zu ihnen blickten.

»Ich will mit dir nichts zu tun haben«, erklärte der Einäugige kalt, schob sie zur Seite und bahnte sich seinen Weg durch die Menge der Marktbesucher. Die Frau ließ sich jedoch nicht abweisen und folgte ihm. Als sie im Haus des Schmiedes angekommen waren, ging der Hüne grußlos und mit finsterem Blick an Sandon vorbei auf sein Zimmer, während ihn die Frau schweigend begleitete, ohne den Schmied zu beachten. Dieser hatte genug Feingefühl, das Paar nicht anzusprechen und sich seiner Arbeit zu widmen, als hätte er die beiden nicht bemerkt.

»Was willst du von mir, Erdena?« fuhr er sie an, als sie allein in der Kammer des Einäugigen waren.

»Genire«, verbesserte sie automatisch.

»Ist mir egal, wie du dich jetzt nennst«, versetzte er.

»Warum bist du so kalt und abweisend? Willst du mir wehtun?« fragte sie traurig. Der Hüne schaute sie einige Sekunden lang durchdringend an und atmete dann tief durch.

»Nein, ich will dir nicht wehtun, ich will nur nichts mehr mit dir zu tun haben. Also geh' jetzt und komm' nie wieder hierher!« antwortete er so ruhig, wie es ihm möglich war und wies auf die Türe. Die Frau senkte den Blick und biß sich auf die Unterlippe, während erneut Tränen über ihr Gesicht liefen.

»Warum?« fragte sie leise.

»Warum?« echote er wütend. »Du fragst mich warum? Dann hör' gut zu, ich werde es dir sagen! Ich habe ein Auge verloren und weiß nicht wie. Mein Körper ist übersät von Narben, und ich werde nie erfahren, wer sie mir beigebracht hat. Ein großer Teil meines Lebens liegt hinter mir und ich habe keine Erinnerung daran, wie und wo ich es verbracht habe. Genügt dir diese Begründung oder willst du noch mehr hören?«

»Senar, ich weiß auch nicht, was DORT geschehen ist! Ich bin etwa zwei Jahre früher nach Grenn zurückgekehrt als du. Warum, weiß ich ebenfalls nicht, aber es geschah bestimmt nicht freiwillig.«

Der Hüne stützte sich mit beiden Händen an der Stuhllehne ab, beugte sich vor und sagte mit mühsam unterdrücktem Zorn: »Erdena, ich war über acht Grennjahre DORT. Das bedeutet, daß ich um mindestens 32 Jahre gealtert bin. Diese Zeit fehlt in meinem Gedächtnis. Ich weiß nicht, was all die Jahre war, aber wenn ich in den Spiegel blicke, sieht mich ein narbenübersäter Krüppel an. Ich werde dir nie verzeihen, daß du mich um meine Jugend betrogen hast!«

Die Heilerin öffnete den Mund, um sich zu verteidigen, doch der Einäugige gebot ihr mit einer herrischen Geste zu schweigen. »Höre mir gut zu, denn ich sage es dir jetzt zum letzten Mal: Verschwinde von hier und komm' mir nie wieder unter die Augen! Du hast mir genug Unglück gebracht!«

Erdena wurde kalkweiß im Gesicht und fing an, am ganzen Körper zu zittern. Schluchzend fiel sie dem Hünen um den Hals, und es sprudelte voller Verzweiflung aus ihr hervor:

»Die letzten zwei Jahre waren die Hölle für mich! Ich habe Tag und Nacht an dich gedacht, so sehr hast du mir gefehlt. Wenn ich nicht die Hoffnung gehabt hätte, daß du doch noch eines Tages kommst, hätte ich mir das Leben genommen. Senar, ich liebe dich, ich kann ohne dich nicht sein, bitte schick' mich nicht weg!«

Der Hüne nahm ihre Handgelenke und befreite sich unsanft aus der Umarmung. »Geh!« sagte er abweisend und wandte ihr den Rücken zu.

Nach einigen Augenblicken hörte er, wie sie leise schluchzend das Zimmer verließ. Vom Fenster seiner Kammer sah er sie langsam mit gesenktem Kopf die Straße hinuntergehen. Immer wieder wurde ihr Körper von Schluchzern geschüttelt.

Bei diesem Anblick drängten sich Bilder aus den Tiefen seines Unterbewußtseins in sein Gedächtnis. Es waren verschwommene Erinnerungen an die Zeit in einer fremden Welt. Einer Welt der Entbehrungen und des Kampfes, an eine Zeit des Leides und der Qualen. All dies wurde jedoch überflutet von der Erinnerung an seine Weggefährtin, die DORT unerschütterlich an seiner Seite gestanden hatte und mit ihrer Liebe seine körperlichen und seelischen Schmerzen linderte.

Er konnte sich immer noch nicht entsinnen, was er DORT erlebt hatte, aber die starke emotionale Bindung an Erdena, die in dieser Zeit entstanden war, hatte die Blockade durchbrochen.

Senar fühlte sich, als wäre er blind und taub gewesen, und als ihm bewußt wurde, daß er kurz davor stand, diese Frau für immer zu verlieren, geriet er in Panik. Ein Blick aus dem Fenster zeigte ihm, daß Erdena bereits in der Menge verschwunden war. Wie von tausend Teufeln gehetzt rannte er, immer wieder ihren Namen brüllend, die Straße in jene Richtung hinunter, in die sie gegangen war. Rücksichtslos bahnte sich der Hüne den Weg durch das Gewühl der Leute auf der Hauptstraße. Wie ein Besessener setzte er seine Bärenkräfte und seine Körpermasse ein, um möglichst schnell voranzukommen. Das Fluchen der angerempelten und zur Seite gestoßenen Dorfbewohner scherte ihn nicht. Endlich gewahrte er die Heilerin. Sie lehnte mit aschfahlem Gesicht an einer Hausmauer und hatte sich gerade übergeben. Blicklos starrte sie ins Leere.

»Dania«, flüsterte er zärtlich den Kosenamen, den er in einer anderen Welt für sie gebraucht hatte. Er stammte aus einer Sprache, die ihm DORT geläufig gewesen war, die er aber jetzt nicht mehr kannte.

Ihr Kopf ruckte herum, und sie blickte ihn an. Ihm wurde elend zumute, als er sie so sah. Die Heilerin schien in wenigen Minuten um Jahre gealtert zu sein und machte einen erbärmlichen Eindruck. Liebevoll nahm er die Frau in seine Arme und drückte sie sanft.

»Ich war ein fürchterlicher Narr, Dania. Kannst du mir noch einmal verzeihen? Ich habe das alles nicht so gemeint!«

Erdena klammerte sich an ihn und wurde von einem Weinkrampf geschüttelt. Es dauerte längere Zeit, bis sie sich wieder etwas beruhigt hatte. Als sie dann zum Haus des Schmiedes zurückgingen, klammerte sie sich an ihn, als hätte sie Angst, er würde es sich wieder anders überlegen.

»Das ist Erdena, meine Frau. Wenn du willst, daß ich für dich arbeite, mußt du sie auch durchfüttern, Sandon«, stellte der Einäugige lächelnd seine Begleiterin vor, als sie vor dem Schmied standen. Dieser nahm gerade das Abendessen zu sich. Gemächlich löffelte er noch eine Weile seine Suppe, bevor er zu den beiden aufsah.

»Ich verspreche dir, daß ich mich abrackern werde wie ein Fal'Kenischer Lastenjahak. Es wird dich nicht reuen, sie auch noch aufzunehmen«, fuhr der Hüne fort, als Sandon nichts erwiderte.

»Was ist ein Mann ohne sein Weib«, meinte der Stiernackige schließlich mit hintergründigem Lächeln. »Natürlich wohnt sie auch bei uns, nicht wahr, Thera?«

Die Frau des Schmiedes grinste von einem Ohr bis zum anderen.

»Wenn sie mir ab und zu in der Küche hilft und du die Finger von ihrem Hintern läßt, kann sie ruhig hier einziehen«, antwortete sie in einer Lautstärke, als sei ihr Gesprächspartner eine halbe Landmeile entfernt.

Erdena schmunzelte ein wenig und meinte: »Wenn ihr nichts dagegen habt, werde ich mich jetzt etwas ausruhen, ich fühle mich heute nicht sehr gut«.

Sandon nickte verständnisvoll und meinte: »Paß auf, Einäugiger. Ich gebe dir morgen noch frei, damit du dich mit ihr bei mir einleben kannst. Aber übermorgen geht's dann los! Ist das ein Wort?«

Senar legte dem Stiernackigen seine Hand auf die Schulter und meinte: »Ich bin dir sehr dankbar, Schmied, und ich werde mich eines Tages dafür revanchieren. Wenn du erlaubst, gehen wir jetzt nach oben.«

»Nehmt euch noch was zu essen mit, es soll nicht heißen, bei Sandon muß man verhungern«, brummte der Schmied und widmete sich wieder seiner Suppe, die inzwischen kalt geworden war. Erdena und Senar nahmen das Angebot dankend an und zogen sich mit einem großen Topf voll Brühe und einem Laib Brot zurück.

Nachdem sie schweigsam ihr Essen zu sich genommen hatten, legten sie sich zum ersten Mal seit langer Zeit wieder gemeinsam zur Ruhe. Senar starrte zur Decke und überlegte, was er zu ihr sagen sollte. Durch die lange Zeit der Trennung war ihm seine Gefährtin etwas fremd geworden, auch wenn er spürte, daß sich die alte Vertrautheit bald wieder einstellen würde. Erdena schloß die Augen und begann, leise eine Melodie zu summen.

Der Einäugige sprang mit einem Satz aus dem Bett, als er spürte, daß die Heilerin einen sehr starken Wunsch formulierte, denn seit ihrer Versetzung nach DORT fürchtete er ihre Gaben. Senar betrachtete verblüfft die Veränderungen, die mit Erdena vorgingen.

Langsam fing ihr Körper an, von innen heraus goldgelb zu schimmern. Die tiefen Furchen, die Trauer und Schmerz in ihr Gesicht eingegraben hatten, verschwanden. Als sie die Augen öffnete, waren diese nicht mehr verquollen und gerötet, sondern funkelten in jugendlichem Reiz. Das goldene Schimmern ihrer Haut verblaßte und machte einem zarten Rosa Platz. Ohne ein Wort zu sagen, stand sie auf, ging zu Senar und küßte ihn lange und leidenschaftlich. Dann liebten sie sich voller Begierde und fielen anschließend in einen tiefen, erholsamen Schlaf.

Als der Einäugige am nächsten Morgen erwachte, war er allein im

Bett. Ruckartig richtete er sich auf, weil er glaubte, Erdena hätte ihn verlassen, doch sie saß auf einem Stuhl in der Kammer und musterte ihn lächelnd.

»Ich kann mich nicht erinnern, wann ich mich das letzte Mal so wohl gefühlt habe«, sagte er zu ihr und stieg aus dem Bett. Bewundernde und lüsterne Blicke ruhten auf ihm, als er seinen sehnigen und muskulösen Körper streckte. Senar bemerkte dies und sah, wie sich das Antlitz seiner Gefährtin rötete, was jedoch keinesfalls als Zeichen der Scham oder Schüchternheit zu deuten war.

»Ich bin kein junger Mann mehr«, meinte er abwehrend, wohl wissend, was die glühenden Wangen seiner Gefährtin verhießen.

»Wir haben viel nachzuholen«, meinte sie unerbittlich und drückte ihn mit erstaunlicher Kraft ins Bett zurück, wo sie sich ihm erneut hingab.

»Wie soll es nun weitergehen?« fragte Senar seine Gefährtin einige Zeit später. Der Ausdruck wohliger Entspannung verschwand von Erdenas Gesicht. Sie richtete sich etwas auf.

»Ich muß dir etwas erzählen: Kurze Zeit, nachdem ich von DORT zurückkam, fand ich Unterschlupf bei einer Gauklertruppe, wo ich als Genire, die Seherin, auftrat. Bei einer meiner ersten Vorstellungen ließ sich ein zwergenwüchsiger Mann mit schlohweißem Haar von mir weissagen. Irgend etwas an ihm kam mir merkwürdig vor, weshalb ich versuchte, seine Gedanken zu lesen. Da mir das nicht gelang, hielt ich ihn zunächst für einen Passager. Nach der Vorstellung kam dieser Mann dann in mein Zelt und vertraute mir an, daß er Termalnjong, der Diener des Immerwährenden Beschützers sei. Der Gnom kannte meinen wahren Namen und erzählte mir, daß er schon lange auf meine Ankunft gewartet hätte. Auch über dich wußte er Bescheid. Dann offenbarte er mir, daß der Schrein schon seit langer Zeit von unserer Existenz weiß und es unsere Bestimmung sei, den Kampf gegen die Heimsuchung aufzunehmen.«

»Das verstehe ich nicht ganz«, erklärte Senar kopfschüttelnd.

»Alles habe ich auch nicht verstanden«, räumte Erdena ein. »Auf jeden Fall meinte er, daß der Schrein auch die Zukunft kennt und dich als TRÄGER ausersehen hat.«

»Was ist ein TRÄGER?«

»Nun, du bekommst einen Aschereide.«

»Mir ist jedes Mittel recht, die Passager auszulöschen. Der Tod meines

Vaters und all der anderen in Da'Landre ist weder vergessen noch verziehen«, stieß Senar hervor und wirkte dabei so kalt und grausam, daß Erdena ihn bestürzt ansah.

»Wir haben noch Zeit«, beschwichtigte sie ihn. »Termalnjong sagte mir, er werde kommen, um uns abzuholen, wenn es soweit ist, aber ich glaube, das wird noch eine Weile dauern.«

»Da habe ich nichts dagegen«, meinte der Einäugige wieder etwas versöhnlicher, »ich könnte einige geruhsame Monate vertragen, bevor es losgeht.«

»So geruhsam werden sie nicht«, versprach ihm seine Gefährtin mit verheißungsvollem Lächeln.

»Laß uns nach unten gehen, bevor du mich noch ganz auszehrst«, schlug Senar vor und bemühte sich dabei, ein finsteres Gesicht zu machen, was ihm aber nicht gelang. Lachend fiel ihm Erdena um den Hals.

»Also, im Ernst, ich habe Hunger!« knurrte der Hüne, nachdem sie ihn nach langen Minuten des Schmusens und Kosens endlich losließ.

»Ich auch, gehen wir zum Frühmahl«, willigte sie ein und fuhr fort: »Geh' du schon voraus, ich mache mich nur noch etwas zurecht.«

»Wie du meinst«, erwiderte Senar erleichtert und beeilte sich, aus Erdenas Nähe zu kommen, bevor die Lust wieder in ihr erwachte.

Der stiernackige Schmied saß mit seinem Weib schon am Mahltisch und löffelte genüßlich aus einer riesigen Schüssel den graubraunen Getreidebrei. Senar schlenderte gutgelaunt die Treppe herunter und begrüßte die beiden freundlich. Während Thera einen großen Schlag Brei aus dem Topf am Herd holte, nahm der Einäugige neben dem Schmied Platz.

»Ich werde heute schon anfangen zu arbeiten, ich will nicht länger untätig herumsitzen.«

»Da habe ich auch nichts dagegen«, meinte Sandon und fuhr fort: »Wo bleibt dein Weib? Die Liebe hat sie wohl so satt gemacht, daß sie nichts mehr zu essen braucht, hä?« Bei diesen Worten lachte der Schmied dröhnend und schlug Senar seine Pranke auf den Rücken, daß es nur so krachte.

In diesem Moment kam Erdena die Treppe herunter und verbreitete eine Aura von Macht und Stärke. Sandon vergaß seinen Mund zu schließen, während sein Weib anscheinend nicht allzu überrascht war, was

Senar ihrer Dummheit zuschrieb. Erdenas Gefährte wußte, warum sie nun ihre Macht so offen zeigte. Es war erniedrigend für sie gewesen, daß der Stiernackige und sein Weib sie gestern in ihrem völlig verzweifelten Zustand gesehen hatten. Diesen Eindruck wollte sie nun um ihrer Selbstachtung willen korrigieren.

»Wer ist diese Frau?« raunte der Schmied Senar zu und musterte Erdena mit scheuem Blick.

»Sie ist keine andere als gestern. Sie wird hier wohnen, wie es ausgemacht war und Thera bei der Hausarbeit helfen, nicht wahr, Dania?« Erdena sah die hochgezogene Augenbraue ihres Geliebten und schirmte ihre Aura ab.

»Natürlich, Schmied, hab Dank dafür, daß du mich aufnimmst«, antwortete sie lächelnd und dachte dabei, daß es die beiden niemals wagen würden, ihr eine Arbeit aufzutragen.

Keliaths Welt bestand seit Jahren nur noch aus einem Raum mit dunklen Wänden, der etwa fünfzehn Fuß lang und zwölf Fuß breit war.

Die Zelle des Erhabenen war karg ausgestattet: In ihr befanden sich ein Becken zur Verrichtung der Notdurft, eine Waschgelegenheit und die nötigsten Möbel wie Tisch, Stuhl und Bett. Pünktlich alle zwölf Stunden verschwand ein türgroßes Stück der Wand, und ein schweigsamer Passager in Uniform reichte dem Informierten auf einem Tablett sein Essen herein. Danach war die Wand wieder so fugenlos und undurchlässig wie zuvor.

Einmal hatte Keliath bei dieser Gelegenheit versucht, den Wächter niederzuschlagen und zu fliehen. Damals machte der Gefangene die schmerzhafte Erfahrung, daß die Soldaten der Passager durchtrainierte Kämpfer waren. Der Bewacher hatte den Informierten halbtot geprügelt und ihn dann wie einen leeren Sack in seine Zelle zurückgeworfen.

Obwohl er als Denkzettel für diesen Fluchtversuch 20 Tage nichts zu essen bekam, richtete sich der Zorn des Erhabenen nicht so sehr gegen seine Peiniger. Er haßte vor allem den Immerwährenden Beschützer und dessen Lakai Termalnjong. Keliath war mittlerweile sicher, daß der Schrein Mares und ihn nur dazu benutzt hatte, den Gnom solange zu begleiten, bis dieser mit den Verhältnissen auf Grenn vertraut war. Danach waren sie für den TRÄGER des Aschereide nur eine Last gewesen, der es sich beizeiten zu entledigen galt.

Einige Monate nachdem der Gnom und seine beiden Begleiter sich von der Sadre abgesetzt hatten, wurden sie von einem Suchkommando der Zentralen Erfassung aufgespürt und sofort angegriffen. Termalnjong rief damals seinen Aschereide zu Hilfe und richtete ein fürchterliches Blutbad an. Die Passager verloren die Spur der Gejagten jedoch nicht und setzten beim nächsten Mal Waffen ein, deren Wirkung auch Keliath davon überzeugte, daß es mehr als einen oder zwei TRÄGER bedurfte, um Grenn von der Heimsuchung zu befreien.

Nur mit Mühe konnte der Diener damals diesem Angriff widerstehen und ihr Leben schützen. Nach der anschließenden Flucht waren die beiden Mächtigen dann eines Morgens alleine gewesen. Der Gnom hatte sich abgesetzt, er wollte offenbar nicht länger die Informierten als lästigen Klotz am Bein haben. Ihre Gegner wußten mittlerweile, daß nur der Diener des Schreins gefährlich war. Sie zögerten daher nicht, die Erhabenen sofort gefangenzunehmen, als sich Termalnjong nicht mehr bei ihnen befand.

Die Informierten wurden in die STADT gebracht und dort endlosen Verhören unterzogen, die hauptsächlich den Immerwährenden Beschützer zum Gegenstand hatten. Die Vernehmungsspezialisten der Zentralen Erfassung setzten Drogen und Folter ein, um Keliath und Mares ihr Wissen zu entreißen. Schließlich mußten die Passager aber feststellen, daß es keine Möglichkeit gab, von einem Erhabenen etwas zu erfahren, was dieser nicht preisgeben wollte. So ließen sie es dabei bewenden, und für die beiden Gefangenen begann die Isolationshaft...

Keliath betrachtete sein Gesicht im Spiegel über dem Waschbecken. Wenn seine Buchführung stimmte, war er heute hundertzwölf Jahre alt geworden. Die letzten acht davon hatte er in dieser Zelle verbracht. Er spürte, wie seine Gaben bereits schwanden, ein sicheres Zeichen, daß er bald sterben würde.

An diesem trüben Punkt seiner Überlegungen angekommen, wurde der Informierte darauf aufmerksam, daß ein Teil der Wand seines Gefängnisses schimmerte und durchsichtig wurde, obwohl es noch nicht Essenszeit war. Ein hochgewachsener, dunkelhäutiger Mann mit einer Glatze betrat den Raum und setzte sich lässig auf den einzigen Stuhl.

»Wie geht es Ihnen, Keliath?«

Der Angesprochene ließ sich seine Überraschung nicht anmerken.

»Oh, Miller, wie schön Euch zu sehen. Ich fürchtete schon, Euch sei etwas zugestoßen, weil Ihr mich schon so lange nicht mehr mit Eurer Anwesenheit beglückt habt«, erwiderte der Informierte spöttisch, ohne auf die rhetorische Frage des Passager einzugehen.

»Meine Hochachtung, Erhabener, die lange Isolation hat Sie anscheinend nicht gebrochen«, stellte der Zweite mit ehrlicher Anerkennung fest.

»Euer Kompliment ehrt und erfreut mich«, entgegnete Keliath, wobei der verächtliche Tonfall seine Worte Lügen strafte.

»Nun, ich kann es Ihnen nicht verdenken, daß Sie mich hassen, aber heute bin ich hier, um Ihnen einen kleinen Gefallen zu tun.«

Miller machte eine kurze Handbewegung. Eine Wand der Zelle löste sich vollständig auf und gab den Blick in einen unmittelbar angrenzenden, völlig gleich eingerichteten Raum frei.

»Mares?« fragte Keliath ungläubig.

Fassungslos starrte ihn der Mann in der Nachbarzelle an. »Du lebst noch«, hauchte er erschüttert und trat zögernd näher. Mit Tränen in den Augen umarmten sich die beiden Männer.

»Wie geht es dir, Freund?« fragte Keliath, während er Mares fest an sich drückte.

»Ich habe schon bessere Tage gesehen«, antwortete dieser mit bitterem Spott.

»Sie haben dich nicht kleingekriegt«, stellte der Erhabene aus Da'Landre anerkennend fest.

»Es tut mir leid, Sie jetzt nicht ungestört Ihrer Wiedersehensfreude überlassen zu können, aber ich habe noch etwas mit Ihnen zu besprechen«, brachte sich Miller in Erinnerung. Die beiden Gefangenen wandten sich ihm zu und musterten ihn abwartend.

»Ich möchte Ihnen ein Geschäft vorschlagen: Eine kleine Information gegen die Aufhebung der Einzelhaft.«

»Was wollt Ihr von mir hören, Zweiter? Ich habe Euch alles über den Immerwährenden Beschützer gesagt, was ich weiß«, erwiderte Keliath.

»Nun, ich sehe, Sie sind zur Kooperation bereit«, stellte Miller zufrieden fest und fuhr fort: »Es geht nicht um den Schrein, ich will eine andere Information.«

Wieder machte er eine Handbewegung. In der Zelle entstand die dreidimensionale Abbildung einer 'hala mittleren Alters. Der Zweite deutete darauf und erklärte: »Ich möchte wissen, wer sie ist. Es kann sein, daß Sie die Frau im Holo nicht sofort erkennen, denn die Aufnahme ist erst eine gute Woche alt und Sie sind ja schon einige Zeit hier. Aber wir haben eine, äh... Maschine, mit der wir rekonstruieren können, wie diese 'hala ausgesehen hat, als sie noch etwas jünger war. Ich glaube nämlich, daß Sie ihr früher schon einmal begegnet sind.«

Mit skeptischem Gesichtsausdruck starrten die Erhabenen das Hologramm an.

+Ich habe keine Ahnung, wer das sein soll+, informierte Keliath seinen Freund in der lautlosen Sprache.

+Ich auch nicht+, gab dieser zurück, +und wenn ich es wüßte, würde ich es ihm auch nicht sagen.+

»Fangen wir an«, meinte der Erste und warf dabei den Gefangenen einen undefinierbaren Blick zu. Die im Holo abgebildete Frau wurde plötzlich jünger. Ihre Falten glätteten sich, die strengen Gesichtszüge wurden weicher und das Gesicht voller. Der Vorgang dauerte Minute um Minute und aus der reifen Frau war ein junges Mädchen geworden. Immer noch spiegelten die Mienen der Informierten eine Mischung aus Gleichgültigkeit und mäßigem Interesse wider. Miller beobachtete den Gesichtsausdruck der beiden Gefangenen genau. Ihm würde nicht das kleinste Zeichen, das ein Wiedererkennen verriet, entgehen.

Inzwischen war der Ablauf soweit fortgeschritten, daß die 'hala als halbwüchsiges Mädchen dargestellt wurde. Der Zweite hatte darauf verzichtet, das Programm vorher zu stoppen, um nicht abgelenkt zu werden. Mit einem Mal versteinerte sich Keliaths Gesicht. +Das ist Era!+ teilte er Mares mit.

Seltsamerweise konnte sich dieser noch gut an das Mädchen erinnern, obwohl er ihm nie begegnet war und es nur aus den Erzählungen Keliaths kannte.

+Das ist unmöglich. Die kann doch noch nicht so alt sein wie auf der ersten Abbildung+, wandte Mares ein.

+Das weiß ich auch+, erwiderte Keliath etwas ratlos. +Vielleicht hat sie mit ihren Gaben nachgeholfen. Es gibt jedenfalls keinen Zweifel, daß dieses Bild hier Era zeigt.+

+Wie auch immer, sie muß den Passager ganz schön einheizen, wenn Miller so scharf darauf ist, etwas über sie zu erfahren+, freute sich Mares.

+Ja, ich habe ihr damals wohl Unrecht getan+, gab der Ältere der Informierten zurück. Seine Fehleinschätzung ärgerte ihn ein wenig, doch wurde dieses Gefühl schnell abgelöst von einer tiefen Befriedigung darüber, daß aus dem Mädchen doch noch etwas geworden war und seine starke Begabung den 'hala nun zugute kam. +Wenn sie nur ein bißchen etwas vom Charakter ihrer Urgroßmutter geerbt hat, werden die Passager noch viel Freude mit ihr haben+, prophezeite Keliath hämisch.

»Nun?« unterbrach Miller den Gedankenaustausch der Informierten.

Er hatte ihre Mimik richtig gedeutet.

»Ja«, erklärte Keliath genüßlich, »ich weiß, wer die Gesuchte ist.«

Miller war die Erregung deutlich anzusehen. Er beugte sich in seinem Stuhl erwartungsvoll vor.

»Wie heißt sie, wo kommt sie her?«

»Das sage ich Euch nicht«, antwortete der Mächtige mit einem selbstgefälligen Lächeln auf den Lippen.

Millers Gesicht wurde zu einer starren Maske. »Erhabener«, meinte er drohend, »unterschätzen Sie nicht mein Interesse an dieser Information. Also, wer ist dieses Weib?«

+Keliath, sag' ihm, was er wissen will, ich habe das Gefühl, bei dieser Sache versteht er keinen Spaß+, riet ihm Mares und machte dabei ein besorgtes Gesicht.

+Er erfährt es nicht. Ich bin ein alter Mann und werde bald sterben. Die letzten guten Jahre meines Lebens hat mir dieser Passager gestohlen, indem er mich hier einsperren ließ. Der einzige Triumph, der mir noch bleibt ist, daß Miller nicht bekommt, was er will. Deshalb wirst auch du schweigen, hast du mich verstanden?+

Mares nickte stumm.

»Nun?«

»Es wird mir ein Vergügen sein, Zweiter, zu sehen, wie Ihr hier unverrichteter Dinge wieder geht«, antwortete Keliath mit herausforderndem Lächeln.

»Gut, reden wir nicht mehr davon«, meinte Miller überraschend freundlich und schickte sich an, die Zelle durch die Türöffnung, die sich eben gebildet hatte, wieder zu verlassen. Als er schon fast draußen war, drehte er sich noch einmal um.

»Ach übrigens, fast hätte ich's vergessen. Eine alte Bekannte möchte Sie wiedersehen.« Er trat zur Seite, und eine Frau betrat den Raum. »Das ist Jankee, sie bekleidet den Rang einer Dritten. Aber ich glaube, ihr kennt euch bereits...«

Keliaths Gesicht verlor alle Farbe. Vor ihm stand die Frau, die sich vor einer knappen Dekade als Fa'Sennische Edelhure verkleidet an Bord der Sadre geschlichen hatte. Sie schien seither keinen Tag älter geworden zu sein und sah noch genauso aus wie damals. Der Informierte hatte ihr Gesicht nie vergessen können. Unzählige Male war Keliath nachts schweißgebadet aufgewacht, als er in seinen Alpträumen die Geschehnisse von damals immer wieder durchleben mußte.

Das Weib strich sich die langen, roten Haare aus dem Gesicht und grinste boshaft. »Hallo mein Schatz. Wir haben uns schon lange nicht mehr gesehen, nicht wahr? Erinnerst du dich noch an mich?«

Bei diesen Worten zog sie den Ausschnitt ihres Pullovers etwas herunter und gab den Blick auf eine häßliche Narbe oberhalb ihres Brustbeins frei. Der Erhabene war wie vom Donner gerührt und unfähig zu antworten.

»Sieh hin! Kommt dir das bekannt vor?« fuhr sie ihn an. »Es ist mein Andenken an dich. Ich habe mir damals vorgenommen, diesen Schönheitsfehler erst beheben zu lassen, wenn ich mich dafür revanchiert habe.« Ihr Grinsen wurde noch boshafter. »So wie es aussieht, bin ich morgen schon beim Chirurgen.«

Keliath wußte, daß er von dieser Frau keine Gnade zu erwarten hatte. Mit einem Mal wurde er ganz ruhig, und seine Angst wich. Nein, sein Tod sollte für das Luder kein Triumph werden, das schwor sich der Informierte.

»Ach ja, jetzt erinnere ich mich an dich. Du sahst ziemlich überrascht aus, als der Brieföffner plötzlich zwischen deinen schlaffen Brüsten steckte«, höhnte er.

Jankees Gesicht wurde zu einer wutverzerrten Grimasse, und sie machte Anstalten, sich auf den Gefangenen zu stürzen. Miller hielt sie mit einer knappen Handbewegung zurück. »Ich gebe Ihnen eine Minute Zeit, mir zu sagen, was ich wissen will. Danach stellt Jankee die Fragen.«

+Verdammt, Keliath, reize sie nicht länger, sie bringen dich sonst um+, drängte ihn Mares.

+Ich bin schon so gut wie tot, alter Freund, und ich habe mich damit abgefunden+, gab der ältere der Mächtigen zurück. Dann wandte er sich an Miller. »Ich habe nichts dagegen, daß Eure Metze die Fragen stellt, aber laßt keinen Brieföffner herumliegen, sonst bleibt ihr womöglich meine Antwort im Halse stecken.«

Keliath hatte kaum ausgesprochen, als ihn ein mörderischer Schlag gegen die Schläfe traf. Als er benommen am Boden lag, attackierte ihn Jankee mit einer Serie von Fußtritten. Mares wollte dem Freund zu Hilfe eilen, mußte aber feststellen, daß ihm ein unsichtbares Hindernis den Weg versperrte. Währenddessen verließ Miller die Zelle, ohne sich noch darum zu kümmern, was die Dritte mit dem Gefangenen anstellte. Immer wieder trat das Weib den vor Schmerzen schreienden Gefangenen in den Unterleib und ins Gesicht, bis nur noch ein blutüberströmtes Bündel Fleisch am Boden lag.

+Keliath, ich bin bei dir. Ich kann leider nicht viel für dich tun, aber du wirst nun keine Schmerzen mehr haben+, vernahm er mit einem Mal eine sanfte Stimme in seinem Kopf.

+Denara! Du lebst noch?+ gab er mit schwindendem Bewußtsein zurück.

+Denara lebt nun in Era weiter+, wisperte es in ihm.

Ein Gefühl des Triumphes durchflutete den Informierten.

+Du bist sehr, sehr stark, nicht wahr?+

+Ja, Keliath, und das werden wir sie nun fühlen lassen!+

In diesem Moment beugte sich Jankee zu dem Gefangenen hinunter, der sie kaum noch wahrnehmen konnte.

»Zeit zum Sterben, Erhabener«, spottete sie. »Jetzt werde ich dir dein morsches Genick brechen.«

Sie packte den auf dem Bauch liegenden Informierten mit beiden Händen am Kopf und bog diesen mit aller Kraft zur Seite. In diesem Moment veränderte sich das Gesicht des Geschundenen. Es verschwamm für einen Augenblick und nahm dann wieder deutliche Konturen an. Nun zeigte es das Antlitz eines alten Weibes. Die Dritte ließ den blutüberströmten Kopf des Informierten los, als hätte sie einen Haufen glühender Kohlen in der Hand.

»Was ist los, du minderwertige Kreatur? Bist du überrascht? Ich sagte dir doch, daß wir uns wiedersehen werden.«

Mit schreckgeweiteten Augen wich Jankee einige Schritte zurück und überlegte dabei, wo sie die keifende Stimme, mit der Keliath nun plötzlich sprach, schon einmal gehört hatte. Währenddessen erhob sich der

Informierte und ging auf die Dritte zu. Diese schielte unentschlossen zur Türöffnung.

»Willst du schon gehen? Ich dachte, du wolltest mir noch Fragen stellen?« erkundigte sich die Erscheinung mit geheucheltem Erstaunen.

Nervös wanderte der Blick der Dritten über die großflächige Blutlache am Boden. Wie war es möglich, daß der Gefangene bei solchen Verletzungen noch in der Lage war, sich auf den Beinen zu halten? Das Weib, das von Keliaths Körper Besitz ergriffen hatte, bemerkte dies.

»Kaum zu glauben, bei all dem Blut, nicht wahr?« stellte sie boshaft fest und meinte dann: »Das wird der Erhabene wohl nicht überleben. Aber dein Tod wird auch nicht schöner, das verspreche ich dir!«

Jankee spürte, wie die Angst ihr die Kehle zuschnürte. Nun hatte sie die Erscheinung, die sich Keliaths Körper bediente, erkannt. Es war jenes alte Weib, das von ihr kurz nach Ankunft der STADT bei einer Kontrolle erschossen worden war.

»Ich spüre, daß du dich an mich erinnerst. Es ist doch so, nicht wahr?«

Kreidebleich wich die Dritte zurück, aber der Gefangene ging immer weiter auf sie zu, so daß sich die Distanz nicht verringerte.

»Wenn wir uns das nächste Mal begegnen, werde ich dir jede Ader deines verkommenen Körpers einzeln öffnen, das schwöre ich!« klang es in tödlichem Ernst aus dem Mund des Informierten.

Mit zitternden Händen zog die Dritte ihre Waffe aus dem Holster am Gürtel. Im selben Moment veränderte sich das Gesicht von Keliath. Die Züge der Alten verschwanden daraus und machten seinem von Schlägen zerschundenen Antlitz Platz. Dann brach der Mächtige leblos zusammen. Noch während der Körper fiel, entlud sich die Waffe der Dritten mehrmals mit einem trockenen Geräusch. Mit seltsam verrenkten Gliedern blieb Keliath liegen. Seine gebrochenen Augen schienen triumphierend dreinzublicken. Schaudernd wandte sich Jankee ab und begegnete dem Blick von Mares, der hinter der durchsichtigen Barriere das Geschehen mitverfolgt hatte.

»Was glotzt du so? Willst du der Nächste sein?« fuhr sie ihn an. Der letzte noch lebende Informierte senkte den Blick.

»Na also!« meinte die Rothaarige und fühlte, wie langsam ihre Angst schwand und das Selbstvertrauen wieder zurückkehrte. Nachdem sie die Anweisung gegeben hatte, den Leichnam zu entfernen, verließ sie die Zelle, und Mares war allein.

Die Heilerin schlug die Augen auf. Tränen liefen ihr über die Wangen. Sie ergriff Senars Hand, der auf der Bettkante saß und seiner Geliebten mit einem Tuch den Schweiß von der Stirn trocknete.

»Es ist vorbei«, sagte Erdena mit rauher Stimme. »Sie hat ihn umgebracht.«

Das Gesicht des Einäugigen verdunkelte sich. Beinahe grob löste er ihre Hand von der seinen, stand auf und sah aus dem Fenster in die sternenklare Nacht hinaus. Seit einer Woche hielten sie sich nun bei Sandon auf. Es waren die glücklichsten Tage seines Lebens gewesen, jedenfalls des Lebensabschnittes, an den er sich erinnern konnte.

Aber die schöne Zeit, die das Schicksal Senar und seiner Geliebten zugebilligt hatte, war nun zu Ende. Der vorletzte der Erhabenen war von den Passager getötet worden. Erdena hatte sein Ende hautnah miterlebt, denn als die Angst Keliaths übermächtig wurde, erhielten seine panischen Gedanken eine solche Intensität, daß sie die Heilerin erreichten und aus dem Schlaf rissen. Die Hohe Gesegnete drang in den Geist des Geschundenen ein und durchforschte sein Gedächtnis. So folgte der Freude darüber, daß noch zwei der Informierten lebten, Trauer, da sie erkennen mußte, in welcher Lage sie sich befanden.

Als Jankee daran ging, den Gefangenen totzuprügeln, übernahm die Heilerin die Kontrolle über dessen Verstand. Sie erleichterte Keliath die letzten Minuten seines Lebens, indem sie ihn vor Furcht und Schmerzen bewahrte und ihm das Gefühl gab, nicht alleine zu sein. Zwischendurch berichtete Erdena ihrem Gefährten mit hastig gestammelten Worten über die schrecklichen Geschehnisse.

Nun verzehrte ohnmächtiger Haß Senars Herz. Während er aus dem Fenster starrte, versuchte er, sich zu beruhigen und seine Gedanken zu ordnen. In etwa einer Stunde würde die Sonne aufgehen. Der Hüne ahnte, daß mit diesem Sonnenaufgang eine neue Ära beginnen würde. Nun war die Zeit reif, die Aschereide zu suchen.

»Heute wird Termalnjong kommen!« behauptete er in einem Tonfall, der keinen Zweifel an seiner Aussage zuließ.

»Woher willst du das wissen?«

Der Hüne wandte sich kurz seiner Gefährtin zu und blickte dann wieder aus dem Fenster. »Weil es soweit ist«, meinte er rätselhaft.

Seltsamerweise hatte sie nicht den geringsten Zweifel, daß der Einäugige recht hatte. »Gut, dann werde ich jetzt unsere Sachen packen.«

»Ja, tu das«, entgegnete Senar abwesend.

Erdena warf ihm einen scheuen Blick zu. Sie fühlte die geballte Wut, die von dem Hünen Besitz ergriffen hatte. Keliath war für ihn eine große, achtunggebietende Persönlichkeit gewesen. Er hatte den mächtigen Mann aus seinem Dorf immer verehrt und zu ihm aufgesehen. Daß dieser nun von einem Passagerweib wie ein Hund erschlagen worden war, verletzte den Einäugigen tief. Er spürte, wie der Haß in ihm hochstieg und ein Ventil suchte.

»Gonns«, flüsterte er immer wieder, ohne den Sinn dieses Wortes zu erfassen. Unbändiger Zorn ergriff von seinem Denken Besitz und mit jeder Wiederholung schien sein Haß zu wachsen.

Keuchend wandte er sich um, ging zu dem schenkeldicken Stützbalken in der Mitte des Schlafraumes und umfaßte ihn mit beiden Händen. An der Stirn und am Hals des Hünen schwollen dunkelblaue Adern an, als er begann, mit aller Kraft zuzudrücken. Riesige Muskelstränge traten hervor und verwandelten seine Unterarme in ein Geflecht fingerdicker Streifen.Das Gesicht des Einäugigen wurde dunkelrot vor Anstrengung. An den Schläfen rannen feine Bäche von Schweiß herunter. Vom Stützbalken war ein Knirschen zu hören. Der Hüne stieß einen triumphierenden Schrei aus und drückte noch fester zu.

»Senar, hör auf!« schrie Erdena angstvoll und sprang aus dem Bett. Der Einäugige schien sie nicht wahrzunehmen. Er preßte weiter seine Pranken um das Blockholz und drückte zu, als handle es sich um den Hals der Mörderin.

»Senar!« schrie Erdena nochmals und versuchte ihn zu rütteln, doch er stand wie ein Fels. Nun wandte die Heilerin ihre Gaben an, um den Hünen zu beruhigen, doch dieser reagierte nicht. Sie versuchte es noch einmal, diesesmal mit großer Kraft, doch das Ergebnis war dasselbe. Für einen Augenblick war Erdena verwirrt. In ihrem Gefährten steckte offenbar mehr, als sie bisher geahnt oder wahrgenommen hatte. Im selben Moment war ein Splittern und Krachen zu hören, als der Balken unter dem Schraubstockgriff des Wütenden barst.

Die Züge des Einäugigen entspannten sich allmählich. Fassungslos starrte ihn seine Gefährtin an. Erdena war sicher, daß Senar über keinerlei Gaben verfügte, doch diese Körperkräfte waren unnatürlich.

»Wie hast du das gemacht?« fragte sie perplex.

Er nahm ihre Frage nicht wahr.

»Es sind die Gonns«, murmelte er geistesabwesend.

»Was heißt das, was sind Gonns?«

Der Hüne schaute sein Weib verwirrt an. »Ich weiß es nicht.« Er besah sich das geborstene Oberteil des Bettpfostens. Danach musterte er seine Hände und schüttelte den Kopf. »Gonns«, sagte er leise und lauschte in sich hinein. Er spürte, wie dieses Wort irgendetwas in ihm ansprach, denn er fühlte erneut Zorn und unbändige Kraft in sich hochsteigen. Erdena fühlte, daß etwas aus den Tiefen des Unterbewußtseins ihres Gefährten nach oben drang. Es war etwas, das besser dort blieb, wo es war.

»Senar, hör sofort auf damit!« schrie ihn Erdena an.

Der Hüne schaute sie überrascht an, legte dann den Kopf in den Nacken und atmete tief durch. Erst jetzt schien er wieder völlig normal zu werden. »Was war bloß mit mir, Dania?« fragte er sie beinahe ängstlich.

»Es ist wohl ein Mitbringsel von DORT«, meinte sie düster.

Sein Gesicht wurde verschlossen. »Wir wollen nicht mehr darüber reden«, entschied er, »gehen wir runter zum Frühmahl.«

»Gute Idee«, stimmte sie zu und versuchte ein aufmunterndes Lächeln.

»Morgen zusammen«, wünschte Sandon mit vollem Mund, als die beiden die Treppe herunterkamen.

»Guten Morgen Sandon! Hallo Thera!« rief Erdena freundlich.

»Hallo ihr beiden, ich hole euch gleich etwas!« plärrte das feiste Weib des Schmiedes und begab sich mit dem typisch watschelnden Gang stark Übergewichtiger in die Küche.

Während Senar und der Schmied Unmengen Getreidebrei verzehrten, aß Erdena mit wenig Appetit nur etwas Obst und wirkte geistesabwesend. Mit einem donnernden Rülpsen beendete Sandon seine Mahlzeit und lehnte sich entspannt zurück.

»Wir müssen mit dir reden, Schmied«, begann Erdena zögernd. Die Miene des Angesprochenen verlor alle Zufriedenheit.

»Kann es sein, daß mir nicht gefällt, was ihr jetzt loswerden wollt?« fragte er vorsichtig.

Die Heilerin schenkte ihm ein warmes Lächeln. »Du bist ein guter Freund, Sandon, und ohne eure Gastfreundschaft wäre es uns diese Woche schlecht ergangen. Aber nun müssen wir euch verlassen.«

Der Stiernackige verzog das Gesicht, als hätte er in eine saure Frucht gebissen, dann meinte er: »Ich werde euch wohl nicht aufhalten können, selbst wenn ich es wollte.« Er schwieg einige Sekunden und fuhr dann fort: »Laß uns noch etwas beisammensitzen, Einäugiger, dann gehen wir in die Werkstatt, und ich zahle dir den restlichen Lohn aus.«

»Du wirst das Geld nicht brauchen, Senar, außerdem sind wir in Eile.« Der Kopf des Schmiedes ruckte herum, und er starrte sprachlos das dürre weißhaarige Männchen an, das plötzlich im Zimmer stand. Auch der Einäugige und die Heilerin waren wie vom Donner gerührt.

»Wie bist du hier hereingekommen?« polterte der Stiernackige, erhob sich und ging drohend auf den Eindringling zu. Erdena sprang auf und hinderte den Schmied, gegen den Gnom Gewalt anzuwenden.

»Sandon, bitte laß ihn! Er ist hier, um uns abzuholen.«

Der Stiernackige beruhigte sich sofort und meinte zu dem Weißhaarigen: »Ihr müßt entschuldigen, aber ich mag es nicht, wenn man einfach in mein Haus eindringt. Da Ihr aber offenbar ein Freund seid, heiße ich Euch gerne willkommen.«

»Ich bin nicht eingedrungen, Euer Weib hat mich eingelassen«, stellte Termalnjong richtig. Verwirrt sah sich Sandon um, denn Thera befand sich nicht in der Nähe.

»Wo ist sie denn?« fragte der Stiernackige ratlos.

»Habt ihr gepackt?« erkundigte sich der Gnom, ohne auf die Frage des Schmiedes einzugehen. Senar nickte und ging nach oben, von wo er nach kurzer Zeit mit einigen Taschen und Rucksäcken zurückkehrte.

»Machen wir es kurz und schmerzlos, denn wir sehen uns bestimmt bald wieder«, meinte der Einäugige, umarmte den Schmied und gab ihm einen Kuß auf den Mund, wie es bei den 'hala unter sehr guten Freunden beim Abschied üblich war. Erdena war unfähig, etwas zu sagen. Dicke Tränen rannen ihr über die Backen, als sie Sandon herzlich umarmte.

»Wir müssen uns noch von Thera verabschieden«, sagte sie dann mit schwankender Stimme.

»Das wird nicht nötig sein, sie kommt mit uns«, erklärte Termalnjong beiläufig. Fassungslos starrten sie den Gnom an.

»Was soll das heißen?« brachte der Schmied schließlich hervor. Der Weißhaarige wurde einer Antwort enthoben, denn in diesem Moment kam Thera mit einer großen Tasche in der Hand die Treppe herunter.

War es Thera? Diese Frau hatte nichts Lächerliches oder Tolpatschiges mehr an sich. Ihr Übergewicht erweckte nun den Eindruck von Gesetztheit und Autorität. Hier kam eine Matriarchin die Treppe herunter, jemand, der es gewohnt war zu bestimmen.

»Die Hohe Gesegnete Argatthera«, stellte Termalnjong vor und setzte hinzu: »Wußtet ihr es nicht?«

Erdena ging auf das Weib des Schmiedes zu, das gerade die letzten Stufen herunterschritt und Erdena maß sich kurz mit ihr. Freudig lächelnd senkte die Heilerin dann leicht den Kopf und sagte: »Hohe Mutter, es ist mir eine Freude, daß Ihr uns begleitet.«

Argatthera lächelte freundlich. »Bleiben wir bei der gewohnten Anrede, Erdena.« Die Heilerin lächelte zurück und neigte kurz den Kopf als Zeichen der Zustimmung.

»Ich will mich noch einen Augenblick mit meinem Mann unterhalten«, wandte sich Thera dann an Termalnjong.

Obwohl man ihm ansah, daß er es eilig hatte, wagte er keinen Einwand. Thera zog den Schmied, der einen völlig verwirrten Eindruck machte, ins Nebenzimmer. Nach geraumer Zeit kamen beide wieder heraus. Man sah, daß Sandon geweint hatte. Liebevoll strich ihm seine Frau mit der Hand über den Kopf. »Bitte verstehe, daß ich dir unser Reiseziel nicht nenne. Es ist besser, wenn du so wenig wie möglich weißt. Sobald es geht, werde ich zu dir zurückkehren, das verspreche ich!«

Der Stiernackige nickte und eilte dann ins Nebenzimmer, weil sein Stolz es nicht zuließ, daß man seine Tränen sah.

»Ich bin soweit, wir können gehen«, erklärte Thera.

Senar schüttelte bei sich den Kopf. Er konnte es nicht fassen, daß das ewig plärrende Weib des Schmiedes in normaler Lautstärke reden konnte. Ohne daß sich Sandon noch einmal blicken ließ, verließen sie das Haus.

»Wo geht es hin?« fragte der Hüne.

»Nach Fa'Senn«, entgegnete Term einsilbig.

4
Die Herrschaft der Passager

DORT

Mit brennenden Augen starrte Navaloi auf die Türe, durch die irgendwann seine Tochter wieder hereinkommen mußte. Das feminine Gesicht des Mannes war über Nacht um Jahre gealtert. Seine zierlichen Hände umklammerten nervös den Gebetskristall. Mit einer Größe von viereinhalb Fuß lag Navaloi etwas über dem Durchschnitt der Männer seines Volkes. Verglichen mit der mächtigen Statur der Gebieter jedoch war er zierlich und knabenhaft.

Endlich öffnete sich die Türe und Vrehe trat ein. Sie überragte ihren Vater noch um eine Handbreit und widersprach schon deshalb dem Schönheitsideal ihres Volkes, das kleine Frauen bevorzugte. Auch ihre weiblichen Formen waren so stark ausgeprägt, daß sie nicht mehr den Geschmack ihrer Artgenossen trafen. Offenbar hatte sie aber dadurch die Lust des Gebieters geweckt, unter dessen Dach sie wohnten und dem sie dienten. Navaloi war schon vor Wochen aufgefallen, daß dieser sie mit gierigem Blick musterte.

»Wie geht es dir, mein Kind?«

Vrehe antwortete nicht. Die dunklen Augen in dem makellos schönen Gesicht waren blicklos. Ein steter Blutstrom aus dem Schoß tränkte ihren Rock.

Ihr Herr hatte es also tatsächlich getan. Er, der einer Rasse angehörte, gegen die das Sklavenvolk zwergenhaft wirkte. Eine Verpaarung hätte sich hier schon aus anatomischen Gründen verboten. Trotzdem hatte er es getan. Vrehe mußte unsägliche Schmerzen erduldet haben...

Zorn stieg in Navaloi hoch und wurde zu Haß, der so stark war, daß alle Farbe aus seinem Gesicht wich.

»Meine Wut dem WERKZEUG«, flüsterte der Sklave und umklammerte dabei den Gebetskristall. Für einen Moment spürte Navaloi ein leichtes Schwindelgefühl. Als es verschwand, war er wieder völlig ruhig und ausgeglichen, der demütige Diener seines Herren...

+Wie lange willst du eigentlich noch bei alledem zusehen? Durch deine Untätigkeit hat nun auch der vorletzte der Informierten sein Leben verloren! Für was glaubst du, bin ich da? Um dir die Zeit zu vertreiben?+

Die Worte des Aschereide klangen sachlich, als sie in Sednadrangs Bewußtsein materialisierten. Es versuchte, den Alten zu überzeugen.

+Ich habe dir Zutritt zu meinem Bewußtsein gewährt, damit wir jederzeit kommunizieren können, aber nicht, um von dir Kritik oder gute Ratschläge zu hören.+

+Du hast mich in dein Bewußtsein gelassen, weil dir die Einsamkeit zusetzt+, analysierte Heehna, der Symbiont.

Das Biest hatte recht und wußte das auch. Der Alte fragte sich, ob es nicht ein Fehler gewesen war, sich auf eine permanente Verbindung mit dem Aschereide eingelassen zu haben. Es war das oberste Gebot für jeden TRÄGER, darauf zu achten, daß ein Kontakt zu dem Symbionten nur zustande kam, wenn er eingesetzt werden sollte. Sednadrang hatte diese Regel grob mißachtet.

Seine wahre Macht konnte der Partner zwar nur entfalten, wenn der Ruf an ihn erging. Mittlerweile war sich der Alte aber nicht mehr sicher, ob das Biest, wie er es bei sich nannte, nicht bereits sein Denken mehr beeinflußte, als ihm lieb war.

+Meine Aufgabe ist es, über euch zu wachen und euch zu behüten. Außerdem, wer soll die künftigen TRÄGER einweisen, wenn nicht ich?+ hielt er seinem Symbionten vor.

+Glaubst du, meine Artgleichen nicht für wenige Stunden allein lassen zu können? Viel Leid wäre den 'hala schon erspart geblieben, wenn du wenigstens ab und zu eingegriffen hättest!+

Sednadrang wurde nachdenklich. Das Aschereide hatte einen wunden Punkt berührt.

+Was wäre schon dabei, wenn wir Mares retten? Wir versetzen uns in seine Zelle, schnappen ihn, und schon sind wir wieder weg! Also, wo ist das Problem?+

+Du weißt, ich muß auf Erdena und ihre Begleiter warten. Der Auftrag ist klar formuliert, wir müssen uns daran halten!+

+Der Auftrag verbietet uns nicht, Mares zu befreien. Bis die neuen TRÄGER hier ankommen, sind wir längst wieder da.+

Der Alte von Rhetana geriet ins Schwanken. Auf jedes seiner Argumente wußte der Symbiont eine passende Antwort.

+Es könnte mir etwas zustoßen. Du weißt, daß das nicht geschehen darf, zumindestens jetzt noch nicht+, versuchte es der Hüter erneut.

Das Aschereide gab keine Antwort, aber Sednadrang spürte deutlich die Verachtung, die das Wesen ob dieses Einwandes ihm gegenüber nun empfand und schämte sich deshalb ein wenig.

+Ich werde darüber nachdenken+, meinte er seufzend.

+Ja, denke nur darüber nach, aber laß' dir viel Zeit dabei, dann bringen sie inzwischen Mares auch noch um+, höhnte das Aschereide.

Sednadrang wurde immer unsicherer. Im Stillen gab er seinem Symbionten recht, und das erschreckte ihn. Wurde er von ihm schon beeinflußt?

+Ich denke nicht daran, jetzt unüberlegt einen Rachefeldzug zu beginnen, nur weil du in die Aktivität möchtest+, versuchte der Alte sich zu rechtfertigen.

+Wer redet denn von Rachefeldzug? Es geht darum, den letzten der Informierten vor dem sicheren Tod zu bewahren. Wer soll nach der Vernichtung der Passager die Geschicke der 'hala lenken und die neuen Informierten auswählen, wenn Mares tot ist?+

+Du redest von der Vernichtung der Passager als sei dies nur noch eine Formsache!+

+Du hast recht+, gab das Aschereide scheinbar zerknirscht zurück. +Wenn die künftigen TRÄGER auch solche Zauderer sind wie du, werden wir bis ans Ende aller Tage mit unseren Freunden aus der STADT zusammenleben müssen.+

Der Alte schwieg, und auch für seinen Symbionten schien das Thema erledigt zu sein.

+Also gut...+, meinte Sednadrang nach einiger Zeit. +Vielleicht ist es ein Fehler, aber ich werde auf dich hören. Wir befreien den Mächtigen.+

Nach diesen Worten horchte der Hüter in sich hinein, doch er nahm kein Zeichen des Triumphes von seinem Symbionten wahr. Beruhigt schloß er die Augen und streckte die rechte Hand aus. Gleichzeitig öffnete er dem Aschereide sein Bewußtsein, damit es sich damit verband und aus dieser Liaison die unglaubliche Macht entspringen konnte, die er brauchte, um sein Vorhaben auszuführen. Über seinen ausgestreckten Fingern schwebte ein winziger Punkt, der rasch zu einer pechschwarzen Kugel anwuchs, die alles Licht zu schlucken schien.

+Bist du stark genug?+ vernahm Sednadrang die Stimme seines Aschereide in sich. Er spürte die mühsam unterdrückte Gier und eine ungeheure Kraft und Wildheit, als ihn die Gedanken des Symbionten berührten. Plötzlich kamen dem Hüter Zweifel. War er heute stark genug? Er spürte deutlich, daß der Symbiont in der Plusphase war.

»Laß' dich niemals auf eine Liaison ein, wenn es in der Plusphase ist oder du dich ihm nicht gewachsen fühlst«, hatte ihn sein Lehrmeister vor langer Zeit gewarnt.

+Rede! Bist du stark genug?+

Die Frage des Symbionten drang wie ein Stachel in Sednadrangs Bewußtsein. Nein, er war nicht stark genug. Er durfte dieser Lebensform jetzt die Türe nicht auftun, sonst würde er nie mehr Herr seiner selbst sein. Doch sie war schon einen Spalt breit offen, und der Alte hatte keine Erfahrung damit, eine bereits begonnene Liaison abzubrechen. Er spürte, wie das Aschereide mit aller Kraft die Grenze in seinem Inneren, welche die beiden Ebenen ihrer Existenz trennte, überqueren wollte.

+BIST DU STARK GENUG?+ schrie es in ihm.

»Stark genug für dich!« kam die Lüge über die Lippen des Hüters, als er fühlte, daß er dem machtvollen Drängen seines Symbionten nicht mehr widerstehen konnte.

Dieses Mal war es anders als sonst. Wie ein Keulenschlag traf Sednadrang die Liaison. Sie ging nicht sanft und harmonisch vonstatten, sondern kam einer Vergewaltigung gleich.

Doch die Angst und Panik, die der Alte empfand, verschwand in dem Maße, wie sich sein Körper in einen nachtschwarzen Schemen verwandelte. Wie in einem Rausch nahm der TRÄGER am Triumph des Wesens teil. Ein Gefühl von Macht und Stärke durchflutete ihn, wie er es bei früheren Liaisonen nie gekannt hatte. Alle Befürchtungen, einen Fehler gemacht zu haben, waren verschwunden. Er wollte jetzt nur noch eines, den Gegner zerstören.

Etwas sehr Seltenes war geschehen: Die beiden Individuen Sednadrang und Heehna waren nun synchron. Dies war die effektivste Form der Liaison, aber auch eine für den TRÄGER gefährliche, da irgendwann der Symbiont dominieren würde.

Andererseits hatte die Normalform der Liaison, die Dominanz des TRÄGERS, auch Nachteile. Durch die erforderliche Kommunikation zwischen beiden Partnern ging Zeit verloren. Außerdem konnten sich die Fähigkeiten des Symbionten nur im Zustand der Synchronität voll entfalten. Trotzdem wäre es nie einem TRÄGER eingefallen, diesen effektivsten Weg zu nutzen, denn durch Aktivität wurde das Aschereide gestärkt und der TRÄGER geschwächt. Das barg die Gefahr, daß der Symbiont die Führung übernahm und den Willen seines Herrn unterjochte. Das Aschereide würde dann in seiner maßlosen Gier nach Aktivität den Partner zu Tode erschöpfen.

Aber solche Gedanken machte sich Sednadrang jetzt nicht. Er und Heehna dachten nun als Einheit. Und sie hatten ein Ziel!

Die Ortsversetzung ging spielend leicht vor sich. Ein pechschwarzer Schemen, unheilvoll wie ein Rachegott, materialisierte tausende von Landmeilen entfernt in der STADT, dort, wo Mares festgehalten wurde...

Miller rieb sich mit beiden Händen die brennenden Augen. Zum vierten Mal sah er sich die automatische Aufzeichnung über die Geschehnisse in Keliaths Zelle an. Nachdenklich betrachtete der Zweite die Großaufnahme vom veränderten Gesicht des Informierten. Die höhnische Fratze des alten Weibes schien ihn anzugrinsen.

»Ich habe zweimal geklopft, aber du hast mich nicht gehört.«

Miller wandte sich um. »Ach, du bist es. Was ist los?«

»Ich wollte nachsehen, wie es dir geht«, antwortete Jankee.

Der Kahlköpfige drehte sich mit seinem Bürostuhl wieder in seine vorige Position und deutete auf das Holo. »Hier liegt die Wurzel allen Übels. Ich sage dir was, ich habe ein ganz dummes Gefühl. Wir werden bald viel Ärger kriegen.«

Jankee zog ihre Jacke, die sie lässig offen trug, vorne zusammen als sei ihr kalt.

»Wir haben uns vor den besonderen Fähigkeiten der Ureinwohner viel zu sicher gefühlt«, meinte sie selbstkritisch.

»Unsinn! Alles was sie damit bewirken können, ist, uns zu erschrekken oder zu verunsichern«, wiegelte der Zweite ab.

»Wir sollten ihre Population verringern. Das würde auch die Anzahl der Störfaktoren senken.«

»Du meinst, wenn wir zwei Drittel von ihnen umbringen, sind mit Sicherheit auch einige Begabte dabei«, konstatierte Miller ironisch.

»Etwa nicht?« versetzte die Frau kalt. »Der Erste ist zu weich. Immer wieder kommt es zu kleineren Rebellionen der Eingeborenen, die er ungesühnt läßt. Wir müßten einmal ein Exempel statuieren, damit sie uns mehr fürchten!«

»Der Erste ist bald reif«, entgegnete Miller gelassen, während er Jankee liebevoll in den Arm nahm. »Wenn ich seine Stelle eingenommen habe, wird sich auf Senholzer einiges ändern.«

Die Dritte schmiegte sich an den Kahlköpfigen und flüsterte: »Es wird unsere Welt sein und wir allein werden bestimmen, was auf ihr geschieht.«

Während Miller seine Gefährtin zärtlich an sich drückte, fiel sein Blick wieder auf den Bildschirm, der immer noch das Gesicht des alten Weibes zeigte. Irgendwie erinnerte ihr höhnisches Grinsen den Zweiten an die Seherin in Gren'Volat, und ein ungutes Gefühl beschlich ihn, als er an diese Begegnung dachte. Er löste sich aus Jankees Umarmung.

In diesem Moment schrillten die Alarmglocken, und das Bild auf dem Schirm wechselte. Ein hoher Wachoffizier war darauf zu sehen.

»Zweiter, der Gefangene Mares ist soeben entführt worden.«

»Wie war das möglich?« erkundigte sich der Kahlköpfige mit gefährlicher Ruhe.

Die Miene des Offiziers spiegelte völlige Ratlosigkeit wieder. »Wir wissen es nicht. Die Bildüberwachung fiel plötzlich aus. Als wir dann nachsahen, war Mares nicht mehr in der Zelle.«

»Haben Sie schon eine Rekonstruktion veranlaßt?«

»Nein, noch nicht. Ich hole das unverzüglich nach.«

»Geben Sie mir sofort Bescheid, wenn es soweit ist«, ordnete der Zweite an und unterbrach die Verbindung.

»Was hältst du davon?« erkundigte sich Jankee.

Millers Miene verdüsterte sich. »Das gefällt mir gar nicht. Wenn die Ureinwohner die Möglichkeit haben, Mares direkt aus der Höhle des Löwen herauszuholen, ohne daß wir etwas dagegen unternehmen können, müssen wir uns etwas einfallen lassen, sonst ziehen sie uns in ein paar Jahren das Fell über die Ohren.«

Der Kahlköpfige schwieg einige Sekunden und starrte nachdenklich vor sich hin. Dann betätigte er die Tastenkombination für die Alarmstufe Existenzgefährdung. Nur Trenner und er waren befugt, diesen Alarm auszulösen. Die STADT verwandelte sich innerhalb weniger Minuten in eine Festung. Die wichtigsten Gebäude wurden mit Absorbern umgeben. Hunderte von Flugjägern starteten, um jeden potentiellen Gegner aus der Luft zu vernichten. Schwerbewaffnete Schwebepanzer quollen aus getarnten Schächten auf die Straßen und warteten auf Anweisungen.

Erneut erhellte sich der Bildschirm. Trenner hatte die Verbindung hergestellt. »Was soll das, Miller? Warum lösen Sie wegen eines fehlenden Gefangenen die Alarmstufe Existenzgefährdung aus? Im übrigen darf ich darauf hinweisen, daß ich erreichbar gewesen wäre. Warum also haben Sie mich nicht vorher kontaktiert?«

»Das sind viele Fragen auf einmal, Erster«, entgegnete Miller spöttisch. »Welche wünschen Sie, daß ich zuerst beantworte?«

»Das ist kein Spaß mehr, Zweiter. Sie haben mir jetzt lange genug auf der Nase herumgetanzt. Dieser Alarm verursacht immense Kosten, die in keinem Verhältnis zu einem verschwundenen Gefangenen stehen. Ich werde beim Amt für Recht Ihre Degradierung beantragen.«

Der Kahlköpfige musterte seinen Vorgesetzten überrascht. Dieser hatte offensichtlich genau jenes Quantum Fomt intus, das ihm Mut verlieh, ohne seine Sinne zu vernebeln. Miller entschied sich, es jetzt nicht auf eine Kraftprobe ankommen zu lassen. Ruhig entgegnete er: »Ich rechne mit weiteren Schwierigkeiten, deshalb habe ich es für notwendig erachtet, geeignete Vorsorgemaßnahmen zu treffen.«

Man sah dem Ersten an, wie sehr er es genoß, daß sein Stellvertreter zurückgesteckt hatte. »Und Sie glauben, daß die Schwierigkeiten ein Ausmaß erreichen, das die Alarmierung sämtlicher Kräfte notwendig macht, Zweiter?« erkundigte sich Trenner höhnisch.

Miller wurde einer Antwort enthoben, denn in diesem Moment war ein infernalisches Röhren zu hören, gefolgt vom Donner mehrerer Explosionen. Gleichzeitig ging eine starke Erschütterung durch das Gebäude, und die Komverbindung brach zusammen. Mit zwei, drei schnellen Schritten war Miller am Funkgerät. Innerhalb weniger Sekunden hatte er eine Verbindung zum ranghöchsten Militär hergestellt.

»Was ist los, Baxter?«

Der Angesprochene, der den Rang eines Fünften bekleidete und als einziger Militär im Gremium der Neun war, wirkte angespannt. »Sie setzen ihre Geheimwaffe ein. Sie müssen sie noch verbessert haben, denn die Wirkung ist enorm.«

»Haben wir Bilder?« erkundigte sich Miller knapp.

»Moment«, war die ebenso knappe Antwort.

Augenblicke später entstand ein Holo, auf dem ein pechschwarzer Schemen mit menschlichen Umrissen zu sehen war, der mit armdicken Energiestrahlen ganze Häuserzeilen in Schutt und Asche legte und gegen jede Art von Beschuß durch Boden- und Lufttruppen immun zu sein schien. Mit steinerner Miene gab Miller seine Anweisungen...

Der TRÄGER wurde etwa zwei Fuß von Mares entfernt wieder stofflich. Mares wäre beinahe mit dem schwarzen Schemen zusammengestoßen.

+Ich bin gekommen um dich herauszuholen, Mächtiger!+

Die fremden Gedanken bohrten sich schmerzhaft und intensiv in das Bewußtsein des Informierten.

»Termalnjong?«

+Nein, der bin ich nicht, aber wir entstammen derselben Rasse. Doch jetzt ist keine Zeit für Erklärungen. Verschließe dich mir nicht, dann bist du bald in Sicherheit.+

Willig ließ sich Mares von dem schwarzen Schemen umarmen. Im nächsten Moment stand er unter strahlendblauem Himmel vor einem Gebäude, das einer völlig fremdartigen Architektur entstammte.

+Gehe in das Haus, die Türe wird sich öffnen, wenn du vor ihr stehst+, bohrten sich die Gedanken des TRÄGERS wieder in Mares' Bewußtsein.

Prüfend sah der Informierte sein Gegenüber an. »Ihr habt Euer Aschereide nicht mehr unter Kontrolle, nicht wahr?«

Das Gebilde krümmte sich zusammen. Vom Kopf angefangen begann die absolute Lichtlosigkeit etwas zu weichen. Das Gesicht Sednadrangs war schemenhaft zu erkennen. Es zeigte einen angestrengten, gequälten Ausdruck. »Wir sind nicht mehr synchron, es will mich beherrschen«, preßte der TRÄGER hervor.

Ratlos sah Mares zu, wie sich der Vorgang in umgekehrter Reihenfolge wiederholte. Das Ding war nun wieder schwarz wie die Nacht. Vom Antlitz Sednadrangs war nichts mehr zu sehen. Im nächsten Moment verschwand der Schemen und ließ einen ratlosen Mares zurück. Der Symbiont war zum Parasiten geworden. Das Bewußtsein des TRÄGERS war unterjocht.

Die Inkarnation der Lichtlosigkeit kehrte in die STADT zurück. Die Gedanken des Hüters wurden vollkommen vom Parasiten beherrscht. Dieser wollte nur eines: seinen Kräften freien Lauf lassen.

Innerhalb kurzer Zeit war die Hölle los. Ganze Straßenzüge wurden in Rauch und Feuer gehüllt. Armdicke Energiebahnen verließen das schwarze Gebilde, wanderten ziellos umher und hinterließen eine Spur des Todes und der Zerstörung. Angreifende Luftfahrzeuge wurden von Gravitationswellen zerpulvert. Das dämonische Ding schien mit jedem Treffer, das es einstecken mußte, nur noch stärker zu werden.

+Wie gefällt dir das, Partner?+ erkundigte sich Heehna euphorisch.

Der Hüter befand sich in einem Zustand dumpfer Erschöpfung. Wie eine Maschine bewegte sich sein Körper vorwärts. Er hatte keine Kontrolle mehr über ihn, spürte aber das Schwinden seiner Kräfte und eine schon fast tödliche Mattigkeit.

+Hör auf, ich kann nicht mehr!+ gab Sednadrang mühevoll zurück. Gleichzeitig wußte er, daß der Symbiont, der nun zum Parasiten geworden war, erst aufhören würde, wenn der Wirtskörper tot war. Das Aschereide konnte gar nicht von seiner Aktivität ablassen, es war wider seine Natur.

Erneut schlugen Energiebündel aus Luftfahrzeugen der Passager in das nachtschwarze Gebilde mit menschlichen Umrissen ein. Das Bewußtsein des Hüters heulte auf vor Schmerzen.

+Jaah, jetzt!+ triumphierte der Parasit und löste eine Explosion aus, welche die Wirkung einer kleinen Atombombe hatte. Auf einen Schlag wurde etwa ein Fünftel der STADT in Schutt und Asche gelegt. Im nächsten Moment schlug ein Hochenergiestrahl, der direkt vom Himmel zu kommen schien, in das schwarze Gebilde ein. Der Hüter verspürte einen brennenden Schmerz und verlor das Bewußtsein.

Als er wieder zu sich kam, lag er vor seinem Haus. Mares hatte sich über ihn gebeugt und sah ihn scheu an. Sednadrang fühlte, daß er noch im Zustand der Liaison war, aber er konnte das Bewußtsein des Aschereide nicht mehr wahrnehmen. Es durchströmte den Hüter siedendheiß, als er begriff, welch einmalige Chance er erhalten hatte.

»Das Biest ist besinnungslos«, stammelte er.

»Dann handle!« beschwor ihn Mares.

Ohne zu zögern konzentrierte sich Sednadrang darauf, die Liaison zu beenden. Gerade als er mit der Rücktransformation begann, erwachte das Bewußtsein des Parasiten. Die Angst, es nicht mehr rechtzeitig zu schaffen, verlieh dem Hüter ungeahnte Kräfte. Ehe Heehna merkte was geschah, verbannte der TRÄGER sein Aschereide in jenen Bereich, in dem es zur Untätigkeit verdammt war und kappte zudem noch die geistige Verbindung, die er die letzten Jahre zu ihm unterhalten hatte.

Vom Kopf beginnend wich die Schwärze aus dem Körper des Hüters und wurde zu einem winzigen Punkt über der geöffneten Hand. Als dieser Punkt dann ebenfalls verschwunden war, brach der Alte von Rhetana neben dem Informierten erschöpft zusammen.

Seit beinahe zwei Stunden ging Miller zusammen mit den Sektionsleitern die Schadensmeldungen durch, welche von der Instandsetzung pausenlos an den Zentralrechner weitergeleitet wurden.

»Zweiter, hier I-Trupp IV am Bau des Hauptamtes. Wir haben ihn gefunden«, tönte es aus dem Akustikprojektor des holografischen Bildschirms. Der Kahlköpfige wandte sich vom Terminal des Zentralrechners dem Holo zu.

»Und?«

»Der Erste hat den Angriff nicht überlebt. Sein Körper war so deformiert, daß wir ihn mit dem Gen-Analysator identifizieren mußten.«

Miller hatte sich meisterlich in der Gewalt. Obwohl er triumphierte, wirkte er nach außen hin betroffen. »Es besteht kein Zweifel?«

»Nein, Zweiter, das Gerät ist in Ordnung. Die Übereinstimmung des Genmusters der Leichenteile mit dem von Trenner beträgt hundert Prozent.«

»Machen Sie sicherheitshalber eine Rekonstruktion, um die näheren Umstände seines Todes zu ergründen«, ordnete Miller an. Dann unterbrach er die Verbindung und wandte sich wieder dem Terminal zu.

»Jetzt haben wir es geschafft. Der Angriff war ein Geschenk des Schicksals«, raunte Jankee ihrem Partner zu, als sie ihm einen Stoß bedruckter Folien mit Daten von Reparaturkapazitäten reichte.

»Es wird sich einiges ändern, hier und bei den Wilden da draußen«, bestätigte Miller ebenso leise.

Zwei Stunden später traf ein Mann des I-Trupp IV mit der Rekonstruktion ein. Atemlose Stille breitete sich in der Zentrale aus, als Miller die flache Scheibe in den Abtaster steckte und Sekunden später ein zwei mal zwei Meter großes Hologramm in der Mitte des Raumes entstand. Die Wiedergabe dauerte genau fünf Minuten.

»Wie es aussieht, ging der Gegner völlig planlos vor. Es war mehr oder weniger nur ein Zufall, daß der Bau des Hauptamtes getroffen wurde«, faßte der anwesende Strategieanalytiker zusammen.

»Dieser Meinung bin ich auch«, pflichtete ihm Miller bei. »Es steht jedoch außer Zweifel, daß wir nun unsere Vorgehensweise gegenüber den Ureinwohnern ändern müssen. Es kann nicht angehen, daß ihre Untergrundkämpfer nun schon Anschläge in der STADT verüben.«

»Ich kann mir nicht vorstellen, daß dieser Angreifer etwas mit den 'hala zu tun hat.«

Millers Kopf ruckte herum. Der Einwand war von Clifford gekommen, der eben die Zentrale betreten hatte. Er bekleidete den Rang des Neunten und war ein enger Vertrauter Trenners gewesen. Clifford war alt, jedenfalls für einen Abkömmling der Hauptebene. Als einziges Mitglied des Neunergremiums war er nicht auf der Hohen Akademie gewesen. Dies und seine Abstammung aus einfachen Verhältnissen hatten trotz seiner hervorragenden Fähigkeiten einen weiteren Aufstieg verhindert.

»Natürlich nicht, Clifford. Bei Ihrer Intelligenz würde es mir auch schwerfallen, mir irgendetwas vorzustellen«, entgegnete Miller mit beißendem Spott.

Im Gesicht des weißhaarigen Mannes zuckte es. Die unzähligen Falten schienen sich für einige Augenblicke noch tiefer ins Gesicht zu graben. Er öffnete den Mund zu einer wütenden Erwiderung.

»Nur zu, Neunter, sprechen Sie sich ruhig aus«, ermunterte ihn der Kahlköpfige kalt.

»Sie wissen genau, daß nach den neuen Richtlinien bei Expansionen auf jede Gewalt zu verzichten ist. Wenn möglich, soll sogar eine Kooperation mit den Ureinwohnern angestrebt werden...«

»Das Amt für Expansion ist auf der Hauptebene, und wir sind hier. Die haben keine Ahnung von unseren Problemen und könnten uns nicht einmal helfen. Was sollen wir denn Ihrer Meinung nach jetzt tun, Clifford? Uns von den 'hala abschlachten lassen?«

»Wenn hier einer abschlachtet, dann sind Sie das, Miller! Hätte der Erste Ihnen freie Hand gelassen, gäbe es jetzt keine ’hala mehr. Sie hatten für meinen Geschmack sowieso zu viel Handlungsspielraum.«

»Neunter, womöglich verdanken Sie der Tatsache, daß ich diesen Handlungsspielraum ausnutzte, Ihr Leben. Haben Sie schon vergessen, daß wir gerade einem Angriff ausgesetzt waren, der unser aller Ende hätte sein können?«

Miller versicherte sich des beifälligen Nickens der Umstehenden, ehe er fortfuhr. »Da mit Sicherheit weitere derartige Attacken erfolgen, werde ich mir erlauben, dem Neunergremium vorzuschlagen, die Sondervollmachten in Kraft zu setzen. Nur mit einer starken, entschlossenen Führung können wir uns auf dieser Ebene behaupten.«

»Und diese Führung werden Sie sein, nicht wahr? Aber so einfach geht das nicht, Zweiter! Nach den Maßgaben der Ständigen Konferenz des Amtes für Recht muß der Zentralrechner vorher prüfen, ob die Voraussetzungen für die Sondervollmachten vorliegen«, schnappte Clifford wütend.

»Ist bereits geschehen, alter Mann. Der ZR hat zugestimmt«, meinte Miller kalt und präsentierte eine bedruckte Folie mit dem Siegel des Zentralrechners. Dann betätigte der Zweite die Kommunikationstaste. »Ich bitte die Mitglieder des Neunergremiums in den Besprechungsraum.« Mit süffisantem Lächeln ließ der Kahlköpfige die Taste los und meinte: »Ich hoffe sehr auf Ihr Erscheinen, Neunter, denn auf Ihr Urteil lege ich besonderen Wert.«

Eine knappe Stunde später trafen sich die neun mächtigsten Vertreter jener Rasse, die von den ’hala Passager genannt wurden, im Besprechungsraum.

»...aus diesem Grund schlage ich dem Neunergremium vor, die Sondervollmachten in Kraft zu setzen und eine geeignete Person aus unserer Mitte mit der Ausübung der uneingeschränkten Kommandogewalt zu betrauen«, schloß Miller seinen Bericht über die jüngsten Vorgänge.

»Mit der geeigneten Person meint er sich selbst«, fügte Clifford spitz an.

»Keineswegs, Neunter. Der Zweite wollte Sie vorschlagen«, entgegnete Jankee mit beißendem Spott. Sie hatte damit die Lacher auf ihrer Seite, da die meisten es als Schande betrachteten, daß ein Mann, der nicht die Hohe Akademie besucht hatte, dem Gremium angehörte. So fand Clifford in diesem Kreis nur wenig Zuneigung.

»Ich denke, wir sind uns darüber einig, daß der Zweite die Lage richtig einschätzt und wir deshalb seinem Vorschlag folgen sollten«, fuhr Jankee nun in sachlichem Tonfall fort und erntete dafür zustimmendes Gemurmel.

»Um alle subjektiven Einflüsse auszuschließen, wäre ich dafür, den Zentralrechner die Auswahl treffen zu lassen. Jene Person, die in Zukunft, mit den Sondervollmachten ausgestattet, den weiteren Verlauf der Expansion bestimmt, sollte nach Qualifikation ausgesucht werden und nicht nach Sympathie oder Antipathie«, warf der Siebte ein.

Jankee wollte protestieren, doch Miller bedeutete ihr mit einer heimlichen Geste zu schweigen. »Eine gute Idee«, lobte er. »Wenn alle damit einverstanden sind, werden wir den ZR danach befragen. Nun?«

Da kein Mitglied des Neunergremiums Einwände hatte, fuhr Miller fort: »Als Ranghöchster in diesem Raum bestimme ich das Mitglied Clifford dazu, Verbindung mit dem ZR aufzunehmen und die Frage nach dem Geeignetsten unter uns abzuklären.«

»Ich habe nichts dagegen«, bemerkte der Neunte spöttisch und aktivierte das Eingabefeld an seinem Platz. In der Mitte des Raumes entstand ein Holo mit dem Symbol des Zentralrechners.

* ÜBERPRÜFE ANHAND DEINES DATENBESTANDES DIE QUALIFIKATION DER MITGLIEDER DES NEUNERGREMIUMS UND STELLE FEST, WER DIE HÖCHSTE EIGNUNG BESITZT, UNTER INKRAFTSETZUNG DER SONDERVOLLMACHTEN DIE WEITEREN GESCHICKE DER EXPANSION ZU BESTIMMEN *

Der Text dieser Eingabe blieb einige Sekunden als Hologramm im Raum stehen, dann kam das Ergebnis.

* CLIFFORD, JEFF, GEB. 11-12-3468
HAUPTEBENE, SEKTION NORDAMERIKA,
RANG: NEUNTER *

Einige Sekunden herrschte betroffenes Schweigen.

»Diese Entscheidung akzeptiere ich auf gar keinen Fall«, polterte der Siebte mit hochrotem Kopf.

»Dem kann ich nur zustimmen. Ich werde mir von einem halben Analphabeten, der noch dazu von niederer Abstammung ist, nichts vorschreiben lassen«, empörte sich Coiletta, der Vierte.

Die Mitglieder des Gremiums redeten laut durcheinander. Niemand war bereit, den Vorschlag des ZR zu akzeptieren. Lediglich Clifford und Miller schwiegen.

> * WIE BEURTEILST DU DIE QUALIFIKATION
> DES ZWEITEN? *

stand plötzlich im Holo. Alle Blicke richteten sich auf Jankee, sie hatte dem ZR über ihr Eingabefeld die Frage gestellt.

> * DER ZWEITE WEIST DIE WEITAUS
> BESTE QUALIFIKATION AUF, IST JEDOCH
> AUFGRUND SEINES PERSÖNLICHKEITSBILDES
> ALS WENIG RICHTLINIENTREU ZU
> BEURTEILEN, WESHALB ER FÜR
> DIESE FÜHRUNGSAUFGABE NICHT
> GEEIGNET ERSCHEINT. *

Nun ergriff der Vierte das Wort. »Die Auswahl des ZR stellt nur einen Vorschlag dar, dem wir nicht folgen müssen. Ich sehe in dem Zweiten den geeigneten Mann und stelle den Antrag, ihn an die Spitze unseres Gremiums zu stellen.«

»Wenn der Zweite an der Spitze des Gremiums ist, wird es dieses nicht mehr lange geben«, rief Clifford dazwischen.

Wie recht du doch hast, dachte Miller amüsiert, ohne eine Miene zu verziehen.

»Ich stimme dem Antrag des Vierten zu«, rief Jankee in die Runde.

Miller erhob sich und gebot mit einer Handbewegung Ruhe. »Damit bin ich nicht einverstanden. Der Zentralrechner hat Clifford ausgewählt, und ich werde mich unter allen Umständen diesem Urteil beugen«, erwiderte er ruhig.

»Gut, Miller. Sie können aber nicht verhindern, daß ich Sie offiziell vorschlage und eine Abstimmung beantrage«, hielt Coiletta dagegen.

»Natürlich nicht, Vierter. Aber ich halte es für falsch, wenn wir das Urteil des ZR einfach übergehen«, gab Miller zu bedenken.

Mit einer Handbewegung wischte der Vierte Millers geheuchelte Bedenken beiseite und sagte laut: »Ich bitte die Anwesenden über ihre Eingabefelder dem ZR ihre Entscheidung mitzuteilen.«

Als dies geschehen war wandte sich Coiletta an Miller. »Es ist die Pflicht des Ranghöchsten des Gremiums, das Abstimmungsergebnis abzufragen.«

Miller starrte ihn kurz an und betätigte dann scheinbar widerwillig sein Eingabefeld.

* ABSTIMMUNGSERGEBNIS? *

* CLIFFORD, AMTIERENDER NEUNTER:
1 STIMME
MILLER, AMTIERENDER ZWEITER:
7 STIMMEN
ENTHALTUNGEN: 1
ZEITPUNKT: 16-04-3547, 19.33,04 *

Coiletta sprang auf. »Es ist Ihre Pflicht, das Votum anzunehmen, Miller.« Nach diesen Worten warf er Clifford einen triumphierenden Blick zu.

Ein verächtliches Lächeln überzog für eine Sekunde Millers Gesicht. Er wußte, daß ihn der Vierte nicht ausstehen konnte. Der einzige Grund, warum dieser sich so für ihn einsetzte war der, daß er Clifford noch mehr haßte.

»Nun..., einem so eindeutigen Votum kann ich mich wohl nicht verschließen... Ich nehme die Wahl an.« Miller vermittelte meisterhaft den Eindruck, er hätte sich in dieses Amt drängen lassen. Währenddessen erduldete der Neunte die hämischen Blicke der anderen Mitglieder des Gremiums, die ihm die Niederlage von Herzen gönnten.

* ZWEITER AN ZR, ICH ERKLÄRE, DASS
ICH DIE WAHL ANNEHME UND BEANTRAGE
GLEICHZEITIG DIE BEGLAUBIGUNG MEINER
EINSETZUNG ALS ERSTER UND DES INKRAFTTRETENS DER SONDERVOLLMACHTEN *

* AUFGRUND DES WAHLERGEBNISSES WIRD
MILLER, JONATHAN, GEB. 25-03-3489,

EBENE ZWEI, SEKTION TARGULESH, ZUM ERSTEN ERNANNT. GLEICHZEITIG TRETEN AUF SEINEN ANTRAG, WIDERRUFLICH DURCH SEINE PERSON, DIE SONDERVOLLMACHTEN IN KRAFT.
BEGLAUBIGT DURCH ZR,
ZEITPUNKT 16-04-3547, 19.44,16 *

»Gut. Meine Damen und Herren, damit beenden wir die Besprechung. Es war ein harter Tag, und wir haben uns etwas Ruhe verdient«, meinte Miller, nachdem er die Glückwünsche entgegengenommen hatte. Nach und nach verließen die Mitglieder des Gremiums den Raum. Zuletzt waren noch Jankee und Coiletta, der nun in den Rang des Dritten aufgerückt war, anwesend.

»Sie werden hoffentlich unsere Kompetenzen nicht beschneiden, Erster?« erkundigte er sich besorgt.

»Von Beschneiden kann keine Rede sein, Dritter. Ich habe die Absicht das Gremium ganz aufzulösen«, erwiderte Miller und lachte, als habe er soeben einen guten Witz gemacht. Unsicher stimmte Coiletta in das Lachen ein und blieb unschlüssig im Raum stehen.

»Ist noch etwas?«

»Nein, Erster«, entgegnete Coiletta verwirrt und ging.

»So...«, lächelte Miller Jankee an, »von jetzt ab werden wir keine Zeit mehr verlieren.«

* ERSTER AN ZR. FOLGENDE ANWEISUNGEN ERGEHEN.....*

* * *

Zwei Monate waren Termalnjong, Senar, Erdena und Argatthera nun schon unterwegs. Sie reisten als Gauklertruppe von Dorf zu Dorf und gaben mit Erlaubnis der jeweiligen Kommandatur der Passager ihre Vorstellungen. Da es bei den 'hala schon immer viele reisende Gaukler gegeben hatte und noch immer gab, fielen sie nicht auf. Thera spielte meisterhaft die Rolle der fetten, dümmlichen Matrone. Sie holte die Auftrittsgenehmigungen bei den Passagern ein, die wegen der plumpen Art des Weibes keinen Verdacht schöpften. Zudem waren sie meistens froh, wenn die Antragstellerin draußen war, da sie starken Körpergeruch verströmte.

»Na, hat es geklappt?«

Mit breitem Grinsen schwenkte Thera die Genehmigung vor der Nase ihrer Begleiterin hin und her. Diese stand ihr in der Leibesfülle nur wenig nach. Sie hatte ebenso wie die Frau des Schmiedes zwei dicke blonde Zöpfe. Man hätte sie fast für Schwestern halten können.

»Natürlich, was dachtest du denn, mein Kind?« meinte Thera selbstbewußt und schlug Erdena so derb auf den Rücken, daß ihr für einen kurzen Moment die Luft weg blieb. Nur ihrer Korpulenz hatte es die Heilerin zu verdanken, daß sie dieser Sympathiebeweis nicht von den Füßen holte. Trotzdem konnte sie sich immer noch nicht mit ihrem neuen Aussehen anfreunden. Aber die Hohe Mutter hatte ihr damals klar gemacht, daß es notwendig war...

In der ersten Nacht, nachdem sie Sandons Haus verlassen hatten, lagerten sie in einem Wäldchen etwa 20 Landmeilen von Tix Banan entfernt. Während Senar und Termalnjong schliefen, weckte die Hohe Mutter Erdena mit einem Gedanken.

+Wach auf und komm mit mir, wir müssen reden.+

Als die Heilerin ihre Augen aufschlug, entfernte sich Argatthera vom Lager und bedeutete ihr mit einer Geste, zu folgen.

»Was gibt es, Thera? Ich brauche meinen Schlaf, sonst bekomme ich Falten«, versuchte Erdena zu scherzen, als sie weit genug weg waren, um die Nachtruhe ihrer Begleiter nicht zu stören.

»Unsere Feinde kennen dein Aussehen, das weißt du selbst. Du mußt es verändern. Deine Haarfarbe, deine Figur, ja sogar deine Größe.«

Erdena sah Argatthera fragend an. »Wie soll ich denn meine Größe verändern?«

Die Frau lächelte nur. »Es geht hier nicht um Verkleidung und etwas Schminke, Dania. Damit kannst du die Passager nicht täuschen. Ich habe da an etwas anderes gedacht...«

Erdena lächelte. Es erfüllte sie mit Stolz, daß die Hohe Mutter sie beim Kosenamen nannte.

»Du kannst mit meiner Hilfe dein Aussehen in einer Weise verändern, daß sogar deine engsten Freunde dich nicht wiedererkennen werden. Es ist sowieso höchste Zeit, daß du wieder einmal etwas hinzulernst.«

Erdena starrte die Frau des Schmiedes betroffen an. Von niemandem sonst hätte sich die Heilerin eine solche Feststellung gefallen lassen. Senars Gefährtin wußte, daß sie Thera nicht das Wasser reichen konnte. Diese Frau hatte so viele Verschmelzungen hinter sich wie keine andere Hohe Gesegnete. Argattheras Kenntnisse und Fähigkeiten mußten weit über den ihren liegen.

»Verstehe mich nicht falsch. Ich will nicht über dir stehen oder besser sein als du, Dania«, drang Theras Stimme in ihre Gedanken. »Ich meine es nur gut mit dir, denn ich liebe dich wie eine Schwester.«

Die Heilerin erwiderte das warme Lächeln, das ihr die Hohe Mutter schenkte. »Ich freue mich über deine Worte, Argatthera. Es stimmt, ich habe schon lange nichts mehr hinzugelernt. Zeige mir, wie ich mein Aussehen verändern kann.«

Die Frau des Schmiedes nahm Erdenas Hände in die ihren. »Entspanne dich!«

Im Geist der Heilerin entstand das Bild einer kleinen, feisten Frau mit langen blonden Zöpfen, die mit dem rechten Auge schielte.

»Nein, das kannst du mir nicht antun!« Erdena entwand ihre Hände denen der Hohen Mutter.

»Das war nicht ich. Dein Innerstes hat dir gezeigt, welches Aussehen für dich von Vorteil wäre.«

Die Heilerin spürte, daß Thera die Wahrheit sagte. Widerstrebend gab sie ihr erneut die Hand. Dann spürte sie ein leichtes Zupfen in ihrem Bewußtsein. Wie ein Sehender, der einen Blinden führt, zeigte ihr Argatthera Schritt für Schritt, was sie zu tun hatte.

»Machen mußt du es selbst. Ich lasse dich jetzt allein. Du wirst die Schmerzen ertragen.«

Schweigend sah die Heilerin der Frau des Schmiedes nach, wie sie zurück zum Lager ging. Vor ihrem geistigen Auge entstand wieder das Bild einer schielenden untersetzten Frau mit blonden Zöpfen. Erdena graute es bei dem Gedanken an ihr zukünftiges Aussehen. Überhaupt, was würde Senar dazu sagen? Würde er sich von ihr abwenden? Die Hohe Gesegnete wußte, daß sie kaum eine andere Wahl hatte. Auch ein bißchen Neugier war dabei, als sie sich schließlich entschloß, es zu wagen. Die Heilerin setzte sich auf den weichen Boden und schloß die Augen.

Schreie voller Pein hallten durch den Wald, als sich Knochen verkürzten und Haut unter dem Ansturm quellender Fettmassen gedehnt wurde...

Mehrere Stunden später schlich sich ein feistes Weib mit wirren, strohblonden Haaren zum Lager. Die Männer schliefen noch fest, wahrscheinlich hatte Thera dabei etwas nachgeholfen. Die Hohe Mutter schenkte der nackten, kleinwüchsigen Frau ein anerkennendes Lächeln und warf ihr ein Bündel Kleidungsstücke zu. »Die sind von mir, Dania, sie dürften dir passen.«

»Das fürchte ich auch«, gab Erdena müde zurück, zog sich an und fiel dann erschöpft in tiefen Schlaf. Sie wußte nicht, wieviel Zeit vergangen war, als sie plötzlich unsanft in die Höhe gerissen wurde.

»Wer bist du, Weib? Wie kommst du hierher, und was fällt dir ein, dich einfach zu uns zu legen?« donnerte Senar, der die Heilerin trotz ihres Gewichtes von etwa hundertsiebzig Pfund mit einer Hand hochgehoben hatte und sie immer wieder schüttelte wie einen Sack. Termalnjong und Argatthera standen abseits und schauten zu. Als Erdena einen kurzen Blick in Terms Gesicht erhaschte, wußte sie, daß er sie erkannt hatte.

»Rede!«

»Nun, dein Weib schickt mich. Ich soll dir bestellen, daß sie für eine Weile weg ist und du dir einstweilen mit mir die Zeit vertreiben sollst.«

Nie hatte man den Hünen mit einem dümmeren Gesichtsausdruck gesehen. Verblüfft ließ er die Fettel los und sah sich nach Erdena um.

»Wo ist sie hin?« fragte er Thera.

Diese hatte Mühe, Haltung zu bewahren. Sie zuckte nur mit den Schultern und drehte sich dann um, als hielte sie nach der Heilerin Ausschau. Der Gnom erwiderte den Blick Senars ohne ein Miene zu verziehen. Voller Zorn wandte sich der Hüne wieder dem Weib zu. Er öffnete den Mund, um sie wütend zur Rede zu stellen, hielt aber dann plötzlich inne. Für eine Sekunde sah er sehr erstaunt aus, dann hatte er sich wieder gefangen.

»Nun gut«, meinte Senar mit breitem Grinsen, »wenn Erdena es so gesagt hat, soll es mir recht sein.« Dann packte er das feiste Weib am Arm, zog es hinter sich her und begann es stürmisch zu küssen, als sie außer Sichtweite waren. Gleichzeitig knöpfte er ihre Bluse auf.

»Du untreues Miststück, was fällt dir ein!« schrie Erdena und entwand sich seiner Umarmung.

»He, du bleibst hier, ich will dich haben! So etwas Molliges tut mir gut, nachdem ich die letzten Jahre immer ein langes, dürres Luder im Bett hatte.«

Ehe sich's der Hüne versah, bekam er eine schallende Ohrfeige. Mit Tränen in den Augen sah ihn die Dicke an. »Das hätte ich nie von dir gedacht, Senar«, stammelte sie mit erstickter Stimme.

»Wieso? Ich dachte, du hättest zugenommen, um mir etwas Abwechslung zu gönnen, Dania«, entgegnete der Einäugige spöttisch.

Erdenas Augen weiteten sich. »Du hast mich erkannt?«

Senars Miene wurde ernst. »Bist du der Meinung, meine Liebe zu dir prüfen zu müssen?«

Erdena senkte den Kopf. »Ich wollte mir eigentlich nur einen Jux machen. Verzeih', es war nicht richtig von mir.« Dann sah sie ihn wieder an. »Aber sage mir eines, wie hast du mich erkannt?«

Der Hüne machte eine unbestimmte Geste. »Als meine Wut vorhin am größten war, sah ich für einen Moment deine wahre Gestalt.«

»Wie kann das sein?«

Diese Frage schien ihn zu verwirren. Senar wirkte plötzlich geistesabwesend und horchte in sich hinein. »Gonns!« flüsterte er.

Erdena erstarrte. Als ihr Gefährte vor zwei Tagen mit bloßen Händen einen Balken aus Blockholz zusammendrückte, bis er barst, da hatte er auch dieses Wort ausgesprochen. Die Heilerin fröstelte plötzlich. Es drängte sie, dieses Thema zu beenden.

»Es ist besser, wir reden nicht mehr davon«, meinte sie leichthin und wischte ihre Tränen aus dem Gesicht. »Gehen wir zurück zu den anderen, ja?«

Wortlos nickte der Hüne und folgte ihr.

»Ich hoffe, das läßt sich wieder rückgängig machen, denn vorher hast du mir besser gefallen«, meinte Senar, als sie wieder am Lagerplatz waren.

»Wenn die Zeit gekommen ist... sicher!«

»Hast du es ihm gesagt?« erkundigte sich Thera leise bei der Heilerin, als sie beim Zusammenpacken etwas abseits standen.

Erdenas Gesicht verdüsterte sich. »Senar hat mich erkannt. Für einen Moment hat er mich in meiner wahren Gestalt gesehen.«

Die Hohe Mutter machte ein sehr nachdenkliches Gesicht. »Das verstehe ich nicht. Dies ist doch jetzt deine wahre Gestalt.«

Statt einer Antwort zuckte die Heilerin nur mit den Schultern. Sie wollte von diesem Thema nichts mehr hören.

»Es wird höchste Zeit, daß wir dir eine Erfassung besorgen«, meinte Argatthera zu Erdena, als sie in die Nähe der Stadt Rid'Nadnon kamen.

»Glaubst du, das ist jetzt noch möglich? Es sind bereits alle 'hala von den Passager registriert. Wenn wir nun für mich eine Erfassung beantragen, werden sie fragen, warum wir das nicht schon längst getan haben. Außerdem kann ich mir nicht vorstellen, daß wir nochmal so viel Glück haben wie bei Senar.«

Die Hohe Mutter nickte. In Tix Banan hatten arbeitsunlustige Passager die Überprüfung der Antragsteller ihren Tesern überlassen. So war es für Argatthera dank ihrer Gaben ein leichtes gewesen, das Dokument für den Hünen zu erhalten.

»Wir werden es auf alle Fälle versuchen. Wenn wir für dich eine Erfassung bekommen, brauchen wir künftig keine Kontrolle mehr zu fürchten.«

»Du hast recht. Aber wie sollen wir vorgehen?« erkundigte sich die Heilerin.

Über Argattheras Gesicht huschte ein verschlagenes Lächeln. »Also, paß auf....«

Einige Stunden später betraten die beiden Frauen das Gebäude der örtlichen Kommandatur der Passager.

In der Wache empfing sie ein Teser, der offenbar die Aufgabe hatte, unwichtige Angelegenheiten zu regeln.

»Was wollt ihr?« erkundigte sich der Kollaborateur unfreundlich.

»Werter Herr, ich bin mit meiner Schwester gekommen, um eine Erfassung für sie zu beantragen«, säuselte Thera im unterwürfigsten Tonfall, während Erdena dümmlich dazu grinste.

»Deine Schwester ist noch nicht erfaßt?« vergewisserte sich der 'hala, während er einen Schritt vom Tresen zurückwich, um dem penetranten Körpergeruch der beiden Frauen zu entgehen.

»Ja, genau!«

»Das hätte längst geschehen müssen! Ich fürchte, ihr habt gegen die Bestimmungen verstoßen.«

»Was hat er gesagt?« brüllte Erdena, legte eine Hand an die Ohrmuschel und verzog das Gesicht in einer Art und Weise, die deutlich machte, daß sie schlecht hörte.

»Er hat gesagt, du hättest gegen die Bestimmungen verstoßen!« brüllte Thera zurück. Die Heilerin schielte den Teser erschrocken an. Der betrachtete sie mit abfälligem Blick. »Wartet hier, ich melde euch an.«

Wenige Minuten später kam er zurück und bedeutete den beiden Frauen, ihm zu folgen.

»Nehmen Sie Platz.« Der grauhaarige Passager in dem geräumigen Büro, in das man sie gewiesen hatte, deutete auf eine Bank vor seinem Schreibtisch. Dann erhob er sich von seinem Sessel, um das Fenster zu öffnen. Die Symbole auf seiner Uniformjacke wiesen ihn als hochrangigen Offizier der Zentralen Erfassung aus.

»Mein Mitarbeiter sagte mir, Sie wären noch nicht registriert.«

Argatthera legte ihren Ausweis auf den Schreibtisch. »Ich schon, aber meine Schwester nicht.«

Erdena grinste den Passager an und öffnete beiläufig den obersten Knopf ihrer Bluse.

»Ist er verheiratet?« wandte sie sich dann lautstark an ihre »Schwester«.

Diese warf ihr einen strafenden Blick zu. »Ihr müßt entschuldigen, hoher Herr, aber meine Schwester ist nicht die hellste und obendrein mannstoll. Eine Schande für die ganze Familie.«

Der Passager ging auf diese Erklärung nicht ein. »Sie wären nach den geltenden Bestimmungen schon vor über einem Jahr verpflichtet gewesen, sich registrieren zu lassen«, warf er Erdena vor.

Statt einer Antwort sah sie ihn lüstern an und leckte sich provozierend über die Lippen.

»Ooh, er sieht so gut aus! Ich muß ihn haben!« stöhnte das fette Weib, während sich ihr Gesicht rötete und sie hektische Flecken am Ausschnitt bekam. Thera versetzte ihr zwei schallende Ohrfeigen und sah dann gehetzt zu dem Passager. »Ich muß sie nach draußen bringen, sonst kann ich für nichts garantieren.«

Angesichts der gierigen Blicke und des stoßweisen Atmens der feisten Schönheit nickte der Passager heftig und zog sich in einen Nebenraum zurück.

Einige Zeit später saß Thera allein mit ihm in seinem Büro. »Ich bitte um Nachsicht, hoher Herr. Aber es ist schlimm mit ihr. Meine Schwester ist strohdumm und hat nur Männer im Kopf. Im ganzen Dorf hat sie unsere Familie in Verruf gebracht. Wir haben uns geschämt, sie registrieren zu lassen.«

Der Passager nickte verständnisvoll. »Ich werde veranlassen, daß einer meiner Untergebenen ein Holo von ihr macht und die notwendigen Überprüfungen durchführt. Wenn alles klar geht, können Sie die Erfassung für Ihre Schwester morgen abholen. Aber kommen Sie bitte alleine, ich will diese Person nicht mehr sehen.«

Die Hohe Mutter nickte mehrmals gehorsam und sah den Offizier dann abwartend an.

»Das wäre alles«, meinte der Offizier dann und wies auf die Türe.

»Darf ich noch etwas fragen?« erkundigte sich Thera unterwürfig.

»Bitte.«

»Werden wir bestraft?«

»Nein, ich bin froh, wenn ich mit Ihnen und Ihrer Schwester nichts mehr zu tun habe.«

»Vielen Dank, hoher Herr«, stammelte Argatthera, küßte dem Passager laut schmatzend die Hand und verließ eilig den Raum. Angewidert verzog der Offizier das Gesicht und ging zum Waschbecken.

Am nächsten Tag erhielt Thera an der Wache problemlos Erdenas Erfassung.

Den Rest des Tages waren die beiden Frauen damit beschäftigt, Plakate anzubringen und auf den Marktplätzen der umliegenden Dörfer lautstark für die Vorstellung zu werben. Abends war es dann soweit. Wie immer kamen viele Besucher zu der einzigen Art von Veranstaltung, die von den Passager noch genehmigt wurde. Senar faszinierte die Zuschauer mit seinen Bärenkräften, Termalnjong brachte sie als Spaßmacher zum Lachen, und Argatthera führte Zauberkunststücke vor. Erdena trat als Seherin auf und weissagte Freiwilligen aus dem Publikum. Dann führten alle vier noch ein kleines Theaterstück auf.

Am Ende ließen die Zuschauer ein dumpfes, langgezogenes »hooooh« hören, Zeichen größten Wohlgefallens. Lächelnd genossen die Gaukler den Beifall des Publikums. Plötzlich jedoch verdunkelte sich Theras Miene. »Wir kriegen Besuch«, raunte sie der Heilerin zu.

Drei schwerbewaffnete Passager in Begleitung eines Erfassers aus dem Volk der 'hala bahnten sich einen Weg durch die Zuschauer und blieben vor Thera stehen. »Deine Erfassung!« Wortlos händigte sie den

Bewaffneten ihren Identitätsnachweis aus. »Deine auch!« Der Kollaborateur zeigte auf Erdena.

Mit einem anzüglichen Lächeln holte die Heilerin eine rechteckige Scheibe aus jenem seltsamen Material, das sich anfühlte wie eine Mischung aus Holz und Glas, aus ihrem Dekolleté und reichte sie dem Teser.

»Dir wird das Grinsen noch vergehen, Weib. Du wirst uns nämlich begleiten!«

»Verzeiht, Herren. Ich bin der Leiter dieser Gruppe. Darf ich erfahren, was sich die Seherin zuschulden kommen ließ?« erkundigte sich Termalnjong unterwürfig. Für einen Moment sah es so aus, als wollte der Passager, der die Gruppe führte, Termalnjong wütend anschnauzen, dann bequemte er sich doch zu einer Erklärung.

»Es handelt sich um eine Anordnung von ganz oben. Sämtliche Seherinnen der reisenden Gaukler werden überprüft.«

»Zieht ohne mich weiter und wartet in Fa'Senn auf mich«, raunte Erdena ihrem Gefährten zu, bevor sie abgeführt wurde.

»Du hältst jetzt dein Maul«, befahl der Teser, der den Trupp begleitete, barsch und versetzte der Heilerin einen derben Stoß. Senar stürzte nach vorne, um sich auf den 'hala zu stürzen.

»Nur zu! Greif' ihn an! Dann puste ich dir deinen Schädel weg«, sagte einer der beiden Passager scheinbar freundlich und richtete eine kurzläufige Waffe auf den Kopf des Hünen.

Mühsam zwang sich der Einäugige zur Beherrschung.

»So ist es besser«, spottete der Bewaffnete, packte die Heilerin am Oberarm und zog sie von der Bühne.

»Ihr geht jetzt heim, Leute. Die Vorstellung ist vorbei«, rief der Kommandant des Trupps und löste seine Waffe aus. Eine Tafel, die an einem Baum angebracht war und die Veranstaltung angekündigt hatte, wurde von den Geschossen zerfetzt. Schreiend rannten die Zuschauer auseinander. Der Offizier grinste verächtlich, steckte die Waffe wieder ein und folgte seinen Leuten zu den Fahrzeugen.

Mit einem unsanften Stoß wurde Erdena in das Innere eines Transporters befördert. Die Heilerin bedachte ihren Peiniger mit einigen saftigen Flüchen.

Erdena hatte keine Angst, denn sie wußte, daß sie jederzeit mit einer Ortsversetzung verschwinden konnte. Mares hatte diese Möglichkeit nicht nutzen können, da die Ausdehnung der STADT zu groß war. Diese Distanz zu überwinden hätte sein Leben gekostet.

Solange sie mich nicht in die STADT bringen, droht mir keine Gefahr, dachte Erdena bei sich und schaute die Soldaten herausfordernd an. »Wo bringt ihr mich hin?«

»Du kommst in ein Lager, wo noch mehr von deiner Sorte sind«, antwortete der Offizier.

Miller läßt mich überall suchen. Wahrscheinlich hat er alle, die in einer Gauklertruppe als Seherin auftreten, einsperren lassen, schoß es ihr durch den Kopf. Sie beschloß, vorerst nicht zu fliehen. Wenn Miller sie nicht identifizieren konnte und man sie wieder laufen ließ, konnte sie sich frei bewegen. Andernfalls war sie wieder eine Gejagte.

Nach mehreren Stunden Fahrt hielt der Konvoi an, und die Ladeklappe des Transporters öffnete sich. Obwohl es noch Nacht war, konnte die Heilerin erkennen, daß sie sich im Inneren eines Stützpunktes der Passager befanden.

»Wo sind wir hier?« erkundigte sie sich.

»Das brauchst du nicht zu wissen!« entgegnete der Offizier. Offenbar war seine Mitteilsamkeit nun vorbei.

Erdena drehte sich um und sah dem Teser ins Gesicht. »Nun, Bruder... Willst du es mir auch nicht verraten?« Sanft und schmeichelnd hatte sie gesprochen, doch ihre Augen verhießen nichts Gutes für den Verräter.

»Wie käme ich dazu?« entgegnete er arrogant. Doch seine Gedanken verrieten, was sein Mund nicht preisgeben wollte.

Gren'Volat also, dachte sie und lächelte. Die Passager hatten ihr fast die Hälfte des Weges nach Fa'Senn abgenommen.

»Ich möchte nur wissen, was du dauernd zu grinsen hast«, meinte der Offizier. »Bringt sie weg«, wandte er sich dann an zwei seiner Männer.

Diese packten die Gefangene an den Oberarmen und schoben sie in Richtung eines kleineren, flachen Gebäudes. Der Teser folgte ihnen. Erdena wurde in eine Sammelzelle gestoßen, in der sich schon ein halbes Dutzend anderer Frauen befand. Kurz bevor sich die Zellentüre hinter ihr schloß, bekam die Heilerin einen Faustschlag ins Genick, der sie taumeln ließ.

Der Teser grinste und rieb sich die Knöchel. »Du kannst noch mehr davon bekommen, wenn du mich nochmal Bruder nennst, du fette

Berm!« beschied er ihr und verließ den Raum. Die neue Gefangene starrte noch auf die Türe, als sie sich schon lange geschlossen hatte.

»Nicht schlecht«, meinte sie trocken und rieb sich das Genick.

»Das war Karnet. Er ist der schlimmste von allen!«

Erdena sah auf. Eine dunkelhaarige Schönheit im Gewand der Metzen stand vor ihr. Haß und Abscheu standen ihr ins Gesicht geschrieben. »Ich bin Banasra und komme aus Fen'Resar«, stellte sie sich vor und streckte die Hand zum Gruß aus.

»Du kannst Dania zu mir sagen. So nennen mich meine Freunde.« Auch die anderen Frauen in der Sammelzelle stellten sich nun vor. Nur eine saß regungslos auf einem Stuhl in der Ecke und starrte vor sich hin.

»Wer ist die Frau dahinten? Was ist los mit ihr?« fragte die Heilerin, obwohl sie die Antwort schon längst kannte.

»Das ist Shrehna. Gestern abend kam Karnet und nahm sie für ein paar Stunden mit. Als er sie wieder brachte, blutete sie stark. Er hatte sie mit Gewalt genommen, obwohl sie noch unberührt war. Seitdem ist sie nicht mehr ansprechbar. Wer weiß, was er alles mit ihr gemacht hat...« Die Worte der Metze wurden von wütenden Bemerkungen der anderen Frauen begleitet.

Erdena ging zu der jungen, hübschen Frau und strich ihr über den Kopf. »Schlaf jetzt und träume etwas Schönes. Ich werde dafür sorgen, daß es dir bald besser geht.«

Fast augenblicklich schloß das Mädchen die Augen. Die Hohe Gesegnete bettete sie auf eine der einfachen Holzpritschen, die den Gefangenen als Nachtlager dienten.

»Bist du eine Heilerin?« Banasra starrte sie ehrfürchtig an.

»Aber nein, wie kommst du darauf?« antwortete Erdena. Sie war sicher, daß ihre Gespräche mitgehört wurden. Heilerin zu sein war gefährlich, denn die Passager hatten in den letzten Jahren systematisch alle 'hala getötet, von denen sie annahmen, daß sie über besondere Gaben verfügten. Die Fremden fürchteten diese Fähigkeiten nicht, es ging ihnen nur darum, alle charismatischen Persönlichkeiten zu beseitigen, die das Volk zum Widerstand aufwiegeln konnten.

»Ich möchte jetzt noch etwas schlafen. Ihr seid sicher auch müde, oder?«

Die Mitgefangenen der Hohen Gesegneten fühlten plötzlich bleierne

Müdigkeit und begaben sich zu ihren Holzpritschen. Auch Erdena legte sich hin. Als sie an den regelmäßigen Atemzügen erkannte, daß alle anderen eingeschlafen waren, stand sie wieder auf und ging zu Shrehna. Die Heilerin hatte vorher schon erkannt, daß das Mädchen innere Verletzungen hatte und dauernd Blut verlor. Eile war geboten. Sie nahm eine Hand der Verletzten in die ihre und begann, mit dem Oberkörper leicht vor und zurück zu wiegen. Dabei summte die häßliche, übergewichtige Frau leise immer die gleichen Tonfolgen.

Ihr Geist drang in den Körper der Vergewaltigten vor. Sie erkannte zerrissenes Gewebe und geplatzte Adern, Blutergüsse und Prellungen. Erdenas Lippen wurden zu schmalen Strichen. Der Schweiß lief ihr vom Haaransatz über das feiste Gesicht. Jetzt nahm der Teint des Mädchens einen goldfarbenen Ton an. Die Blutungen kamen zum Stillstand, und das verletzte Gewebe regenerierte sich. Heilungsvorgänge, die normalerweise Wochen dauerten, vollzogen sich in Minuten. Ohne die Hilfe der Hohen Gesegneten wäre das Mädchen innerlich verblutet.

»So, dann werd' ich jetzt mal nachsehen, was er mit dir gemacht hat«, flüsterte sie und versenkte ihren Geist in Shrehnas Erinnerungen. Nach wenigen Augenblicken wurden die Gesichtszüge der Heilerin hart wie Stein. Sie hätte nie geglaubt, daß ein 'hala zu solchen Grausamkeiten fähig war, wie sie der Teser dem Mädchen zugefügt hatte.

Erdena tilgte die schrecklichen Geschehnisse vollkommen aus dem Gedächtnis der jungen Frau. Dann legte sich die Hohe Gesegnete auf ihr hartes Nachtlager und schloß die Augen. Ein böses Lächeln spielte um ihre Lippen...

Zur selben Zeit begab sich Karnet gerade zur Ruhe. Er streckte sich in seinem weichen Bett aus und schlief sofort ein, da es ein langer Tag für ihn gewesen war. Nach kurzer Zeit wachte er wieder auf, da ihm plötzlich seine Unterlage so hart vorkam. Mißmutig richtete er sich etwas auf und befühlte seine Matratze. Ungläubig registrierte er, daß er auf einer einfachen Holzpritsche lag. Den Teser durchfuhr es siedendheiß. Er sah sich um und bemerkte, daß er zusammen mit den gefangenen Frauen in der Sammelzelle lag. Karnet schrie vor Überraschung auf. Der Ton, der sich seiner Kehle entrang, entsprach der Stimmlage einer jungen Frau.

Verwirrt betrachtete er seine Hände und sah dann an sich herab. Seine Finger waren schmal wie die eines Weibes und unter dem groben Stoff des Hemdes, das er trug, wölbten sich die wohlgeformten Rundungen eines straffen Busens. Karnet merkte, wie ihm der Schweiß ausbrach und Panik in ihm hochstieg. Vor Angst verlor er die Beherrschung. Er sprang aus dem Bett und begann laut zu schreien.

»Halt dein Maul, Shrehna, wir wollen schlafen«, fuhr ihn eine der Gefangenen an.

Verwirrt starrte er die Frau an. »Ich bin nicht Shrehna«, wollte er widersprechen, doch seine Kehle war wie zugeschnürt. Verzweifelt suchte er einen Spiegel, doch in der Zelle gab es keinen. Im selben Moment ging das Licht an, und die Gittertüre wurde geöffnet. Fassungslos sah er einen Mann hereinkommen, der aussah wie er. Wie war das möglich?

Der Mann schien etwas zu suchen. Schließlich blieb sein Blick an ihm hängen. »Du kommst mit mir!«

»Wieso...? Was ist los...? Ich verstehe nicht...!« brach es aus Karnet verzweifelt hervor. Sofort verstummte er wieder. Seine Stimme war die von Shrehna.

Als Antwort traf ihn ein brutaler Faustschlag seines Ebenbildes. Der Hieb warf ihn von den Beinen. Als nächstes bekam er einen Fußtritt zwischen seine Schenkel, der ihm fast die Sinne raubte. Brennende Schmerzen erfüllten ihre/seine Scham.

»Oh, entschuldige. Diese Gegend müssen wir schonen, wir brauchen sie ja heute noch«, höhnte der 'hala. Dann packte er die benommene Frau und zerrte sie/ihn aus der Zelle in seine Unterkunft.

Die nächsten Stunden waren die Hölle für Karnet. Mehrmals nahm sie/ihn der Mann, der aussah wie er, mit Gewalt und fügte ihr/ihm dabei unsägliche Schmerzen zu. Aus dem Mund der Frau/des Mannes kam nichts mehr außer Schreien der Qual. Mehr tot als lebendig brachte sie/ihn der andere Karnet Stunden später in die Zelle zurück. Teilnahmslos starrte sie/er vor sich hin, dem Wahnsinn nahe...

Mit einem schrillen Schrei erwachte er. Karnet atmete heftig und stoßweise wie ein Ertrinkender. Sein Bettzeug war klatschnaß geschwitzt, und Blut lief ihm von den aufgebissenen Lippen über das Kinn. Sein Körper fühlte noch die Schmerzen, die er im Traum erlitten hatte.

Es dauerte einige Minuten, bis sich der 'hala allmählich wieder beruhigte. Dann stand er auf, ging zum Waschbecken und benetzte sein Gesicht. Prüfend betrachtete er es im Spiegel und war froh, daß es sein eigenes war. Tiefe Furchen hatten sich darin eingegraben und die Augen waren von schwarzen Ringen umrandet.

»Was für ein Traum!« murmelte er erschöpft.

»Hat er dir gefallen?«

Karnet fuhr herum. Neben seinem Bett stand eine schlanke, hochgewachsene Frau mit langen, schwarzen Haaren, die im Nacken zu einem Zopf zusammengebunden waren. Sie mochte etwa vierzig Jahre alt sein und war von betörender Schönheit. Außerdem strahlte sie eine Autorität aus, die ihm sofort ein Gefühl der Unterlegenheit vermittelte.

»Wer bist du?«

»Ich bin deine Richterin, Teser!«

Karnet begann sich zu fürchten. Mit jeder Sekunde wurde seine Angst vor dieser Frau größer. »Was willst du von mir?«

»Du wirst noch in dieser Nacht von hier weggehen und nie mehr ein Wort mit den Passager wechseln. Und solltest du auf den Gedanken kommen, nochmal bei den gefangenen Frauen vorbeizuschauen, werde ich dir dein Gehirn aus dem Schädel brennen.«

Ängstlich blickte der Kollaborateur die Frau an. Ihr Gesicht kam ihm bekannt vor. Hatte er sie schon einmal gesehen?

»Du denkst nach, woher du mich kennst. Ich würde an deiner Stelle auch jetzt überlegen, denn es wird dir von Tag zu Tag schwerer fallen, einen klaren Gedanken zu fassen.«

Karnet erschrak. Konnte diese Frau Gedanken lesen? »Wie meinst du das?« erkundigte er sich unsicher.

»Nun, ganz einfach, Teser: Der Traum, den du vorher hattest, wird dich dein Leben lang begleiten. Ganz gleich wo du bist oder was du machst, sobald du einschläfst, wirst du ihn träumen. Und weißt du, was das schöne daran ist? Er wird immer wieder neu für dich sein, so als träumtest du ihn zum ersten Mal.« Die Hohe Gesegnete trat auf den 'hala zu und strich ihm scheinbar freundlich über den Kopf. Ihre Augen waren jedoch kalt und grausam. »Und wenn du nicht von hier weggehst, wirst du schon beim nächsten Mal nicht mehr aufwachen. Dann fängt dein Traum immer wieder von vorne an, solange bis du tot bist... Also, schlaf gut!« Dann löste sich die hochgewachsene Frau auf, als wäre sie nie dagewesen...

Im selben Moment öffnete Erdena auf ihrem Nachtlager die Augen.

Sie hatte es genossen, endlich wieder einmal in ihrer richtigen Gestalt zu existieren, wenn auch nur als Sendbild.

Einige Augenblicke dachte sie darüber nach, ob sie richtig gehandelt hatte. Sie wußte, daß Karnet spätestens nach einigen Monaten dem Wahnsinn verfallen würde. Die Hohe Gesegnete verfluchte Denara, die dafür gesorgt hatte, daß Güte und Nachsicht einen großen Platz in ihrem Herzen einnahmen.

Gut, der Teser sollte eine Chance erhalten. Mit einem Wunsch befreite die Heilerin Karnet von dem Traum. Danach war ihr wohler. Sie drehte sich zur Seite, um noch ein wenig zu schlafen.

Erdena wußte nicht, wie lange sie geschlafen hatte, aber es war draußen schon heller Tag, als eine herrische Stimme der Ruhe ein Ende bereitete. »Los, wacht auf, ihr Schlampen!«

Gleichzeitig wurde mit einer Eisenstange am Gitter der Zelle entlanggeschlagen, so daß ein ohrenbetäubendes Scheppern ertönte. Die Frauen schreckten schlaftrunken hoch. In der Türe stand Karnet, noch gezeichnet von den Strapazen der Nacht, aber selbstsicher und gewalttätig wie eh' und je.

»Was ist los?« erkundigte sich Banasra.

»Das werdet ihr noch früh genug erfahren. Stellt euch in einer Reihe auf!«

Die Frauen taten wie geheißen. Karnet brachte eine nach der anderen weg und kam dann jeweils nach etwa drei bis fünf Minuten wieder.

Nun war die Reihe an Erdena. »Komm mit, du bist die nächste«, herrschte er sie an. Willig folgte ihm die Heilerin.

»Du hast nun die Ehre, den Obersten des Großen Volkes kennenzulernen.«

»Du meinst die Passager?«

Karnet warf ihr einen wütenden Blick zu. »Dummes, fettes Weib! Du wirst in Zukunft dieses Wort nicht mehr in den Mund nehmen, hast du verstanden?«

»Natürlich, Herr!« antwortete sie, scheinbar erschrocken über die heftige Reaktion des Teser.

»Wenn wir beim Ersten sind, rede nur, wenn du gefragt wirst. Und hüte dich, die Unwahrheit zu sagen, sonst ist dieser Tag dein letzter.«

»Ja, Herr!«

»Gut«, meinte Karnet zufrieden. Dann klopfte er an die Türe des Zimmers, vor dem sie mittlerweile standen und öffnete sie in unterwürfiger Haltung. »Die nächste wäre hier, hohe Herren.«

»Herein mit ihr«, wurde ihm beschieden.

Karnet und Erdena traten ein. Hinter einem schweren Schreibtisch saß der Stützpunktkommandant, während Miller lässig mit verschränkten Armen an der Wand lehnte und die Heilerin kurz musterte. Auf einen fragenden Blick des Stützpunktkommandanten schüttelte Miller nur den Kopf.

»Wie ist dein Name?« erkundigte sich der Kommandant freundlich.

»Ich heiße Erdena, Herr.«

»Gut, ich heiße Claude. Wie ich hörte, betätigst du dich als Seherin bei einer Gauklertruppe.«

»Vergebt mir Herr, ich wußte nicht, daß das verboten ist«, erwiderte die Heilerin.

»Es ist nicht verboten. Im Gegenteil, wir würden gerne mit jemandem zusammenarbeiten, der diese Fähigkeit besitzt. Trifft das auf dich zu?«

»Leider nein, Herr, ich spiele den Leuten nur etwas vor.«

»Kennst du eine Seherin namens Genire?« Der Stützpunktkommandant hielt ihr einen Holowürfel vor's Gesicht, auf dem Erdena in ihrer wirklichen Gestalt abgebildet war. Die Heilerin betrachtete mit schielenden Augen und skeptischer Miene die Abbildung und schüttelte dann den Kopf.

»Sollen wir sie mit dem Truefinder testen?« erkundigte sich der Kommandant bei Miller in der Sprache der Passager.

Dieser schüttelte unwirsch den Kopf. »Diese fette Ziege ist viel zu blöd, um mit der Sache etwas zu tun zu haben«, entgegnete der Erste mürrisch in der Sprache der 'hala, worauf Erdena eine beleidigte Miene aufsetzte.

»Bring sie raus und hol' die nächste«, wies der Kommandant Karnet an.

»Los, komm«, befahl der Teser und ging Richtung Türe.

Erdena ging auf Miller zu. Der eingeschnappte Gesichtsausdruck machte einem lüsternen Lächeln Platz. »Ihr seid ein hübscher, stattlicher Mann. Habt Ihr schon einmal daran gedacht, Euch eine 'hala zum Weib zu nehmen?«

Der Erste verzog sein Gesicht vor Abscheu und wich etwas zurück, während Karnet die Heilerin am Gewand packte und mit wüsten Beschimpfungen aus dem Zimmer zog. »Was fällt dir ein?« schrie er sie an, als sich die Türe geschlossen hatte und versetzte der Heilerin mehrere Schläge und Tritte.

Mühevoll wahrte die Hohe Gesegnete die Beherrschung, doch ihr wütender Blick traf den Teser wie ein Dolchstoß. »Wage das nie wieder!« zischte sie. Verdutzt wich er zurück. Sekundenlang überlegte Erdena, ob sie dem Kollaborateur ihren Willen aufzwingen und fliehen sollte. Aber wenn sie von hier verschwand, würde ihr Bild bald wieder die Fahndungslisten der Passager zieren.

»Wohin sollst du mich bringen?« schnauzte sie ihn an.

Karnet war so eingeschüchtert, daß er sofort Antwort gab. »Du kommst zu den bereits Überprüften. Morgen entscheidet dann der Erste, was weiter mit euch geschieht.«

»Gut, dann bring' mich hin.«

Wortlos ging der Teser voraus. Als er ihr die Zellentüre geöffnet hatte und sie hindurchgegangen war, drehte sie sich nochmals zu ihm um. »Hüte dich davor, einzuschlafen, denn es wird das letzte Mal sein.«

Karnet wurde weiß wie die Wand. »Was meinst du damit?« stammelte er.

»Du weißt, was ich meine.« Sie warf ihm noch einen verächtlichen Blick zu und ging dann zu den Frauen, die schweigend auf ihren hölzernen Liegen saßen und Karnet haßerfüllt musterten.

»Das wirst du mir büßen! Ich werde dich verraten. Spätestens morgen bist du tot!« schrie er ihr nach. Erdena drehte sich kurz um und bedachte den Teser mit einem mitleidigen Lächeln. Dann legte sie sich auf eine der Holzpritschen und schlief sofort ein.

»Ich muß sofort den Ersten sprechen, es ist wichtig!«

Der Stützpunktkommandant warf Karnet einen ärgerlichen Blick zu. »Hast du vergessen, daß man bei uns anklopft?«

»Schon gut, Commander. Also, was ist los?« Miller schaute den Teser fragend an.

»Hoher Herr, es geht um dieses Weib. Sie hat..., ich meine, sie ist...« Der Kahlköpfige hob fragend die buschigen Brauen. »Dieses Weib ist, wie soll ich sagen...« Karnet verzog gequält das Gesicht.

»Also, raus mit der Sprache, wir haben nicht ewig Zeit«, murrte Claude.

»Sie ist..., da ist etwas ganz Wichtiges, aber es will mir einfach nicht einfallen«, stammelte Karnet.

»Schluß jetzt, bring uns die nächste zur Befragung«, fuhr der Stützpunktkommandant den Teser ungehalten an.

»Ja, natürlich, bitte entschuldigt, Herr«, entgegnete Karnet unterwürfig und ging.

»Er benimmt sich merkwürdig«, stellte Miller fest.

»Ach, er wird wohl wieder zuviel Fomt gesoffen haben«, wiegelte der Commander ab.

»Ich weiß nicht so recht«, meinte Miller, »es könnte auch etwas anderes dahinterstecken.«

»Sie machen sich da zuviel Gedanken, Erster. Es würde mich nicht wundern, wenn er jetzt keine mehr bringt, weil er irgendwo seinen Rausch ausschläft.«

»Der trinkt nichts«, behauptete Miller, doch die Umstände schienen Claude Recht zu geben...

Nachdem die beiden Passager etwa eine Viertelstunde vergeblich auf die nächste »Seherin« gewartet hatten, schickte der Stützpunktkommandant seinen Adjutanten los. Nach wenigen Minuten gab dieser per Com Bescheid. »Ich habe ihn gefunden, Commander. Er liegt vor der Sammelzelle am Boden und schläft. Es gelingt mir nicht, ihn zu wecken.«

Claude warf dem Ersten einen bezeichnenden Blick zu. »Schaffen Sie ihn ins Labor und machen Sie einen Alkoholtest. Ich will über das Ergebnis sofort unterrichtet werden«, ordnete Miller an.

»Ich werde sofort alles Notwendige veranlassen«, bestätigte der Adjutant und unterbrach die Verbindung.

»Ich schlage vor, wir beenden die Befragung für heute«, meinte der Commander, worauf Miller geistesabwesend nickte.

Eine Stunde später setzte sich Claude erneut mit dem Oberhaupt der Passager auf Ebene NEUN in Verbindung. »Wir haben Probleme, Erster.«

»Hatten wir schon mal keine, Claude?«

»Der Laborbericht über den Kooperativen namens Karnet liegt vor.«

»Und?«

»Kein Alkohol, keine anderen berauschenden Substanzen.«

»Ich habe mir schon so etwas gedacht. Wie ist sein Zustand?«

»Er schläft immer noch und ist nicht wach zu kriegen. Außerdem scheint er schwere Alpträume zu haben. Wir haben ihn einigen Tests unterzogen. Er kommt aus der REM-Phase nicht mehr heraus. Gegenwärtig sind die im Labor dabei, seine Träume visuell darzustellen. Ich dachte mir, Sie wollten dabei sein.«

Miller sprang aus seinem Sessel hoch. »Gute Idee, Commander«, lobte er, »also, gehen wir.«

Das Holo zeigte seit zwei Stunden immer die gleiche Szene: Eine Frau wurde auf brutalste Art und Weise vergewaltigt und mißhandelt. Ihr Aussehen war kaum zu erkennen, doch bei dem Peiniger handelte es sich eindeutig um Karnet.

Einer der Mitarbeiter im Labor schaltete das Holo ab. »Da der Genuß von Fomt, bei dem wir in Einzelfällen ähnliche Symptome feststellen konnten, ausscheidet, muß der Traum künstlich erzeugt sein. Das Ganze wird den 'hala über kurz oder lang umbringen.«

»Woher wissen Sie das?« erkundigte sich Miller.

»Ich habe früher beim Amt für Innere Sicherheit schon einmal an einem solchen Projekt gearbeitet. Es war das Ziel unserer Forschungen, durch künstlich erzeugte Träume den Verstand eines Gegners zu zerstören und ihn damit auf unauffällige Weise zu liquidieren.«

»Und?«

»Tja, der Durchbruch blieb aus, und die Mittel für diese Forschungen wurden gestrichen.«

»Offenbar hat hier in dieser Gegend jemand mehr Erfolg als Sie damals«, meinte Miller trocken.

»Es scheint so«, bestätigte der Wissenschaftler.

Der Kahlköpfige machte eine Handbewegung in Richtung des schlafenden 'hala. »Können Sie ihn irgendwie wach bekommen?«

»Aussichtslos, wir haben schon alles versucht, er reagiert weder auf chemische Stimulantien noch auf physikalische Einflüsse.«

Miller zog die Stirn in Falten. »Das gefällt mir nicht. Hier sind die Gaben einer einheimischen Hexe im Spiel.«

»Vielleicht ist unter den Gefangenen eine Heilerin. Oder einer der kooperativen Mitarbeiter des Stützpunktes hat die Fähigkeiten eines Beauftragten«, mutmaßte der Commander.

»Das mag sein, aber leider fehlt uns bisher die Möglichkeit, so etwas festzustellen«, gab der Wissenschaftler zu bedenken.

»Mit wem hatte dieser 'hala zuletzt Kontakt?« überlegte Miller.

»Das kann ich Ihnen sagen. Mit dem fetten Weib, das so scharf auf

Sie war«, entgegnete Claude und gab sich keine Mühe, sein Grinsen zu verbeißen.

Die Augen des Ersten verengten sich zu schmalen Schlitzen. »Wenn diese Frau tatsächlich etwas mit der Sache zu tun hat, dann sind die 'hala gefährlicher als ich dachte.«

In diesem Moment schlug Karnet die Augen auf und übergab sich. Als wesentlicher Bestandteil des Mageninhalts kam dabei Fomt zum Vorschein, das durch seinen speziellen Geruch selbst nach mehrstündiger Aufbereitung im Magen nicht zu verkennen war.

»Macht nochmal eine Alkoholbestimmung«, ordnete Miller an, während der Stützpunktkommandant angewidert das Gesicht verzog. Das Laborpersonal benötigte nur wenige Minuten.

»Negativ.«

»Nehmt ein anderes Testgerät.«

»...Positiv, anscheinend war das Gerät defekt.«

»Ihr seid Idioten, wie stehe ich denn nun da«, brüllte der Commander, nachdem Miller kopfschüttelnd den Raum verlassen hatte.

Zur gleichen Zeit öffnete Erdena in ihrer Zelle die Augen und atmete tief durch. Es war doch gut gewesen, über die Sinne des Tesers den weiteren Ablauf der Dinge zu überwachen! So konnte sie rechtzeitig seine Körperchemie beeinflussen. »Dieser Miller ist verdammt schlau! Ich muß vor ihm auf der Hut sein«, flüsterte die Heilerin.

Um den Teser brauchte sie sich keine Sorgen mehr zu machen, der Commander hatte ihn eben erschossen.

Stunden später öffnete ein junger Passager die Zellentüre. »Ihr habt Glück gehabt, Mädels, ihr könnt gehen.« Ungläubig starrten ihn die anderen Frauen an. »Ist das wirklich wahr?« fragte eine.

»Wenn ich es doch sage«, gab der Passager breit grinsend zurück. »Folgt mir!«

Die Frauen wurden an den Hauptausgang des kasernenartigen Stützpunktes gebracht. Sie beeilten sich, durch das halb geöffnete Schiebetor nach draußen zu gelangen.

Als Erdena den Durchgang passierte, stand plötzlich der Erste vor ihr. »Ich habe lange überlegt, ob es richtig ist, dich gehen zu lassen. Aber da ich mir nicht sicher bin, ob du das bist, wofür ich dich halte, bin ich ein Sportsmann und verschiebe die Entscheidung auf die nächste Runde.«

Die Heilerin starrte Miller an. Obwohl er die Sprache der 'hala benutzt hatte, verstand sie seine Ausdrucksweise nicht ganz. Offenbar handelte es sich um Redensarten aus seiner Muttersprache. Erdena konnte sich jedoch zusammenreimen, was der Erste meinte.

»Ich verstehe nicht, hoher Herr«, antwortete sie und schielte ihn dabei unschuldig an.

»Sage mir, bist du eine Heilerin?«

»Natürlich nicht, hoher Herr!«

Miller zog einen klobigen Gegenstand aus der Hosentasche und richtete ihn auf eine der Frauen, die eben das Gelände verließen.

»Weißt du, was das ist, dieses Ding in meiner Hand?«

»Nun, ich möchte nicht respektlos sein, Herr, aber ich wäre an dem Ding in Eurer Hose mehr interessiert.«

Der Erste starrte das kleine, fette 'hala-Weib an, die ihn mit primitiv-lüsternem Blick musterte. Dann steckte er die Waffe wieder ein.

»Entweder du bist wirklich so beschissen blöd wie du tust, oder noch viel gefährlicher als ich dachte. Verschwinde jetzt, bevor ich es mir anders überlege!«

Mit beleidigtem Gesichtsausdruck verzog sich Erdena in Richtung Stadt. Als sie außer Sichtweite war, blieb sie stehen und atmete tief durch. Das war knapp gewesen! Nun galt es, nach Fa'Senn zu kommen, um die anderen zu treffen.

5
Unterwegs nach Fa'Senn

Sednadrang bediente mit der rechten Hand den Pumpenschwengel und hielt seinen Kopf mindestens eine halbe Minute unter das eiskalte Wasser. Dann trank er in gierigen Zügen davon. Als sein Durst gestillt war, rieb er sich die nassen Haare mit einem Leinentuch trocken.

»Wie lange habe ich geschlafen?«

»Zwei Tage. Ich dachte schon, Ihr würdet nicht mehr aufwachen.«

»Ja, es hätte nicht mehr viel gefehlt...« meinte der Hüter nachdenklich.

»Wer seid Ihr, und wo bin ich hier?« erkundigte sich Mares.

»Ich bin Sednadrang, man nennt mich auch den Alten von Rhetana. Du bist hier in Sicherheit.«

»Rhetana?« echote der Informierte. »Es gibt Rhetana tatsächlich?«

Der Hüter nickte nur und sah sein Gegenüber forschend an. »Du bist also Mares«, stellte er dann nach einer Weile fest, um das peinliche Schweigen, das sich ausgebreitet hatte, zu brechen.

»Ja, und ich kann mich nicht erinnern, Euch die Anrede, die Ihr mir gegenüber benutzt, gestattet zu haben.«

Sednadrang schloß für einen Moment die Augen. Als er sie wieder öffnete, lag in seinem Blick ein Tadel, wie ihn ein Vater seinem dummen Rotzjungen zuteil werden läßt. Ohne auf die Worte des Informierten einzugehen meinte er: »Sobald ich mich wieder vollständig erholt habe, werden wir uns nach Grenn begeben. Die 'hala müssen erfahren, daß du noch lebst, das wird ihren Widerstandsgeist wecken. Außerdem ist es an der Zeit, die Berufenen zu suchen, denn sie finden offenbar ihren Weg hierher nicht.«

»Ich dachte, Ihr seid dazu da, die Aschereide zu hüten?« spottete der Informierte.

»Meine Schützlinge können eine Zeitlang ohne mich auskommen. Aber nun sage mir eines: Was hast du gegen mich? Ich habe dich aus der STADT geholt und du feindest mich an!«

»Vor etwa neun Jahren bin ich schon einmal jemandem wie Euch begegnet, werter Sednadrang. Einem kleinen, dürren, selbstgefälligen Gnom mit einem Aschereide, ebenso wie Ihr. Er benutzte Keliath und mich, um Grenn kennenzulernen. Die Sitten, die Gebräuche, das Land, die Leute dort...« Mares machte eine Kunstpause ehe er fortfuhr. »... und als er unserer Führung nicht mehr bedurfte, überließ er uns den Passager. Ich werde Euch nie trauen, Alter, denn Eure Rasse, wer immer sie auch sein mag, ist verräterisch und verlogen.«

»Du hast ein scharfes Auge, Mares. Es ist wahr, Termalnjong und ich sind keine 'hala. Wir sind Diener, die seit undenklicher Zeit den Auftrag des Alten Volkes, der Sedd, ausführen, nämlich diese Welt und ihre Bewohner vor Schaden zu bewahren. Das solltest du achten, auch wenn einer von uns deiner Meinung nach einen Fehler gemacht hat.«

»Es scheint Eure Spezialität zu sein, Fehler zu machen, oder wärt Ihr nicht beinahe von Eurem eigenen Aschereide umgebracht worden?« meinte Mares mit beißendem Spott.

»Termalnjong und ich haben auf sehr viel verzichtet, um jenen zu helfen, die hier geboren wurden. Wir haben deine Verachtung nicht verdient«, erklärte Sednadrang ernst.

Mares zuckte mit den Schultern. »Wie dem auch sei, ich will mit Euch nichts zu tun haben. Bringt mich nach Grenn und laßt mir meinen Frieden.«

»Wie lange, glaubst du, würdest du dort am Leben bleiben? Dein Bild hängt längst in jeder Ortsverwaltung der Passager.«

Mares schwieg. Er wußte, daß der Hüter recht hatte und beschloß einzulenken. »Also gut, was schlägst du vor?«

Als Sednadrang hörte, daß der Informierte zur vertrauten Anrede gewechselt hatte, setzte er ein fröhliches Lächeln auf.

»Na also, ich wußte, du wirst vernünftig. Jetzt werden wir erst einmal eine Kleinigkeit essen und dann darüber nachdenken, wie wir weiter vorgehen.«

»Das Problem ist«, sagte Sednadrang und lehnte sich mit zufriedenem Gesicht und gefülltem Bauch zurück, »daß ich nicht mehr auf die Hilfe meines Aschereide zurückgreifen kann. Wir müssen eine andere Möglichkeit finden, nach Grenn zu gelangen.«

»Das kann ich mir vorstellen. Wenn du das nächste Mal deinen schwarzen Freund zu Hilfe holst, wird er dich erledigen«, meinte Mares nicht ohne eine Spur Schadenfreude.

»Genau«, brummte der Hüter, »und deshalb muß ich ihn loswerden.«

»Ich dachte, wenn er nicht aktiviert wird, ist er harmlos?«

Sednadrang verzog das Gesicht. »Darauf würde ich nicht wetten. Ich habe dem Biest zuviele Freiheiten gelassen. Wer weiß, welche Mittel und Wege es kennt, in meinen Geist einzudringen, ohne daß ich es will.«

»In deiner Haut möchte ich nicht stecken, TRÄGER«, grinste Mares.

»Oh, die Freude wird dir vergehen, wenn mich das Aschereide umdreht. Du kommst dann nicht mehr von der Insel runter, das ist dir ja wohl klar. Außerdem würde ich mich an deiner Stelle nicht darauf verlassen, daß es dich verschont.«

Mares wurde blaß. »Dann solltest du sehen, daß du dein Anhängsel so schnell wie möglich loswirst.«

»Genau, aber das geht nur mit deiner Hilfe, also hör gut zu...«

»Wenn das nicht so klappt, wie du es dir vorstellst, dann werden wir nicht mehr lange am Leben sein, stellte Mares fest, nachdem ihm der Hüter seinen Plan erläutert hatte.

»Es hilft nichts, mit diesem Aschereide kann ich die Symbiose nicht mehr fortführen. Es weiß nun, daß es mich bezwingen kann und hat deshalb keinen Respekt mehr vor mir. Wenn ich für die 'hala von Nutzen sein will, muß ich Heehna loswerden und eine neue Verbindung eingehen.«

»Wann willst du beginnen?«

»Ich habe soviel Angst davor, daß ich es am liebsten sofort versuchen würde, damit ich es hinter mir habe. Aber ich fühle mich noch ziemlich schwach. Wir warten lieber noch ein paar Tage.«

»Glaubst du nicht, daß dann das Aschereide auch wieder besser bei Kräften sein wird?«

Sednadrang starrte den Informierten überrascht an. »Daran habe ich noch gar nicht gedacht! Ja, ich glaube du hast recht. Zumindest ist das Biest jetzt auch angeschlagen, das könnte für uns von Vorteil sein.«

»Dann werden wir es sofort wagen, ehe uns Angst und Bedenken die Entschlossenheit nehmen«, bestimmte Mares.

Der Alte von Rhetana lächelte den Informierten an. »Es scheint, als war das Schicksal von Grenn bei den Erhabenen doch in guten Händen.«

»Ja, ich glaube, das war es«, bestätigte der letzte der Informierten nachdenklich und gab sich dann einen Ruck. »Und jetzt werde ich diese Kreatur das Fürchten lehren.«

»Du sollst nicht so reden, Mares. Die Aschereide dienen unserer Selbstverteidigung. Sie sind die wirksamste Waffe, die uns das Alte Volk, die Sedd, hinterlassen hat. Sie sind weder gut noch böse, sie sind eben anders.«

Der Informierte hob abwehrend die Hände. »Du brauchst sie nicht zu verteidigen, ich habe es nicht so gemeint.«

»Gut, sage mir, wann du bereit bist, Mares.«

»Ich werde etwas spazierengehen. Wenn ich wiederkomme, können wir anfangen.«

Sednadrang bekundete mit einer Geste sein Einverständnis. Der letzte der Erhabenen verließ das Haus und genoß die frische Luft, die Sonne, die ihm ins Gesicht schien und den Duft der Gräser. All das hatte er so lange vermißt. Zum ersten Mal seit Jahren horchte der Informierte tief in sich hinein. Er konnte sich nicht mehr daran erinnern, wann er zuletzt seine Gaben genutzt hatte. Besaß er sie noch, oder waren sie in der Gefangenschaft verkümmert? Er fühlte die Kraft wie ein leises Rinnsal in sich. Es war, als würde ein Funken Licht zu einem Verschütteten gelangen.

Wie konnte ich mich meinen Gaben nur so lange verschließen, schoß es ihm durch den Kopf, als er spürte, wie sein Wille das Rinnsal langsam wieder zu einem Strom anschwellen ließ. Mares fühlte sich, als sei er tot gewesen und nun wieder zum Leben erwacht. Plötzlich waren in ihm wieder Macht, Stärke und Selbstbewußtsein. Unbändige Kraft durchströmte ihn, er fühlte sich wie ein Gott...

Die Türe öffnete sich, und Mares trat ins Zimmer. Sednadrang sah in seine Augen und wußte, daß der Erhabene bereit war.

Der Hüter streckte die Hand aus, so als würde ihm jemand etwas geben. Übergangslos erschien über seinen Fingerspitzen ein winziger

Punkt, der rasch zu einer pechschwarzen Kugel anschwoll, die alles Licht zu schlucken schien.

+Bist Du stark genug?+ wisperte die Stimme des PARTNERS in seinem Bewußtsein.

+Stark genug für dich+, gab der Alte zurück. Im nächsten Moment traf ihn die Liaison wie ein Keulenschlag. Er spürte, daß er dem Symbionten nichts entgegenzusetzen hatte. Dieser kannte nun alle Abwehrmechanismen von Sednadrangs Bewußtsein und setzte sie mühelos außer Kraft.

Wenn Mares versagt, gibt es mich nicht mehr lange, war die letzte Überlegung des Hüters, bevor das Aschereide sein eigenständiges Denken unterband.

Der Informierte sah zu, wie die auf Faustgröße angewachsene Kugel in Sednadrangs Hand schwebte und der Hüter von einer Sekunde zur anderen zu einem pechschwarzen Schemen wurde.

Jetzt war der Moment gekommen. Mit einem mächtigen Wunsch zapfte Mares die Lebensenergie des Symbionten an. Augenblicklich bekam er Kontakt zu ihm.

+Was willst du von mir, Wicht? Bist du wahnsinnig geworden, mich anzugreifen?+

Der Informierte antwortete nicht, sondern verstärkte seine Bemühungen.

+Du weißt anscheinend nicht, mit wem du es zu tun hast! Nun gut, dann werde ich es dir zeigen...+ dröhnte Heehnas Stimme in seinem Bewußtsein.

Im nächsten Moment überkam den Erhabenen das Grauen. Unglaubliche Fremdartigkeit offenbarte sich ihm. Gedanken und Gefühle, so bizarr, daß sie sein Bewußtsein gar nicht richtig verarbeiten konnte.

»Hör auf«, schrie er gequält, denn sein Verstand konnte dieses unsagbar Fremde nicht mehr ertragen. Es war tausendmal grausamer als eine körperliche Folter, es war die Hölle. Die Gedanken des Mächtigen wurden gewaltsam durcheinandergewirbelt wie ein Puzzle, dessen Bestandteile man in einem Behälter wild schüttelt. Mares war nun völlig hilflos, sein Handeln instinktiv. Er klammerte sich an den Wunsch und ließ all seine Kraft hineinfließen.

Plötzlich zog sich das Aschereide aus seinem Geist zurück. Der Informierte sah, wie eine zähe schwarze Masse von Sednadrang heruntertropfte. Gleichzeitig fühlte der Mächtige, wie seine Knie weich wurden. Schwindel und bleierne Müdigkeit befielen ihn. Als er erschöpft den Kopf senkte, bemerkte er, daß eine goldgelbe Substanz aus den Poren seiner Hände trat. Das Biest zapfte ihm die Lebensenergie ab!

+Gib es auf, Informierter! Ich bin stärker als du und außerdem nicht dein Feind, also lassen wir den Blödsinn+, wisperte es in seinem Bewußtsein.

Wütend verstärkte Mares seinen Druck. Die pechartige Substanz rann nun in Bächen aus dem Körper Sednadrangs. Doch auch der Mächtige fühlte seine Kräfte immer mehr schwinden. Seine Finger wurden dürr und knochig, und auf den Handrücken bildeten sich die ersten Altersflecken.

Das Aschereide bringt mich um, dachte er verzweifelt. Vor seinen Füßen bildete sich eine Lache aus der honigartigen Substanz, die langsam im Bretterboden zu versickern schien. Der Informierte fühlte, daß er nur noch kurze Zeit imstande sein würde, das Aschereide zu attackieren.

Da griff sich Sednadrang ans Kinn, wo in einem fingerdicken Strom die Lebensenergie des Symbionten herunterfloß. Plötzlich schien diese Masse ein festere Konsistenz zu besitzen, denn der Hüter konnte sie ergreifen. Es war ein unheimlicher Anblick: Mit aller Kraft und beiden Händen zerrte der Alte von Rhetana an der schwarzen Substanz. Und das Unglaubliche geschah: Sie glitt aus seinem Körper.

Als erstes wurden die Beine des Hüters sichtbar, dann sein Unterleib. Mit einem triumphierenden Schrei schleuderte er den dunklen Schatten, den er aus seinem Leib gezerrt hatte, von sich. Dann griff Sednadrang mit einer Bewegung, die so schnell war, daß ihr das Auge kaum zu folgen vermochte, in seine Brusttasche und holte mit drei Fingern eine winzige, irisierende Scheibe hervor. Diese richtete er wie einen Spiegel auf das schwarze Gebilde am Boden, das in Bewegung geraten war und sich zusammenzuballen schien. Im selben Moment entstand ein blutroter Fleck an der Oberfläche der Substanz und breitete sich schlagartig aus. Er erzeugte dabei eine derartige Helligkeit, daß Mares mit einem Aufschrei beide Hände vor die Augen schlug.

Als er nach einigen Minuten allmählich wieder Umrisse seiner Umgebung erkennen konnte, fehlte ein vier Fuß durchmessendes Stück des Fußbodens und ein Teil der Zimmerwand. Von dem Aschereide war nichts mehr übriggeblieben. All das hatte sich völlig lautlos zugetragen.

»Bist du in Ordnung?« erkundigte sich der Hüter.

»Was war das?«

»Das?« Lächelnd drehte Sednadrang die winzige Scheibe zwischen seinen Fingern. »Es ist gewissermaßen ein Erbstück. Es stammt von meinen Vorfahren.«

»Wer waren deine Vorfahren?«

Die Miene des Hüters verriet, daß er zu weiteren Auskünften nicht bereit war. Er überhörte Mares' Frage einfach und wechselte das Thema. »Wir werden jetzt einige Tage ausruhen, dann begeben wir uns nach Grenn, um die Berufenen zu suchen.«

»Vorher solltest du dir aber noch einen neuen Aschereide zulegen.«

Sednadrang schüttelte den Kopf. »Jetzt noch nicht, erst wenn unsere Suche erfolgreich war.«

»Wie willst du ohne Symbionten in Grenn gegen die Passager bestehen?«

Ein feines Lächeln überzog das Gesicht des Hüters. »Du unterschätzt mich etwas, Mares. Die Sedd, das Alte Volk, haben mich und meinesgleichen gut ausgerüstet. Ich weiß mich auch ohne so ein Biest in meinem Kopf zu wehren. Ich hatte mir nur eines zugelegt, weil ich einsam war, aber das ist ja nun vorbei, oder?«

Ohne auf die letzte Bemerkung Sednadrangs einzugehen, meinte Mares: »Ich dachte, du bist der Hüter der Aschereide und hast auf Rhetana zu bleiben?«

»Ach weißt du, Heehna war der Meinung, daß sie auch eine Zeitlang ohne mich auskommen, und da hatte er wohl recht.«

»Gut, wann wollen wir nach Grenn aufbrechen?« Mares sah sein Gegenüber fragend an.

»Laß mir einige Tage Zeit, um mich zu erholen, dann sehen wir weiter.«

Mares nickte erleichtert. Auch er war sehr geschwächt und für eine Ruhepause dankbar. Außerdem hatte er in den letzten Jahren gelernt, zu warten...

»Erster, wir haben hier etwas eminent Wichtiges. Ich würde Sie bitten, sich das anzusehen.«

Der Angesprochene musterte den blaß aussehenden jungen Mitarbeiter des Amtes für Wissenschaft der STADT. Miller kannte ihn nicht persönlich, aber sein Ruf war schon bis zu ihm vorgedrungen. Howser, so war sein Name, hatte in relativ kurzer Zeit ziemlich viele Stufen der Karriereleiter innerhalb des Amtes erklommen. Er galt als außergewöhnlich intelligent und kompromißloser Verfechter der harten Linie bei der Expansion.

»Da Sie sich persönlich zu mir bemühen, wird es wohl wichtig sein. Also was ist los?«

»Ich werde es Ihnen unterwegs erklären, Erster.« Howser lächelte entwaffnend.

»Okay, Sie haben mich überredet«, meinte Miller, sichtlich angetan von der Art des jungen Wissenschaftlers.

»Also?« meinte Miller, als sie auf dem Weg zu den Schweberhangars waren, von wo aus sie zum Hauptbau der Wissenschaftler fliegen würden.

»Das Amt für Sicherheit hatte einen Todesfall in einem Dorf namens Tix Banan. Dort ist die Verwaltung für Sektion Drei. Ein Kooperativer bemühte sich um einen Termin beim Stadtkommandanten. Als er vorgelassen wurde, fiel er tot um.«

»Na und?«

»Der Stadtkommandant dort ist ein vorsichtiger und mißtrauischer Mann. Er ordnete eine Obduktion an, um die Todesursache festzustellen.«

»Und an was ist der 'hala gestorben?« erkundigte sich Miller eher desinteressiert.

»Das ist uns noch nicht klar. Eigentlich müßte der Kerl noch leben, weil wir selbst mit den technischen Mitteln im Zentralgebäude keinen Umstand gefunden haben, der für seinen Tod verantwortlich sein kann. Die Leiche ist gewissermaßen kerngesund.«

Miller blieb stehen. »So einen Blödsinn habe ich noch nie gehört. Und wegen sowas holen Sie mich weg?«

»Ich sagte, wir kennen die Ursache nicht, wohl aber den Auslöser für seinen Tod.«

»Und der wäre?«

»Das kann ich Ihnen mit ein paar Worten nicht erklären, deshalb sollten Sie es sich selbst ansehen, Erster.«

»Ich hoffe für Sie, daß ich nachher nicht der Ansicht bin, meine Zeit vertan zu haben«, meinte Miller kühl und stieg in den Schweber.

»Es ist gut, daß Sie kommen konnten, Erster. Bitte folgen Sie mir.« Bishop, Leiter des Amtes für Wissenschaft der Stadt, hatte schon an der Sicherheitsschleuse im Hauptbau gewartet. Der Kahlköpfige nickte wortlos und ging den vorauseilenden Wissenschaftlern nach. Nach einigen Minuten kamen sie am Rohrtransporter an. Howser, Bishop und Miller begaben sich in den Zylinder und schnallten sich an. Dann programmierte der Leiter des Amtes das Ziel und drückte die Eingabetaste. Mit wahnwitziger Geschwindigkeit raste der Zylinder mit den drei Passagieren durch das Labyrinth des Röhrensystems und stoppte erst im untersten Stockwerk des Gebäudes. Der Transporter öffnete sich und gab den Blick auf eine Halle von riesigen Ausmaßen preis, in der Hunderte von Menschen arbeiteten.

»Voilà, wir sind da. Einhundertfünf Meter unter der Oberfläche, der dreißigste Stock minus.«

»Sie brauchen nicht den Fremdenführer zu spielen, ich habe mitgeholfen, die Anlage zu konzipieren«, wies Miller den Chefwissenschaftler zurecht.

»Natürlich, Erster. Bitte hier lang.« Bishop deutete in Richtung eines Ganges, der von der Halle zu einer weiteren Abteilung führte.

Als Miller zusammen mit seinen beiden Begleitern in das geräumige Labor eintrat, wurde er von einem knappen Dutzend schweigsamer Wissenschaftler und Techniker empfangen. In der Mitte des Raumes lag auf einem Sektionstisch die Leiche eines jungen 'hala, an dessen Kopf zahlreiche Elektroden angeschlossen waren. Die Augen des Toten waren geöffnet, die Pupillen auf ein Maximum geweitet.

»Professor Fessner wird Ihnen alles weitere erläutern«, meinte Bishop und deutete auf eine ausgemergelt wirkende Frau, die eine Brille trug. Im Zeitalter der chirurgischen Korrektur der Sehschwäche ließ dies nur den Schluß zu, daß es sich um eine Marotte der Wissenschaftlerin handelte.

Deren dünne Lippen verzogen sich zu einem freudlosen Lächeln, wodurch sich ihre pergamentartige Haut über die hervorstehenden Backenknochen spannte. Mit einer fahrigen Bewegung ihrer dünnen Finger strich sie sich die glatten, fahlblonden Haare aus der Stirn.

»Die Sachausstattung des Amtes für Wissenschaft hier auf Ebene Neun läßt sehr zu wünschen übrig. Teilweise müssen wir unter miserablen Bedingungen forschen. Trotzdem ist es uns gelungen, in ein völlig neues Wissensgebiet vorzudringen, dessen praktische Anwendung sich als äußerst nützlich erweisen wird.«

Miller lauschte der Stimme von Fessner nach. Wer ihr zuhörte und die Augen schloß, konnte glauben, einen Mann vor sich zu haben. Diese Frau war als Genie bekannt, galt aber als äußerst schwierig und hatte sich ihre Karriere immer wieder selbst verbaut, da sie sich mit jedermann anlegte. Sie konnte froh sein, es zur Abteilungsleiterin gebracht zu haben.

»Ich habe Ihre Kritik zur Kenntnis genommen, Fessner. Fahren Sie also fort.«

Die Frau warf Miller einen undefinierbaren Blick zu. »Das war eine Feststellung, Kritik hört sich bei mir anders an.«

Sie ignorierte einen warnenden Blick Bishops und fuhr fort: »Wie man unschwer erkennen kann, ist dieser 'hala nicht mehr am Leben. Es ist den Medizinern nicht gelungen, die Todesursache festzustellen. In ihrer Not«, die Stimme der Wissenschaftlerin triefte vor Sarkasmus, »haben sich die Ärzte dann an uns gewandt. Wir haben ein Verfahren entwickelt, das wir Mindprint nennen. Es versetzt uns in die Lage, aus dem Gehirn eines Toten seine letzten Tage, manchmal sogar Wochen, visuell und akustisch darzustellen.«

Miller nickte. Er hatte schon gehört, daß an so etwas gearbeitet wurde.

»Wir haben den Durchbruch geschafft. Unser Mindprint arbeitet mehr als zufriedenstellend. Und das werden wir Ihnen jetzt demonstrieren.«

»Ich habe keine Zeit, mir das anzusehen. Ich beglückwünsche Sie zu Ihrem Erfolg, muß mich aber um wichtigere Dinge kümmern«, meinte Miller ärgerlich und wandte sich dem Ausgang zu.

»Ich fürchte, jetzt machen Sie einen Fehler, Erster«, tadelte die Wissenschaftlerin den Kahlköpfigen in einem Tonfall, als würde sie einen Studenten maßregeln, der in der Prüfung eben etwas sehr Dummes gesagt hatte.

Der Erste drehte sich um und lächelte Fessner an. »Sie haben mich überzeugt, Frau Professor. Ich werde mir das Experiment ansehen.« Nach diesen Worten ging der Kahlköpfige langsam auf die Wissenschaftlerin zu. Als er dicht vor ihr stand, hörte er auf zu lächeln und fuhr fort: »Aber wenn mich das Ergebnis nicht von den Socken haut, haben *Sie* gerade einen Fehler gemacht.«

Als Fessner in das Gesicht des Ersten sah, wußte sie, daß ihre Karriere beendet war, wenn nicht ein Wunder geschah.

»Bitte nehmen Sie Platz, Erster, wir fangen sofort an«, meinte sie mit belegter Stimme. Einige der Anwesenden warfen sich verstohlene Blikke zu. Es war das erste Mal, daß die Abteilungsleiterin zurücksteckte.

Das Licht im Raum erlosch, ein Bildschirm an der Wand erhellte sich. »Wir sind leider noch nicht soweit, die Erinnerungen dreidimensional wiedergeben zu können. Sie werden aber sehen, das Ergebnis ist trotzdem mehr als zufriedenstellend.«

»Kommen Sie zur Sache«, forderte Miller.

»Das wollte ich gerade. Wie Sie bereits wissen, Erster, handelt es sich bei der Leiche auf dem Tisch um einen Kooperativen aus Tix Banan. Da die Ursache seines Todes nicht geklärt werden konnte, wandte sich der örtliche Kommandant an mich, da er über meine Forschungen informiert war. Ich will Sie nicht mit technischen Details langweilen, deshalb schlage ich vor, daß wir uns den Print ansehen.«

Nach einigen Minuten eher uninteressanter Bilder nahm die Wissenschaftlerin einige Schaltungen vor, und die Szene wechselte. »Ich habe einige Stunden übersprungen, damit wir schneller zum Wesentlichen kommen«, erklärte sie.

Das gestochen scharfe Bild zeigte den Marktplatz von Tix Banan aus der Sicht des 'hala. Die Anwesenden hörten das Stimmengewirr der Marktbesucher und das Anpreisen der Waren durch die Reiser. Kurze Zeit später tauchte im Blickfeld des Kooperativen eine Gestalt auf, die sich von den anderen 'hala abhob: Ein fremdartig gekleideter Hüne, dem das linke Auge fehlte und der seine langen Haare zu einem Zopf gebunden hatte, der weit über den Nacken reichte.

»Ich möchte deine Erfassung sehen«, forderte der Kooperative den Hünen auf.

Der Hüne drehte sich um und musterte den 'hala, wobei sein Auge eine grausame Kälte ausstrahlte.

Miller beugte sich in seinem Sessel etwas nach vorne, die Sache begann ihn zu interessieren.

»Verzeih', ich habe meine Erfassung daheim vergessen«, antwortete der Hüne in unterwürfigem Tonfall, der im Gegensatz zu seinem Gesichtsausdruck stand.

Die Aufmerksamkeit des Ersten ließ etwas nach, als er das Gespräch weiter verfolgte, doch dann ruckte sein Kopf einige Zentimeter nach oben, als plötzlich eine Frau in das Gesichtsfeld des Kooperativen trat. Es war die einzige Gefühlsregung, die Miller zeigte, obwohl er innerlich völlig aufgewühlt war. Der Tote dort auf dem Sektionstisch war der Seherin begegnet, die ihn damals in Gren'Volat so genarrt hatte und die er seitdem fieberhaft suchen ließ!

»Ausschnittvergrößerung vom Gesicht dieser Frau«, wies Miller die Wissenschaftlerin knapp an. Wortlos gehorchte sie.

»Genire...«, flüsterte er. Wie ein hypnotisiertes Kaninchen starrte der Kahlköpfige auf den Bildschirm, seine Gedanken überschlugen sich. Erst nach etwa einer Minute merkte er, daß er das Geschehen gar nicht mehr richtig verfolgt hatte. Er erschrak über sich selbst. Brachte ihn dieses Weib so aus der Fassung, daß er all seine Stärken vergaß? Mühsam zwang er sich zur Disziplin. »Nochmal zurück zu dem Moment, wo diese Frau auftaucht.«

Fessner nickte und nahm die entsprechenden Schaltungen vor.

Diesmal verfolgte der Erste hochkonzentriert den Dialog zwischen dem inzwischen toten Kooperativen und der Frau.

»...ich schwöre dir, beim ersten Wort, daß du künftig zu einem von ihnen sagst, wirst du tot sein, noch ehe dein Körper am Boden aufschlägt.«

Das Antlitz des Weibes veränderte sich auf furchterregende Weise. Ihre Züge nahmen etwas Dämonisches an, das sogar Miller das Blut in den Adern gefrieren ließ. Sie wirkte trotzdem nicht häßlich, sondern nur ungemein machtvoll und bösartig. Noch im Mindprint war die ungeheure Suggestivwirkung der Erscheinung spürbar.

Miller schloß für einen Moment die Augen und ging innerlich auf Distanz. Dann konzentrierte er sich wieder auf den Bildschirm.

»...du hast mich verstanden, Teser.«

»Ja, Hohe Gesegnete.«

»Geh!«

Der 'hala schlich davon wie ein geprügelter Hund.

Das Licht im Raum ging wieder an, während das Wiedergabegerät wirre Muster zeigte.

Fessner rückte ihre Brille zurecht. »An dieser Stelle machen wir aus Gründen der Zeitersparnis einen Schnitt, da längere Zeit nichts Interessantes passiert. Wie die Auswertung der Aufzeichnung ergab, vermied der Kooperative seit dem Gespräch mit dieser Frau über zwei Monate lang jeden Kontakt mit uns. Zudem war er fast ständig betrunken«, erklärte Fessner.

»Sie sagten doch, mit dem Mindprint könnte man nur die letzten Tage, im günstigsten Fall einige Wochen vor dem Todeszeitpunkt des Probanden darstellen«, meldete sich Miller zu Wort.

»Völlig richtig, Erster«, bestätigte die Wissenschaftlerin und zeigte wieder ihr freudloses Lächeln. »Aber bei diesem armen Teufel dort haben sich aus Gründen, über die wir nur Vermutungen anstellen können, die Erinnerungen so stark eingeprägt, daß wir sie sogar noch ein halbes Jahr zurückverfolgen könnten.«

»Und welche Gründe vermuten Sie?«

»Sehen Sie selbst, Erster!« Mit einem Wink regelte Fessner die Beleuchtung herunter und der Monitor zeigte wieder ein Bild.

»Der Kooperative betritt gerade die Verwaltungsstelle in Tix Banan. Wir vermuten, daß er sich dem örtlichen Kommandanten anvertrauen wollte.«

Wütend schnauzte der Wachhabende den 'hala an, als dieser durch die Türe trat. »Das gibt es doch gar nicht! Über zwei Monate ist er wie vom Erdboden verschwunden, dann spaziert er zur Türe herein, als ob nichts gewesen wäre. Wo hast du die ganze Zeit gesteckt? Ich hoffe, du hast eine gute Ausrede, sonst bist du morgen im Lager!«

Der Kooperative erwiderte nichts und wandte sich zur Treppe, die in das Obergeschoß führte, wo das Büro des Kommandanten war.

»He, hiergeblieben, ich will eine Antwort von dir!«

Der 'hala ließ den Passager einfach stehen und ging zielstrebig die Treppe hinauf, als dürfe er keine Sekunde Zeit verlieren.

»Bleib stehen!« Der Wachhabende zog eine Waffe und richtete sie auf den Kooperativen. »Du sollst stehen bleiben!«

In diesem Moment öffnete sich eine Türe im ersten Stock, und der Standortkommandant trat auf dem Gang. »Was ist hier los? ... Oh, der Kooperative Veron läßt sich auch wieder mal blicken. Wachhabender, nehmen Sie ihn wegen unerlaubten Fernbleibens fest. Wenn er sich wehrt, erschießen Sie ihn.«

»Kommandant, ich muß dringend mit Ihnen...«

Das Gesicht des Kommandanten verschwand, es verschwand auch der Gang und die offene Bürotüre. Die Aufzeichnung zeigte nur noch

Dunkelheit. Von einer Sekunde zur anderen herrschte völlige Stille.

»Ist er tot?« erkundigte sich Miller.

»Passen Sie auf, gleich kommt's«, entgegnete Fessner.

Aus der Schwärze schälte sich ein Gesicht. Es war die Frau vom Marktplatz. »Hast du geglaubt, ich meine es nicht ernst? Oder warst du der Meinung, du könntest mir entkommen, Teser? Nein, ich bin immer bei dir gewesen, die ganze Zeit und habe auf dich aufgepaßt, damit du unser Volk nicht noch einmal verraten kannst. Weißt du noch, was ich dir gesagt habe? Du bist tot, noch ehe dein Körper am Boden aufschlägt! Fühlst du, wie deine Knie weich werden? Nun fällst du, und du wirst den Sturz nicht mehr spüren!«

Im selben Moment verschwand das Gesicht der Frau und machte für einen kurzen Moment gleißender Helligkeit Platz. Danach zeigte das Wiedergabegerät nur noch ein Flimmern.

Fessner schaltete den Bildschirm ab. Gleichzeitig aktivierte sie die Beleuchtung und sah den Ersten erwartungsvoll an. Miller musterte die Abteilungsleiterin. Mit dem untrüglichen Instinkt eines Machtmenschen von Ebene ZWEI erkannte er, daß die Wissenschaftlerin bereit war, ihm bedingungslos zu folgen, wenn er jetzt die richtigen Worte fand. Der Kahlköpfige wußte, daß er wahrscheinlich der einzige war, vor dem Fessner Respekt hatte und zu dem sie aufsehen konnte.

»Das hat mich überzeugt, Fessner. Sie haben mir Informationen geliefert, hinter denen ich schon lange her war. Das werde ich honorieren. Sie werden in meiner engsten Umgebung tätig sein und mich auf wissenschaftlichem Gebiet beraten.« Miller lächelte einnehmend. »Als Mitarbeiterin in meinem Stab stehen Sie über dem Chefwissenschaftler. Von Ihrer bisherigen Tätigkeit sind Sie entbunden, die Stelle der Abteilungsleiterin wird neu besetzt.«

Fessners Augen funkelten. »Sie werden staunen, was ich Ihnen alles aus dem Hut zaubere, Erster. Sie brauchen mir nur zu sagen, was es sein soll.«

»Das werde ich, Fessner. Kommen Sie in einer Stunde in mein Büro, dort werden wir Näheres besprechen.«

Mit einigen Minuten Verspätung und leicht außer Atem traf die Wissenschaftlerin in Millers Vorzimmer ein.

»Ich habe einen Termin beim Ersten!«

»Ich weiß, er erwartet Sie bereits«, meinte die Sekretärin vorwurfsvoll und betätigte einen Kontakt, worauf eine Schiebetür zur Seite glitt und den Gang in die Schaltzentrale des Kahlköpfigen freigab.

»Nehmen Sie Platz, Martha«, meinte Miller sichtlich gut gelaunt.

Fessner errötete. Diese vertrauliche Anrede hatte sie schon lange nicht mehr gehört, da sie kaum persönliche Kontakte pflegte. Sie setzte sich. »Bitte entschuldigen Sie meine Verspätung, Erster, aber ich habe...«

»Geschenkt, lassen Sie uns gleich zur Sache kommen«, fiel ihr Miller ins Wort. Fessner nickte und schwieg.

»Ich möchte, daß Sie den Mindprinter weiterentwickeln. Ziel soll es sein, damit auch den Gedächtnisinhalt lebender Personen ausforschen zu können.«

»Das ist nicht allzu schwierig, ich habe in dieser Richtung schon Tests durchgeführt. Allerdings ergibt sich aus der Funktionsweise des Gerätes eine irreparable Schädigung bestimmter Sektoren des Gehirns. Bei einem Toten spielt das keine Rolle, aber bei einem Lebenden...«

»...spielt es auch keine Rolle, wenn ich es für notwendig halte«, ergänzte Miller kalt und fuhr fort: »Ihre Vorführung hat einige wichtige Anhaltspunkte über Störfaktoren unter den 'hala geliefert. Das Amt für Äußere Sicherheit recherchiert bereits mit hohem Personalaufwand. Ich rechne damit, daß wir in den nächsten Wochen einige Gefangene machen werden. Bis dahin muß Ihre Maschine soweit sein. Geht das klar?«

»Nun, weit bin ich vom Ziel nicht mehr entfernt. Wenn die Folgen des Mindprints für den Betroffenen keine Rolle spielen, brauche ich nur noch einige kleine Änderungen an dem Gerät vorzunehmen.«

»Gut. Bis zu welchem Zeitpunkt wird man bei einem Lebenden den Gedächtnisinhalt zurückverfolgen können?«

»Bei einem Lebenden? Da können Sie im Gedächtnis blättern bis zu seiner Geburt. Was da ist, wird der Mindprinter originalgetreu zeigen.«

»Sehr gut, Martha, dann gehen Sie an die Arbeit«, meinte Miller mit breitem Lächeln und öffnete ihr die Türe.

Schweigend nahm Mares die Zweite Mahlzeit ein, während ihm der Hüter dabei zusah. Er hatte es bisher immer vermieden, zusammen mit dem Informierten zu essen.

»Es ist jetzt an der Zeit, daß wir uns auf den Weg machen.«

Überrascht schaute Mares von seinem Teller auf. Fast eine Woche lang hatte ihn der Alte von Rhetana vertröstet, bis er es leid war zu fragen, wann sie endlich aufbrechen würden. Zuletzt hatte Mares nicht mehr daran geglaubt, daß Sednadrang überhaupt noch Interesse hatte, die Berufenen zu suchen.

»Ach? Jetzt auf einmal?«

»Ja. Ich kann mein schlechtes Gewissen nicht mehr länger unterdrücken.«

Prüfend musterte der Informierte sein Gegenüber und fragte sich, ob diese Bemerkung ernst gemeint war oder nur ein Scherz sein sollte. Mares entschloß sich, nicht darüber nachzudenken.

»Und, wie kommen wir jetzt nach Grenn?«

»Offen gesagt, ich habe keine Lust, mir zum gegenwärtigen Zeitpunkt wieder einen Symbionten aufzuhalsen. Es wird mir zwar nicht erspart bleiben, aber noch hat es keine Eile. Wir werden also eine andere Möglichkeit finden müssen, auf's Festland zu gelangen. Da wird sich im Magazin sicherlich etwas finden.«

»Wo ist das Magazin?«

»Im Haus. Komm mit, ich zeig's dir.«

Mares folgte dem Hüter. Dessen Haus war nicht allzu groß. Es beherbergte eine Küche, ein Wohnzimmer, in dem zur Zeit Mares nächtigte, und den Schlafraum Sednadrangs. In einem kleinem Anbau war noch ein Raum zur Verrichtung der Notdurft.

Sie gingen in den Schlafraum. Sednadrang holte umständlich einen Schlüssel heraus und steckte ihn in das Schloß eines mittelgroßen Wandschrankes, von dem Mares annahm, er enthielte Kleider. Der Hüter drehte den Schlüssel und öffnete die rechte der beiden Türen. Dann bückte er sich, löste die Arretierung der linken Flügeltüre und öffnete auch diese. Wie Mares erwartet hatte, war der Kasten voller Kleidung. Diese hing an Bügeln auf einer Querstange.

Sednadrang schob sämtliche Kleidungsstücke nach rechts, so daß auf der anderen Seite Platz wurde. Dort stieg der Hüter in den Schrank, bückte sich etwas, wandte sich nach links und verschwand.

Mares traute seinen Augen nicht, denn der nicht einsehbare Bereich zwischen der Außenseite des Möbelstückes und der offenen Kastentüre war höchstens eine Hand breit. Das war zu schmal, um den Hüter vor dem Informierten zu verbergen. Trotzdem war Sednadrang verschwunden.

»Wo bleibst du? Komm endlich!«

Fassungslos starrte der Erhabene den gnomenhaften Mann an, der vorwurfsvoll aus der linken Seite des geöffneten Kastens hervorlugte. Nur der Kopf und die rechte Hand, mit der sich Sednadrang an der Oberkante der Schranktüre festhielt, waren zu sehen.

»Brauchst du eine Extraeinladung?« Die Stimme des Alten von Rhetana klang amüsiert.

»Nein, verdammt!« murmelte Mares unwillig, beugte sich in den Kasten und sah nach links. Seine Augen weiteten sich vor Staunen. Er sah in eine Halle, die mindestens hundertzwanzig Fuß lang und etwa achtzig Fuß breit war. Der Informierte zog den Kopf aus dem Schrank, trat einige Schritte zurück und musterte das Möbelstück ungläubig. Vorsichtig näherte er sich ihm wieder und schaute erneut hinein. Wieder tat sich vor ihm eine geräumige Halle auf, in der eine Vielzahl von fremdartig aussehenden Gegenständen gelagert waren. Am anderen Ende stand Sednadrang und sah spöttisch zu ihm herüber.

»Willst du nicht hereinkommen?« rief der Hüter laut, damit ihn Mares auf der anderen Seite der Halle verstehen konnte.

Der Informierte beschloß, sich fortan über gar nichts mehr zu wundern. Er zwang sich zur Gelassenheit, stieg in den Kasten und trat nach links. Nur beim ersten Schritt hatte er das Gefühl der Enge. Nach dem zweiten stand er in der Halle. Als er zurückblickte, sah er das Innere des Schrankes als schwarze Öffnung, in der man, wenn man sich anstrengte, die Gewänder am Bügel sehen konnte. Während der Informierte zum anderen Ende der Halle ging, stahl sich ein Lächeln auf sein Gesicht, das zu einem breiten Grinsen geworden war, als er Sednadrang erreichte. Dieser suchte offenbar unter den dort abgestellten Gegenständen etwas Bestimmtes. Als Mares vor ihm stand, grinste er zurück.

»Gut, nicht?«

»Allerdings!« bestätigte der Erhabene.

»Frag' mich aber nicht, wie es funktioniert. Die Anlage stammt noch vom Alten Volk, den Sedd.«

»In den Schriften stand gar nicht, daß sie so geräumige Kleiderschränke konstruieren konnten«, amüsierte sich Mares. Von seiner Verwirrung war ihm nichts mehr anzumerken.

»Sie enträtselten die letzten Geheimnisse der Schöpfung, versäumten es aber, ordentliche Waffen zu bauen«, meinte der Hüter bitter.

»Vielleicht brauchten sie keine«, überlegte der Informierte.

Sednadrang spuckte aus. »Sie verließen sich ausschließlich auf die Aschereide. Den Alten kostete es keine Mühe, die Biester im Zaum zu halten.«

»Woher willst du das wissen?«

»Das hat mir der Schrein verraten.«

Mares musterte den Zwerg nachdenklich. »Wer seid ihr eigentlich, Termalnjong und du? Entstammt ihr dem Alten Volk?«

Sednadrang, der während des Gespräches suchend in den gelagerten Gegenständen gewühlt hatte, unterbrach seine Tätigkeit und schaute Mares verblüfft an. »Wie kommst du denn auf so etwas? Nein, als ich geboren wurde, gab es die Sedd schon lange nicht mehr. Es heißt zwar, daß noch einige wenige von ihnen existieren sollen, aber ich habe noch keinen getroffen.« Sednadrang grinste breit, so daß man nicht wußte, ob seine Worte ein Scherz oder ernst gemeint waren.

Mares' Miene verfinsterte sich. Wenn er etwas nicht leiden konnte, dann waren es ausweichende Antworten und unklare Auskünfte.

»Du willst mir wohl nicht sagen, woher du stammst!«

Der Hüter machte eine beschwichtigende Geste. »Ich werde es dir ein anderes Mal erzählen. Jetzt haben wir zu tun.« Dann wandte er sich wieder den Gegenständen und Geräten zu, die teils ordentlich in Regalen aufbewahrt wurden, teils einfach auf dem Boden lagen. Der Informierte spürte, daß er jetzt nicht mehr erfahren würde und schwieg.

»Na, wer sagt's denn. Da ist es ja!« rief Sednadrang aus und hielt ehrfürchtig eine unscheinbare, pergamentartige Folie hoch, in die eine Vielzahl von Linien eingezeichnet waren.

»Was ist das?«

»Das bringt uns nach Grenn, oder jeden beliebigen Ort dieser Welt.«

Skeptisch musterte der Informierte das Ding in der Hand des Hüters. »Zeig mal!« forderte Mares ungeduldig und entriß es ihm.

Noch nie hatte er den Alten von Rhetana erschrockener gesehen. »Gib es sofort wieder her, oder willst du uns umbringen?«

Der Informierte genoß es, Sednadrang aus der Fassung gebracht zu haben. Die Antipathie, die er seit seinen Erfahrungen mit Termalnjong gegen diese Rasse hegte, verleitete ihn zu diesem Verhalten. »Ich kann mir nicht vorstellen, daß dieses Ding deine Aufregung wert ist. Aber damit du dich wieder beruhigst, werde ich es einstecken.«

»Gib es mir!« befahl Sednadrang bebend vor Wut und streckte fordernd die Hand aus. Mares grinste abfällig und faltete die Folie in der Mitte zusammen. Dabei war ein Geräusch zu hören, das dem Zerreißen eines langen Stück Stoffes glich. Das vordere Drittel der Halle war von einem Augenblick zum anderen verschwunden. Ein eisiger Wind pfiff. Vier Fuß von ihnen entfernt begann ein tiefer Abgrund. Das Sonnenlicht schien ihnen ins Gesicht, und vor ihren Augen breitete sich ein riesiges Gebirgsmassiv aus. Sie sahen es von einem Blickwinkel aus, als würden sie selbst auf dem Gipfel eines Berges stehen.

Mit weichen Knien ging Mares zwei Schritte vor und sah hinunter. Er blickte auf ein grünes Tal, in dem einige winzige Häuser zu sehen waren. »Was ist das?« fragte er mit zitternder Stimme.

»Das ist das Yargagebirge. Ich sollte dich eigentlich jetzt hinunterstoßen, damit du es dir genau ansehen kannst.«

Mares wich erschrocken zurück und sah Sednadrang mit einer Mischung aus Angst und Unterwürfigkeit an. »Wie kommen wir hierher... wie ist das möglich...« stammelte der Informierte.

»... daß sich vor unseren Füßen das höchste Gebirge Grenns ausbreitet? Das will ich dir sagen. Weil man mit diesem Ding hier«, Sednadrang nahm dem Informierten vorsichtig die Folie aus der Hand, »die Raumkrümmung beliebig verändern kann.«

Der Alte von Rhetana faltete das pergamentartige Gebilde behutsam auseinander. Im selben Moment war die Halle wieder vollständig und vom Gebirge nichts mehr zu sehen. Mares' Ohren dröhnten von dem häßlichen Geräusch, das den Vorgang begleitet hatte. Nur die eisige Luft, die sie noch umgab, zeugte davon, daß es kein Traum, sondern Wirklichkeit gewesen war.

»Dieses Stück Papier ist gewaltiger als der mächtigste Wunsch, den jemals ein Informierter formuliert hat«, meinte Mares ehrfürchtig.

»Dieses Stück Papier, wie du es nennst, bringt uns jetzt nach Grenn. Also, kann es losgehen?«

»Willst du sonst nichts mitnehmen?« wunderte sich Mares.

»Das meiste hier in dieser Halle würde die Passager sofort auf unsere Spur bringen. Nein, wir müssen mit dem auskommen, was uns die Natur mitgegeben hat. Und das hier«, Sednadrang wedelte mit der Folie, »muß gleich nach unserer Ankunft dort ebenfalls verschwinden.«

»Was für eine Verschwendung«, seufzte der Informierte. Dann gab er sich einen Ruck. »Also, worauf warten wir noch?«

»Brechen wir auf!« stimmte der Hüter zu, während er die Folie entlang einer bestimmten Linie faltete.

Diesmal war kein Laut zu hören. Übergangslos breitete sich einige Fuß vor den beiden eine große Wiese aus. Vom strahlendblauen Himmel strahlte Sen kräftig herunter. Ungläubig drehte sich Mares um und schaute in die Halle. Dann sah er wieder nach vorne, wo Grashalme und würzig duftende Kräuter sanft im Wind wogten. Wortlos ging Sednadrang an dem Informierten vorbei und überschritt die Grenze. Dann drehte er sich um und sah zurück zu Mares, der immer noch in der Halle stand.

»Worauf wartest du noch?«

Der Erhabene, der momentan gar nicht so erhaben wirkte, setzte sich mit hölzernen Schritten in Bewegung. Als er die Linie überschritt, strich der Hüter die Folie wieder glatt. Die Halle verschwand, und ringsum erstreckte sich eine weite Graslandschaft mit Bäumen und Sträuchern. Summende Insekten schwirrten in der Luft, und kleine Nagetiere huschten zwischen den Gräsern.

»Das war's«, meinte der Alte bedauernd und holte einen kleinen Gegenstand aus der Jackentasche. Als er diesen an die Folie hielt, fing sie sofort Feuer und verbrannte.

»Was führt euch nach Grenn?«

Mares und Sednadrang schraken zusammen. Wie aus dem Nichts stand plötzlich eine korpulente Frau vor ihnen, die Ruhe und Autorität ausstrahlte und sie mit einem süßsauren Lächeln musterte.

»Wer bist du? Wo kommst du plötzlich her?« erkundigte sich Mares, der sich als erster wieder gefangen hatte.

»Ich freue mich zu sehen, daß wenigstens einer der Informierten noch am Leben ist«, antwortete die Frau, ohne auf Mares' Frage einzugehen. Dann wandte sie sich an Sednadrang: »Begib dich mit ihm nach So'Hona. Dort werden wir alle zusammentreffen. Im übrigen war es falsch von dir, Rhetana zu verlassen, Hüter! Deine Aufgabe ist eine andere, wie du weißt. Hier bist du nicht von Nutzen und setzt dich nur unnötig der Gefahr aus.«

Nach diesem Tadel an die Adresse Sednadrangs löste sich die Gestalt der Frau auf, als wäre sie nie da gewesen.

»Ein Sendbild...«, murmelte der Informierte beeindruckt.

»Das muß Argatthera gewesen sein, die Hohe Mutter«, erklärte der Alte mit finsterer Miene. Man sah ihm an, daß ihn die Zurechtweisung ärgerte.

»Wer?«

»Darüber reden wir später. Wir müssen tun, was sie sagte. Also auf nach So'Hona.«

»Vielleicht sagst du mir wenigstens, wo wir sind.«

Sednadrangs Gesichtszüge entspannten sich etwas, und ein feines Lächeln umspielte seine Lippen. »Wir sind gar nicht weit weg von unserem Ziel; wenn wir uns ein wenig beeilen, sind wir vor Einbruch der Dunkelheit dort. Also komm...«

»Bist du Sandon, der Schmied?«

Der stiernackige Hüne hörte auf, das glühende Eisen zu bearbeiten und musterte den Passager, der soeben die Schmiede betreten hatte. »Laßt mir meine Ruhe, ich habe mit Euch nichts zu schaffen.«

»Nun, ich glaube, da täuscht du dich. Also, du hast meine Frage noch nicht beantwortet...«

Sandon überlegte, ob er dem dürren Passager mit dem Hammer den Schädel einschlagen oder dessen Frage beantworten sollte, und entschied sich nach kurzem Zögern für letzteres. »Ja, der bin ich. Was gibt es?«

»Ich möchte, daß du mitkommst und ein paar Fragen über die Gäste beantwortest, die bis vor kurzem bei dir gewohnt haben.«

»Vor kurzem? Es ist schon über zwei Monate her, daß ich Gäste hatte.«

Der Passager nickte befriedigt. »Die meine ich. Und jetzt begleitest du mich nach draußen, dort wartet ein Fahrzeug auf uns.«

»Ich habe weder die Absicht, mit Euch zu kommen, noch über meine Gäste zu reden. Ihr verschwendet Eure Zeit.« Mit diesen Worten drehte sich Sandon um und betätigte den Blasebalg, um das Feuer anzuheizen, als sei sein Besucher nicht mehr vorhanden.

»Du kannst dir aussuchen, wie du die Schmiede verläßt: Zu Fuß oder mit den Füßen voraus«, hörte er die ruhige Stimme des Passager hinter sich.

Der Stiernackige fühlte, wie brennende Wut in ihm hochstieg. Er war eigentlich ein friedlicher Mensch, wurde jedoch sehr unbeherrscht, wenn man ihn reizte. Die einzige, die es verstanden hatte, seinen Zorn im Falle eines Streites im Zaum zu halten, war Thera gewesen. Mit zornbebenden Lippen wandte sich Sandon dem Fremden wieder zu. »Verschwindet! Sonst schlage ich Euch den Schädel ein.«

Wortlos holte der Passager einen Gegenstand aus der Tasche seiner Jacke und richtete ihn auf den Schmied. Ein kurzes, fauchendes Geräusch war zu hören. Der Schmied verspürte einen Stich im linken Oberarm. Dann drehte sich alles um ihn, und er verlor das Bewußtsein.

Als er wieder zu sich kam, saß er zusammengesunken in einem Stuhl. Einige Schritte vor ihm stand ein dunkelhäutiger Passager, der völlig kahl war.

»Wieder wach?«

Sandon hob den Kopf und versuchte, sich etwas aufzurichten. Dabei stellte er fest, daß seine Hände und Füße an den Stuhl gefesselt waren. Wieder wallte Zorn in ihm hoch, aber auch Furcht machte sich in ihm breit. »Was wollt Ihr von mir?«

»Eine Auskunft«, antwortete der Kahlköpfige. »Ich suche eine Heilerin. Wie ich hörte, soll sie mit ihrem Freund bei dir gewohnt haben.«

Der Schmied überlegte fieberhaft. Konnte er es sich leisten, zu leugnen? Brachte er seine Freunde in Gefahr, wenn er zugab, sie zu kennen? »Das ist richtig, sie haben kurz bei mir gewohnt und für mich gearbeitet, aber vor gut zwei Monaten sind sie wieder ihrer Wege gegangen, und ich weiß nicht, wo sie jetzt sind.«

»Wirklich nicht? Deine Frau ist doch auch dabei. Du wirst doch wohl wissen, wo deine Frau ist, oder nicht?«

Sandon legte den Kopf etwas in den Nacken, damit er den Passager besser ansehen konnte und lächelte bitter. »Nein, das weiß ich nicht.«

Miller sah ihn an und glaubte ihm. Fast tat ihm der Stiernackige etwas leid. Der Erste nickte wortlos und verließ den Raum. Im Nebenzimmer betätigte er den Com. Der Bildschirm erhellte sich, und Fessner war darauf zu erkennen.

»Ja?«

»Sie können anfangen, Martha. Ich will den Kerl anschließend nicht mehr sehen. Sorgen Sie dafür, daß er zurückgebracht wird, wenn alles vorbei ist. Benachrichtigen Sie mich, wenn der Mindprint fertig ist.«

»Warum soll er zurückgebracht werden? Es wäre doch einfacher, ihn zu eliminieren.«

»Stellen Sie keine Fragen, Martha, sondern tun Sie, was ich Ihnen gesagt habe!«

»Natürlich, Erster!« meinte die Wissenschaftlerin erschrocken und unterbrach die Verbindung. Ihre Wut über die Rüge des Ersten richtete sich auf den betäubten 'hala, der eben auf einer Bahre ins Labor gefahren wurde. Prüfend betrachtete sie den Schmied, an dessen Körper nun zahlreiche Kontakte angeschlossen wurden. Sein Kopf wurde arretiert und die Augen geöffnet. Ein Mitarbeiter schaltete den Projektor ein. Durch die stark erweiterten Pupillen drangen die Mikrosonden in das Gehirn des 'hala ein. Nach kurzer Zeit leuchtete die Bereitschaftsanzeige auf.

»Wir können anfangen, Professor.«

»Wecken Sie ihn zuerst auf!«

»Wie bitte?«

»Sie sollen ihn aufwecken.«

»Aber das ist doch nicht nötig, Professor. Wir ersparen ihm eine Menge Schmerzen, wenn er den Mindprint nicht bei vollem Bewußtsein miterleben muß.«

»Ich wiederhole mich nicht gerne. Wenn Sie ab morgen nicht Bodenproben auswerten wollen, dann tun Sie, was ich Ihnen gesagt habe.«

»Ich werte lieber Bodenproben aus als so eine Sauerei durchzuziehen«, meinte der Assistent verächtlich und verließ den Raum. Die Wissenschaftlerin sah ihm wütend nach. Dann verabreichte sie dem Schmied eine Injektion. Kurz darauf verriet das heftige und stoßweise Atmen des 'hala, daß er nun wieder bei Bewußtsein war.

»Na also!« meinte Fessner zufrieden und nahm die erforderlichen Schaltungen vor. Die Nervenleitungen zu den Stimmbändern des 'hala hatte sie vorher blockiert. Sandon hatte keine Möglichkeit, die Qualen, die er erlitt, während sein Gedächtnisinhalt ausgeforscht und aufgezeichnet wurde, hinauszuschreien.

Immer wieder musterte Fessner den Mann auf der Liege verstohlen, der trotz seiner Schmerzen keine Miene verzog. In seinem Gesichtsausdruck glaubte sie sogar Verachtung zu erkennen. Lediglich ein Netz feiner Schweißperlen hatte sich auf der Stirn des Schmiedes gebildet. Die Frustration der Wissenschaftlerin wurde immer größer. Nach etwas über einer Stunde verlor sie schließlich die Beherrschung. »Du bist wohl ein ganz Harter, was? Dann schauen wir doch mal, wieviel du wirklich verträgst!«

Die Professorin schob einen Regler bis zum Anschlag. Während die

Amplitude auf dem Bildschirm in den Rotbereich schnellte, verzerrte sich Sandons Gesicht zu einer Grimasse der Pein. Hilflos wie ein Fisch auf dem Trockenen öffnete er immer wieder den Mund, doch kein Schrei konnte sich seiner Kehle entringen...

Augenblicke später war die Professorin mit ihrem Opfer nicht mehr allein. Eine kleine, dicke Frau stand im Raum und sah die Wissenschaftlerin mit einer Mischung aus Haß und Verzweiflung an.

»Hör' sofort auf damit, sonst bringe ich dich um!«

Fessner erstarrte. Ungläubig musterte sie das 'hala-Weib, das nun drohend auf sie zukam. Die Wissenschaftlerin fand jedoch schnell zu ihrer gewohnten Kaltschnäuzigkeit zurück. Ohne die Nerven zu verlieren, schaltete sie ein Aufzeichnungsgerät ein und ging in aller Ruhe zu einem Wandschrank, in dem eine Waffe lag.

»Hoooh!« erscholl es laut von den Zuschauerbänken. Argatthera, Termalnjong und Senar verneigten sich mehrmals und zogen dann den Vorhang der Bühne zu. Dies war ihre letzte Vorstellung in So'Hona, einem kleinen Dörfchen in der Nähe von Fa'Senn gewesen.

»Das wäre geschafft«, meinte der Gnom, während das aufgesetzte Lächeln von seinem Gesicht verschwand. »Nun hängt alles davon ab, ob wir eine Auftrittsgenehmigung für Fa'Senn bekommen.«

»Wenn nicht, können wir einpacken«, unkte der Hüne.

Die Hafenstadt Fa'Senn war von den Passager wegen ihrer besonderen Bedeutung abgeriegelt worden. Nur mit einer schriftlichen Erlaubnis der Fremden kam man noch hinein oder heraus.

»Ob wohl Erdena schon in der Stadt ist?« meinte Argatthera.

Ein sehnsüchtiges Lächeln überzog das durch die Narben entstellte Gesicht des Hünen. »Ich hoffe es, denn sie fehlt mir sehr.«

»Willst du mit mir tauschen?« erkundigte sich die Hohe Mutter bitter. Senar umarmte sie kurz. »Natürlich nicht, Thera. Verzeih', ich vergaß, daß du auf dein Wiedersehen mit Sandon wohl länger warten mußt.«

Argatthera schaute den Hünen traurig an. Alles Starke und Mächtige fiel für einige Sekunden von ihr ab. »Ich wünschte so sehr, er wäre hier!« seufzte sie.

»Sobald wir können, kehren wir in die Schmiede zurück, das weißt du doch«, meinte der Einäugige tröstend.

Thera nickte nur und wandte sich dann ab. Betretenes Schweigen herrschte. Weder Termalnjong noch Senar war bisher aufgefallen, wie sehr die Hohe Mutter unter der Trennung von Sandon litt.

Plötzlich wurde der Vorhang ein Stück zur Seite geschoben, und ein Passager betrat die Bühne. Der Einäugige kannte inzwischen die Rangabzeichen der Fremden und sah, daß es sich um einen hohen Offizier handelte.

»Mein Name ist Gärtner. Wer ist der Leiter der Truppe?«

Der Gnom hob kurz seine rechte Hand. »Der bin ich.«

»Sie haben eine Auftrittsgenehmigung für Fa'Senn beantragt?«

»Das ist richtig, hoher Herr. Fa'Senn wäre die nächste Station auf unserer Tournee«, entgegnete Termalnjong unterwürfig.

Der Passager lächelte freundlich. »Ich habe mir heute die Vorstellung angesehen und bin begeistert. Es wäre schön, wenn Sie in der Hafenstadt auftreten. Die Genehmigung können Sie sich morgen im Büro des Hauptkontrollpunktes abholen.«

Thera musterte den Passager mißtrauisch. Noch nie war einer der Fremden so freundlich gewesen. War das ehrlich gemeint oder kalte Berechnung? »Können Sie uns die Genehmigung ausstellen?«

Der Offizier lächelte leicht. »Das will ich meinen. Als Stadtkommandant von Fa'Senn wird mir das nicht sonderlich schwerfallen.«

Unwillkürlich sah sich Senar nach der Leibwache des Passager um. Dieser bemerkte den Blick und machte eine abfällige Geste. »Ich habe es nicht nötig, mich schützen zu lassen.«

»Warum nicht?« erkundigte sich Thera frech.

Der Stadtkommandant schien sich zu amüsieren. »Weil es nicht so leicht ist, mich umzubringen. Außerdem lasse ich die 'hala weitgehend in Ruhe. Die Bewohner von Fa'Senn wissen, daß nichts Besseres nachkommt, wenn sie mich erledigen.«

Mühsam wehrte sich Senar dagegen, den Stadthalter sympathisch zu finden.

»Da fällt mir ein, ich muß Ihnen noch jemanden vorstellen, der schon auf Sie gewartet hat.« Der Passager streifte den Bühnenvorhang etwas zur Seite und winkte. Augenblicke später trat eine untersetzte, schielende Frau auf die Bühne und lächelte dümmlich. Der Hüne war wie vom Donner gerührt. Auch Termalnjong schien überrascht zu sein. Lediglich Argatthera verzog keine Miene.

»Ich bin dankbar, daß es mir mein Herr ermöglicht hat, so große

Künstler einmal aus der Nähe zu sehen«, säuselte Erdena und warf Senar einen warnenden Blick zu.

»Sie arbeitet seit kurzem in meinem Haushalt. Die Gute hat mir solange keine Ruhe gelassen, bis ich ihr erlaubt habe, ebenfalls die Vorstellung zu besuchen.«

»Ich bin Genera.«

»Es freut uns, daß es dir gefallen hat«, ergriff Thera die Initiative. »Es wäre eine große Ehre, wenn Ihr mit uns speisen würdet, hoher Herr«, wandte sie sich an Gärtner und fuhr fort: »Eure Magd kann natürlich auch zugegen sein.«

Das ging dem Passager dann doch etwas zu weit. »Ich danke euch, aber meine Zeit ist knapp bemessen... Allerdings habe ich nichts dagegen, wenn Genera noch eine Stunde euer Gast ist«, setzte er hinzu, als er den enttäuschten Gesichtsausdruck seiner »Magd« sah.

Thera und Erdena warfen sich einen schnellen Blick zu. Sie hatten erreicht, was sie wollten.

»Ich danke Euch, hoher Herr!«

»Wenn ich nicht in zwei Stunden etwas Gutes auf dem Teller habe, wirst du mich von einer weniger großzügigen Seite kennenlernen«, drohte der Stadtkommandant lächelnd und tippte zum Gruß lässig an den Schild seiner hellblauen Uniformmütze. Ohne ein weiteres Wort drehte er sich dann um und ging.

Wortlos warteten die vier, bis sie sicher sein konnten, daß der Passager weg war. Dann fielen sich Senar und Erdena in die Arme.

»Heute wird er wohl auf sein Essen verzichten müssen«, spottete die Heilerin mit vollem Mund, als sie eine Stunde später in der einzigen Herberge des Dörfchens ihr Wiedersehen bei einem Festmahl feierten.

Senar blickte sie besorgt an. »Glaubst du nicht, daß du Schwierigkeiten bekommst, wenn du dich ihm so einfach widersetzt?«

»Ach was, Gärtner führt sich in Fa'Senn zwar auf, als wäre er der Herrscher von Grenn, aber im Grunde genommen ist er ein gutmütiger Kerl. Im übrigen rechnet er gar nicht damit, daß ich pünktlich komme, da bin ich sicher.«

»Du scheinst ihn zu mögen«, erkundigte sich Termalnjong vorsichtig.

»Er ist sehr sonderbar. Er hat noch keinem 'hala ein Haar gekrümmt. Allerdings residiert er wie seinerzeit Machal, der Erhabene. Gärtner hat sich einen Palast bauen lassen und läßt sich dort von mindestens drei Dutzend 'hala bedienen. Teilweise geht er sogar mit Frauen aus unserem Volk ins Bett.«

»Wie ist es möglich, daß Miller so etwas toleriert?«

Erdena sah ihren Partner an und zuckte mit den Schultern. »Das habe ich mich auch schon gefragt.«

»Jetzt erzähl' erst mal, wie es dir nach unserer Trennung ergangen ist«, drängte Argatthera.

Erdena berichtete von ihren Erlebnissen in der Gefangenschaft der Passager und vergaß auch nicht, die Begebenheit mit Karnet zu erwähnen.

»Tja, so war das... Und nachdem Miller mich laufen ließ, beschloß ich, kein Risiko einzugehen. Ich versetzte mich sofort nach Fa'Senn, um auf euch zu warten. Schon nach einigen Stunden wußte ich über die Verhältnisse dort Bescheid. Da kam mir der Gedanke, in unmittelbarer Nähe des Stadtkommandanten meine Bleibe zu suchen, weil es mir dort am sichersten erschien.« Erdena grinste spitzbübisch. »Ich redete deshalb dem Leiter von Gärtners Hofstaat gut zu. So wurde ich die Leibköchin des Stadtkommandanten.«

»Ich vermute, der Leiter des Hofstaates ist ein 'hala«, warf Termalnjong spöttisch ein.

»Natürlich, darum hörte er auch so gut auf mich«, antwortete Erdena, während ihr Grinsen noch um eine Spur breiter wurde.

»Ich schlage vor, daß du jetzt gehst, bevor es Ärger gibt. Wenn wir unsere Auftrittsgenehmigung haben, kommen wir nach«, meinte Thera sachlich.

Die Heilerin wurde übergangslos ernst. »Du hast recht, Hohe Mutter. Ich gehe jetzt, aber wir bleiben in Verbindung.« Sie umarmte den Hünen nochmals zärtlich, winkte den anderen zu und ging in die Nacht hinaus. Senar zog ein langes Gesicht.

»Stell' dich nicht so an, du siehst sie ja bald wieder«, meinte Argatthera barsch zu dem Einäugigen.

Dieser warf ihr einen beinahe feindseligen Blick zu. »Ich kann dir nachfühlen, daß du Sehnsucht nach Sandon hast. Ich bin jedoch nicht bereit, mich jedesmal von dir anschnauzen zu lassen, wenn ich Erdena vermisse. Du weißt nicht, was sie und ich zusammen durchgemacht haben, also belehre mich nicht darüber, was ich empfinden darf.«

Argattheras Augen funkelten streitlustig. »Du weißt ja selbst nicht, was du mit ihr zusammen durchgemacht hast, oder kannst du dich neuerdings erinnern, was DORT passiert ist?«

Der Hüne holte tief Luft. Es sah einen Moment so aus, als wolle er auf die Hohe Mutter losgehen. Dann jedoch besann er sich, warf einen Plenas auf den Tisch und verließ die Herberge, um seiner Gefährtin nachzueilen.

»Erdena! Erdena!«

Trotz des Vorsprungs erreichte sie seine mächtige Stimme. Die Heilerin blieb stehen und blickte zur Herberge zurück. Heftig atmend holte sie der Hüne ein und schloß sie fest in seine Arme. Sie küßten sich stürmisch, und erst nach langen Minuten befreite sich die Gefährtin des Einäugigen aus seiner Umarmung.

»Was ist los mit dir?« fragte sie halb verwundert und halb belustigt.

»Frag' nicht, schenk' mir eine Stunde mit dir.«

Erdena dachte kurz nach, zuckte dann mit den Schultern und meinte: »Das mit Gärtner werde ich schon irgendwie hinbiegen, also komm mit.« Eng umschlungen spazierten sie zu einem Wäldchen, das zwischen So'Hona und Fa'Senn lag und liebten sich im weichen Moos. Danach betrachteten sie schweigend den Sonnenuntergang.

»Ich muß jetzt gehen, außerdem wird es allmählich kalt.«

Der Hüne betrachtete ihren nackten Körper belustigt. »Es wundert mich, daß du bei der guten Polsterung frierst.«

Sie hieb ihm scherzhaft in die Seite und begann, sich anzukleiden. »Gib mir noch einen Kuß«, forderte Erdena ihren Gefährten auf, als sie ihr Kleid zugeknöpft hatte. Senar reagierte nicht. Er starrte auf eine nebelartige Erscheinung einige Meter von ihnen entfernt, die allmählich immer dichter wurde und die Umrisse eines Menschen annahm.

»Was ist das?« flüsterte er tonlos und deutete hin.

Das Gesicht der Heilerin versteinerte. »Argatthera«, flüsterte sie tonlos.

Der Nebel wurde zu fester Materie, und die Hohe Mutter stand zwischen den Bäumen. Sie wankte und preßte beide Hände auf eine Wunde an ihrer Brust, aus der das Blut in Strömen floß.

»Thera!« Mit zwei, drei schnellen Schritten war Erdena bei der Verletzten und fing sie auf.

Argatthera war nicht mehr in der Lage zu sprechen. Blut quoll aus ihrem Mund, ihre Sinne verwirrten sich bereits. Während die Heilerin niederkniete und den Kopf der Hohen Mutter in ihren Schoß bettete, erfaßte sie deren Gedanken...

»Was ist los mit dir, Argatthera? Setzt dir die Trennung von Sandon so zu, daß du dich an Senar abreagieren mußt?«

Die Hohe Mutter sah Termalnjong überrascht an. Ihr Gesicht verdunkelte sich noch mehr und für einen Moment sah es aus, als würde sie nun mit dem Gnom einen Streit anfangen. Dann jedoch strich sie sich mit einer müden Bewegung die Haare aus dem Gesicht und meinte: »Laß' uns etwas spazierengehen, Freund. Ich halte es hier drinnen nicht mehr aus.«

Term nickte und zahlte die Rechnung. Dann verließen sie die Gaststube der Herberge. Argatthera holte tief Luft, als sie die Schänke mit den fröhlichen und lärmenden Zechern darin hinter sich gelassen hatten. Einige Zeit gingen sie schweigend nebeneinander die Hauptstraße von So'Hona hinunter. »Ich glaube, ich beneide ihn, weil er wieder mit ihr zusammen sein kann und ich leer ausgehe.«

Termalnjong hob überrascht die Brauen. »Solche Gefühlsregungen sind einer Hohen Mutter unwürdig«, stellte er sachlich fest.

»Ich weiß. Bei meiner letzten Fusion sind wohl Fehler bei der Auswahl der Charaktereigenschaften gemacht worden«, meinte sie ironisch. »Ich werde darauf achten, das auszumerzen, wenn es wieder soweit ist.«

»Wer wird dein Selbst beim nächsten Mal aufnehmen?« erkundigte sich Termalnjong interessiert.

Argatthera zuckte mit den Schultern. »Das weiß ich nicht. Die gesamte Kraft meiner Linie ist bereits in mir vereint. Eine Fusion mit einem Nachkommen würde nur meiner Lebensverlängerung, aber nicht der Sammlung der Kapazität dienen. Das ist nicht der Sinn der Sache, deshalb werde ich darauf verzichten, Kinder zu haben. Wenn dieser Körper stirbt, muß ich mit einer anderen Linie verschmelzen.«

»Was wird das Ergebnis sein?«

»Ein sehr, sehr mächtiges Geschöpf.«

Für einige Momente schwiegen beide, während sie die Straße entlang schlenderten.

»Viel Auswahl hast du nicht«, stellte Termalnjong schließlich fest. »Außer dir und Erdena gibt es nur noch eine Hohe Gesegnete, und die steht auf der falschen Seite.«

Thera sah ihn überrascht an. »Du weißt viel über uns!«

»Natürlich weiß ich über euch Bescheid, schließlich seid ihr die wahren Säulen Grenns.«

Argatthera schmunzelte. »Laß' das nicht die Informierten hören.«

»Es gibt nur noch einen, und der ist vielleicht auch schon tot«, gab Termalnjong trocken zurück.

»Eines Tages wird es wieder vier Erhabene geben.« Die Hohe Mutter traf diese Feststellung mit einer absoluten Bestimmtheit, die Termalnjong erschauern ließ.

Er sah sie von der Seite an. »Was macht dich da so sicher?«

Argatthera lächelte hintergründig. »Ich weiß es eben. Übrigens ist einer von ihnen gar nicht so weit weg von uns.« Für kurze Zeit nahm Theras Gesicht einen abwesenden Ausdruck an, und ihre Schritte wurden langsamer. In diesem Augenblick schickte sie ihr Sendbild zu Mares und Sednadrang, die gerade mit Hilfe der Folie in der Nähe von So'Hona aufgetaucht waren. Als sie es wieder mit ihrem Körper vereinigt hatte, klärte sich Theras Blick, und sie lächelte still.

»Willst du mich nicht einweihen?« erkundigte sich der Gnom neugierig.

»Laß dich überraschen, Diener des Schreins.« Im selben Moment verschwand das freudige Lächeln vom Gesicht der Hohen Mutter. Sie blieb wie angewurzelt stehen und starrte blicklos vor sich hin. Nach einigen Sekunden verzog sich ihr Gesicht zu einer Grimasse der Wut und der Qual. Sie begann am ganzen Körper zu zittern.

»Was ist los mit dir?« erkundigte sich der Gnom erschrocken.

»Sie haben Sandon. Er ist in der STADT. Sie quälen ihn, ich muß ihm sofort helfen!«

»Hör' sofort auf damit, sonst bringe ich dich um!« Feindselig musterte Argatthera die hagere Frau. Diese erschrak kurz, fing sich jedoch sofort wieder und hantierte mit einigen flinken Griffen an einer Konsole. Dann ging sie an das andere Ende des Raumes auf einen Wandschrank zu.

Die Hohe Mutter fühlte in diesem Moment, daß sie verloren hatte. Diese Frau war von einer unbeschreiblichen Kaltschnäuzigkeit und empfand keinerlei Furcht. Trotzdem bewegte Thera ihr Sendbild näher auf die Wissenschaftlerin zu.

»Mach ihn los!«

Seelenruhig öffnete Fessner den Wandschrank, nahm eine Waffe heraus und richtete sie auf den Eindringling. »Nun unterhalten wir uns mal. Wer bist du?«

Thera ging nicht auf die Frage ein. »Schalte diese Maschine ab!« befahl sie mit vor Wut bebender Stimme.

Die Augen der Wissenschaftlerin wurden zu schmalen Schlitzen. »Du interessierst dich für den Mann dort?« Gemächlich ging sie zu der Liege, auf der Sandon festgeschnallt lag. Mit einem kurzen Griff zum Regler verdoppelte sie die Qualen des Schmiedes und sah dabei die Hohe Mutter provozierend an. »Du bist gar nicht körperlich hier, stimmt's? Ich fürchte, da wird es dir schwerfallen, etwas für ihn zu tun.«

Die Hohe Mutter hatte sich noch nie so hilflos gefühlt. Verzweifelt löste sie das Sendbild auf. Als sie aus der Trance erwachte, sah sie in Termalnjongs besorgtes Gesicht.

»Ich muß in die STADT. Sie bringen meinen Mann um, wenn ich ihm nicht helfe.«

»Bist du wahnsinnig? Du bleibst hier! Es wäre dein Tod, und das weißt du!«

»Gib sie mir!« Thera streckte fordernd die Hand aus.

»Von was redest du?«

»Die Waffe. Gib sie mir, oder ich werde ohne sie gehen.«

Mit einem Seufzer holte Termalnjong unter seinem Umhang eine winzige, irisierende Scheibe hervor und reichte sie der Hohen Mutter. »Es wird dein Tod sein.« Ruhig und sachlich stellte der Gnom das fest.

»Es geht nicht anders«, gab sie zurück. Augenblicke später wurde ihr Körper zu einem nebelartigen Gebilde, das explosionsartig auseinanderstob und verschwand.

Argatthera materialisierte im Rücken der Wissenschaftlerin.

»Mach ihn los!«

Die Frau fuhr herum und schoß sofort. Thera verspürte einen mörderischen Schlag an der linken Schulter und wurde von den Beinen gerissen. Mit hämischem Grinsen richtete Fessner die Waffe auf die Verletzte. »Oh, du hast dich diesmal persönlich herbegeben. Das ist gut, denn jetzt können wir dich auch auf diesen Tisch dort schnallen.«

In diesem Moment bekam Thera die Scheibe zu fassen, die ihr beim Sturz aus der Hand gefallen war. Ohne genau zu zielen, löste sie aus.

Am rechten Knie der Wissenschaftlerin entstand plötzlich ein blutroter Fleck, der sich schlagartig ausbreitete und dabei gleißende Helligkeit erzeugte. Beide Beine Fessners und ein Aggregat hinter ihr wurden von der Energie der Waffe innerhalb von Sekunden verdampft. Die Passager lag am Boden, inmitten einer Lache schmelzenden und blubbernden Plastiks, unfähig, einen Laut von sich zu geben. Gelähmt vom Schock schien sie momentan nicht zu begreifen, was mit ihr geschehen war.

Die Hohe Mutter musterte ihre Widersacherin kalt. Die Waffe hatte saubere Arbeit geleistet: Es quoll noch nicht einmal Blut aus den Beinstümpfen, da durch die Hitze alle Gefäße verschmort worden waren. Thera verzog verächtlich das Gesicht. »Du hast es nicht besser verdient. Erfreue dich an den letzten Minuten deines Lebens, denn bevor ich meinen Mann hier wegbringe, werde ich dich töten«, stieß sie haßerfüllt hervor, während sie die Kontakte von Sandon entfernte und die Gurte löste, die ihn an die Liege fesselten.

Dann verschloß die Hohe Mutter mit einem Wunsch die Wunde an ihrer linken Schulter. »Du hättest besser zielen sollen, das war nur ein Streifschuß«, meinte sie dabei zu der Wissenschaftlerin gewandt.

Im selben Moment glitt eine Schiebetür zur Seite. Ein Passager betrat den Raum und erfaßte die Situation mit einem Blick. Offenbar war er ein geübter Kämpfer. Mit einer tausendmal trainierten Bewegung zog er seine Waffe aus dem Gürtelholster und löste sie aus.

Argatthera wollte sich zur Seite werfen, doch sie reagierte zu spät. Sie fühlte, wie ihre Brust von einem Geschoß zerfetzt wurde. Panik stieg in ihr hoch. Es durfte nicht sein, daß sie ausgelöscht wurde, jetzt, wo noch keine Vorbereitungen getroffen waren!

In einem letzten, übermächtigen Willensakt suchte sie nach einer der Artgleichen und wünschte sich zu ihr...

Schon wenige Minuten nach dem Vorfall löste Miller Fahndungsalarm aus. Jeder Winkel der STADT wurde nach der Fremden durchsucht, ohne Ergebnis. Der Kahlköpfige nickte grimmig, als er davon in Kenntnis gesetzt wurde. Mit einem ärgerlichen Hieb auf den entsprechenden Schalter stellte er eine Verbindung zum Zentralrechner her.

* ERSTER AN ZR: ÜBERNIMM DIE KOORDINATION DER FAHNDUNG IN DEN GEBIETEN

DER 'HALA. ICH WILL, DASS ALLE VERFÜGBAREN KRÄFTE DARAN BETEILIGT WERDEN. AUSSERDEM SOLL EINE SCHWEBER-PATROUILLE MIT HOCHEMPFINDLICHEN DETEKTOREN DAS PLANQUADRAT QR 214 NOCHMAL GENAU ABSUCHEN. *

* ZR AN ERSTEN: AUFTRAG BESTÄTIGT. ZEITPUNKT: 14-07-3547, 16.37,42 *

»Was willst du im Planquadrat QR 214?« erkundigte sich Jankee, die gerade in Millers Büro gekommen war und seine letzte Anweisung mitgehört hatte.

»Das ist im Yargagebirge, am Berg Tenedar, wie es die Eingeborenen nennen. Es gibt Gerüchte, daß sich dort ein Widerstandsnest der 'hala befinden soll, aber wir haben bisher nie etwas gefunden. Jetzt sehen wir eben nochmal nach...«

Mit Tränen in den Augen hielt Erdena die Sterbende in den Armen. Die Verletzung war so schwerwiegend, daß ihr die Heilerin nicht mehr helfen konnte.

+Sag' Senar, es tut mir leid, daß ich so ekelhaft zu ihm war+, machte sich die Hohe Mutter mit letzter Kraft in der lautlosen Sprache verständlich.

Der Hüne stand etwas abseits. Erdena wandte sich ihm zu. »Sie bittet dich um Verzeihung.« Senar trat zu der Sterbenden, beugte sich über sie und strich ihr sanft über das Haar. »Es gibt nichts zu verzeihen. Du sollst wissen, daß ich dich liebe wie eine Schwester.«

Ein sanftes Lächeln überzog Argattheras Gesicht.

+Hast du keine Vorbereitungen für eine Fusion getroffen, damit du weiterleben kannst?+ erkundigte sich Erdena verzweifelt.

Fast unmerklich schüttelte die Hohe Mutter den Kopf.

+Ich müßte mit einer anderen Linie verschmelzen, aber da gibt es niemanden, der in Frage käme.+

Erdena überlegte fieberhaft, wie sie die Gefährtin retten konnte. Eine Fusion zwischen Erwachsenen war nicht möglich. Es war also niemand da, der Argattheras Selbst aufnehmen konnte. Dann kam der Heilerin ein Gedanke, der so wahnwitzig war, daß sie einen Moment lang vor sich selbst erschrak.

Doch als sie fühlte, wie allmählich der letzte Rest von Leben aus dem Körper der Hohen Mutter wich, wußte Erdena, daß sie es tun mußte.

+Thera, halte durch, einige Minuten wenigstens noch, dann kann ich dich retten!+

Argatthera versuchte ein leichtes Lächeln, doch es wurde nur eine schmerzverzerrte Grimasse daraus. Die Heilerin spürte, daß nicht mehr viel Zeit blieb. Sie versenkte sich in ihren Körper und erfühlte die Keimzelle in ihrem Schoß, die sie vor der Befruchtung geschützt hatte. Mit einem Wunsch machte sie deren Hülle wieder durchlässig und sorgte dafür, daß eine geeignete Samenzelle Senars ihren Weg fand... Im selben Moment ging ein Ruck durch Argatthera. Sie schien noch einmal alle Kräfte zu mobilisieren. Mit einer Geste bedeutete sie Erdena, näher zu kommen. Die Heilerin legte ein Ohr an den Mund der Sterbenden.

»Bist du sicher, daß du es willst?«

»Ich hätte es sonst nicht getan«, entgegnete Erdena.

+Wir sehen uns wieder+, antwortete die Hohe Mutter nun wieder in der lautlosen Sprache.

Erdena nickte. Einen Augenblick später brachen Theras Augen. Die Heilerin stand auf und wandte sich an Senar. »Wir müssen ihren Körper begraben.«

Der Hüne, der mit den Tränen kämpfte, sah seine Gefährtin fassungslos an. »Was ist los mit dir? Macht dir ihr Tod denn überhaupt nichts aus?«

»Ihr Körper ist tot, ihr Geist schläft nur. Wenn die Zeit gekommen ist, wird sie aufwachen und mit unserem Kind zu einer neuen Persönlichkeit verschmelzen.«

»Was meinst du damit?«

»Ich werde dir auf dem Heimweg alles erklären, aber jetzt hilf mir, ihre sterbliche Hülle zu beseitigen.«

Als Senar und Erdena einige Stunden später zur Herberge zurückkehrten, suchten sie Termalnjong in seinem Zimmer auf. Ein Blick in ihre bedrückten Gesichter genügte dem Gnom. »Was ist passiert?« wollte er dennoch wissen.

Erdena seufzte. »Argatthera lebt nicht mehr. Die Passager haben sie auf dem Gewissen.« Bei diesen Worten sah Erdena den Hünen durchdringend an. Sie wollte nicht, daß der Gnom mehr erfuhr.

Dieser nahm die Nachricht ohne sichtbare Gefühlsregung auf. Er fragte auch nicht nach Einzelheiten. Nachdem er eine Minute nachdenklich geschwiegen hatte, meinte er: »Du und Senar, ihr seid zu wenig. Thera muß ersetzt werden. Es gibt nur noch eine, die in Frage kommt. Wir müssen Frese überzeugen, der Sache zu dienen.«

Die Heilerin sprang auf und sah Termalnjong fassungslos an. »Bist du verrückt geworden? Wenn die uns in die Finger kriegt, bringt sie uns sofort um!«

»Die Zeiten haben sich geändert«, meinte der Gnom bedächtig. »Wir haben einen gemeinsamen Feind. Die Oberin sieht es bestimmt auch nicht gerne, daß Fremde die Geschicke der 'hala bestimmen.«

Erdena setzte sich wieder und dachte nach. »Vielleicht hast du recht. Allerdings frage ich mich, ob sie überhaupt noch lebt. Schließlich haben ja die Passager alles ausgemerzt, was mit Gaben gesegnet war.«

»Frese kann man nicht ausmerzen, das schaffen nicht einmal die Passager«, entgegnete der Gnom im Brustton der Überzeugung.

»Du scheinst ja eine Menge von dieser Gesetzlosen zu halten«, wunderte sich die Hohe Gesegnete.

»Vielleicht kann mir mal jemand erklären, um wen es hier überhaupt geht«, mischte sich der Hüne ein.

»Das will ich dir sagen«, meinte Erdena mit einem amüsierten Seitenblick auf Termalnjong. »Er will Frese, die Oberin des Zirkels, für unsere Sache gewinnen.«

»Der Zirkel...«, überlegte Senar. »Waren das nicht jene Verrückten, die vor ungefähr zehn Jahren in Grat'Hala die Informierten Machal und Begron angegriffen haben? Gibt es diesen Geheimbund etwa immer noch?«

»Anscheinend schon«, entgegnete die Hohe Gesegnete. »Und vielleicht ist es gar keine so schlechte Idee, die Anführerin dieses Haufens um Hilfe zu bitten.«

Bevor ihre Begleiter darauf etwas entgegnen konnten, trat ein Ausdruck maßlosen Staunens und dann der Freude auf Erdenas Gesicht. Sie erhob sich und ging zur Türe. »Laßt uns nach draußen gehen, dort sucht uns jemand.«

Da die Heilerin die neugierigen Fragen ihrer Begleiter nicht beantwortete, blieb den beiden Männern nichts anderes übrig, als ihr zu folgen.

Ein kleines, schmächtiges Männchen und ein älterer Mann, der Macht und Autorität ausstrahlte, kamen ihnen auf der Dorfstraße entgegen. Als Erdena wenige Fuß vor ihnen stand, hielten sie inne.

»Ich freue mich, daß du noch lebst, Informierter.«

Mares bewies, daß sein überragender Intellekt und seine besonderen Gaben während der Gefangenschaft nicht gelitten hatten. »Ich nehme an, Era, der Schrecken vom Da'Landre, steht vor mir.«

Ein breites Lächeln überzog das Gesicht der Hohen Gesegneten. »Du liegst fast richtig, Erhabener. Aber es war ja schon des öfteren das Problem der Informierten, daß sie nur *fast* richtig lagen.«

Mares lachte herzlich, dann erkannte er Termalnjong und wurde übergangslos ernst. »Während der ersten Zeit meiner Gefangenschaft habe ich mir oft gewünscht, dich nochmal in die Finger zu kriegen. Heute aber weiß ich, daß du damals nicht anders handeln konntest. Ich werde dich nie leiden können, aber da uns das Schicksal aneinanderkettet, sollten wir versuchen, miteinander auszukommen.«

»Es fiel mir damals nicht leicht, dich und Keliath im Stich zu lassen, das kannst du mir glauben, Mares«, erwiderte der Gnom.

»Es wird wohl das beste sein, wir trennen uns und gehen einzeln oder zu zweit zur Dorfherberge. Hier kann jederzeit eine Patrouille der Passager vorbeikommen«, mahnte Senar.

Termalnjong machte ein betroffenes Gesicht. »Du hast recht, wir sind ziemlich leichtsinnig«, stellte er fest. »Wenn die uns jetzt alle zusammen erwischen, sind sie ihre Sorgen los.«

Eilig trennten sie sich.

»Wo hast du deinen PARTNER, Bruder?« erkundigte sich Termalnjong, der zusammen mit Sednadrang ging.

»Ich hatte Schwierigkeiten mit ihm.« Sednadrangs Gesichtsausdruck ließ erkennen, daß er darüber nicht reden wollte. So setzten sie schweigend ihren Weg fort, bis sie in der Herberge ankamen. Dort besorgte sich Sednadrang ein Zimmer. Mares traf eine Stunde später ein und ließ durch nichts erkennen, daß er zu den anderen gehörte.

Spät in der Nacht, als alle anderen Gäste schliefen, trafen sie sich dann in Senars Zimmer.

»Wo ist diese Hohe Mutter, deren Sendbild uns begegnete? Müßte sie nicht auch hier sein?« erkundigte sich der Informierte bei Sednadrang.

»Sie wurde vor wenigen Stunden von einem Passager erschossen«, antwortete Erdena an Stelle des Hüters und erzählte dem Erhabenen in kurzen Worten, was sie darüber wußte.

Für kurze Zeit herrschte Schweigen, als sie ihre Lage überdachten.

»Wir müssen froh sein, daß man uns noch nicht aufgestöbert hat«, meinte Mares schließlich.

»Ja, die Kontrollen hier sind wirklich lasch. Gärtner nimmt es nicht so genau. In diesem Bezirk herrscht relative Reisefreiheit. Es werden nicht einmal die Meldescheine der Gäste in den Herbergen überprüft«, bestätigte Erdena.

»Kommen wir zur Sache«, drängte Sednadrang. »Wie soll es weitergehen?«

Bis zum Morgengrauen wurden nun unzählige Vorschläge erörtert und wieder verworfen.

»Ich sehe nur eine einzige Möglichkeit, die Erfolg verspricht«, meldete sich schließlich Termalnjong zu Wort. »Wenn wir nicht alle Kräfte bündeln, haben wir überhaupt keine Chance, gegen die Passager wirkungsvoll vorzugehen. Deshalb müssen wir die Oberin des Zirkels für unsere Sache gewinnen. Sie wird uns ihre Unterstützung nicht versagen, dessen bin ich mir sicher.«

Mares machte ein finsteres Gesicht. Erst vor wenigen Minuten hatte er erfahren, daß die Gegner der Informierten schon seit undenklicher Zeit von einer Frau angeführt wurden.

»Du weißt, was du von mir verlangst? Früher wollte sie meinen Tod, und jetzt soll ich mit ihr paktieren? Womöglich bringen ihre Leute mich um, wenn wir bei ihnen ankommen«, machte der Informierte seinen Bedenken Luft.

»Es war nie die Absicht des Zirkels, alle Informierten umzubringen. Seine Mitglieder wollten die Herrschaft der Erhabenen beenden und jene beseitigen, die ihr Amt mißbrauchten. Und da gab es beileibe nicht wenige!« hielt ihm Erdena entgegen.

Insgeheim mußte Mares ihr rechtgeben, doch ärgerte es ihn, daß die Heilerin den Zirkel verteidigte. »Warum hat die Oberin eigentlich immer nur ihre Leute geschickt und ist nie selbst gegen uns angetreten?« giftete er.

»Sei froh, daß sie es nicht getan hat«, antwortete Erdena lakonisch.

»Das ist keine Antwort«, schnappte Mares.

Die Heilerin öffnete den Mund zu einer Entgegnung, doch da kam ihr Termalnjong zuvor. »Über was reden wir hier eigentlich?« zürnte er. »Es gibt jetzt Wichtigeres, als über die Vergangenheit zu streiten. Es ist klar, was wir tun müssen, und ich weiß, wo die Oberin zu finden ist. Die Sache duldet keinen Aufschub, also werden wir sofort aufbrechen.«

Sein Blick schweifte herausfordernd durch die Runde und blieb schließlich an Erdena hängen. Diese musterte ihn kühl. »Du beginnst, Anweisungen zu erteilen, Diener des Schreins. Wir wollen gerne deinen Rat hören, aber nicht nach deiner Pfeife tanzen.«

Die Miene des Gnoms verfinsterte sich.

»Verwechsle mich nicht mit den Informierten«, schob sie noch nach, ehe er etwas entgegnen konnte. Es hörte sich wie eine Drohung an.

Beide maßen sich eine Weile mit Blicken. Schließlich zuckte der Gnom mit den Schultern und sah zu Boden. Die Heilerin nickte zufrieden und wandte sich dann an die anderen: »Der Vorschlag des Dieners, mit der Oberin des Zirkels Kontakt aufzunehmen, ist vernünftig. Wir legen uns jetzt schlafen und brechen morgen zeitig auf. Ich kehre nicht mehr nach Fa'Senn zurück, sondern begleite euch.«

Nach diesen Worten wandte sich Erdena an Sednadrang. Sie ließ nun keinen Zweifel mehr daran, wer künftig das Sagen hatte. »Hüter, du kehrst nach Rhetana zurück und wartest, bis wir kommen. Sorge dafür, daß uns dann geeignete Symbionten zur Verfügung stehen.«

»Und wie soll ich dorthin kommen?« erkundigte sich Sednadrang mißmutig.

»Dir fällt schon etwas ein, da bin ich sicher. Also, gute Nacht!«

»Hast du für mich auch Befehle?« erkundigte sich Senar spöttisch, als sie allein waren.

»Natürlich!« antwortete sie und flüsterte ihm etwas ins Ohr...

»Wie geht es Ihnen, Martha?«

»Oh, danke, Erster. In einigen Wochen werde ich wieder gehen können.«

Miller betrachtete ungeniert die Beinstümpfe der Wissenschaftlerin, die nackt auf dem aseptischen Kraftfeld lag. »Seien Sie froh, daß Sie nicht vor dreihundert Jahren geboren wurden, damals hatte man nicht die Möglichkeit, zerstörte Gliedmaßen wieder nachwachsen zu lassen.«

»Was für ein Trost.« Fessner lächelte schwach.

»Was machen die Verbrennungen?«

»Sie meinen das Bad in dem geschmolzenen Bodenbelag, das mir meine ungebetene Besucherin verschafft hat?« versuchte die Professorin zu scherzen. »Davon ist nichts mehr zu sehen.«

Miller grinste. »Ich sehe, Sie sind schon fast wieder auf dem Damm. Übrigens, Ihre Arbeit ist jetzt ausgewertet.« Der Erste schwenkte einen Datenspeicher.

»Da bin ich aber neugierig.«

»Dann sind wir schon zwei. Ich wollte es zusammen mit Ihnen ansehen und habe deshalb gewartet, bis Sie wieder soweit hergestellt sind.«

Die sonst so mürrische Wissenschaftlerin strahlte über das ganze Gesicht, während Miller das Wiedergabegerät aktivierte und den Datenspeicher einlegte...

Mit einem triumphierenden Lächeln schaltete der Erste mehrere Stunden später die Vorrichtung ab, nachdem sie sich Sandons Mindprint angesehen hatten.

»Dank Ihrer Hilfe sind wir ein großes Stück weiter gekommen, Martha. Jetzt wissen wir endlich, wie diejenigen aussehen, nach denen wir suchen müssen.«

»Leider ist der Verstand des Probanden dabei draufgegangen«, warf die Professorin mit geheucheltem Bedauern ein.

Miller machte eine wegwerfende Handbewegung. »Was macht das schon. Ab jetzt werden wir sowieso andere Saiten aufziehen, das werden die Eingeborenen bald merken.«

Er stand auf und tätschelte das Gesicht der Professorin. »Sobald Sie wieder auf dem Damm sind, melden Sie sich bei mir. Der nächste Job wartet schon.«

Mit einem freundlichen Winken verließ der Erste das Krankenzimmer. Er ließ eine glückliche Wissenschaftlerin zurück, die bereit war, noch viel Widerwärtigeres für den Obersten der Passager auf Senholzer zu entwickeln, als es der Mindprinter gewesen war.

Einige hundert Landmeilen entfernt in einem Dorf namens Tix Banan hielt vor einem Haus ein Bodenfahrzeug. Aus dem Laderaum wurde eine geistlose Kreatur ins Freie gestoßen.

Sandon, der Schmied, kehrte heim. Er war jedoch nicht mehr in der Lage, es zu registrieren...

6
Oberin des Zirkels

DORT

Die Zeit des Wartens und der Demut ist vorbei, denn das WERKZEUG ist erschienen.

Es ist ein Mann, der einem fremden Volk entstammt. Er scheint noch sehr jung zu sein, doch in seiner Körpergröße steht er den Herren in nichts nach. Eine junge Frau aus seinem Volk begleitet ihn. Sie erzählt, sie habe ihn hierhergebracht, doch in den Rollen der Wahrheit ist von ihr nicht die Rede. Wenn ihre Anwesenheit der Aufgabe des WERKZEUGES schadet, werden wir sie zurückschicken.

Doch zunächst muß er sich befreien, denn die Gebieter sind seiner habhaft geworden, so wie es bestimmt war. Bald werden unsere Herren erfahren, welch großen Fehler sie gemacht haben, als sie ihn in ihre Stadt holten und einsperrten.

Es werden viele von ihnen sterben.

Dann, wenn wir das WERKZEUG aktivieren...

»Oberin, mehrere Luftfahrzeuge der Heimsucher sind im Tal gelandet.«

Frese warf dem jungen ’hala, der soeben ins Zimmer gerannt war, einen ungnädigen Blick zu. »Man kann auch anklopfen, oder glaubst du, Erster Diener bei einem Informierten zu sein?« rügte sie mit ihrer dunklen Stimme, die wie immer etwas heiser klang.

Der Angesprochene kroch förmlich in sich zusammen. Er spürte den tadelnden Blick der alten Frau wie eine schwere Last auf sich ruhen.

»Also, was ist los? Rede!«

Der 'hala musterte die Oberin ehrfürchtig. Sie hatte ein von der Sonne gegerbtes, ausgemergeltes Gesicht mit unzähligen, kleinen Falten. Ihre langen, schlohweißen Haare waren verfilzt und struppig, was ihr ein ungepflegtes Aussehen verlieh. Frese war ausgesprochen hochgewachsen und mager, aber jede ihrer Bewegungen zeugte von unbändiger Energie. Als sie lächelte, offenbarte sich ein lückenhaftes Gebiß.

»Was ist, hat es dir die Sprache verschlagen? Bis du vor Ehrfurcht erstarrt oder nur zu verstockt, um mir zu antworten?«

Die Oberin schien sich am erschrockenen Gesichtsausdruck ihres Gegenübers zu weiden. Es hatte den Anschein, als würden ihn ihre nachtschwarzen, unergründlichen Augen durchbohren.

»Ach, jetzt verstehe ich«, keifte sie. »Ich soll wohl auf Knien um eine Antwort betteln.«

Als dem jungen 'hala der Schweiß in Bächen den Rücken herunterlief, sandte die Oberin einen Guten Gedanken, worauf sich der Bote augenblicklich beruhigte und nun in der Lage war, die Nachricht zu überbringen. »Mednal schickt mich. Ihr möchtet bitte sofort zu den Eingängen kommen.«

»Ich wäre schon längst dort, wenn du mich nicht aufgehalten hättest! Glaubt Mednal, ich wäre schon so verkalkt, daß er mir durch Boten mitteilen muß, was um mich herum passiert?«

Die Wirkung des Guten Gedankens verflog so schnell wie sie gekommen war. Das junge Mitglied des Zirkels hatte nur noch einen Wunsch: Der Oberin so schnell wie möglich aus den Augen zu kommen.

»Dir kann geholfen werden«, knurrte die Alte und stand im nächsten Moment bei den Eingängen.

»Wen hast du mir da geschickt, du unfähiger Trottel?« fuhr sie Mednal an. Dieser zuckte zusammen, als die Oberin unmittelbar hinter ihm aus dem Nichts entstand.

»Irgendwann einmal wird mich der Schlag treffen, wenn Ihr mich so erschreckt«, jammerte er mit heller Fistelstimme.

Er war einer der größten 'hala, die jemals das Licht Sens erblickt hatten. Noch viel beeindruckender als seine Körpergröße war jedoch seine Leibesfülle; er wirkte wie eine Tonne. Sein pausbackiges, bartloses Gesicht war meistens dunkelrot und schweißüberströmt. Im Gegensatz zu seiner massigen Erscheinung stand die glockenhelle Stimme, die schon manchen zu der Behauptung verleitet hatte, Mednal sei in jungen Jahren etwas Bestimmtes abhanden gekommen.

Viele nahmen Freses Stellvertreter aufgrund seines Aussehens und seiner Stimme nicht ganz für voll. Manche hatten diese Fehleinschätzung bitter bereut und einige mit dem Leben bezahlt. Der »Eunuche«, wie er hinter vorgehaltener Hand genannt wurde, war hochintelligent und ein harter, kompromißloser Kämpfer.

»Dich wird der Schlag nie treffen, weil er dir aus dem Weg geht«, konterte die Oberin. Dann warf sie einen Blick nach draußen. Etwa eine viertel Landmeile entfernt waren drei Luftfahrzeuge gelandet. Einige der Heimsucher stiegen aus und untersuchten mit seltsamen Geräten die Umgebung.

Das Hauptquartier des Zirkels, Zentrum genannt, lag schon seit Hunderten von Jahren in einem natürlichen Höhlensystem am Fuße des Tenedar, eines der höchsten Berge von Grenn. Im Laufe der Zeit war es immer weiter ausgebaut und perfektioniert worden. In der letzten Dekade wurde das Zentrum immer mehr Zufluchtsstätte von 'hala, die über Gaben verfügten und deshalb gnadenlos von den Passager verfolgt wurden.

Das eherne Gesetz, daß niemand, der Aufnahme gefunden hatte, wieder heraus durfte, hatte bisher eine Entdeckung verhindert. Die Oberin sorgte dafür, daß diejenigen Mitglieder des Zirkels, die mit Aufträgen außerhalb des Zentrums betraut wurden, starben, bevor sie etwas verraten konnten. So wußten bisher nicht einmal die Passager von der Existenz der Anlage. Bisher...

»Glaubt Ihr, sie sind uns auf die Schliche gekommen?«

»Bin ich Hellseherin?« Frese sah ihren Stellvertreter unwirsch an.

»Etwa nicht?« fragte dieser ungerührt zurück. Er war der einzige, der eine gewisse Narrenfreiheit genoß. So quittierte die Oberin seine Bemerkung nur mit einem giftigen Blick.

»Nun, ich werde die Brüder ganz einfach einmal fragen«, meinte sie und verschwand, als habe sie sich in Luft aufgelöst.

Ein kleiner Junge stand plötzlich bei der Gruppe der Passager.

»Nehmt ihr mich einmal mit, mit euren fliegenden Wagen?«

Kellerman zuckte zusammen und fuhr herum. Fassungslos starrte er den 'hala-Jungen an. »Woher zum Geier kommst du?«

»Was ist ein Geier?« erkundigte sich der Junge unschuldig.

Die anderen des Kommandos unterbrachen ihre Messungen und schauten neugierig herüber.

»Was ist los, Kellerman, wie kommt dieser 'hala hierher?«

»Ich weiß es nicht, Commander. Er stand plötzlich hinter mir, ich habe ihn vorher nicht gesehen.«

»Bist du aus der Gegend, Kleiner?« erkundigte sich der Commander jovial.

»Ja, Herr. Ich wohne in Seg'Nered. Ich sah eure fliegenden Wagen und bin sofort hergeeilt. Ihr müßt wissen, daß ich euch sehr verehre. Ihr seid mächtiger und gescheiter als die besten unseres Volkes es je waren. Ich wäre gerne wie ihr.« Mit leuchtenden Augen sah der 'hala-Knabe den Commander an.

»Du kennst dich also hier aus?«

»Das will ich meinen, Herr. Braucht Ihr einen Führer?«

»Nein, nur ein paar Auskünfte. Es heißt, hier würden 'hala leben, die früher gegen die Herrschaft der Informierten gekämpft haben. Weißt du etwas darüber?«

»Ja, Herr. Sie waren Verschwörer und nannten ihren Bund den »Zirkel«. Sie hatten ihr Hauptquartier in einem Höhlensystem in der Nähe.«

»Hatten?«

»Ja, Herr. Kurz nach dem Erscheinen Eures Volkes zerstreuten sie sich in alle Winde.«

Der Junge sah sich um, und seine Stimme sank zu einem geheimnisvollen Flüstern herab. »Allerdings leben noch einige wenige hier. Ich sehe sie ab und zu bei den Felsen am Eingang zur Sranalogra, der kleinen Höhle.«

Die Augen des Commanders weiteten sich triumphierend. »Zeigst du uns, wo das ist?«

Das Gesicht des Jungen bekam einen listigen Ausdruck. »Haltet mich nicht für unverschämt, Herr. Aber ich hätte da an eine Belohnung gedacht.«

»So? Und was willst du dafür?«

»Einmal mitfliegen, in einem Eurer fliegenden Wagen, Herr.«

Der Commander lächelte wohlwollend. »Natürlich, mein Freund, das wirst du. Und nun zeige uns, wo der Eingang zur Höhle ist.«

»Es ist nicht weit, Herr, nur eine viertel Landmeile.«

»Commander, sollten wir nicht Verstärkung anfordern?« meldete sich Kellerman zu Wort.

»Den Teufel werden wir tun, Kellerman. Diesen Erfolg heften wir uns an die eigene Brust. Außerdem hat das kleine Arschloch gesagt, es sind nur noch ein paar von denen hier.«

»Wie Sie meinen, Commander.«

»Ach, Kellerman, bevor ich es vergesse: Wenn wir hier fertig sind, fliegen Sie mit dem Bengel eine Runde und werfen ihn dann raus, sagen wir in tausend Fuß Höhe.«

Kellerman grinste. »Alles klar, Commander.«

»Gut. Zwei Freiwillige, die bei den Schwebern zurückbleiben?«

Mehrere Arme schnellten in die Höhe. Der Anführer der Passager bestimmte zwei seiner Leute.

»Also los, dann zeig' uns den Weg!« wandte sich der Commander wieder in der Sprache der 'hala an den Jungen.

Schon nach kurzer Zeit erreichten die Passager den gut getarnten Eingang einer Höhle.

»Donnerwetter. Jetzt weiß ich, warum wir bisher nichts gefunden haben. Kennst du dich dort drinnen aus?«

»Natürlich Herr, ich kann euch führen!«

»Hast du nicht Angst, daß du einer Wache des Zirkels in die Hände läufst?«

»Ach wo, die fühlen sich so sicher, die haben keine Wachen. Wir müssen mindestens eine halbe Landmeile in die Höhle rein, bevor wir auf ihr Lager treffen.«

»Also gut, dann geh voraus.«

Die Gruppe, bestehend aus einem Dutzend Passager, folgte dem Jungen in die Dunkelheit. Während der 'hala forsch ausschritt, bewegten sich die Passager nur zögernd und sicherten mit ihren Waffen vorsichtig nach allen Seiten.

»Sagen Sie, Commander, fällt Ihnen nichts auf?«

»Was meinen Sie, Kellerman?« fragte der Kommandant der Truppe seinen Stellvertreter, der nach einigen hundert Metern nun zu ihm aufschloß.

»Hier ist es stockdunkel. Ohne die Ultraschallbrillen würden wir die Hand vor den Augen nicht erkennen. Und dieser Junge findet sich zurecht, als wäre hier hellichter Tag. Außerdem scheint er überhaupt keine Angst zu haben, einem Mitglied des Zirkels in die Arme zu laufen.«

»Verdammt, Kellerman, Sie haben recht. Da stimmt etwas nicht!«

»He, Junge, komm' mal her zu mir!«

Der 'hala drehte sich um. Während dieser Bewegung verschwammen seine Umrisse, und plötzlich stand eine alte, hochgewachsene Frau vor dem Kommandanten.

»War ein Fehler, mitzukommen, Commander! Man soll nicht immer das glauben, was man sieht... Außerdem soll man nicht mit fremden Leuten mitgehen. Das lernt man bei uns schon als Kind«, keifte sie spöttisch und bediente sich dabei akzentfrei der Sprache der Passager.

Mit einem boshaften Lächeln sah sie dann zur Höhlendecke hinauf. Von dort war ein lautes Knirschen zu hören. Augenblicke später wurden die Heimsucher unter Tonnen von Gestein begraben. Als sich der Staub gelegt hatte, war nur noch der Anführer der Passager am Leben. Ein großer Felsbrocken hatte ihm beide Beine zermalmt. Bei jedem Atemzug quoll Blut aus seinem Mund.

Die Alte beugte sich zu ihm hinunter, bis ihre wirren Haare sein Gesicht berührten und rückte ihm die Ultraschallbrille zurecht, die sogar noch funktionierte. Nun sah der Sterbende direkt in Freses Gesicht.

»Ihr werdet alle auf Senholzer verrecken, es sei denn, ihr verschwindet wieder in dem Loch, durch das ihr gekommen seid«, stellte sie in sachlichem Tonfall fest.

»Du hattest nur Glück«, röchelte der Passager.

Die Alte nickte und deutete mit dem Zeigefinger an ihre Stirn. »Ich kann Glück machen, mit meinen Gaben, ganz einfach... Also, ich muß jetzt gehen, bei den Schwebern wartet noch jemand auf mich.«

Frese packte den Kopf des Passager mit beiden Händen und brach ihm mit einem schnellen Ruck das Genick. Sie war eine harte, erbarmungslose Frau, aber es war nicht ihre Sache, jemandem einen qualvollen Tod zu bereiten.

»Also dann...«, murmelte sie und verschwand. Im selben Moment stand der 'hala-Junge bei den Wachen.

»Wo kommst du denn so plötzlich her?«

»Euer Commander schickt mich. Ich soll Euch ausrichten, daß unbekannte Einflüsse die Com-Verbindung stören. Er hat Gefangene gemacht und von ihnen erfahren, daß in Kürze wichtige Angehörige des Zirkels hier eintreffen. Deshalb sollt Ihr sofort mit den fliegenden Wagen starten, damit sie Eure Anwesenheit nicht verraten. Er hat auch gesagt, daß Ihr mich mitnehmen sollt, zur Belohnung!« Treuherzig sah der 'hala-Junge die beiden Passager an.

Der eine nickte dem anderen zu. »Wir nehmen den SCH-476 und steuern die anderen beiden per Autopilot.«

»Die Sache kommt mir komisch vor. Warum schickt der Commander nur den Jungen?«

»Du hast recht, das ist seltsam... Ich werde den Knirps mal fragen... Warum schickt der Commander nur dich?« erkundigte sich der Passager in der Sprache der 'hala.

»Er braucht jeden Mann, hat er gesagt«, erklärte der 'hala-Knabe eifrig.

»Also gut, starten wir lieber, bevor diese Typen auftauchen. Der Alte bringt uns um, wenn wir noch da sind und deshalb die Sache schiefgeht.«

Mit einem unverständlichen Gemurmel gab der andere Passager seine Zustimmung. Wenige Minuten später waren die drei Schweber in der Luft.

»Hat er auch gesagt, wohin wir fliegen sollen?« erkundigte sich der Pilot.

»Möglichst weit weg. Er meldet sich, sobald die Sache gelaufen ist, Herr. Das hat er gesagt!«

Der Passager schüttelte den Kopf und beschleunigte den Schweber. Die beiden anderen Maschinen wurden durch die Autopiloten im Formationsflug gehalten. Schon wenige Minuten später waren die Luftfahrzeuge fast hundert Landmeilen vom Berg Tenedar entfernt. Die Piloten lehnten sich bequem zurück und genossen die Aussicht, die ihnen der große Frontbildschirm bot.

»So, jetzt ist es an der Zeit, die beiden leeren Schweber loszuwerden«, stellte hinter ihnen plötzlich eine dunkle, etwas heiser klingende Frauenstimme fest.

Die beiden Passager fuhren erschrocken herum. Dort, wo eben noch der Junge gewesen war, lümmelte sich eine alte Frau in einem der Mannschaftssitze. In ihrer rechten Hand hielt sie eine kurzläufige Waffe, mit der sie ohne zu zögern den Passager erschoß, der gerade nicht mit der Steuerung des Schwebers beschäftigt war.

»Du hast gesehen, ich mache keinen Spaß. Also tu' was ich sage, sonst ergeht es dir wie ihm!« wandte sie sich an den anderen.

»Verdammt, wer bist du? Wie kommst du hierher?« keuchte der Passager zu Tode erschrocken.

»Du schießt jetzt die beiden anderen Schweber ab, und zwar so, daß nichts mehr von ihnen übrig bleibt. Hast du verstanden? Und laß die Finger vom Com, sonst kannst du dich gleich neben deinen Freund da legen«, fuhr ihn Frese an, ohne auf seine Fragen einzugehen.

Leichenblaß starrte er die Alte an. Als er in ihr Gesicht sah, wußte er, daß sie ihre Drohung wahrmachen würde, wenn er nicht tat, was sie wollte. Der Passager flog ein Manöver, so daß sich die beiden vom Autopiloten gesteuerten Schweber nun vor ihnen befanden. Aus den Augenwinkeln sah der Pilot, daß sich die Alte angeschnallt hatte. Er würde sie also auch mit einer ruckartigen Flugbewegung nicht aus dem Gleichgewicht bringen können. Sie hatte wirklich an alles gedacht.

»Lange warte ich nicht mehr!«

Das klang nicht wie eine Drohung, sondern wie eine nüchterne Feststellung. Der Passager fluchte unterdrückt und löste die Bordwaffen aus. Kurz hintereinander lösten sich zwei armdicke Energiebalken aus dem Abstrahlfeld und zerstörten die beiden vorausfliegenden Schweber.

»Beeindruckend«, spottete die Alte. Dann deutete sie auf einen Punkt einige Landmeilen entfernt. »Dort drüben gibt es keine Siedlungen, da landest du!«

Wortlos gehorchte der Passager. Als das Luftfahrzeug sicher am Boden stand, atmete er tief durch und streckte dann fordernd eine Hand aus. »Gib mir die Waffe. Du hast keine Chance, denn bald wird es hier von meinen Leuten wimmeln.«

Die Oberin quittierte das Ansinnen ihres Gegenübers mit einem nachsichtigen Grinsen. »Das hast du wirklich schön gesagt«, lästerte sie. Dann wurde ihr Tonfall wieder drohend. »Wenn ich dich am Leben lassen soll, sprengst du jetzt das Ding in die Luft! Verstanden?«

Der Pilot zuckte mit den Schultern und ging zu einem Codierer, der sich neben der Alten befand. Er öffnete ihn und begann, eine Zahlenfolge einzugeben. Dann warf er sich urplötzlich auf die Oberin. Frese hatte jedoch mächtige Verbündete, die ihr gewaltige Körperkräfte verliehen, auch wenn sie momentan zur Untätigkeit verdammt im Unterbewußtsein der Alten ruhten.

Der Passager hatte das Gefühl, mit einer Betonwand zu kollidieren. Als nächstes traf ihn ein mörderischer Schlag ins Gesicht, der ihm halb die Besinnung raubte. Er taumelte, stürzte zu Boden und wurde Augenblicke später hochgerissen wie eine Spielzeugpuppe. Die Alte hielt ihn am Kragen, so daß sein Gesicht nur wenige Zoll von dem ihren entfernt war.

»Willst du sterben?«

»Nein«, keuchte er.

Sie ließ ihn los, so daß er erneut zu Boden fiel. »Dann tu' jetzt, was ich dir aufgetragen habe.«

Mit wackeligen Knien erhob sich der Pilot und nahm die entsprechende Eingabe vor. Dabei fiel ihm auf, daß die Alte ihre Waffe längst weggesteckt hatte. Als er fertig war, nickte er ihr resignierend zu.

»Wie lange haben wir?«

»Fünf Minuten.«

»Gut, dann raus hier. Du gehst zuerst!«

Frese und der Passager verließen den Schweber, der an einem Waldrand niedergegangen war. Die Alte hatte keine Angst gehabt, daß der Passager sich zusammen mit ihr in die Luft sprengen würde. Die Heimsucher waren keine Selbstmörder, sie hingen an ihrem Leben.

Der Pilot schien es ziemlich eilig zu haben, doch die Alte packte ihn am Arm und zwang ihn, stehenzubleiben.

»Was soll das? Die Maschine fliegt gleich in die Luft, wir müssen hier weg!« brüllte er.

»Was seid ihr doch für ein feiges Gesindel!« entgegnete die Alte verächtlich. Dann traf ihre Handkante die Halsschlagader des Passager, und er verlor die Besinnung.

Als er wieder zu sich kam, war ihm nichts von dem, was er sah, vertraut. Er lag auf dem harten Boden eines fensterlosen Raumes. Der Eingang war mit einer massiven Gittertüre verschlossen. Eine an der Wand außerhalb seiner Reichweite angebrachte Öllampe spendete dämmriges Licht. Als der Pilot die unregelmäßigen, rohen Wände sah, wurde ihm klar, daß dieser Raum Teil eines Höhlensystems war. Mühsam erhob er sich.

»Geht's wieder?«

Er fuhr herum und sah die Alte. War sie vorher schon dagewesen?

»Wo bin ich hier?«

»Dort, wo ihr eigentlich hinwolltet, als ihr gelandet seid.«

»Was ist mit den anderen geschehen?«

»Sie sind tot. In einem von uns nicht mehr benutzten Teil der Anlage sind sie einem Steinschlag zum Opfer gefallen.«

»Der Steinschlag war zufällig?«

»Nein, ich habe ihn ausgelöst«, antwortete Frese freimütig.

»Du bist sehr offen zu mir«, stellte der Passager fest. »Darf ich daraus schließen, daß du mich nicht mehr gehen läßt?«

»Darüber wollte ich mit dir reden.« Die Alte lehnte sich bequem an die Wand und atmete tief ein und aus. Dann musterte sie den Piloten einige Augenblicke.

»Wie heißt du?« fragte sie unvermittelt.

»Talnakow.«

»Also paß auf, Talnakow. Ich möchte, daß du mir über dein Volk erzählst. Ich werde dir viele Fragen stellen, und du wirst sie mir beantworten. Wenn du das nicht tust, wirst du Qualen erleiden, die dein Vorstellungsvermögen übersteigen.«

»Wenn du glaubst, mich zum Reden zu bringen, dann irrst du dich.«

Frese sah ihr Gegenüber starr an. »Ich bin so alt wie die Steine auf dieser Welt. Das Volk der 'hala ist mir und jenen, die mir gleich sind, anvertraut. Ihr seid gekommen, habt uns unseren Lebensraum genommen und uns versklavt. Glaube mir, Talnakow, was ich jetzt mit dir tue, ist für mein Volk, und deshalb macht es mir nichts aus.«

Stunden später verließ die Alte das Verlies. Sie hatte viel erfahren, mehr als von den Passager, die ihr vor Talnakow in die Hände gefallen waren. Morgen würde sie ihn wieder aufsuchen...

»Da unten ist Seg'Nered.« Erdena deutete auf das Dörfchen, das sich in der Abenddämmerung vor ihnen in einer Talsenke ausbreitete.

Senar nickte. »Glaubst du, daß Termalnjong und Mares schon dort sind?«

»Die beiden können sich nicht ausstehen. Ich vermute deshalb, daß sie den Weg so schnell wie möglich hinter sich gebracht haben«, schmunzelte die Heilerin.

»Dafür haben wir uns zuviel Zeit gelassen«, brummte der Hüne und legte seinen Arm um die Schultern seiner Gefährtin.

»Wir müssen ja schließlich auf meinen Zustand Rücksicht nehmen«, feixte sie.

Senar musterte die Heilerin prüfend. Sie war jetzt im dritten Monat schwanger. Zum wiederholten Male fragte er sich, was Erdena zur Welt bringen würde. Sein Kind? Eine Reinkarnation von Argatthera?

»Beides«, murmelte Erdena und bewies damit wieder einmal, daß zur gegebenen Zeit seine Gedanken wie ein offenes Buch vor ihr lagen. Seltsamerweise war das nicht immer so. Manchmal schien es ihr, als sei sein Verstand von einer Kraft abgeschirmt, die jenseits ihres Begriffsvermögens lag.

»Du weißt, ich mag das nicht«, riß sie seine Rüge aus ihren Gedanken.

»Und du weißt, ich tue es trotzdem. Schließlich will ich wissen, ob du mir treu bist.«

Der Einäugige sah sie an und wußte nicht, ob er nun lachen oder mit ihr streiten sollte. Erdena besänftigte ihn mit einem warmen Lächeln. »Komm', wir gehen hinunter und fragen nach einem Zimmer. Ich sehne mich danach, endlich wieder einmal in einem Bett zu schlafen.«

Der Hüne verzog das Gesicht. »Ich finde, wir sollten das nicht tun. Den ganzen Weg über sind wir auf der Hut vor den Passager gewesen. Wir haben alle größeren Ortschaften gemieden und im Freien übernachtet. Und nun, da wir am Ziel sind, willst du leichtsinnig werden.«

Erdena senkte den Kopf. Man sah ihr an, wie gerne sie den Luxus eines heißen Bades genossen hätte. »Ich will wieder einmal in einem richtigen Bett schlafen, verstehst du?«

Der Einäugige nickte. Seine Gefährtin hatte sich verändert. Sie war empfindlich, nicht mehr so belastbar und schneller mutlos. Wahrscheinlich die Schwangerschaft, dachte er. »Also gut Dania, einverstanden, wir nehmen uns in Seg'Nered ein schönes Zimmer.«

Aus drei Fuß Entfernung sprang sie ihn an, fiel ihm um den Hals und bedeckte sein Gesicht mit einem halben Dutzend Küssen. »Ich bin ja so froh, daß du einverstanden bist. Du glaubst ja gar nicht, wie ich mich freue!«

Der Hüne lächelte, obwohl ihm nicht so recht danach zumute war. Dann umarmte er sie zärtlich. »Also, dann laß uns gehen.«

»Ihr müßt das hier ausfüllen.«

Senar schaute den Wirt der Herberge in Seg'Nered verständnislos an. »Wieso muß ich etwas ausfüllen? Wir wollen nur ein paar Tage bleiben.«

»Das ist eine neue Bestimmung unserer Herren. Jeder, der in einer Herberge übernachtet, muß sich in dieses Buch eintragen. Einmal in der Woche kommt dann einer, meistens ein Teser«, der Wirt spuckte verächtlich auf den Boden, »und kontrolliert, ob alles in Ordnung ist.«

Der Hüne schüttelte den Kopf. »Ich trage mich nirgendwo ein und meine Frau auch nicht. Also, können wir hier ein paar Tage bleiben, oder nicht?«

»Tut mir leid, dieses Risiko gehe ich nicht ein. Ihr müßt wieder gehen, aber ich werde vergessen, daß ihr hier gewesen seid.«

Wortlos drehte sich der Einäugige um und zog Erdena unsanft in Richtung Ausgang. Diese blieb plötzlich stehen und riß sich los. Mit starren Augen blickte sie auf einen Gast an einem der hinteren Tische. »Er hat uns gerade verraten«, flüsterte sie tonlos. »Sie müssen gleich hier sein.«

Einige Augenblicke überlegte der Hüne, ob er dem Teser den Schädel einschlagen sollte, dann siegte doch die Vernunft.

»Schnell, weg hier!« raunte er seiner Gefährtin zu. Beide verließen eilig den Gastraum und gingen hinaus in die Dunkelheit. »Es war viel zu leichtsinnig von uns, in die Herberge zu gehen. Ich hätte nicht auf dich hören sollen.«

Erdena schwieg, während sie in eine Nebenstraße einbogen und dann zu laufen begannen. Plötzlich blieb die Heilerin stehen.

»Was ist? Komm weiter!«

»Der Teser verfolgt uns. Er spricht durch ein Ding in seiner Hand mit den Passager und sagt ihnen, wo wir sind.«

Der Hüne drehte sich um. Dreißig Schritte entfernt gewahrte er den Kollaborateur, der nun ebenfalls stehen blieb. Erdena legte ihrem Gefährten die Hand auf den muskulösen Oberarm. »Überlaß das mir.«

Im selben Moment brach der Teser zusammen. Wortlos drehten sich die beiden wieder um und liefen weiter. Augenblicke später wurden sie in gleißendhelles Licht getaucht. Über ihnen schwebte völlig lautlos ein Luftfahrzeug der Passager.

»Bleibt stehen und ergebt euch, dann passiert euch nichts!« erscholl eine laute Stimme aus der Luft. Gleichzeitig fuhren mehrere Bodenfahrzeuge in die Nebenstraße herein, und Bewaffnete riegelten alle Fluchtwege ab.

»Es wird besser sein, wir verschwinden«, stellte die Heilerin lakonisch fest und stellte sich näher an ihren Gefährten. Im selben Moment war ein kurzes, trockenes Geräusch zu hören. Erdena verspürte einen harten Schlag an der Hüfte und wurde von den Beinen gerissen.

»Dania!« rief Senar erschrocken.

Sie lag auf dem Rücken. Der Sand unter ihr verfärbte sich rot, während sie vergeblich versuchte, wieder aufzustehen. Verzweifelt bewegte die Heilerin die Lippen und wollte etwas sagen, brachte aber nur ein Krächzen zustande. Resignierend schloß sie die Augen. Ihr Körper verwandelte sich in eine Staubwolke mit menschlichen Umrissen. Von einem Augenblick zum anderen stob diese Wolke explosionsartig auseinander und verschwand.

Der Hüne stand wie vom Donner gerührt. In seinem Bewußtsein haftete das Bild seiner Gefährtin, wie sie blutend und mit schmerzverzerrtem Gesicht am Boden lag. Das überlebt sie nicht, fuhr es ihm durch den Kopf. Irgendwo wird sie wieder auftauchen und jämmerlich verbluten. Wut und Trauer übermannten ihn, während die Passager mit vorgehaltenen Waffen immer näher rückten. Als er den Triumph in ihren Gesichtern sah, bekam die Wut die Oberhand. Wie eine mächtige Woge stieg sie in ihm empor.

»Gonns!« flüsterte er und gab sich ganz der angenehmen Empfindung hin, die dieses Wort in ihm hervorrief.

»Gonns!« Ein Gefühl grenzenloser Macht und Stärke, Wildheit und Unbesiegbarkeit machte sich in ihm breit.

»Gonns!« Ja, er war nun der Gott dieser Welt. Der Gott der Rache und der Zerstörung. Der Gott des Kampfes und der Unbesiegbarkeit. Jetzt gab es kein Halten, keine Beherrschung und keine Rücksicht mehr.

»Gonns!«

Der erste Passager, den der Hieb des Hünen getroffen hatte, wurde wie eine Puppe durch die Luft geschleudert. Die Bewegungen des Einäugigen waren so schnell, daß das Auge nicht mehr folgen konnte. Innerhalb kurzer Zeit hatte er ein Dutzend Passager getötet. Dann war er bei einem der Bodenfahrzeuge angekommen. Mit bloßen Händen riß er die Verkleidung an der Frontseite herunter, so daß der Antriebsblock zum Vorschein kam. Immer wieder trafen ihn Geschosse der Passager, doch er schien es nicht zu spüren. Er packte das Aggregat, riß es heraus und schleuderte es gegen das Luftfahrzeug, das eben im Begriff war zu landen. Im nächsten Moment wurde der Hüne von einer donnernden

Explosion zu Boden geworfen. Gluthitze nahm ihm den Atem, und seine Kleidung fing Feuer. Seltsamerweise empfand Senar keine Schmerzen. Er sah sich um und bemerkte, daß die Explosion des Antriebsblockes alle Passager getötet und deren Fahrzeuge zerstört hatte.

Allmählich wurde sein Denken wieder klarer, wenn er auch nicht begriff, was mit ihm geschehen war. Er spürte, wie sich etwas aus ihm zurückzog, und gleich darauf brandeten die Schmerzen durch seine Eingeweide. Fluchend riß der Hüne sich die glimmenden Kleidungsfetzen vom Leib. Er blutete aus zahlreichen Wunden, schien jedoch nicht ernsthaft verletzt zu sein. Wie war das möglich? Ratlos sah er an sich herab. Da kamen die ersten Dorfbewohner vorsichtig heran.

»Ich muß weg von hier«, murmelte er, noch immer nicht ganz Herr seiner Sinne, und begann zu laufen. So schnell ihn seine Füße trugen, rannte er fort aus dem Dorf. Immer wieder tauchten Luftfahrzeuge der Passager auf, suchten aber viel zu nahe an Seg'Nered. Offenbar unterschätzten sie die körperliche Leistungsfähigkeit des Einäugigen. Nachdem er etwa eine Stunde gelaufen war, übermannte ihn die Erschöpfung. Keuchend ließ er sich zu Boden fallen und schmiegte sein Gesicht in das kühle, feuchte Gras.

»Kann ich dir helfen?«

Behend wie ein Rorar sprang der Hüne auf und zog den Dolch, der verborgen unter seinem Zopf in der Scheide steckte.

»Gemach, gemach!« Die hochgewachsene alte Frau, die vor ihm stand, trat scheinbar erschrocken einen Schritt zurück und streckte ihm abwehrend beide Hände entgegen. Senar erkannte instinktiv, daß ihr Erschrecken nur gespielt war. Das ließ ihn noch vorsichtiger werden; er war weit davon entfernt, die Alte zu unterschätzen.

»Wer bist du?«

»Vielleicht bin ich diejenige, die du suchst.«

»Ich glaube nicht, daß ich momentan so aussehe, als würde ich jemanden suchen. Wie kommst du also darauf?«

»Nun, ich dachte es mir eben.«

»Ich traue dir nicht, Alte! Vielleicht spionierst du für die Passager. Es wird wohl das beste sein, wenn ich dir die Kehle durchschneide.«

Die Augen des Weibes schienen Funken zu sprühen. »Du willst mir drohen?« In diesem Moment machte sich das Messer in der Hand des

Einäugigen selbständig. Es entwand sich seinem Griff, ritzte ihm einen blutenden Striemen in die Stirn und sauste dann auf die Alte zu, die es geschickt auffing. Anschließend warf sie dem Hünen einen triumphierenden Blick zu. Da meldete sich etwas tief in seinem Inneren, das er erst vor kurzer Zeit wieder dorthin verbannt hatte. Wut stieg in ihm hoch, Wut, die ihn beflügelte und stärkte. Der Ausdruck des Triumphes verschwand vom Gesicht der Alten und machte Entsetzen Platz.

»Nein, Einäugiger, ich bin nicht dein Feind. Ich bin Frese, die Oberin des Zirkels.«

Während sie das sagte, trat die Alte mehrere Schritte zurück, streckte beide Hände vor und öffnete sie. Senar glaubte für einen Augenblick zwei schwarze Kugeln zu erkennen, die über den Fingerspitzen schwebten. Prüfend sah er die Alte an. Frese... Ja, er spürte, daß sie es war. Der Hüne war froh, die Oberin gefunden zu haben. Seine Wut verflog augenblicklich, und jenes Etwas zog sich in die Tiefen seines Selbst zurück. Die Alte ließ erleichtert die Hände sinken. Das Schwarze war verschwunden. Senar fragte sich kurz, ob er sich getäuscht hatte, dann vergaß er es.

»Es tut mir leid, daß ich die Beherrschung verlor und dich verletzt habe, Einäugiger. Ich bin aber überzeugt, daß ich deine Verzeihung finden werde. Folge mir, es ist nicht weit...«

Erdena schlug die Augen auf. Sie lag auf einer weichen Liege in einem Raum, der nur spärlich von einer Öllampe erhellt wurde. Die Heilerin war zu erschöpft, um sich zu fragen, wie sie hierher gekommen war, sie akzeptierte es einfach. Allmählich setzten sich die Bruchstücke ihrer Erinnerung zu einem Mosaik zusammen.

Das Kind! Sie horchte in sich hinein und seufzte erleichtert. Ihm war nichts passiert. Allerdings spürte die Heilerin, daß sie stark geschwächt war. Es kostete sie große Mühe, den Kopf in Richtung der Öllampe zu drehen, um sich umzusehen. Erschöpft schloß sie die Augen.

»Na, Schwester, wie fühlst du dich?«

Erdena hatte Schwierigkeiten, sich auf die Worte zu konzentrieren, die jemand mit einer dunklen, etwas heiser klingenden Stimme gesprochen hatte. Die Heilerin spürte aber, daß sie in Sicherheit war. Statt zu antworten, schlief sie wieder ein.

Frese verließ den Raum und ging zum Gefangenentrakt. Links und rechts eines langen Ganges lagen vergitterte Zellen. Eine von ihnen betrat sie jetzt. Der Insasse erhob sich respektvoll von seiner Liege, als die Oberin eintrat. Der Raum war sauber und mit allem eingerichtet, was zur Befriedigung der Grundbedürfnisse nötig war.

»So wie es aussieht, schafft sie es. Du hast gute Arbeit geleistet.«

»Ich hätte nicht gedacht, daß sie es übersteht«, bemerkte der Angesprochene, ein hochgewachsener, dunkelhäutiger Passager mit Namen Baffert. »Übrigens, wissen Sie, daß sie schwanger ist?«

»Nur ein Fremder wie du kann so eine Frage stellen«, entgegnete Frese abfällig.

»Das Kind kann sie noch verlieren«, wandte der Passager ein.

»Dem Kind geht es gut, es besteht keine Gefahr«, antwortete die Oberin. »Das Wichtigste war, daß du den Fremdkörper entfernt hast, das andere besorgt sie selbst.«

»Die Frau muß sehr wichtig für Sie sein«, stellte der Passager fest.

»Das hast du richtig erkannt.« Frese wandte sich zum Gehen. Kurz vor der Gittertüre drehte sie sich noch einmal um. »Man wird noch heute ein Weib zu dir bringen. Sie kann einige Stunden mit dir verbringen.«

»Eine 'hala?«

Die Oberin ging zurück in die Zelle. Sie trat an den Gefangenen heran, bis ihr Gesicht nur noch wenige Zoll von dem seinen entfernt war. Unbehaglich wich der Passager zurück.

»In unseren Frauen steckt mehr, als ihr Narren glaubt. Sie würden sich niemals mit einem von euch einlassen. Du wirst dich wohl mit einer aus deinem Volk begnügen müssen.«

Baffert spürte die Verachtung und Geringschätzung, die Frese ihm und seinesgleichen entgegenbrachte, fast körperlich. Das reizte ihn trotz seiner Angst vor der Oberin zum Widerspruch. »Sie vergessen, wer auf dieser Welt das Sagen hat! Wenn der Erste es so will, werden die 'hala in einer Dekade nur noch Erinnerung sein.«

Frese schnaubte abfällig. »Eure Macht verdankt ihr der Technik. Ohne sie seid ihr hilflos und reduziert auf Kreaturen, primitiver als Tiere.« Nach diesen Worten ließ die Oberin den Gefangenen stehen.

»Sie fühlen sich wohl maßlos überlegen und moralisch vollkommen? Dabei sind Sie grausamer und kälter als jedes Geschöpf, dem ich bisher begegnet bin«, rief er ihr nach.

»Das stimmt«, bestätigte sie, während sie den Raum verließ. »Ich wurde für meine Aufgabe so geschaffen.«

Ohne daß jemand sie berührt hatte, schlug die Gittertüre krachend ins Schloß.

Erdena wußte nicht, wieviel Zeit inzwischen vergangen war, als sie zum zweiten Mal in der fremden Umgebung erwachte. Diesmal war sie alleine. Sie fühlte sich etwas kräftiger und verspürte Hunger und Durst. Als sie versuchte aufzustehen, durchfuhr ein brennender Schmerz ihre Hüfte. Stöhnend sank Erdena auf das Lager zurück und schloß die Augen. Im selben Moment spürte sie eine sanfte Berührung an der verletzten Stelle. Die Schmerzen verschwanden augenblicklich. Verdutzt öffnete die Heilerin die Augen, doch es war niemand im Raum.

+Entspanne dich, hindere mich nicht+, wisperte es in ihrem Geist. Die Worte hallten in ihr nach, wieder und immer wieder. Erdenas Bewußtsein trübte sich. Sie nahm die erneute Berührung nur durch einen Schleier aus schwerfälligen Gedanken wahr. Wärme strömte durch die zerschossene Hüfte, Gewebe verheilte und Narben verschwanden. Im selben Maße wie ihre Kräfte zurückkehrten, wurde das Bewußtsein der Heilerin wieder klarer. Schließlich drängte sie die fremden Gedanken mit aller Macht aus ihrem Geist. Mit einem Aufschrei, der Wut und Kraft ausdrückte, fuhr sie von ihrem Lager hoch.

Am Fußende des Bettes stand jetzt, lässig über das Gestänge gelehnt, eine alte, hochgewachsene Frau mit unzähligen Falten im Gesicht. Ihre langen, schlohweißen Haare hingen ungepflegt und verfilzt herunter. »Ist die gnädige Frau wieder bei Kräften?« erkundigte sich die Alte spöttisch.

»Wer will das wissen?« fragte Erdena und zuckte zusammen. Ihre Stimme hörte sich wieder so an wie früher. Sie sah an sich herunter und bemerkte, daß sie ihre ursprüngliche Gestalt wieder besaß. Die Verwandlung, zu der ihr damals Argatthera geraten hatte, war rückgängig gemacht worden.

»Als Dickerchen hast du mir nicht gefallen. Außerdem nützt dir die Maskerade jetzt ohnehin nichts mehr«, stellte Frese sachlich fest.

Die Augen der Heilerin wurden zu schmalen Schlitzen. Wut stieg in ihr hoch, als sie erkannte, daß diese Frau an ihr herummanipuliert hatte, als sie hilflos war. Sie war kurz davor, blindwütig ihren Gaben freien Lauf zu lassen.

»Undankbare Göre! Ich hole dich dem Tod von der Schaufel, und du überlegst dir, was du mir antun kannst!« Die dunkle, heisere Stimme der Oberin klang eher belustigt als verärgert. Mit noch wackligen Beinen stieg Erdena aus dem Bett und ging auf die Oberin zu.

»Wenn du so etwas noch einmal bei mir wagst, bringe ich dich um!«

Frese drehte sich um, als wolle sie nachsehen, ob hinter ihr noch jemand stehe. »Sie meint mich!« rief sie mit gespielter Verwunderung. Von einer Sekunde zur anderen wurde die Oberin dann ernst. »Du bist noch am Leben, weil ich es so wollte. Wenn mir der Sinn danach steht, zertrete ich dich wie ein lästiges Insekt. Also leg' dich wieder in dieses Bett dort und hoffe, daß ich heute keinen schlechten Tag habe.«

Nach diesen Worten verließ die Alte den Raum. Verächtlich schürzte die Heilerin die Lippen. Da sie aber spürte, daß sie noch sehr schwach war, befolgte Erdena den Rat der Oberin und legte sich wieder hin.

Als sie erwachte, waren Hunger und Durst noch größer geworden. Aber sie merkte, daß sie nun fast wieder die alte war. Ihre Gedanken waren nun klar und geordnet. Außerdem wurde ihr bewußt, wie emotional sie in letzter Zeit reagiert hatte. »Ich muß das besser in den Griff kriegen«, murmelte sie.

Plötzlich stand die hochgewachsene, alte Frau im Raum. Übergangslos war sie erschienen. Ein feines Lächeln umspielte die Mundwinkel der Heilerin.

»Die Oberin... Es wurde Zeit, daß wir uns einmal persönlich begegnen.«

»Das hätte Denara schon haben können. Wie ich sehe, bist du jetzt wieder klar im Kopf. Wie geht es dir sonst?«

»Ich habe Hunger und Durst. Und was mir sonst nicht paßt, habe ich dir ja schon gesagt.«

»An meinem Standpunkt hat sich nichts geändert. Hier bestimme ich, was geschieht. Außerdem weiß ich am besten, was gut für dich ist.«

Einige Sekunden herrschte Schweigen.

»Also, essen wir zusammen«, fuhr Frese dann versöhnlicher fort.

Erdena blieb hartnäckig. »Eines Tages wirst du dich bei mir dafür entschuldigen müssen!«

»Was regst du dich so auf? Nur weil ich dir dein ursprüngliches Aussehen wiedergegeben habe?«

»Du wolltest nur deine Gaben an mir anwenden, um mich zu demütigen und mir zu zeigen, wie überlegen du bist! Aber wenn ich gesund gewesen wäre, hättest du das nicht ungestraft versucht.«

»Rede kein dummes Zeug! Im übrigen bist du noch weit davon entfernt, gesund zu sein. Um dich ganz wiederherzustellen, habe ich noch etwas mit dir vor. Ich wollte es dir in aller Ruhe bei einer guten Mahlzeit erklären, aber nun ist mir die Lust dazu vergangen. Also, gute Besserung!«

Die Pupillen der Oberin wurden so weit, daß die Iris und das Weiße nicht mehr zu sehen waren. Erdena hatte das Gefühl, in zwei schwarze Löcher zu starren. Sie fühlte, wie etwas an ihrem Innersten zerrte. Plötzlich glaubte die Heilerin, einen uralten Blockbaum in den Augen der Oberin zu erkennen. Wie von einem Sog wurde ihr Blick von ihm angezogen. Erdena wollte schreien und sich zur Wehr setzen, doch es kam nur ein Röcheln aus ihrem Mund. Sie hatte das Gefühl, aus ihrem Körper herauszugleiten. Dann wurde der Baum in Freses Augen plötzlich riesengroß. Ein kurzes Gefühl des bodenlosen Fallens, und gleich darauf umfing die Heilerin eine Schwärze, die dunkler war als die tiefste Nacht.

Absolute Lautlosigkeit herrschte. Die Heilerin konnte ihren Körper nicht mehr fühlen, sie sah und hörte nichts mehr. Nach geraumer Zeit regte sich endlich wieder eine erste Empfindung in ihr. Diese war so fremdartig, daß Erdena erschrak. Sie spürte Sonnenlicht. Sie nahm es nicht mit den Augen wahr, sondern registrierte es auf eine ihr unbekannte Weise. Zugleich schmeckte sie eine unglaubliche Vielzahl von Säften, ähnlich wie man auf einem belebten Marktplatz hunderte Stimmen durcheinander hört. In ihr war auch das Gefühl, zu atmen. Doch es war kein Rhythmus darin. Ein- und Ausatmen schienen gleichzeitig und ununterbrochen zu erfolgen.

Während der Geschmack der Säfte in ihr permanent war, spürte sie das Sonnenlicht nicht immer. Es kam und verging, unzählige Male. Ihre Gedanken wurden immer behäbiger, ihr Ziel bestand nur noch darin, die Wurzeln weiter ins Erdreich zu treiben, um wachsen zu können.

Wurzeln? Mit dem letzten Rest von geordnetem Denken, zu dem sie noch fähig war, erkannte die Heilerin, was geschehen war. Frese hatte ihren Geist, vielleicht sogar auch noch den Körper, in einen Baum versetzt. Erdena war nicht mehr in der Lage, darüber zu erschrecken, sie nahm es einfach hin. Mittlerweile hatte sie jedes Zeitgefühl verloren. Es machte der Heilerin jedoch nichts aus, denn eine tiefe Zufriedenheit erfüllte sie nun und brachte sie in Einklang mit sich selbst.

Irgendwann einmal, es waren viele Licht- und Nichtlichtperioden vergangen, fühlte sie, wie sich etwas gegen ihren »Körper« stemmte. Ihre Gedanken tauchten aus dem Meer der Zufriedenheit und Trägheit auf. Die Heilerin war mit einem Mal hellwach. Etwas zog und zerrte an ihr. Ein Sturm? Kurze Schmerzempfindungen durchzuckten sie wie Nadelstiche. Panik stieg in Erdena hoch. Mit jedem Ast, den ihr die Windböen abbrachen, schoß eine neue Woge der Schmerzen durch ihre Eingeweide. Sie begriff, daß der Sturm imstande war, den Blockbaum zu entwurzeln. Damit wäre auch ihr Ende besiegelt. Tief innen spürte sie eine kreatürliche Angst, die nicht von ihr selbst stammte. Eine neue Erkenntnis wurde der Heilerin zuteil: Offenbar verfügten auch Pflanzen über eine Art Bewußtsein. Der Baum fürchtete sich.

An den Schmerzwogen erfühlte sie, daß der Stamm über das normale Maß hinaus vom Sturm gebogen wurde. Verzweifelt krallte Erdena die Wurzeln fester in den Boden. Sie schickte Säfte hinab, damit die Wurzeln anschwollen und so stärker verankert wurden. Der Sturm schien jetzt noch stärker zu werden. Die Heilerin gab einen Teil der Blätter frei, um den Luftwiderstand zu verringern. Durch Verlagerung der Säfte im Stamm krümmte sie sich in der Sturmrichtung, um den Gewalten noch weniger Widerstand zu bieten. Regen prasselte auf das Erdreich und weichte es auf. Der Baum war nicht mehr lange in der Lage, der Gewalt des Windes zu widerstehen. Die ersten Wurzeln begannen bereits ihren Halt zu verlieren. An einigen Stellen des mächtigen Stammes erreichte die Spannung Werte, welche die Elastizität des Holzes überforderten. Erdena entzog einem dicken Ast alles Wasser und schwächte seine Verbindung mit dem Stamm. Kurze Zeit später brach der Ast krachend und splitternd ab. Der Druck auf den Baum verringerte sich, da durch den Verlust des mächtigen Astes mit seinen Seitenästen und Zweigen der Luftwiderstand erheblich verringert wurde. Verbissen trieb die Heilerin die Wurzeln tiefer in den Boden. Es gelang ihr, wieder Terrain gut zu machen.

Erdena wußte nicht, wie lange sie gegen den Sturm ankämpfte, es kam ihr vor wie eine Ewigkeit. Irgendwann ließ er nach, und schließlich kehrte wieder Ruhe ein. Als hätte sie nie etwas anderes getan, ging Erdena sofort daran, die Wunden des Blockbaumes zu behandeln. Die

Bruchstellen der Äste verschloß sie mit zähflüssigem Harz, Bereiche des Baumes, die besonders gelitten hatten, versorgte sie mit zusätzlichen Nährstoffen. Tief in sich fühlte die Heilerin eine tiefe Zufriedenheit und Ruhe.

Dann hatte sie plötzlich die erste visuelle Wahrnehmung seit langem: Sie sah ein paar Augen, die sie anstarrten. Erdena fühlte, wie etwas an ihrem Innersten zerrte. Sie wollte sich zur Wehr setzen, aber es ging nicht. Mit einem Mal wurden die Pupillen dieser Augen so weit, daß die Iris und das Weiße nicht mehr zu erkennen waren. Die Heilerin schien in zwei schwarze Löcher zu starren. In ihnen sah sie ihren Körper, der regungslos auf einer Liege ruhte. Wie von einem Sog wurde Erdena von dem Bild angezogen. Für einige Augenblicke hatte sie das Gefühl des freien Falles, dann fuhr sie mit einem gellenden Schrei von ihrem Lager hoch.

»Willkommen unter den Lebenden«, spottete Frese, die mit verschränkten Armen einige Fuß von ihr entfernt an der Wand lehnte.

Die Heilerin atmete heftig. Der Schreck saß ihr in allen Gliedern. Sie hatte sich noch nie in ihrem Leben vor jemandem gefürchtet, aber die Macht der Oberin flößte ihr Respekt ein.

»Was hast du mit mir gemacht?«

»Das dürftest du doch gemerkt haben.«

»Wie lange war ich... fort?«

»So lange wie es nötig war; etwa drei Monate.«

Die Heilerin sah an sich hinunter. Ihr Bauch war dicker geworden. Dem Umfang nach hatte sie in knapp vier Monaten mit der Niederkunft zu rechnen.

»Der Baum hat euch ernährt«, erklärte die Oberin ungefragt. »Du bist jetzt wieder fit.«

Erdena sah Frese an. Ihr Gesicht war ein einziges Fragezeichen.

»Ich lasse dich jetzt eine Stunde allein, damit du deine Gedanken ordnen kannst. Anschließend lasse ich dich abholen, und wir essen zusammen. Dabei werde dir alles erklären.«

Als die Oberin das Zimmer verlassen hatte, entkleidete sich Erdena und betrachtete ihr Bild im Spiegel. Noch nie hatte sie so gut und erholt ausgesehen. Die Hohe Gesegnete fühlte unbändige Energie und Kraft in sich. Nun erst waren ihre Gaben richtig erwacht, aus dem Flämmchen ein brennendes Fanal geworden...

Eine Stunde später wurde Erdena abgeholt und zur Oberin gebracht. »Bring' uns etwas Gutes zu essen«, befahl diese einem 'hala, der offenbar die undankbare Aufgabe hatte, ihr Dienstbote zu sein. Der Angesprochene nickte unterwürfig und zog sich zurück.

»Setz' dich«, forderte Frese die Heilerin freundlich auf.

Erdena nahm Platz und schaute die Oberin erwartungsvoll an. Diese erwiderte den Blick mit ihren nachtschwarzen Augen und fing dann mit dunkler, heiserer Stimme zu sprechen an.

»Die Passager entstammen einer anderen Existenzebene. Das ist der Grund dafür, weshalb wir sie mit unseren Gaben nicht erreichen können. Das macht auch ihre Waffen so gefährlich. Die Heimsucher haben Vorrichtungen, mit denen sie Metallklumpen verschießen können. Da dieses Metall nicht von unserer Welt stammt, hat es ein fremdes Energieniveau, das auf uns wie Gift wirkt. Du hattest so einen Metallklumpen in dir. Dieses Stück Fremdartigkeit verwirkte einen Großteil deiner Lebensenergie. Ich habe dir das Ding herausschneiden lassen, trotzdem warst du so geschwächt, daß du ohne die Symbiose mit dem Blockbaum nie wieder ganz gesund geworden wärst.«

»Was heißt das?«

»Bist du wirklich so unwissend? Unsere Gaben, die Kraft, die Energie, unser Leben, all' das erhalten wir von unserer Welt. Senholzer ist der Schoß, der uns gebar und zu dem wir wieder zurückkehren werden. Er ist die Quelle unseres Seins.« Bei diesen Worten machte Frese eine schöpfende Bewegung, und aus dem Boden floß ihr ein golden schimmernder Strom von Lebensenergie in die Hand.

Staunend betrachtete die Heilerin diesen Vorgang. »Du entnimmst unserer Welt auf diese Weise Lebensenergie?«

Die Oberin lachte. »Nein, ich habe sie nur sichtbar gemacht. Die Entnahme kann nur über ein Geschöpf geschehen, das direkt von Senholzer ernährt wird, weil es durch seine Wurzeln mit ihm verbunden ist.«

Erdenas Augen weiteten sich, jetzt hatte sie verstanden. »Ich wurde zu einem Teil des Baumes, um die verlorene Lebensenergie zu regenerieren.«

Frese nickte. »Und du hast dem Baum geholfen, dem Sturm zu widerstehen. So etwas vergißt er nie. Du wirst ihm immer willkommen sein, wenn du Kraft brauchst. Er wird sie für dich aus unserer Welt holen.«

»Du meinst, ich bin selbst in der Lage, mit dem Baum zu verschmelzen?«

»Ich werde es dich lehren«, versprach die Oberin.

In diesem Moment ging die Türe auf, und Senar trat ein.

Die Heilerin erschrak zu Tode, als ihr bewußt wurde, daß sie überhaupt nicht mehr an ihren Partner gedacht hatte. Es war, als wäre er aus ihrem Leben gestrichen worden. Erdena brauchte nicht lange zu überlegen, um die Ursache dafür zu finden. »Was hast du mit mir angestellt?« fuhr sie Frese an.

»Nur ein kleiner Eingriff in dein Gedächtnis. Es war besser für dein seelisches Gleichgewicht, sonst hättest du dich im Baum vor Sehnsucht nach deinem Kerl verzehrt. Du mußt schließlich vor allem an das Wohl deiner ungeborenen Tochter denken.«

»Du hast mir das Leben gerettet, und dafür bin ich dir dankbar. Aber ich lasse mir von niemandem ungestraft meinen Verstand manipulieren, das wirst du noch zu spüren bekommen, Oberin!« entgegnete Erdena mit zornbebender Stimme.

»Hört auf zu streiten«, sagte der Hüne, berührte seine Gefährtin beschwichtigend am Arm und fuhr fort: »Sie hat recht, Dania. Gedanken an mich hätten dich während der Regenerationsphase nur belastet.«

»Wie ich sehe, hat sie deinen Verstand auch schon umgekrempelt«, fauchte die Heilerin.

Die Oberin lachte humorlos. »Wie sollte ich das wohl machen? Im übrigen zeigen mir deine Worte, daß du bis heute die wahre Natur deines Partners nicht erkannt hast.« Bei diesen Worten warf sie Senar einen Blick zu, der Respekt, aber auch Nachdenklichkeit widerspiegelte. »Aber er kennt sie anscheinend selbst nicht.«

»Was meinst du damit?« erkundigte sich der Hüne.

»Das mußt du selbst herausfinden«, entgegnete sie in einem Tonfall, der keinen Zweifel daran ließ, daß sie nicht mehr sagen würde.

Die Türe öffnete sich, und der junge 'hala brachte auf einem Servierwagen mehrere Schüsseln und Teller mit dampfenden und duftenden Speisen. »Jetzt essen wir erst einmal, streiten können wir nachher auch noch«, stellte die Oberin fest und sah zu, wie der 'hala den Tisch deckte und servierte.

»Danke, ich habe schon gegessen«, entgegnete Erdena ruppig, stand auf und verließ grußlos den Raum.

»Sie wird sich schon wieder beruhigen«, meinte der Hüne und langte mit großem Appetit zu. Auch die Anführerin des Zirkels legte sich keine Zurückhaltung auf und aß fast soviel wie der Einäugige.

»Wie soll es jetzt weitergehen?« erkundigte sich Senar, nachdem er den letzten Bissen verschlungen hatte.

»Jetzt, da Erdena wieder in Ordnung ist, werden wir uns alle zusammensetzen und darüber reden.«

»Das wird wohl das beste sein«, stimmte er zu und fuhr fort: »Termalnjong und Mares fallen mir schon seit Wochen auf die Nerven. Sie würden lieber heute als morgen von hier aufbrechen.«

»Tja, ich fürchte, es gefällt ihnen nicht so recht bei mir«, spottete Frese.

»Dabei hast du sie wirklich nett hierher gebeten«, erwiderte Senar grinsend.

Er und die Alte hatten Tränen gelacht, als sie ihm berichtete, wie ihre Begegnung mit Mares und dem Gnom verlaufen war, nur wenige Tage vor Senars und Erdenas Eintreffen...

»Dort oben müßte es sein. Die Eingänge zu dem Höhlensystem sind sehr gut getarnt. Es ist fast unmöglich, sie zu erkennen.«

Termalnjong deutete auf den Berg Tenedar, der noch etwa drei Landmeilen von ihnen entfernt war.

»Mich würde interessieren, woher du den Unterschlupf des Zirkels kennst.«

Der Gnom warf Mares einen unfreundlichen Blick zu. »Das kannst du dir doch denken.«

»Vom Schrein?«

»Natürlich, von wem sonst!«

Der Informierte blieb stehen. »Nachdem der Immerwährende Beschützer«, Mares lächelte geringschätzig, »vor über acht Jahren untergetaucht ist, sind deine Informationen auch nicht mehr die aktuellsten. Ich kann mir nicht vorstellen, daß die Leute vom Zirkel noch hier sind. Die Passager haben das Versteck sicher schon lange ausgehoben.«

»Man merkt, daß du der Oberin noch nie begegnet bist«, konstatierte Termalnjong und ging weiter, ohne sich darum zu kümmern, ob Mares ihm folgte oder nicht. Zögernd setzte sich der Informierte wieder in Bewegung und schloß zu dem Gnom auf.

»Was meinst du damit?«

»Die wird sogar mit den Passager fertig, darauf kannst du dich verlassen. Die Alte ist gerissen, absolut skrupellos und grausam. Sogar der Immerwährende Beschützer hat es immer vermieden, sich mit ihr anzulegen, obwohl er mit vielem, was sie tat, nicht einverstanden war.«

Mares dachte darüber nach. Schweigend legten sie den Rest des Weges zurück, bis sie den Berg erreicht hatten.

»Und was jetzt?« erkundigte sich der Informierte.

»Die Oberin weiß sicher bereits, daß wir hier sind. Jetzt müssen wir nur noch abwarten, bis sie sich bequemt, Kontakt mit uns aufzunehmen.«

Mehrere Stunden verbrachten sie nun damit, im Schatten einer mächtigen Rifse sitzend zu warten. Als Sen hinter dem Tenedar unterging und es allmählich dunkel wurde, fing Mares an zu fluchen. »Was für eine Schnapsidee war es doch, hierher zu kommen. Der Zirkel ist längst von den Passager ausradiert und die Oberin über alle Berge. Oder sie ist in der STADT unter den fürsorglichen Händen des Erfassungsdienstes. Jedenfalls vergeuden wir hier unsere Zeit.«

»Frese will uns nur schmoren lassen. Du wirst sehen, bald nimmt sie Kontakt zu uns auf.«

»Ich gehe jetzt los und suche nach den Eingängen. Das ist mir lieber als hier zu warten.«

»Du wirst nichts finden«, rief der Gnom ihm nach. Mares machte eine abfällige Handbewegung ohne sich umzudrehen und verschwand.

Termalnjong zuckte mit den Schultern, schloß die Augen und lehnte sich bequem an den dicken Stamm der Rifse, in dessen Schatten sie die letzten Stunden verbracht hatten. Als er fast eingeschlafen war, verspürte der Gnom plötzlich eine heftige Bewegung an seinem Rücken. Er sprang auf und drehte sich um.

Mit ungläubigem Staunen registrierte Termalnjong, daß sich am Stamm des Baumes die Umrisse einer 'hala abzeichneten. Zuerst langsam, dann immer schneller, schoben sich Kopf, Körper, Arme und Beine, überzogen von borkiger Rinde, aus der Rifse heraus. Schließlich löste sich die Erscheinung vollständig von dem Baum, der nun wieder aussah, als wäre nichts geschehen.

Als die Trennung erfolgte, wurde die Oberfläche der Gestalt glatter. Die Borken der Rinde verschwanden und machten gebräunter, runzliger

Haut Platz. Frese trat einen Schritt vor. Sie war völlig nackt. »Aah, das hat gut getan«, raunzte sie mit ihrer heiser klingenden Stimme und streckte sich ungeniert. Mit weit aufgerissenen Augen starrte der Gnom die Oberin an.

»Du brauchst dir keine Hoffnungen zu machen, Zwerg. Über so etwas bin ich hinaus. Und wenn, dann wäre ein Lakai des Schreins der letzte, mit dem ich mich einlassen würde.«

Termalnjong lief feuerrot an, obwohl er derartige Absichten überhaupt nicht gehabt hatte.

Von einer Sekunde zur anderen trug die Alte plötzlich Kleidung. »So ist's besser«, stellte sie zufrieden fest. »Sonst fällst du Krüppel womöglich noch über mich her.«

Der Gnom kroch förmlich in sich zusammen. »Ich schwöre dir...«, begann er.

»Deine Gedanken sind ein Schweinepfuhl, und ich rate dir dringend, dich nicht länger darin zu suhlen«, schnitt sie ihm das Wort ab.

Völlig verschüchtert schwieg Termalnjong, obwohl er eigentlich in keiner Weise ein schlechtes Gewissen zu haben brauchte.

»Was sucht ihr hier, du und der Informierte?« wechselte die Alte zu seiner Erleichterung das Thema.

»Wir wollten dich um Hilfe bei unserem Kampf gegen die Passager bitten. Erdena und der Einäugige müßten auch bald hier eintreffen. Du kennst die beiden sicher?« brachte der Gnom etwas unzusammenhängend heraus.

»Was gehen mich die Passager an?« meinte Frese verächtlich, ohne auf die Frage von Termalnjong einzugehen.

»Wir könnten wenigstens darüber reden.«

Die Alte schien zu überlegen. Dann meinte sie: »Also gut, folge mir!« Nach einer halben Landmeile Fußmarsch schaute die Alte konzentriert auf eine Stelle der Wiese, worauf ein kreisrunder Fleck von vier Fuß Durchmessern verschwand und einen Zugang zum Höhlensystem freigab. Gemeinsam stiegen sie über eine Wendeltreppe in die Tiefe. Über ihnen schloß sich der Zugang wieder und es wurde stockdunkel. Ohne etwas zu sehen, tapste Termalnjong der Oberin nach, die offenbar keine Mühe hatte, sich zu orientieren. Als es wieder hell wurde, standen beide in einem Verlies, das von einer Öllampe in dämmriges Licht getaucht wurde. Termalnjong musterte die Alte mit steinernem Gesicht.

»Bis ich Mares geholt habe, bleibst du hier, Lakai«, meinte sie verächtlich. »Wage nicht, deinem Aschereide freien Lauf zu lassen, sonst...«

Frese öffnete mit spöttischem Grinsen ihre beiden Hände und streckte sie dem Gnom entgegen, als würde sie etwas in Empfang nehmen. Im selben Moment schwebte über jeder Hand eine nachtschwarze Kugel.

+Bist du stark genug?+ entstand die rituelle Frage zweimal im Kopf der Oberin, aber auch Termalnjong konnte die Worte wahrnehmen.

»Ihr seid Sumnerdreck«, meinte die Oberin bissig und zwang die Aschereide wieder in ihr Unterbewußtsein zurück.

Der Gnom war wie vom Donner gerührt. Diese Frau hatte die mentale Kraft, mehrere Symbionten zu beherrschen und bediente sich nicht einmal des Ritus', der es erleichterte, von den Aschereide Gehorsam zu erhalten.

»Ich sehe, du hast verstanden«, konstatierte die Oberin nach einem Blick in Termalnjongs Gesicht zufrieden. »Ich werde jetzt den Erhabenen Mares zu mir bitten. Also, bis später!«

Dann war Frese verschwunden, als habe sie sich in Luft aufgelöst.

Nach mehreren Stunden ergebnisloser Suche nach einem Eingang zum Höhlensystem des Zirkels kehrte Mares zurück. Inzwischen war es stockdunkel geworden. Nur mit viel Glück fand der Informierte die Rifse wieder, wo der Gnom tief und fest schlief.

Mares konnte es sich nicht verkneifen, mit einem Wunsch einen dürren Ast abbrechen zu lassen, der Termalnjong auf den Kopf fallen sollte. Im letzten Moment änderte das Stück Holz jedoch seine Flugbahn und fiel neben dem Gnom ins Gras. Während Mares sich noch darüber wunderte, öffnete der Diener des Schreins die Augen.

»Ah, da bist du ja wieder. Warst du erfolgreich?«

»Wenn ich einen Eingang gefunden hätte, wäre ich mit Sicherheit nicht hierher zurückgekehrt«, erwiderte der Erhabene gereizt.

»Ich habe dir ja gesagt, es bringt nichts, zu suchen. Die Oberin wird uns finden, nicht wir sie...«

»Spar' dir deine Weisheiten. Da es keinen Sinn hat, jetzt noch weiterzuziehen, bleibe ich hier, bis es wieder hell wird. Morgen kannst du dann von mir aus alleine weiter warten.«

»Die Nacht ist lang und kann viel bringen«, antwortete der Diener des

Schreins vieldeutig. Mares warf dem Gnom einen giftigen Blick zu und schickte sich dann an, ein Schlaflager zu bereiten.

»Hast du Angst davor, der Oberin zu begegnen?« stichelte Termalnjong.

»Laß' mich in Ruhe. Ich habe heute keine Lust mehr, mich mit dir zu unterhalten.«

Doch der Diener des Schreins ließ sich nicht so einfach abspeisen. »Haßt du sie? Schließlich hat sie euch ja eine Menge Ärger gemacht...«

»Ich bin nicht Machal. Der hat den Zirkel gehaßt wie die Pest. Er hatte auch allen Grund dazu, weil die Anschläge meistens in seinem Einflußbereich stattfanden.«

»Machal war ein Tyrann. Er hat die 'hala seines Bezirks unterdrückt und ausgebeutet.«

Mares unterbrach seine Tätigkeit und betrachtete sein Gegenüber mit einem nachdenklichen Blick. »Ich weiß«, entgegnete er dann.

»Warum hast du dann nichts dagegen unternommen?« erkundigte sich Termalnjong.

Der Erhabene lächelte und meinte, ohne auf die Frage einzugehen: »Laß' das Versteckspiel. Ich weiß, wer du bist.«

Die Umrisse des Dieners begannen zu verschwimmen. Einen Augenblick später stand ein hageres, altes Weib vor dem Informierten. Sie strich ihre langen, weißen Haare aus dem faltigen, braungebrannten Gesicht und schenkte Mares ein anerkennendes Lächeln.

»Du bist nicht so dumm, wie du aussiehst, Erhabener.«

»Das wird sich noch herausstellen.«

Beide musterten sich stumm. Der Informierte hatte nie einen sonderlich großen Haß auf den Zirkel empfunden. Irgendwie war das Ganze mehr Machals Problem gewesen. So fiel es Mares nicht schwer, der Oberin relativ unvoreingenommen zu begegnen. Sie schien das zu spüren.

»Wo sind die anderen?« brach der Erhabene schließlich das Schweigen.

»Termalnjong ist bereits bei mir. Und du solltest auch mitkommen.«

»Als Gefangener oder als Gast?«

»Wie sollte ich dich gefangennehmen? Ich bin nur eine alte, schwache Frau.«

Der letzte der Informierten quittierte den Scherz mit einem schiefen

Lächeln. »Gut, wenn das so ist, dann werde ich wohl dein Gast sein.« Frese gab das Lächeln zurück. Dann schloß sie kurz die Augen. Im nächsten Moment war der Platz unter der Rifse leer.

Und so trafen sie sich alle wenige Stunden nach Erdenas »Entlassung« aus dem Krankenstand in einer aus dem Felsen gehauenen Kammer im Höhlensystem des Zirkels: Frese, Senar und Erdena, Mares und Termalnjong. Auch Mednal nahm als Vertrauter der Oberin an dem Treffen teil.

Die Alte musterte die Runde. »Gut, wir sind nun alle versammelt. Ich bin bereit, mir euer Anliegen anzuhören. Wer redet?«

Der Gnom sah Erdena fragend an. Als diese mit einem Nicken ihre Zustimmung bekundete, räusperte er sich:

»Der Immerwährende Beschützer hat mir Anweisungen erteilt, deren Befolgung garantieren soll, daß die Passager entweder vollständig vernichtet werden oder wieder dorthin verschwinden, wo sie hergekommen sind. Nach dem Tod der Hohen Mutter Argatthera benötigen wir zur erfolgreichen Durchführung dieser Aufgabe jedoch die Unterstützung der Oberin des Zirkels. Deshalb sind wir hier, Frese, um dich zu bitten, uns zu helfen. Außerdem müssen auch Senar und Erdena TRÄGER eines Aschereide sein. Wir müssen also zunächst nach Rhetana, um für die beiden einen Symbionten zu erhalten. Wenn das geschehen ist, werde ich die weiteren Instruktionen des Schreins bekanntgeben«, schloß Termalnjong und sah Frese erwartungsvoll an.

»Ich habe keine Lust, von einem Ding Anweisungen entgegenzunehmen, das sich bei Gefahr verdrückt«, meinte die Alte abweisend.

»Du hast kein Recht, den Immerwährenden Beschützer so zu beleidigen!« fuhr der Gnom auf.

»Es ist nur eine Maschine. Maschinen kann man nicht beleidigen«, gab die Oberin trocken zurück. Termalnjong wurde kreidebleich vor Wut.

Senar beugte sich zu der Alten und flüsterte: »Du solltest ihn nicht weiter reizen.«

Die Oberin nickte leicht zum Zeichen ihrer Zustimmung. Mednal, der dies mitbekam, wunderte sich, denn Frese hatte sich bisher noch nie von jemandem etwas sagen lassen.

»Meine Worte waren unbedacht, Diener des Schreins. Nimm' sie mir nicht übel.« Mednals Staunen wurde noch größer.

Man sah dem Gnom deutlich an, was er von der Entschuldigung hielt. Er hätte sich am liebsten auf die Oberin gestürzt, doch er wußte, daß sie ihm überlegen war.

»Ist in Ordnung«, murmelte er daher mit finsterem Gesicht.

Frese versuchte, ein versöhnliches Lächeln zustande zu bringen. »Ich werde über deinen Vorschlag nachdenken. Aber solange Erdena ihr Kind nicht zur Welt gebracht hat, werden wir nichts unternehmen können.« Angesichts des Umfanges, den der Bauch der Heilerin bereits angenommen hatte, nickten einige zustimmend.

»Meine Schwangerschaft ist kein Hindernis. Das Kind wird geboren, wenn der Zeitpunkt günstig ist«, erklärte Erdena.

»Das ist deine Entscheidung. Trotzdem lasse ich mich nicht drängen«, entgegnete die Oberin und erntete dafür einen giftigen Blick der Heilerin. Insgeheim wunderte sich Frese, daß Erdena über das seltene Talent verfügte, die Entwicklung des werdenden Lebens im Mutterleib anzuhalten, wenn der Geburtszeitpunkt ungelegen kam.

Nachdem noch einige Zeit über Belangloses gesprochen worden war, ging man auseinander.

Mit einem lauten Schrei fuhr der Hüne von seinem Nachtlager hoch. Sein Körper war schweißgebadet. Er atmete keuchend und stoßweise, sein Auge starrte blicklos ins Leere.

»Was ist los mit dir, Liebster?« fragte die Heilerin erschrocken und drehte den Docht der Petroleumlampe höher, so daß mildes Licht den Schlafraum erfüllte. Senars Blick irrte gehetzt im Zimmer umher. Erst allmählich schien der Einäugige zu begreifen, wo er war.

»Komm' zu dir, es ist alles in Ordnung!« Zärtlich nahm Erdena den Hünen in die Arme und bedeckte sein Gesicht mit Küssen. »War unsere Wiedersehensfeier für dich zu anstrengend?« versuchte sie zaghaft einen Scherz.

»Ich hatte einen Traum, Dania, einen Traum von DORT. Es war furchtbar.«

»Schhh... denk nicht mehr daran; es war nur ein Traum«, beruhigte die Heilerin ihren Gefährten.

»Es war mehr als das. Jenes, das ich in mir trage, macht sich immer mehr bemerkbar...«

»Wir wollen jetzt nicht darüber reden. Denk' an die schönen Stunden, die wir gerade geteilt haben, dann wirst du bestimmt angenehmere Träume haben.«

»Vielleicht hast du recht, Dania. Also, gute Nacht.« Der Hüne gab seiner Gefährtin noch einen zärtlichen Kuß und drehte sich dann zur Seite.

Erdena atmete auf. Jedesmal, wenn ihr Gefährte darunter litt, was er seit DORT mit sich herumtrug, plagten sie heftige Schuldgefühle. Sie machte sich große Vorwürfe, Senar damals überredet zu haben, ihr auf diese andere Welt zu folgen, wo er anscheinend viel Schlimmes durchgemacht hatte. Was war DORT mit ihm passiert? Woher kamen diese gewaltigen Körperkräfte, über die er manchmal verfügte und die ihr so Angst machten? Wer oder was waren die Gonns? Irgendwann mußte sie ihren Mut zusammennehmen und mit ihm ausführlich darüber sprechen.

»Später, wenn das Kind da ist...« murmelte Erdena. Jetzt aber war ihre Furcht noch zu groß, daß alte Wunden erneut aufbrechen würden und er sie verlassen könnte. Jener Tag, als Senar sie in Tix Banan zurückgewiesen hatte, war noch zu gut in ihrem Gedächtnis...

Den Hünen umfing inzwischen ein ruhiger, tiefer Schlaf, den er den Gaben seiner Gefährtin verdankte. Doch nicht nur dafür verwendete Erdena in dieser Nacht ihre Gaben. In ihr war seit der Symbiose mit dem Blockbaum unbändige Stärke, rohe Kraft, die es noch auszubilden galt... Außerdem hatte die Heilerin noch eine Rechnung zu begleichen!

Frese war so übellaunig wie schon lange nicht mehr. Der Streit mit Erdena und die wichtigen Entscheidungen, die es zu treffen galt, nervten sie. Einige Stunden verbrachte die Alte damit, ihre Untergebenen zu schikanieren, dann begab sie sich wieder in ihre Räumlichkeiten, um zu überlegen, ob sie dem Ansinnen ihrer Gäste Folge leisten sollte. Kaum hatte die Oberin in ihrem Sessel Platz genommen, wurde sie von bleierner Müdigkeit befallen.

»Ich muß mich wohl ein wenig hinlegen«, murmelte die Alte. Augenblicke später fiel sie in unruhigen Schlaf. Sie wurde von Phantasien heimgesucht, die allesamt mit der Anwendung ihrer Gaben zu tun hatten. In fiebrigen Träumen nahm sie Ortsversetzungen vor, veränderte ihre Gestalt, heilte, zerstörte, entzog und spendete Vitalenergie und vieles mehr.

Als Frese erwachte, fühlte sie sich wie gerädert. Die Nackenmuskeln schmerzten, und das Blut in ihren Schläfen pochte, als wollte ihr Kopf jeden Moment bersten.

»Was ist denn bloß mit mir?« murmelte die Alte beunruhigt. Da fiel ihr Blick auf die Petroleumlampe, welche den Raum erhellte. Der Behälter, der den Brennstoff enthielt, war fast leer, obwohl die Oberin ihn aufgefüllt hatte, als sie ins Zimmer gekommen war. Mit zwei, drei schnellen Schritten war die Anführerin des Zirkels an der Türe und trat in den Gang hinaus.

»Wie lange war ich in meiner Unterkunft?« fuhr sie den Leibdiener an.

Erschrocken starrte er in die stechenden Augen der Alten, die ihn mit einem düsteren Gesichtsausdruck ungeduldig musterte.

»Wie lange? Äh... Einen Tag und eine Nacht. Wir haben uns schon Sorgen gemacht, zumal Ihr auf Klopfen und Rufen nicht reagiert habt«, stotterte er.

»Klopfen und Rufen? Das gibt es nicht, ich habe nichts gehört!«

Der 'hala machte eine hilflose Geste. »Es ist wie ich Euch sage. Da ich mir keinen Rat mehr wußte, habe ich Mednal verständigt. Er müßte jeden Moment hier sein.«

»Gut. Laß' ihn sofort eintreten«, befahl die Alte und ging in ihre Unterkunft zurück. Kurz darauf stand der Eunuche vor der Türe. Die Oberin spürte es und öffnete sie mit einem Wunsch.

»Gut, daß du da bist. Ich muß mit dir reden.«

Selten hatte Mednal die Anführerin des Zirkels in so nachdenklicher Stimmung erlebt. »Ihr wart ziemlich lange... äh, nicht erreichbar...«

Frese schaute ihren Stellvertreter ernst an. »Du wirst lachen, ich habe geschlafen.«

Der Eunuche entgegnete nichts und wartete ab, was ihm die Oberin noch mitteilen würde. Diese ließ sich jedoch nicht weiter darüber aus. Sie schwieg noch eine Weile mit verkniffenem Gesicht, dann meinte sie: »Ich habe den Verdacht, daß Erdena dahinter steckt. Womöglich hat sie von der Symbiose mit dem Blockbaum mehr profitiert als gut für mich ist. Ich will über alles Bescheid wissen, was dieses Weib macht.«

»Ich dachte, Ihr wißt sowieso immer über alles Bescheid«, entgegnete Mednal trocken, merkte aber dann, daß heute nicht der geeignete Tag war, mit der Oberin zu scherzen.

»Ich werde alles Erforderliche in die Wege leiten«, versicherte er deshalb hastig.

»Das will ich auch hoffen. Und nun beeil' dich!«

Als der Eunuche die Unterkunft der Alten verlassen hatte, blieb er kurz stehen und schüttelte den Kopf.

»Ist noch etwas?« hörte er Freses Stimme hinter sich. Als Mednal sich erschrocken umdrehte, sah er in das Gesicht der Alten, die als Sendbild hinter ihm stand.

»Nein, ich bin schon unterwegs«, beteuerte er und entfernte sich hastig. Hinter der nächsten Biegung des Ganges traf der Eunuche auf Erdena, die mit halbgeschlossenen Augen an der Wand lehnte. »Was treibst du dich hier herum?« fuhr er sie an.

»Ich habe auf dich gewartet«, entgegnete Erdena, ohne ihn eines Blickes zu würdigen.

Da packte Mednal sie grob am Arm. »Sieh' mich an, wenn ich mit dir rede!«

Nun sah ihn Erdena an. Wie vom Donner gerührt ließ Mednal sie los, obwohl ihr Blick keineswegs feindselig gewesen war. Für Bruchteile von Sekunden hatte ihm die Frau ihre Stärke offenbart. Seit der Symbiose mit dem Blockbaum war sie der Oberin zumindest ebenbürtig.

»Du wirst mich in Ruhe lassen und mir nicht nachspionieren, hast du verstanden?«

In diesem Moment kam Frese um die Biegung. Mißtrauisch musterte sie den Eunuchen und die Frau.

»Was ist los? Warum steht ihr hier herum?« Die Oberin drang in die Gedanken ihres Stellvertreters vor, konnte darin aber nichts Verdächtiges finden. »Also?«

»Ich traf die Heilerin zufällig, und sie bat mich, ihr die Höhlenanlage zu zeigen.«

Die Alte entdeckte in seinen Gedanken nichts anderes.

»Hör' zu, meine Liebe! Ich will vorher um Erlaubnis gefragt werden, wenn sich jemand hier umsehen will!«

Erdena zuckte mit den Schultern. »Ich habe nicht gewußt, daß du mich als Gefangene betrachtest!« versetzte sie.

»Rede keinen Unsinn. Natürlich kannst du dich hier überall umsehen, aber ich will vorher Bescheid wissen. Und nun haut ab, alle beide«, murrte die Alte und entfernte sich.

»Das hast du gut gemacht«, lobte die Hohe Gesegnete den Eunuchen lächelnd. Dann wandte auch sie sich zum Gehen. Nach einigen Schritten drehte sich sich nochmals um. »Noch was, Mednal«, meinte sie freundlich, »faß' mich nie wieder an!«

Mednal bekam eine kleine Ahnung von der Gefährlichkeit dieser Frau. Der Eindruck währte nur wenige Augenblicke, dann war nichts mehr davon zu spüren. Nachdem sie fort war, stand er noch eine Weile unschlüssig da und fragte sich, wie es geschehen konnte, daß er die Oberin belog und sie es nicht bemerkte hatte...

Senar lag auf seinem Bett, als die Türe aufging und Frese hereinkam.

»Ist deine Gefährtin nicht da?« fragte sie scheinheilig.

»Kannst du nicht anklopfen? Ich könnte schließlich nackt sein«, gab Senar grinsend zurück. Irgendwie mochte er die Oberin und wußte, daß auch sie eine Menge von ihm hielt.

Die Gestalt der Alten veränderte sich. Ein begehrenswertes Mädchen mit üppigen Brüsten stand plötzlich vor dem Einäugigen.

»Laß' den Quatsch«, meinte er belustigt.

Frese grinste provozierend und ließ das Trugbild, mit dem sie sich umgeben hatte, wieder verschwinden. »Ich wollte dir nur zeigen, daß es außer Erdena noch andere Frauen gibt.«

»Ich hab's gesehen. Also, was willst du?«

Die Oberin druckste eine Weile herum. »Ich wollte mich nur erkundigen, wie es Erdena geht. Ist sie noch wütend auf mich?«

»Das kommt schon wieder in Ordnung. Bei den Frauen muß man eben Geduld haben«, meinte der Hüne lapidar.

Mit ausdruckslosem Gesicht versuchte die Alte in Senars Gedanken einen Hinweis darauf zu finden, ob ihre Vermutungen hinsichtlich Erdenas Fähigkeiten richtig waren.

+Ordne erst einmal das Chaos in deinem Kopf, bevor du bei anderen Leuten herumschnüffelst!+ Schmerzhaft stark drangen die lautlosen Worte in den Verstand der Oberin und machten ihre Bemühungen zunichte. Frese fuhr herum. In der Türe stand die Heilerin und schaute sie feindselig an. Die Alte fühlte sich wie eine ertappte Sünderin. Gleichzeitig mit dem Schamgefühl stiegen Trotz und Wut in ihr hoch.

»Ich glaube, wir müssen jetzt ein für alle Mal klären, wer hier das Sagen hat«, erwiderte sie schließlich mit gefährlicher Ruhe.

»Laß uns allein, Senar«, wandte sich die Hohe Gesegnete an ihren Gefährten, ohne die Oberin aus den Augen zu lassen.

Der Hüne überlegte kurz, fand aber dann, daß er sich hier nicht einmischen sollte und ging. »Erkennt euch wieder«, riet er den beiden noch, bevor er die Türe schloß.

Freses Angriff kam unvermittelt. Erdena hatte das Gefühl, als würde ihr Kopf platzen. Unzählige Stimmen schienen auf sie einzureden, während lautes Summen und Hämmern das Gehör erfüllte. Vor den Augen der Heilerin begann sich alles zu drehen, und Übelkeit kroch in ihr hoch. Gleichzeitig erstickten Angst und Panik jeden klaren Gedanken. Kalte und heiße Schauer durchfuhren ihren Körper und ebneten den Weg für brennende Schmerzen. Mit dem letzten Rest an klarem Verstand versuchte Erdena, sich gegen den Angriff abzuschirmen. Plötzlich strömten ihr aus einer Quelle in der Mitte ihres Leibes neue Kraft zu. Mit einem Mal konnte sie wieder klar denken und schien gegen alle Angriffe der Alten wie durch einen unsichtbaren Schild geschützt.

Jetzt vereinte sich die Kraft aus ihrem Kopf mit jener aus der Leibesmitte. Vor ihrem geistigen Auge entstand ein Blockbaum mit einem riesigen Stamm, so dick, daß ihn drei Männer nicht umspannen konnten, und weit ausladenden Ästen. Das satte Grün der Blätter und Zweige erfüllte ihr Denken, und die Säfte des Baumes schienen in den Adern der Hohen Gesegneten zu fließen.

»Du zerquetscht mich«, durchdrang Freses Stimme die völlige Ruhe und Lautlosigkeit, welche Erdena umfing. Erst jetzt nahm sie die Oberin wieder wahr. Diese wurde von einem unsichtbaren Hindernis an die Wand gepreßt, wobei sich das Muster der Rinde eines Blockbaumes in ihre Haut drückte.

Erkennt euch wieder! Senars Worte kamen der Heilerin zu Bewußtsein. Erschrocken sah sie, daß gleich die ersten Knochen der Alten brechen würden. Das Bild des Baumes verschwand, gleichzeitig stolperte die Oberin nach vorne. Erdena fing sie auf, und die beiden Frauen sahen sich in die Augen.

»Ich habe selbstherrlich über dich bestimmt, als du verletzt zu mir kamst. Ich wollte nur dein Bestes, hätte aber vorher mit dir darüber reden müssen. Verzeih' mir!« sagte die Oberin des Zirkels mit stockender Stimme.

»Es ist vergeben und vergessen. Das Gewitter hat die Luft gereinigt und ich will nie mehr mit dir, die du mir Mutter und Schwester bist, streiten.«

»Und ich bin bereit, euch zu unterstützen. Morgen abend werden wir uns treffen und das weitere Vorgehen besprechen«, entschied Frese.

Die beiden Frauen umarmten sich und redeten dann noch lange über alles, was sie bewegt hatte...

7
Die Forcer

Stanton grinste vor sich hin. Das Zentralgebäude des Amtes für Innere Abwehr in Vancouver, Region Nordamerika, war wahrlich kein architektonisches Schmuckstück, auch wenn sich hier nach Meinung der Force das eigentliche Zentrum der Macht auf der Hauptebene befand.

Als er aus dem Lift trat, richteten sich Stantons Gedanken wieder auf das bevorstehende Gespräch. Vor dem Büro des Head standen zwei grimmig aussehende Wachen. Sie salutierten, als der Forcer zielstrebig auf die Türe zuging.

»Guten Abend, Sir. Sie sind spät dran. May erwartet Sie bereits«, meinte einer der beiden.

»Wann kommt Swain?« erkundigte sich der Forcer.

»Sie ist schon drin«, antwortete der Uniformierte.

Stanton legte seine rechte Hand auf den Türmelder. Eine Sekunde später war offen.

»Können Sie nie pünktlich sein, Major?« empfing der Head seinen Untergebenen ungnädig.

Dessen Blick fiel auf eine strohblonde, etwa 30jährige Frau, die in einem der beiden Bürostühle vor dem Schreibtisch des Amtsleiters saß. Ihre wasserblauen Augen bildeten kaum einen Kontrast zu dem blassen Teint. Das Gesicht wurde umrahmt von einer gepflegten Pagenfrisur, die gut zu der femininen Figur paßte.

»Hallo Partner, schön dich zu sehen«, begrüßte Stanton die Forceress. Die Rüge des Amtsleiters ignorierte er. Swain schenkte dem Neuankömmling ein herzliches Lächeln, sagte aber nichts.

»Sie können sich später ausführlich begrüßen, jetzt ist keine Zeit dazu«, meinte der Head.

Der Major bedachte seinen Vorgesetzten mit einem unfreundlichen Blick und setzte sich. »Also, was gibt es?«

Mays Miene verdüsterte sich. »Es wird Ihnen nicht gefallen, aber wir müssen Sie und Swain auf eine andere Ebene schicken.«

Stanton sprang auf. »Das kann doch nicht Ihr Ernst sein, Head? Sie wissen genau, wie viele beim Übergang schon den Verstand verloren haben. Und da nicht jeden Tag an der Struktur rumgefummelt werden sollte, würden Sie uns wohl erst in ein paar Jahren zurückholen.«

»Dazu kommt noch, daß auf jeder Ebene der Zeitablauf differiert und in Ihrem Vertrag nichts davon steht, daß Sie auch auf anderen Ebenen eingesetzt werden können«, ergänzte May mit spöttischem Lächeln.

»Genau!« meinte der Forcer und wandte sich zum Gehen.

»Wollen Sie sich nicht erst einmal anhören, worum es geht?« rief ihm der Chef des Amtes für Innere Abwehr nach.

»Das interessiert mich nicht«, meinte Stanton abweisend, während er den Türöffner betätigte.

»Gut, dann muß ich jemand anderen zu Miller schicken.«

Der Major blieb stehen, als sei er gegen ein unsichtbares Hindernis gelaufen. Dann drehte er sich um. »Was haben Sie gesagt?«

»Es geht um Miller, *den* Miller. Kommen Sie wieder her und setzen Sie sich. Dann reden wir.«

Wortlos gehorchte der Forcer.

»Wie Sie beide wissen, ist der Informationsaustausch zwischen den einzelnen Ebenen nur in sehr begrenztem Umfang möglich. Es besteht die strikte Anweisung, nur in Notfällen Datenträger durch die Strukturgrenzen zu schleusen.« Der Head machte eine kurze Pause, um den kommenden Worten die gebührende Bedeutung zu verleihen.

»Vor kurzem erhielten wir eine Nachricht, die illegal von Ebene NEUN transferiert worden war. Auf diesem Datenträger befinden sich Beweise, daß der Erste der STADT auf Ebene NEUN das Neunergremium entmachtet und einige seiner Mitglieder sogar liquidiert hat. Nun regiert er nach eigenem Gutdünken unter Mißachtung aller bestehenden Gesetze wie ein Despot.«

»Sie reden von Miller?« erkundigte sich der Major.

»Genau. Wir haben daraufhin einen Beobachter hingeschickt, der uns berichtete, daß Miller bei Säuberungsaktionen schon tausende der Ureinwohner töten ließ. Außerdem hat er die Gebiete der Einheimischen unter Militärverwaltung gestellt. Er hat angeordnet, daß die 'hala, so nennen sie sich, zu Sklavenarbeit herangezogen werden.«

»Wenn das so ist, muß man ihn sofort ablösen und vor Gericht stellen.«

»Die Sache ist viel komplizierter. Wir haben Hinweise, daß Miller Rückendeckung von Ebene ZWEI erhält. Hier ist offenbar geplant, den Führungsanspruch der Hauptebene auszuhebeln. Nachdem wir das Amt für Expansion informiert hatten, teilten sie Miller mit, daß er von seiner Funktion entbunden sei und sich unverzüglich auf die Hauptebene zu begeben habe. Als er dies nicht tat, beauftragten wir unseren Beobachter, Miller zu verhaften.«

»Und?«

»Vor wenigen Tagen wurde von Ebene NEUN ein Strukturdurchgang zu uns geschaltet, durch den die Leiche des Beobachters kam. Auf einem Datenträger, der dem Toten in die Tasche gesteckt worden war, warnte uns Miller davor, weiter gegen ihn vorzugehen.«

Nach diesen Ausführungen des Head herrschte für einige Zeit nachdenkliches Schweigen.

»Leider ist es wohl so, daß die Streitkräfte auf NEUN Miller verehren und bedingungslos ergeben sind. Da in der letzten Zeit schon viel zu viel an der Struktur manipuliert worden ist, können wir keine umfangreiche Eingreiftruppe hinüberschicken. Es genügt auch nicht, Miller zu liquidieren, denn seine Stellvertreterin Jankee wird dann seinen Platz einnehmen.«

»Ganz abgesehen davon ist es kein Spaziergang, Miller zu erledigen«, wandte Stanton ein.

»Das weiß ich«, engegnete der Leiter des Amtes. »Werden Sie den Auftrag annehmen?«

»Wie lautet der Auftrag genau?«

»Sie gehen auf Ebene NEUN und machen Millers Tyrannei ein Ende. Wie Sie das machen, ist Ihre Sache. Sie haben absolute Handlungsfreiheit.«

»Das hört sich nicht schlecht an. Und es würde mir die Gelegenheit geben, meine alte Rechnung mit Miller zu begleichen.«

»Davon will ich nichts wissen«, entgegnete der Head kühl.

»Brauchen Sie auch nicht.« Stanton wandte sich an seine Kollegin. »Was ist mit dir, was meinst du dazu?«

Fragend schaute der Forcer Swain an. Die wasserblauen Augen in dem hübschen Gesicht blickten nachdenklich. Fasziniert betrachtete Stanton die scharf abgegrenzten, harmonisch geschwungenen Augenbrauen der Forceress.

+Ich habe noch nicht gespürt, was ich tun soll. Sie müssen mir noch Zeit lassen, bis morgen...+, wisperte es in den Köpfen der beiden Männer.

Swain konnte nicht sprechen. Aber sie hatte eine andere Möglichkeit gefunden, sich verständlich zu machen. Sie konnte das, was sie sagen wollte, in den Geist des Empfängers übertragen. Die Forceress war jedoch nicht in der Lage, Gedanken zu lesen, das hatten umfangreiche Tests bewiesen. Oder hatte sie bei den Versuchen absichtlich versagt?

Die Herkunft der Frau war ungeklärt. Sie war als Kind völlig verwahrlost in den Straßen Vancouvers aufgegriffen worden und dann in einer staatlichen Anstalt aufgewachsen. Trotz umfangreicher Nachforschungen hatte man ihre Eltern nicht ausfindig machen können. Als junges Mädchen hatte sich Swain beim Amt für Innere Abwehr beworben und war aufgrund ihrer besonderen Fähigkeiten zur Agentin ausgebildet worden. Es gab Gerüchte innerhalb der Force, daß sich ihr genetischer Code teilweise vom menschlichen unterschied, was die Forceress noch geheimnisvoller erscheinen ließ.

»Das wird nicht gehen, Lieutenant. Es wäre erforderlich, daß Sie noch heute aufbrechen«, meinte May bedauernd.

+Gut, ich bin einverstanden. Können wir jetzt die Daten über Ebene NEUN sichten?+

»Natürlich. Es ist wichtig, daß Sie sich ein genaues Bild von dieser Welt machen, bevor Sie dort ankommen. Gehen wir also zur Schnittstelle.«

Wenige Minuten später betraten sie den als Schnittstelle bekannten Raum. Stanton und Swain nahmen in den bequemen Sesseln Platz, die um das Holofeld plaziert waren. Mit einer kurzen Anweisung an den Zentralrechner startete der Head das Programm. In den nächsten drei Stunden wurden die beiden Forcer umfassend über die Gegebenheiten auf NEUN informiert. Während der Major die Daten und Bilder mit eher mäßigem Interesse über sich ergehen ließ, starrte Swain wie gebannt auf die holografische Projektion.

»Das wär's«, meinte der Head lakonisch, als der ZR das Holofeld abschaltete.

+Stanton muß die Sprache der Ureinwohner lernen, und wir brauchen Kleidung, wie die 'hala sie tragen. Desweiteren werden Sie dafür sorgen, daß man uns einen Übergang schaltet, bei dem wir außerhalb der STADT auf Ebene NEUN ankommen.+

Der Leiter des Amtes für Innere Abwehr bekam eine Gänsehaut, als die Worte der Forceress in seinem Kopf entstanden. Swain hatte die Gabe, zu spüren, was in einer bestimmten Situation getan werden mußte, um das gesteckte Ziel zu erreichen. Von dieser Fähigkeit hatte das Amt schon oft profitiert. Deshalb wäre es dem Head nicht im Traum eingefallen, den Vorschlägen seiner Mitarbeiterin zu widersprechen, auch wenn sie wie Anweisungen klangen.

»Sie wollen Miller von außerhalb der STADT bekämpfen?«

+Wenn wir innerhalb ankommen, sind wir in kurzer Zeit tot. Ich spüre, daß der Weg zum Ziel über die 'hala führt. Wir wollen uns jetzt beeilen, die Zeit ist knapper, als Sie glauben.+

»Gut. Stanton, begeben Sie sich sofort in die medizinische Abteilung zu Dr. Serifou. Er wird Ihnen die Sprache der Ureinwohner implantieren. Was ist mit Ihnen, Lieutenant, wäre es nicht besser, wenn auch Sie sich der Behandlung unterziehen?«

+Ich werde die 'hala verstehen, verlassen Sie sich darauf, Head. Lassen Sie mich bitte jetzt alleine, ich muß nachdenken.+

»Wie Sie wollen, Swain. Wir treffen uns in vier Stunden beim Rißprojektor. Seien Sie pünktlich.«

+Wir treffen uns in zwei Stunden beim Rißprojektor. Seien *Sie* pünktlich.+ Die Forceress musterte Stanton und den Amtsleiter durchdringend mit ihren wasserblauen Augen.

»Wer gibt hier eigentlich die Befehle?« murrte May schließlich.

+Sie, Head. Also, in zwei Stunden. Nicht später!+

»Sie wird ihre Gründe haben«, kam Stanton seiner Partnerin zu Hilfe.

»Ja, das weiß ich. Also, ich will sehen, daß ich es bis dahin über die Bühne bringe«, gab sich der Head geschlagen.

»So, das wär's. War doch nicht tragisch, oder?«

Stanton krempelte den rechten Ärmel wieder hinunter und grinste amüsiert. »Nicht tragischer als beim letzten Mal, Doc.«

»Ach ja, ich vergaß: Sie sind ja ein alter Hase«, meinte Serifou spöttisch.

»Wie lange hält die Injektion an, Doc?« erkundigte sich der Forcer, ohne auf die Frotzelei des Arztes einzugehen.

»Wenn Sie jeden Tag mit dieser Sprache umgehen, haben Sie nichts zu befürchten. Dann werden Sie sie auch noch beherrschen, wenn der Wirkstoff abgebaut worden ist.«

»Das ist tröstlich. Ich werde nämlich mehrere Jahre darauf angewiesen sein.«

»Das hat mir der Head bereits gesagt. Ich wünsche Ihnen alles Gute, Stanton. Und beten Sie zu Gott, daß Sie beim Übergang nicht den Verstand verlieren.«

Der Major warf dem Arzt noch einen nachdenklichen Blick zu und verließ dann die medizinische Abteilung. Als Stanton wenige Minuten später die Halle betrat, wo der Rißprojektor stand, wurde er bereits ungeduldig erwartet.

+Gut, daß du da bist. Ich spüre, daß wir uns beeilen müssen+, empfing ihn Swain. Sie trug bereits die bei den 'hala gebräuchlichen Kleidungsstücke. Ihre strohblonden Haare waren von einem sandfarbenen Tuch aus grobem Leinenstoff bedeckt, das sie im Nacken zusammengebunden hatte. Aus demselben Stoff war das einfache, halblange Kleid, ihre Füße steckten in einfachen Sandalen aus dunklem Leder. Alles in allem war die Forceress ziemlich luftig bekleidet.

»Ich hoffe, an unserem Ziel ist Sommer«, meinte Stanton.

»Hier, Ihre Sachen, Major«, drängte der Head und drückte ihm ein Bündel Kleidungsstücke in die Hand. Wortlos zog sich der Forcer um.

»Wir können Ihnen nur das Notwendigste an Ausrüstung mitgeben, da Messungen gezeigt haben, daß wir zur Zeit nur sehr geringe Manipulationen an der Struktur durchführen dürfen.«

Stanton nickte und meinte: »Okay, es kann losgehen.« Man sah ihm deutlich an, daß er nervös war.

In diesem Moment wurde die Halle von einem lauten Prasseln erfüllt, das dem einer elektrischen Entladung glich. Ein gleißendheller, rechteckiger Fleck mit einer Höhe von sieben und einer Breite von vier Fuß entstand wenige Schritte von den beiden Forcern entfernt. Mit einem flauen Gefühl im Magen stand der Major vor dem Gebilde. Das war er also: Der Riß im Raum-Zeitgefüge, der nach Ebene NEUN führte.

»Sie müssen sich beeilen. Wir können die Passage nicht lange offenhalten!« mahnte ein Techniker.

Swain nickte. Mit einer knappen Geste verabschiedete sie sich und trat in den weißen Fleck. Im selben Augenblick war sie verschwunden. Stanton spürte, wie nackte Angst ihm den Hals zuschnürte. Mit zitternden Händen ergriff er das unscheinbare Bündel aus dunklem Stoff, in dem sich einige Ausrüstungsgegenstände befanden und trat auf den Riß zu.

»Stanton!« Der Major drehte sich noch einmal um.

»Von euch beiden hängt jetzt viel ab, Stanton...«

»Ich weiß, Head«, antwortete der Forcer.

»Alles Gute!«

Stanton nickte und tat den entscheidenden Schritt.

Schockartig überfiel ihn das Gefühl, sein Innerstes werde nach außen gekehrt. Er konnte nicht mehr klar denken, seinen Körper nicht mehr spüren und absolut nichts mehr wahrnehmen. Um ihn war nur noch Dunkelheit. Der Forcer verlor jedes Zeitgefühl. Irgendwann drang dann Licht durch seine geschlossenen Augen. Gleichzeitig stellte sich eine Empfindung ein, die Stanton erst gar nicht richtig einzuordnen wußte. Er verspürte Ekel. Dieses Gefühl wurde so stark, daß es ihm die Sinne raubte.

Als der Major die Augen öffnete, sah er für einen kurzen Moment einen strahlendblauen Himmel mit einer Sonne, die mindestens doppelt so groß zu sein schien wie jene auf der Erde. Dann steigerte sich das Gefühl des Ekels in einer Weise, die mit Worten nicht mehr zu beschreiben war. Stanton schrie seine Pein laut hinaus, als sein Verstand unter dem Ansturm der negativen Empfindungen zu zerbrechen drohte. Mit einem letzten Rest rationalen Denkens erkannte der Forcer, daß ihn NEUN den Verstand kosten würde. Seine Psyche war nicht in der Lage, sich dieser Existenzebene anzupassen. Er würde zerbrechen...

Stanton schrie und tobte. Jedes Luftmolekül, das er einatmete, jeder Sonnenstrahl, der ihn traf und jedes Geräusch, das er hörte, war fremd und trieb ihn weiter in den Wahnsinn. Kurz bevor der Forcer endgültig den Verstand verlor, legte sich eine kühle Hand auf seine Stirn. Fast augenblicklich ließ seine Pein nach.

+Du wirst jetzt diese Ebene akzeptieren, dich nicht mehr vor dem Fremden fürchten...+

Stanton fühlte, wie Zufriedenheit und Harmonie seinen Körper durchströmten.

+Atme tief durch und entspanne dich. Nichts kann dir jetzt mehr etwas anhaben.+

Der Forcer gehorchte. Er fühlte sich von Minute zu Minute besser. Langsam öffnete er die Augen und sah in Swains Gesicht. Ihre hellen Augen strahlten vor Freude und Glück.

»Ein Teil von mir ist hier zuhause«, formulierte sie schwerfällig.

»Du kannst sprechen!« stieß Stanton heiser hervor. Seine Stimmbänder gehorchten ihm noch nicht so recht.

Swain lächelte glücklich. +Ich habe noch Mühe damit. Aber etwas in mir ist erwacht, als wir hier eintrafen. Hindernisse sind jetzt aus dem Weg geräumt. Der Schleier über meinen Erinnerungen wird sich bald lüften, das fühle ich. Dann werde ich erkennen, wer ich bin+, wisperte ihre Stimme in seinem Kopf. »Aber jetzt müssen wir gehen. Unsere Aufgabe duldet keinen Aufschub«, fügte sie in gesprochenen Worten hinzu und hielt Stanton freundschaftlich die Hand hin, um ihm aufzuhelfen.

Der Forcer ergriff sie jedoch nicht. »Was war mit mir los?« wollte er noch wissen.

+Du gehörst zu jenen, die beim Übergang wahnsinnig werden. Offensichtlich löst er eine Art Fremdartigkeits-Schock aus.+

Der Major nickte nachdenklich.

+Willst du warten, bis Millers Leute hier sind?+

Der Forcer erschrak. »Du hast recht. Machen wir, daß wir weiterkommen.«

»Und wohin?« fragte Swain, während sie freudig lächelnd ihren Worten nachlauschte.

»Das ist zunächst mal egal; vor allem möglichst weit weg von hier.«

Dem Stand der Sonne nach zu urteilen, waren sie um die Mittagszeit auf Ebene NEUN angekommen. Als Forcer des Amtes für Innere Abwehr fiel es ihnen nicht schwer, stundenlang in leichtem Trab zu laufen. So brachten Stanton und Swain bis abends eine Distanz von etwa 50 Meilen zwischen sich und den Ort ihrer Ankunft. Mehrmals mußten sie sich vor Luftfahrzeugen verstecken, die in geringer Höhe die Gegend absuchten. Offenbar hielten die Besatzungen aber Ausschau nach ihresgleichen, und nicht nach zwei 'hala in ärmlicher Kleidung. So blieben die Forcer unbehelligt, als sie von einem Schweber aufgespürt wurden. Engumschlungen und Zärtlichkeiten austauschend lagen Stanton und

Swain im Schutz eines Gebüsches, als sie in die Bilderfassung gerieten.

»Die paaren sich überall, wie die Tiere«, meinte der Pilot verächtlich und drehte ab.

»Verdammt, das war knapp«, murmelte Stanton und löste sich ein wenig zögernd von der Forceress. Swain strich ihr Kleid glatt und brachte ihr Haar in Ordnung.

+Laß' das lieber nicht zur Gewohnheit werden+, wisperte es in seinem Kopf.

Der Major horchte auf. War Swain plötzlich in der Lage, seine Gedanken zu lesen? Prüfend sah er sie an. Sie erwiderte seinen Blick mit einem unschuldigen Lächeln und meinte: »Komm, wir müssen weiter.«

Die Forceress hatte sich vorgenommen, künftig ausschließlich ihre Stimmbänder zu benutzen. Stanton nickte nachdenklich und setzte sich in Bewegung.

Als es dunkel wurde, kam ein Dorf in Sicht. Gleichzeitig gewahrten die Forcer eine Gruppe von 'hala, die sich lachend und schwatzend aus einem Feldweg näherten. Sie saßen auf mehreren primitiven Karren, die von Tieren gezogen wurden, die aussahen wie Rinder, aber ein zotteliges, rostbraunes Fell hatten, das bis zum Boden reichte.

»Das müssen Jahaks sein«, vermutete Swain.

Jetzt wurde das vorderste Tier unruhig. Offenbar hatte es die Witterung der Fremden aufgenommen. Stantons Gesicht bekam einen angespannten Ausdruck. »Gleich werden sie uns entdecken. Sollen wir es riskieren, mit ihnen Kontakt aufzunehmen?«

Die Forceress überlegte kurz, dann nickte sie leicht. »Wir können uns nicht ewig verstecken. Außerdem fühle ich, daß der Schlüssel zum Erfolg unserer Mission in der Zusammenarbeit mit den 'hala liegt.«

Swains Aussprache war bereits viel besser geworden. Ihr war deutlich anzumerken, welche Freude es ihr bereitete, sich nun auch mit gesprochenen Worten verständlich machen zu können.

»Hoffen wir, daß du recht behältst«, brummte Stanton. Dann streckte er beide Arme vor sich aus, klatschte die Handflächen mehrmals gegeneinander und hielt sie dann den 'hala entgegen. Dies war hier die gebräuchliche Form, Fremden gegenüber seine friedliche Absicht kundzutun.

Die Karren hielten an. »Das sind Bauern. Sie kommen von der Feldarbeit«, sagte Swain leise.

Der Major nickte. Er hatte die Harken und Spaten ebenfalls gesehen.

Die Männer und Frauen auf den Karren musterten die beiden Forcer mit unverhohlener Neugierde, wobei eine gehörige Portion Skepsis in ihren Mienen zu sehen war.

»Laß mich mit ihnen reden. Du sprichst noch zu schlecht«, raunte der Forcer seiner Begleiterin zu.

Stanton öffnete eben den Mund, um die Gruppe zu begrüßen, doch ein untersetzter 'hala, offenbar eine Art Vorarbeiter, kam ihm zuvor.

»Wo kommt ihr her?« erkundigte er sich feindselig.

»Ich bin Kessin und das ist meine Gefährtin Gedra. Wir sind aus der Gefangenschaft der Heimsucher geflohen.«

Die dunklen Augen des 'hala blickten mißtrauisch unter den buschigen Brauen hervor. Als er sich mit seinen kräftigen Händen an der roh gezimmerten Bordwand des Karrens abstützte, war seine Ablehnung fast körperlich zu spüren. »Wir wollen nichts mit euch zu tun haben. Seht zu, daß ihr von hier verschwindet.«

+Laß es gut sein, Stanton. Hauen wir lieber ab+, entstanden die Worte Swains im Bewußtsein des Majors. Doch der dachte gar nicht daran, aufzugeben.

»Ist das die Gastfreundschaft, die in dieser Gegend üblich ist? Wir sind müde und hungrig und haben etwas Geld, um für eine Unterkunft zu bezahlen. Nehmt uns eine Nacht auf, morgen ziehen wir weiter.«

Der untersetzte 'hala schien zu überlegen. »Also gut«, meinte er schließlich. »Bis morgen früh könnt ihr bleiben, aber dann will ich euch nicht mehr sehen.«

»Warum nicht gleich so?« lächelte der Forcer und stieg auf den vordersten Wagen. Da dieser nun voll besetzt war, nahm Swain den nächsten.

»Setz dich in die Mitte, auf die Säcke«, wies einer der Bauern den Major an. Dieser tat wie geheißen. Dann grinste er den untersetzten 'hala, der vorher das Wort geführt hatte, freundlich an.

»Wie soll ich dich anreden?«

»Ich bin Lassra. Unser Dorf heißt Ol'Jalap. Die Leute dort haben mich zum Beauftragten gemacht.«

»Ich dachte, die Passager dulden keine Beauftragten mehr?«

»Unser Dorf ist glücklicherweise klein und unbedeutend. Deshalb haben die Passager keinen festen Posten hier. Sie kommen nur alle paar

Wochen mal vorbei, um nach dem Rechten zu sehen. Dabei ist ihnen noch nicht aufgefallen, daß ich das Sagen habe, und wir werden uns hüten, es ihnen auf die Nase zu binden.«

»Wann waren sie das letzte Mal da?« erkundigte sich Stanton.

»Erst vor kurzem, sie werden also so bald nicht kommen.«

Der Major nickte befriedigt. Dann verzog er nachdenklich das Gesicht. »Ich hoffe, ihr habt keinen Teser unter euch«, meinte er mit nur zum Teil gespielter Besorgnis.

»Mit Sicherheit nicht. Und so wird es auch bleiben«, entgegnete der Beauftragte und nickte jemandem zu, der sich hinter Stanton befand. Der Forcer erhielt einen mörderischen Schlag auf den Schädel.

Die Auswahlkriterien zum kämpfenden Agenten beim Amt für Innere Abwehr waren die härtesten überhaupt. Der Begriff Forcer war nicht nur eine Bezeichnung, sondern eine Auszeichnung. Nur mit besonders guten körperlichen Anlagen hatte man überhaupt eine Chance, zum Auswahlverfahren zugelassen zu werden. Um es dann in der Hierarchie der kämpfenden Truppe bis zum Major zu bringen, mußte man einer der Besten sein. Stanton war einer der Besten. Obgleich man es ihm auf den ersten Blick nicht ansah, hatte er eine Natur wie ein Pferd. Und seine Bärenkräfte wußte der Forcer dank der Nahkampfausbildung höchst effizient einzusetzen. Jener 'hala, der Stanton von hinten einen Spaten über den Kopf geschlagen hatte, bekam dies sofort zu spüren.

Der Major steckte den Hieb weg, als wäre er nicht geführt worden. Ehe sich der Angreifer versah, krachte ihm Stantons Stiefelspitze gegen die Schläfe. Weitere Insassen des Karrens warfen sich auf den Forcer. Auch vom zweiten Wagen war Kampfeslärm zu hören.

Mit wuchtigen Hieben hielt sich der Major die Angreifer zunächst vom Leib. Doch es wurden immer mehr. Die Karren hatten angehalten, und für jeden, den Stanton vom Wagen schlug, kletterten zwei neue herauf. Vergeblich versuchte er, an sein Bündel zu kommen, in dem er eine Waffe verstaut hatte.

Dann wurde dem Forcer jene Schwäche zum Verhängnis, die schon in den psychologischen Tests aufgedeckt worden war und die er glaubte, überwunden zu haben. Eine zierliche, junge Frau attackierte ihn. Reflexartig holte er zu einem Schlag aus, zögerte dann jedoch einen kurzen Moment. Es war dem Major schon immer schwer gefallen, gegen Frauen mit brutaler körperlicher Gewalt vorzugehen.

Der Augenblick des Zauderns gab den Ausschlag. Die junge 'hala trat ihm hart zwischen die Beine, den Rest besorgten die anderen. Sie deckten den Forcer solange mit Schlägen ein, bis er das Bewußtsein verlor. Anschließend unterstützten sie die Insassen des zweiten Wagens, welche immer noch damit beschäftigt waren, Swain niederzuringen. Kurze Zeit später war es auch mit der Gegenwehr der Forceress vorbei.

Die erste Empfindung, die wieder in Stantons Bewußtsein drang, war der fade Geschmack aus einer Mischung von Dreck und Blut in seinem Mund. Würgend und spuckend versuchte er, sich davon zu befreien, was nicht einfach war, da seine Hände und Füße hinten zusammengebunden waren und er auf dem Bauch lag. Mit jedem Atemzug sog er Staub und Dreck ein. Nach einer Weile gelang es dem Forcer, sich auf die Seite zu drehen. Die Bewegung verursachte ihm höllische Schmerzen. Offenbar waren mehrere Rippen gebrochen.

Jetzt reute es ihn, daß er die Behandlung mit RS 113 verweigert hatte, als man sie ihm anbot. Diese Substanz wurde einmal injiziert und blieb dann ein Leben lang im Blutkreislauf. Sie steigerte die Selbstheilungskräfte des Organismus um ein Vielfaches. Sogar entfernte Organe wuchsen nach. Leider gab es auf etwa 200 Behandlungen einen Todesfall. Dieses Risiko wurde aber teilweise ausgeglichen, weil RS 113 noch bei Verletzungen helfen konnte, an denen man normalerweise ohne ärztliche Hilfe verstarb.

Der Major brach seine nutzlosen Überlegungen zu dem Präparat ab und versuchte festzustellen, wo er war. Durch die Ritzen zwischen den dicken Holzbohlen an der Decke drang das erste Licht des neuen Tages. So konnte der Forcer erkennen, daß um ihn herum Getreidesäcke und Fomtfässer gestapelt waren. Man hatte ihn anscheinend in einen Vorratskeller verfrachtet.

»Swain!« krächzte er.

+Oh, Gott sei Dank! Du bist wieder wach+, wisperte es in seinem Bewußtsein.

»Wo bist du?«

»Hier hinten«, rief sie.

Stanton strengte seine Augen an und sah die Forceress auf der anderen Seite des Raumes liegen. Sie war ebenso wie er an Händen und Füßen gefesselt.

»Ist alles in Ordnung?«

»Ich glaube schon. Und bei dir?«

»Es geht.« Stanton versuchte, sich noch etwas weiter herumzudrehen. Dabei durchfuhr ein stechender Schmerz seinen Brustkorb. Ihm wurde schwarz vor den Augen, und er verlor erneut das Bewußtsein.

Der Major erwachte von einem Kübel kalten Wassers, das man ihm über den Kopf schüttete. Prustend schnappte er nach Luft. Durch die Abfrischung klärten sich seine Sinne. Er befand sich jetzt in einer Scheune und war an einen Stuhl gefesselt. Durch das geöffnete Tor konnte er sehen, daß es draußen bereits heller Tag war. Zahlreiche 'hala hatten sich in der Scheune versammelt, und immer noch kamen welche herein. Neben ihm, ebenfalls an einen Stuhl gefesselt, saß Swain. Sie wirkte frisch und munter. Es waren keine Blessuren mehr an ihr festzustellen. Offenbar hatte sie sich nach dem Ende ihrer Ausbildung mit RS 113 behandeln lassen. Der Major wunderte sich, denn die Forceress war immer gegen diesen Eingriff gewesen.

In diesem Moment erschien Lassra. Die 'hala erhoben sich von ihren primitiven Sitzgelegenheiten. Als sich der Beauftragte hinter einen wuchtigen Tisch an der Stirnseite des Raumes setzte, nahmen sie wieder Platz.

Das ist eine Gerichtsverhandlung, durchfuhr es den Forcer.

+Da hast du recht. Er wird jetzt über unser weiteres Schicksal entscheiden+, vernahm er die Worte Swains in seinem Kopf. Jetzt hatte er den Beweis! Sie konnte also doch Gedanken lesen. Lassras Stimme unterbrach die Überlegungen des Majors.

»Als gewählter Beauftragter des Dorfes Ol'Jalap habe ich heute über die Strafe zu entscheiden, welche die beiden Heimsucher trifft, die uns überfallen haben.«

»Wir haben niemanden überfallen«, protestierte Stanton mit schwacher Stimme. Er fühlte sich hundeelend, und ihm war übel vor Schmerzen. Bei jedem Atemzug verspürte er ein Stechen im Brustkorb.

+Sei ruhig! Laß mich reden+, beschwor ihn Swain. Der Major spürte, daß ihren Worten eine suggestive Wirkung innewohnte. Es war nicht zu fassen! Diese Frau hatte offenbar weit mehr Fähigkeiten, als sich die Wissenschaftler des Amtes träumen ließen.

»Ist es bei den 'hala seit neuestem üblich, daß die Angeklagten gefesselt vor ihrem Richter sitzen müssen?« erkundigte sich die Forceress.

»Ihr seid keine ’hala, sondern Passager. Wir haben Dinge bei euch gefunden, die nur sie haben«, bellte Lassra.

»Selbst wenn es so wäre, stünde uns nicht dasselbe Recht zu?«

Der Beauftragte bewies, daß er seine Funktion ernst nahm. »Gut. Bindet sie los«, wies er einige kräftige Männer an, die offenbar die Funktion von Wachen ausübten.

»Wenn ihr zu fliehen versucht, töten wir euch sofort«, wandte er sich dann an die Forcer, als die Fesseln gelöst waren.

»Du wirst an unserem Verhalten nichts auszusetzen haben«, versprach Swain.

»Dann benutze gefälligst die Anrede, die einem Beauftragten zusteht!«

»Das werde ich tun, Herr. Verzeiht mir mein Benehmen.«

Diese Worte besänftigten den untersetzten ’hala offenbar, denn seine Miene wurde etwas freundlicher. In diesem Moment fiel Stanton von seinem Stuhl und blieb leblos liegen.

»Herr, erlaubt mir bitte, kurz nach meinem Gefährten zu sehen, es geht ihm offenbar nicht gut.«

Mit einer Handbewegung signalisierte der Beauftragte seine Zustimmung. Swain stand auf und beugte sich über den Major. Sie öffnete ihm das Hemd und strich mit den Handflächen über seinen Brustkorb. Dabei hielt sie die Augen geschlossen.

»Ich muß ihm helfen, sonst stirbt er«, wandte sie sich an den Beauftragten.

»Wie willst du ihm helfen? Die Passager haben keine Heilerinnen. Sie machen das mit Maschinen. Und solche wirst du nicht bekommen!«

Swain schloß erneut die Augen. Feine Schweißperlen überzogen ihr blasses Gesicht, als sie mit den Handflächen wenige Zentimeter über dem verletzten Bereich von Stantons Oberkörper verharrte. Dann schimmerten ihre Hände plötzlich goldgelb. Eine zähflüssige, honigfarbene Substanz tropfte von ihren Fingerspitzen auf die Brust des Forcer und versickerte dort, ohne Rückstände zu hinterlassen.

Mit weit aufgerissenen Augen verfolgte Lassra das Geschehen. Bei den Umstehenden erhob sich ungläubiges Gemurmel. Aus dem zaghaften Tröpfeln war inzwischen ein steter Strom von Vitalenergie geworden, der Swains Hände verließ und die inneren Verletzungen Stantons kurierte. Allmählich kehrte die Farbe in das Gesicht des Forcer zurück.

Als er die Augen aufschlug, wich der angespannte Ausdruck vom

Gesicht seiner Begleiterin. Das goldene Schimmern ihrer Hände wurde schwächer und verschwand.

Verwirrt sah sich Stanton um. »Was war denn los?« erkundigte er sich leise bei Swain. Diese wirkte müde und zerschlagen. Unter ihren Augen waren tiefe Ringe, trotzdem schien sie sehr glücklich zu sein.

+Du bist wieder in Ordnung, Stanton. Ich habe deine Verletzungen geheilt.+

Inzwischen hatten sich die 'hala von ihren Plätzen erhoben und warfen der Forceress scheue Blicke zu.

»Was erzählst du da für einen einen Unsinn, Swain!« meinte der Forcer ärgerlich.

+Das ist kein Unsinn. Steh auf, dann merkst du es!+ wisperte ihre Stimme sanft in seinem Bewußtsein.

Inzwischen war Lassra hinter dem wuchtigen Richtertisch hervorgekommen. Mit einer Mischung aus Ehrfurcht und Mißtrauen musterte er die Frau. »Es ist schon lange her, daß ich etwas Derartiges sehen durfte, Heilerin. Aber sage mir, warum arbeitest du mit den Heimsuchern zusammen? Du, eine Gesegnete unseres Volkes!«

»Wir sind hier, um der Tyrannei der Herrscher der STADT ein Ende zu bereiten. Sie verstoßen gegen die Gesetze meines Volkes«, sagte die Forceress offen.

»Deines Volkes? Ihr seid eine von uns, Gesegnete! Warum leugnet Ihr das?«

Verwirrt schaute Swain den Bevollmächtigten an. Währenddessen hatte sich Stanton erhoben und tastete seinen Brustkorb ab.

Lassra winkte einen der Wachen zu sich. »Du begibst dich zur Oberin. Sie soll unter allen Umständen sofort herkommen. So wie es aussieht, handelt es sich bei der Gefangenen um eine Gesegnete. Sag' ihr das und mach' so schnell du kannst!«

Der 'hala nickte und verließ eilig die Scheune. Jetzt wandte sich Lassra wieder an die Forceress. Den Major beachtete er überhaupt nicht.

»Ich kann Euch natürlich nicht aufhalten, Gesegnete, doch möchte ich Euch sehr bitten zu bleiben, bis die Oberste unseres Volkes eintrifft. Das wird sicher nur wenige Tage dauern. Bis dahin seid unser Gast, wir werden Euch behandeln, wie es Eurem Status entspricht.«

»Es ist ganz in unserem Interesse, mit der Obersten deines Volkes zusammenzutreffen. Bis dahin werden wir gerne deine Gäste sein.«

»Ihn habe ich nicht gemeint«, erwiderte der Bevollmächtigte mit einem finsteren Blick auf Stanton.

»Er gehört zu mir. Ich wünsche, daß er ebenfalls als Gast behandelt wird.«

Der Bevollmächtigte überlegte kurz. »Gut, Gesegnete. Wenn Ihr Euch für ihn verbürgt...«, gab er schließlich nach.

»Das tue ich«, antwortete die Forceress.

Der untersetzte 'hala wies auf einen Knaben, der abwartend in der Nähe stand. »Geht mit Ferem. Er wird Euch eine Unterkunft zuweisen.«

Swain nickte und folgte zusammen mit Stanton dem Jungen, der sich eine Gasse durch die gaffenden 'hala bahnte. Nachdenklich sah ihnen Lassra nach.

Etwa fünfzig Landmeilen entfernt, in den Höhlensystemen des Berges Tenedar, empfing die Oberin nach einem ausgiebigen Frühstück Erdena und ihre Begleiter, um festzulegen, wie man weiter vorgehen wollte.

Als erstes meldete sich Termalnjong zu Wort.

»Der Immerwährende Beschützer wird bald erscheinen. Wenn dies geschieht, beginnt der Kampf gegen die Heimsucher. Vorher aber müssen wir nach Rhetana, um für Senar und Erdena ein Aschereide zu erhalten«, erklärte er.

»Die Fähigkeit zur Ortsversetzung reicht nicht aus, alle zugleich von hier bis ans Ziel zu bringen...«, gab Frese den Anwesenden zu bedenken und fuhr mit einem Seitenblick auf Erdena fort: »... oder sollte ich mich da täuschen?«

»Für wen hältst du mich? Ich kann auch nicht mehr als du«, meinte die Heilerin belustigt. Im Stillen wägte Erdena Nutzen und Risiko gegeneinander ab. Möglicherweise hätte sie es sogar geschafft, alle von hier aus direkt ans Ziel zu bringen. Aber dann wäre sie sicher völlig erschöpft auf der Insel angekommen.

Die Alte verzog nach dem Einwand der Hohen Gesegneten argwöhnisch das Gesicht und fuhr fort: »Ich bin der Meinung, es genügt vollkommen, wenn sich nur der Einäugige und Erdena nach Rhetana begeben. Was sollten wir anderen auch dort? Termalnjong und ich haben bereits Aschereide...«, sie warf dem Informierten einen kurzen Blick zu, »... und Mares erhält keines.«

Mares quittierte diese Worte mit finsterer Miene, schwieg aber.

Termalnjong dachte kurz nach. »Du hast recht, Oberin«, meinte er schließlich. »Senar und Erdena werden auf Rhetana ohne uns zurecht kommen. Außerdem ist ja Sednadrang dort für sie da.« Der Hüne und die Heilerin nickten zustimmend.

»Wir sind uns also einig. Ihr begebt euch nach Rhetana, und wir warten hier auf eure Rückkehr«, sagte die Alte befriedigt zu den beiden zukünftigen TRÄGERN.

»Gut. Dann sollten wir uns heute besser ausruhen, denn morgen wird ein harter Tag«, meinte Senar zu seiner Gefährtin und erhob sich.

In diesem Moment geschah es. Frese und Erdena spürten es gleichzeitig. Die heilende Kraft wurde in einer Weise angewandt, wie es nur einer Gesegneten möglich war. Die Blicke der beiden Frauen trafen sich.

»Was ist los?« erkundigte sich Senar, dem ihre verblüfften Mienen aufgefallen waren.

Als die Alte es ihnen erklärt hatte, sahen sich die Männer ratlos an. Frese stemmte die Arme in die Hüften und fauchte: »Was ist, was glotzt ihr so? Die Hohe Gesegnete und ich haben Wichtiges zu besprechen, also laßt uns allein.«

Während sich Mares und der Gnom beleidigt zurückzogen, grinste Senar breit, als er ging. Erdena sah ihm schmunzelnd nach. Dann wurde sie ernst. »Hast du feststellen können, wo sie ist?«

Die Alte wiegte den Kopf. »Ol'Jalap, würde ich sagen.«

»Gut, dann begib dich hin und sieh' nach.« Ohne Widerspruch akzeptierte die Oberin die Anweisung. Sie nickte nur kurz und war gleich darauf verschwunden.

Stanton und Swain wurden in zwei Zimmern der Dorfherberge einquartiert. Als Ferem gegangen war, begab sich die Forceress in das Zimmer des Majors, das gleich neben dem ihren lag. »Bist du okay?« erkundigte sie sich.

Müde winkte er ab. »Soweit schon. Würdest du mir jetzt erklären, was das Gewäsch bedeuten soll, du seist eine Gesegnete? Und wie kommen die 'hala darauf, du gehörtest zu ihrem Volk?«

Swain zuckte mit den Schultern. »Das sind gute Fragen, Stanton, aber ich kann sie dir nicht beantworten.«

»Vielleicht kannst du mir dann sagen, wie du es fertiggebracht hast, meine Verletzungen zu heilen?«

»Es... es war irgendwie ein Instinkt. Ich wußte plötzlich, was ich tun mußte, damit es dir wieder besser geht.«

»Hat es etwas mit dieser Welt zu tun, daß du plötzlich Fähigkeiten entwickelst, die du vorher nicht hattest?«

Die Forceress breitete kurz die Arme aus und ließ sie wieder sinken. »Seit wir hier sind, ist es mir, als sei meine Seele aus einem Gefängnis befreit worden. Ich habe das Gefühl, dieser Welt näher zu sein als der unseren.«

»Wie meinst du das?«

»Ich weiß es nicht. Laß' uns später weiter reden - ich bin müde und brauche etwas Ruhe.«

Der Forcer nickte. »Wir haben einiges hinter uns. Eine Mütze voll Schlaf wird uns guttun.«

Kaum hatte sie sich niedergelegt und die Augen geschlossen, beschlich Swain das Gefühl, nicht mehr alleine in ihrem Zimmer zu sein. Sie richtete sich im Bett auf und gewahrte neben der Türe eine hochgewachsene alte Frau mit langen, schlohweißen Haaren. Diese musterte die Agentin des Amtes für Innere Abwehr mit ausdruckslosem Gesicht.

»Wer bist du?« fragte die Forceress.

Schweigend trat die Alte näher. Sie verbreitete eine Aura von Macht und Gefährlichkeit, die Swain Angst einflößte. Die Forceress wollte aus dem Bett springen, doch irgendetwas hinderte sie daran. So blieb sie sitzen und starrte die Weißhaarige an.

»Ich bin Frese«, sagte die Alte mit ruhiger, heiser klingender Stimme.

Wie gebannt sah die Forceress in die nachtschwarzen, unergründlichen Augen der Frau, die aus einem von unzähligen Falten durchzogenen Gesicht auf sie blickten.

+Zieh dich an. Du wirst mit mir kommen.+

Swain erschrak heftig, als die Worte der Alten in ihrem Geist entstanden. »Ich will nicht mit dir kommen, außerdem bin ich nicht alleine hier«, antwortete sie mit gesprochenen Worten.

+Der andere spielt keine Rolle. Vielleicht töte ich ihn, vielleicht nehme ich ihn auch mit. Ich werde es mir überlegen...+

+Wenn du ihn tötest, bekommst du es mit mir zu tun!+ Dieses Mal hatte auch Swain die lautlose Sprache benutzt. Herausfordernd sah sie die Alte an.

+Was willst du mit dem Passager, Schwester? Er ist unser Feind. Du willst mir doch nicht erzählen, daß du mit ihnen zusammenarbeitest?+

+Was redest du? Ich bin nicht deine Schwester! Ich gehöre auch jenem Volk an, das ihr Passager nennt.+

Frese lachte auf. »Du kannst dich darauf verlassen, Schwester, daß du sowenig eine Passager bist wie ich.«

In diesem Augenblick klopfte es kurz, die Türe ging auf, und Stanton kam herein.

»Tut mir leid, daß ich dich nochmal störe, aber...« Wie angewurzelt blieb der Forcer stehen. Überrascht sah er erst zu der Alten, dann zu Swain.

»Wer ist sie?« erkundigte er sich dann.

+Wenn du mich nicht zur Feindin haben willst, läßt du ihn in Ruhe+, drohte die Forceress und benutzte dabei wieder die lautlose Sprache.

Frese wandte sich mit geheuchelter Freundlichkeit dem Forcer zu. »Du kannst Oberin zu mir sagen. Ich bitte euch beide, mit mir zu kommen, damit wir uns unterhalten können. Seid ihr damit einverstanden?«

Nach diesen Worten verzog Frese spöttisch die Mundwinkel und erkundigte sich in der lautlosen Sprache bei Swain: +War es gut so?+

Diese nickte leicht und meinte: »Wir werden mit dir kommen.«

»Lieutenant Swain! Ich habe das Kommando bei dieser Mission«, erinnerte der Major.

»Bitte, Stanton! Ich spüre, daß es unbedingt notwendig ist, mit ihr zu gehen.«

Der Forcer überlegte einige Sekunden und meinte dann: »Bist du sicher?«

Sie nickte.

»Gut, Oberin. Wohin geht die Reise?«

Statt zu antworten, öffnete Frese die Türe. Draußen stand Lassra. »Ich danke dir für deine Umsicht, Beauftragter. Bereite Jahaks und Wagen vor, die Fremden kommen mit mir.«

Lassra nickte unterwürfig und zog sich zurück.

»Bald wirst du die Hohe Gesegnete kennenlernen«, wandte sich die Oberin dann an Swain. Bevor Frese den Raum verließ, warf sie Stanton noch einen verächtlichen Blick zu.

Unruhig ging Erdena in ihrer Kammer auf und ab. Jeder Tag des Wartens kam ihr wie eine Ewigkeit vor. Irgend etwas in ihr fieberte dem Treffen mit jener plötzlich aufgetauchten Gesegneten entgegen. Erdena mußte sich sehr beherrschen, den Ankömmlingen nicht entgegenzueilen, als sie erfuhr, daß die Oberin mit einem Mann und einer Frau eingetroffen war. Endlose Minuten vergingen, bevor Frese die Heilerin aufsuchte.

»Es ist mir unbegreiflich, aber sie ist eine Gesegnete. Du wirst es nachher selbst feststellen können. Sie glaubt, dem Volk der Heimsucher anzugehören und ist auch in Begleitung eines männlichen Passager.« Die Oberin spuckte verächtlich auf den Boden, bevor sie weitersprach. »Außerdem behauptet sie, von deren Ursprungswelt zu kommen.«

»Kann es nicht sein, daß du dich täuscht und sie doch eine der Fremden ist?« erkundigte sich Erdena.

Die Alte schnaubte. »Wenn du ihr gegenüber gestanden hättest, würdest du mich das nicht fragen. Diese Swain ist mit jeder Faser ihres Körpers eine 'hala, und eine Gesegnete obendrein.«

Erdena wirkte mit einem Mal sehr nervös. »Ich will die Frau sehen, bringst du sie bitte zu mir«, bat sie und bemühte sich, das Zittern ihrer Hände vor der Oberin zu verbergen.

»Was hast du? Was ist los mit dir?« wunderte sich die Alte.

Erdena machte eine hilflose Geste. »Es hat etwas mit jener Zeit zu tun, die ich DORT verbracht habe. Mehr weiß nicht. Bring' die beiden jetzt zu mir.«

Frese nickte und entfernte sich. Nach einigen Minuten erschien sie in Begleitung der beiden Fremden wieder.

Zuerst kam Swain herein. Als sie durch die Türe ging, traf sich ihr Blick mit dem der Hohen Gesegneten. Die Forceress blieb stehen, als sei sie gegen eine Wand geprallt. Erdena hatte das Gefühl, keine Luft mehr zu bekommen. Aus den Tiefen ihres Unterbewußtseins bahnten sich Gefühle wie Freude, Trauer und tiefe Liebe mit solcher Macht ihren Weg, daß ihr fast die Sinne schwanden. Der Forceress schien es ähnlich zu gehen.

»Ich..., ich will mit ihr alleine sein«, sagte Erdena mit brüchiger Stimme.

Die Oberin warf Erdena einen besorgten Blick zu, bevor sie den Passager mit einer knappen Geste dazu veranlaßte, mit ihr hinaus zu gehen. Da sich abzeichnete, daß das Gespräch zwischen der Hohen Gesegneten und Swain länger dauern würde, sperrte die Alte den Major in einem muffigen Verlies ein. Diesem kam das gar nicht so ungelegen...

Erdena und Swain gingen zögernd aufeinander zu. Dann lagen sie sich plötzlich schluchzend in den Armen. Viele lange Minuten ließen beide ihren Gefühlen freien Lauf, dann lösten sie sich voneinander.

»Was ist bloß los mit mir? Ich hänge mich an eine wildfremde Frau und fange an zu heulen«, stammelte Swain.

Erdena lächelte. »Ich fühle, daß wir einmal sehr vertraut miteinander waren. Erzähle mir, woher du kommst und wer du bist. Dann erfährst du meine Geschichte, die auch die Geschichte der 'hala ist.«

Die Forceress nickte und begann über ihr Leben zu berichten...

Viele Stunden vergingen. Die Hohe Gesegnete erfuhr alles über Swain und die Passager. Die Agentin des Amtes für Innere Abwehr erzählte auch von ihrem Auftrag, wobei Details zur Sprache kamen, die eigentlich streng geheim waren. Swain machte sich keine Gedanken darüber, daß sie damit in den Augen des Volkes, das sie bislang als ihr eigenes betrachtet hatte, als Verräterin galt. Anschließend gab Erdena der Forceress einen Einblick in die Kultur der 'hala, berichtete von den Informierten und den Hohen Gesegneten. Zuletzt offenbarte die Heilerin auch die Geschichte ihrer Existenz. Swain erlangte so Kenntnis über Dinge, die nur wenige Auserwählte des Volkes der 'hala wußten. Als alles gesagt war, faßten sich die beiden voller Zuneigung an den Händen und lächelten sich schweigend an.

»Tu' mir bitte einen Gefallen«, bat Swain schließlich. »Sorge dafür, daß die Oberin Stanton kein Leid zufügt. Ich mag ihn und habe ihn nicht von seinen schweren Verletzungen geheilt, damit ihn Frese umbringt.«

Erdena horchte auf. »Es war der Passager, den du geheilt hast?«

Die Forceress nickte.

»Weißt du, was du da sagst?« erkundigte sich die Hohe Gesegnete verblüfft. »Unsere Gaben versagen normalerweise bei den Heimsuchern völlig. Wir müssen herausfinden, warum das bei dir anders ist.«

»Laß' mich zuerst mit Stanton reden. Er ist mißtrauisch. Ich möchte nicht, daß er etwas unternimmt, was euch schaden könnte.«

Erdena nickte verständnisvoll. »Gut. Dann werde ich in der Zwischenzeit die Oberin informieren. Wir sehen uns nachher...«

Mit steinernem Gesicht nahm Stanton den stecknadelkopfgroßen Empfänger aus dem Ohr und zertrat ihn. Seine Gedanken überschlugen sich.

Swain war aufgrund ihrer unklaren Herkunft immer ein Risikofaktor gewesen. Da das Amt aber andererseits nicht auf die besonderen Fähigkeiten der Forceress verzichten wollte, hatte man ihr den Major als Aufpasser zur Seite gestellt.

An der Kleidung der Agentin war ein Mikrosender angebracht, der jedes Wort übertragen hatte. So wußte Stanton, daß seine Partnerin Informationen der höchsten Geheimhaltungsstufe ausgeplaudert hatte. Das mußte Konsequenzen haben, auch wenn er nicht so ganz verstand, was da zwischen den beiden Frauen abgelaufen war. Enttäuschung über Swains Verrat und Zorn über die demütigende Behandlung durch die 'hala bestimmten Stantons nächste Schritte.

Der Major zog seine Stiefel aus und entriegelte eine Vorrichtung. Beide Absätze ließen sich nun zur Seite drehen und gaben Hohlräume frei, in denen Segmente untergebracht waren. Aus diesen hatte er innerhalb von zwei Minuten eine kleine Waffe zusammengesetzt. Er steckte sie in die Tasche und zog die Stiefel wieder an. Keinen Moment zu früh, denn im selben Augenblick wurde die Türe entriegelt und Swain trat ein.

»Es tut mir leid, daß dich die Alte so untergebracht hat, aber das werden wir ändern«, begrüßte sie ihn freundlich.

»Ich muß mit dir reden!« antwortete Stanton eisig.

»Was hast du denn?« Verblüfft schaute Swain in das finstere Gesicht ihres Einsatzleiters.

»Warum hast du dieser Eingeborenen Dinge verraten, die der höchsten Geheimhaltungsstufe unterliegen? Hast du vergessen, daß du eine Forceress bist und die Treue zum Amt immer an erster Stelle stehen muß?«

»Ich habe nichts Unrechtes getan...«

Stantons Gesichtsausdruck blieb abweisend. »Deine Gründe interessieren mich nicht! Jedenfalls hast du die Eingeborene über Dinge informiert, die sie nie hätte erfahren dürfen. Deshalb bist du ab sofort von deinen Pflichten entbunden.«

Swain schüttelte fassungslos den Kopf. »Warum willst du mich nicht verstehen? Ich habe immer geglaubt, du hättest etwas für mich übrig...«

»Das hatte ich auch, aber nur bis zu jenem Moment, als du übergelaufen bist.«

Die Forceress wurde blaß vor Wut. »Übergelaufen! Bist du jetzt völlig verrückt geworden?«

»Keine Diskussion mehr! Zu gegebener Zeit wird die Interne Kammer dein Verhalten beurteilen. Bis dahin stehst du unter Arrest!«

»Arrest?« Swain schnaubte verächtlich. »Ich gehe jetzt. Wenn du wieder klar bei Verstand bist, laß es mich wissen.«

»Ich meine es ernst, Lieutenant!« warnte Stanton und zog mit einer schnellen Bewegung die Waffe aus der Hosentasche.

Für einen Moment starrte Swain irritiert in die Mündung. Dann preßte sie die Lippen zusammen und holte aus, um dem Major eine Ohrfeige zu versetzen. Dieser machte eine abwehrende Bewegung mit der Hand, die die Waffe hielt. Als Swain mit dem Arm dagegen stieß, löste sich ein Schuß. Das Projektil drang in die Hüfte der Forceress ein und explodierte mit einem lauten Knall. Es hinterließ eine Verletzung, die kein Mensch überleben konnte.

Schockiert ließ der Forcer die Waffe fallen und beugte sich über seine leblose Partnerin. Ein Blick genügte, um zu erkennen, daß hier nichts mehr zu retten war. Tausend Gedanken jagten nun gleichzeitig durch den Kopf des Majors, während ihn Trauer und Selbstvorwürfe zu quälen begannen. Doch dann machte sich die harte Ausbildung bezahlt. Das Pflichtbewußtsein gebot ihm, seine Schuldgefühle zu unterdrücken.

»Damit mußt du später fertig werden, alter Junge! Jetzt hast du deinen Job zu erledigen«, murmelte er. Er hob seine Waffe wieder auf, stieg über die Sterbende hinweg und trat auf den Gang hinaus.

Ein Wachposten, den der Schuß aufgeschreckt hatte, sackte nach einem Fußtritt an die Schläfe bewußtlos zusammen. Dem Major war klar, daß er seinen ursprünglichen Auftrag jetzt nur noch erfüllen konnte, wenn er hier herauskam. Mit der Waffe in der Hand rannte er den Gang entlang. Links und rechts waren Türen, die zu den Unterkünften führten. Aus einer trat eine 'hala heraus. Ohne zu zögern packte Stanton die Frau an den Haaren und hielt ihr die Mündung der Waffe an die Schläfe. Mit schreckgeweiteten Augen sah sie ihn an.

»Du zeigst mir jetzt sofort, wo es aus diesem Bau hinaus geht, sonst stirbst du«, stieß er hervor.

Zitternd gehorchte die 'hala. Am Ende des Ganges war eine Treppe, die sie hinunterstiegen. Inzwischen wurden im gesamten Höhlensystem Alarmglocken geläutet.

»Haut ab, sonst bringe ich sie um!« drohte Stanton einer Gruppe von Männern, die ihm auf der Treppe mit gezogenen Messern entgegenkamen. Die Angehörigen des Zirkels zögerten kurz, dann zogen sie sich zurück. Bis zum Ausgang des Höhlensystems wurde der Forcer nun nicht mehr aufgehalten. Es waren sogar die Wachen abgezogen worden.

»Du kommst noch ein Stück mit, dann lasse ich dich laufen«, eröffnete Stanton seiner Geisel. Dann sah er es. Aus einer Nische neben dem Ausgang trat ein pechschwarzes Etwas mit menschlichen Umrissen. Dieses Gebilde strahlte so viel Bösartigkeit und Aggressivität aus, daß es dem Major war, als würde eine kalte Hand sein Herz zusammenpressen.

+Laß sie sofort los!+ Die Stimme in seinem Bewußtsein durchfuhr ihn wie das Kratzen von Metall auf einer Schiefertafel.

Der Major spürte, daß dieses Wesen im Grunde genommen gar nicht wollte, daß er die Frau gehen ließ. Mit jeder Faser ihrer Existenz hoffte die Erscheinung, daß sich sein Gegner sträubte und so die Gelegenheit bot, ihn auf die grausamste Art und Weise auszulöschen. Die Gier nach Kampf und Blut, die dieses Wesen verströmte, konnte man fast mit Händen greifen.

Noch nie in seinem Leben hatte Stanton solche Angst gehabt. Er ließ die Frau los und die Waffe fallen. Seine Geisel lief schreiend davon. Zitternd wartete er darauf, wie die Erscheinung darauf reagieren würde.

Mit einem wütenden Kreischen packte das Wesen die am Boden liegende Waffe und zermalmte sie zwischen den pechschwarzen Fingern. Der Major hatte den Eindruck, daß es seinem Gegenüber fast körperliche Schmerzen bereitete, ihn nicht sofort umbringen zu dürfen. Die Angst des Forcer wurde so groß, daß sich sein Verstand in die Bewußtlosigkeit flüchtete.

Augenblicke später verwandelte sich das lichtlose Geschöpf in Frese. Sie drehte Stanton mit dem Fuß in Rückenlage, grinste und murmelte: »Das werden mir meine Aschereide nie verzeihen, daß ich dich ihnen nicht zum Fraß vorgeworfen habe.«

Mit einer kraftvollen Bewegung, die man der hageren Alten nicht zugetraut hätte, hob sie den Major hoch und legte ihn sich über die Schulter.

»Jetzt kommst du an einen Ort, wo du wirklich gut aufgehoben bist...«, versprach sie ihm, obwohl er sie nicht hören konnte.

Fassungslos stand die Oberin vor der schwerverletzten Forceress. »Warum wurde ich nicht eher verständigt?« fauchte sie Mednal an.

»Nun, ich dachte, das könne warten, bis Ihr den Passager zur Strecke gebracht habt«, verteidigte sich der Eunuche.

Frese deutete mit wutverzerrtem Gesicht auf die Sterbende. »Das da ist eine Gesegnete! Sie braucht dringend Hilfe. Und du läßt mich hinter einem lumpigen Passager herlaufen, den die Wachen sowieso über kurz oder lang erledigt hätten.«

»Er war bewaffnet und hatte eine Geisel«, wandte Mednal ein.

»Geh mir aus den Augen«, schnappte die Oberin und beugte sich zu Swain hinunter. »Leider ist es mit meinen Fähigkeiten als Heilerin nicht weit her. Wenn dir noch jemand helfen kann, dann die Hohe Gesegnete«, murmelte die Alte. Noch bevor sie einen entsprechenden Wunsch an Erdena formulieren konnte, nahm die Heilerin in der Zelle Gestalt an.

»Swain!« rief die Hohe Gesegnete entsetzt, als sie die junge Frau sah, die am Fußboden in einer immer größer werdenden Blutlache lag. Inzwischen war die Verletzte dem Tod schon näher als dem Leben.

»Es muß sofort etwas geschehen«, stieß Erdena hervor, kniete neben der Forceress nieder und berührte mit beiden Händen sanft die Wangen der Sterbenden. Daß sie dabei ihre Kleidung und Hände mit Blut besudelte, beachtete sie nicht.

Dann holte Erdena mit weit aufgerissenen Augen tief Luft. Beim Ausatmen nahm ihre Haut einen honiggelben Farbton an. Erneut holte die Heilerin tief Luft und atmete wieder aus. Das goldene Schimmern ihrer Haut wurde intensiver. Nach drei weiteren Atemzügen hatte sich Erdena in ein Geschöpf aus reiner Vitalenergie verwandelt, einem gleißenden Gebilde mit menschlichen Umrissen. Jetzt beugte sich der Schemen langsam zu Swain hinab. Er berührte den Leib der Sterbenden und begann, langsam darin einzusickern, bis beide miteinander verschmolzen waren. Der Körper der Forceress begann nun ebenfalls dieses goldene Licht zu verströmen, zuerst nur schwach, dann immer stärker. Schließlich mußten sich die Anwesenden abwenden, weil ihre Augen die Helligkeit der Erscheinung nicht mehr ertragen konnten.

Als Swain und Erdena zu einer Einheit verschmolzen, erwachte die Forceress aus der Bewußtlosigkeit. Ihre Schmerzen waren verschwunden, sie fühlte sich mit einem Mal wohl und beschwingt. In diesem Moment fiel jene Barriere, die Teile des Gedächtnisses der beiden Frauen blockiert hatte. Die Heilerin erfuhr, was DORT geschehen war, und Swain offenbarte sich das Geheimnis ihrer Herkunft. Für die nächsten Minuten teilten die beiden Verbundenen Verblüffung, Freude und Trauer und spendeten sich gegenseitig Trost.

Frese hatte Mednal und die Wachen weggeschickt und wartete allein auf das, was weiter geschehen würde. Immer noch lag das gleißendhelle Gebilde mit menschlichen Umrissen regungslos am Boden. Dann beulte es sich plötzlich nach oben hin aus. Ein Kopf, Schultern und Arme aus Vitalenergie wurden sichtbar. Fasziniert sah die Oberin zu, wie sich die beiden in Vitalenergie transformierten Körper voneinander lösten und allmählich wieder ihre materielle Form annahmen.

Schließlich lag Swain ausgestreckt am Boden. Ihre Augen waren geschlossen, der Atem tief und regelmäßig. Von ihren Verletzungen war nichts mehr zu sehen. Neben ihr kniete Erdena. Sie war stark abgemagert, und die Augen lagen tief in den Höhlen. Trotzdem lag ein frohes Lächeln um ihre Mundwinkel, als sie sich erhob.

»Es ist schön, dich zu sehen, Oberin«, sagte sie mit krächzender Stimme. »Ich muß nach draußen, begleitest du mich?«

Die Alte nickte. Besorgt musterte sie die aufgesprungenen Lippen und das geschwundene Zahnfleisch der Heilerin. Als sie das Höhlensystem verließen, mußte Frese Erdena stützen. Sie konnte sich vor Schwäche kaum mehr auf den Beinen halten.

»Du solltest dich erst einmal etwas ausruhen«, schlug die Alte vor.

Die Heilerin schüttelte den Kopf. »Mein Ungeborenes... leidet. Es muß sofort etwas geschehen.«

Nun standen sie im Freien. Erdena schob wortlos den stützenden Arm der Oberin zur Seite und ging mit schleppenden Schritten auf den riesigen Blockbaum zu, der einen Steinwurf entfernt sein prächtiges Geäst in den Himmel reckte. Mit beiden Händen klammerte sich die Hohe Gesegnete an seinen Stamm und schloß die Augen.

+Ich grüße dich, Freund+, wisperten ihre Gedanken.

+Ich grüße dich, Freundin+, kam es zurück, und ein Gefühl der Wärme und Geborgenheit umfing sie. Wo die Hände Erdenas den Stamm berührten, entstand eine zähflüssige, goldgelbe Substanz. Zuerst war es nur ganz wenig, dann rann ein dicker Strom davon an ihren Armen entlang und versickerte in ihrem Körper. Nach und nach erhielt die gesamte Haut der Hohen Gesegneten einen goldfarbenen Teint, der so kräftig wurde, daß sie von innen heraus zu leuchten schien.

Als Erdena den Stamm losließ, nahm ihre Haut innerhalb weniger Augenblicke wieder die übliche sonnengebräunte Färbung an. Alle Blätter des Blockbaumes waren nun dürr und verwelkt, einige Äste abgestorben. Die Heilerin berührte nochmals kurz den Stamm. +Ich sorge mich um dich+, wisperten ihre Gedanken.

+Das brauchst du nicht. Meine Wurzeln sind verbunden mit dem Schoß des Lebens. Das, was ich dir gegeben habe, strömt mir von ihm wieder zu. Bald werden meine Blätter wieder grün und meine Zweige saftig sein.+

Erleichtert löste Erdena ihre Hand von dem Baum und wandte sich der Oberin zu. »Das war gerade noch rechtzeitig. Aber jetzt geht es uns beiden wieder gut.«

Die Hohe Gesegnete strotzte vor Vitalität. Alle Zeichen der Erschöpfung und Auszehrung waren verschwunden. »Auf, auf! Wir müssen gehen, die Zeit drängt«, sagte sie gutgelaunt zu Frese.

»Kommandiere mich nicht herum, ich bin nicht deine Dienerin«, schnappte die Alte. »Außerdem bist du mir einige Erklärungen schuldig.«

»Später, Frese«, vertröstete Erdena sie. Im selben Moment standen beide im Trakt der Heilerinnen, wohin man Swain inzwischen gebracht hatte. Die Alte fluchte innerlich, als sie feststellen mußte, daß es Erdena sogar möglich war, sie gegen ihren Willen an einen anderen Ort zu versetzen.

Die Forceress lag in einem Bett. Obwohl sie wieder vollkommen hergestellt war, hatten ihr die Heilerinnen nicht erlaubt, aufzustehen.

»Wie geht es Stanton? Ihr habt ihm hoffentlich nichts getan?« fragte die Gesegnete angstvoll.

»Was sorgst du dich um ihn? Er hat dich beinahe umgebracht, dafür wird er büßen«, fauchte die Oberin.

Erdena warf der Alten einen mißbilligenden Blick zu und meinte zu Swain: »Steh auf, wir gehen jetzt zu ihm. Und beeile dich, die Zeit drängt!«

Während die Forceress sich ankleidete, wandte sich Erdena an die Oberin. »Sag Senar Bescheid. Er wird mit Shana und mir in ein paar Stunden nach Rhetana aufbrechen. Wir treffen uns in Shanas Unterkunft.«

»Wer ist Shana?« erkundigte sich die Alte.

»Du kennst sie unter dem Namen Swain«, erklärte die Heilerin.

Daraufhin verschwanden Erdena und die Forceress. Zurück blieb eine verärgerte Oberin...

Stanton ging wie ein gefangenes Raubtier in seiner Zelle auf und ab. Jetzt, da seine Angst verflogen war, machte er sich wegen seines Versagens heftige Vorwürfe. Gleichzeitig verfluchte er diese Ebene, die Kreaturen hervorbrachte, auf die man ihn in seiner Ausbildung nicht vorbereitet hatte. Plötzlich war er nicht mehr allein. Swain und jene Frau, von der die Oberin behauptet hatte, sie sei eine Hohe Gesegnete, standen mit einem Mal vor ihm. Stanton starrte die Forceress entgeistert an. Wie konnte es sein, daß sie noch am Leben war? Bei einer solchen Verletzung hätte selbst RS 113 ihren Tod nicht verhindern können. Er war zwischen tiefer Erleichterung und Schuldgefühlen hin- und hergerissen.

»Swain! Ich dachte, ich hätte dich getötet! Wie kommt es... was ist passiert?« stotterte der Forcer. Swain lächelte begütigend.

»Wir unterhalten uns später darüber! Erdena muß dringend mit dir reden!«

»Ja, also...« wandte Stanton ein, doch Erdena unterbrach ihn.

»Schweig jetzt und höre mir zu. Dein Auftrag ist es, Miller und seine Helferin zu eliminieren, damit in der STADT wieder geordnete Verhältnisse herrschen und dem Expansionsbestreben von Ebene ZWEI Einhalt geboten wird.« Die Hohe Gesegnete machte eine Pause und sah Stanton erwartungsvoll an.

»Sprich weiter!« forderte er sie auf.

»Nicht wir sind deine Feinde, sondern Miller und seine Helfer. Um deinen Auftrag erfüllen zu können, brauchst du unsere Unterstützung. Wir bringen dich in die STADT und beseitigen Miller und sein Weib. Du sorgst im Gegenzug dafür, daß die 'hala ihre uneingeschränkte Freiheit wieder erhalten. Außerdem wirst du dich dafür einsetzen, daß die STADT auf eine andere Ebene verlegt wird.«

»Punkt Eins kann ich euch garantieren. Aber die STADT bleibt hier. Es wird eine friedliche Koexistenz möglich sein.«

»Gut«, meinte Erdena. »Klammern wir die zweite Forderung zunächst aus. Wir werden uns später noch darüber unterhalten. Willst du mit uns kooperieren?«

»Ich möchte mit Swain alleine reden«, verlangte der Forcer. Die Frau nickte. »Ich habe nichts dagegen. Ihr habt einiges zu besprechen!« Nach diesen Worten verschwand Erdena, und der Major war mit Swain alleine.

Der Forcer senkte den Kopf und meinte leise: »Ich bin so froh, daß du noch lebst. Ich wollte dich nie verletzen...«

»Du kannst nichts dafür, es war ein dummer Unglücksfall. Außerdem verstehe ich, warum ich mich in deinen Augen nicht korrekt verhalten habe«, meinte Swain versöhnlich. »Wirst du dir nun unvoreingenommen anhören, was ich zu sagen habe?«

Der Forcer nickte nachdenklich. »Ja, ich denke, das bin ich dir schuldig. Aber zuerst möchte ich wissen, wie es möglich ist, daß du noch lebst...«

Die ehemalige Forceress lächelte erleichtert und begann zu erzählen...

Eine Stunde später verständigte Swain mit einem Gedanken die Hohe Gesegnete. Augenblicke später stand sie in der Zelle. Der Forcer räusperte sich, dann sagte er zu Erdena:

»Ich habe Lieutenant Swain in meiner Eigenschaft als Major des Amtes für Innere Abwehr auf Dauer von ihren Pflichten entbunden. Ich betrachte sie jetzt als Angehörige des Volkes der 'hala und biete die Zusammenarbeit bei der Bewältigung des gemeinsamen Problems an.«

Erdena nickte befriedigt. »Du bist ab sofort Gast der 'hala. Ich werde veranlassen, daß dir eine Unterkunft zugewiesen wird, die einem Bevollmächtigten des Volkes der Hauptebene angemessen ist.«

Stanton wollte darauf hinweisen, daß er vom Amt keinerlei Befugnisse erhalten hatte, als Unterhändler oder Botschafter aufzutreten. Ein warnender Blick Swains hielt ihn davon ab.

»Wie Ihr wißt«, sagte er statt dessen vorsichtig, wobei er die einer Hohen Gesegneten angemessene Anredeform wählte, »bin ich zu einem bestimmten Zweck hier.«

Erdena nickte. »Wir benötigen noch eine Vorbereitungszeit von einigen Tagen, dann werden wir gemeinsam gegen Miller vorgehen.«

Stanton verbeugte sich lächelnd. »Auf gute Zusammenarbeit, Hohe Gesegnete.«

»Du hast es in der Hand«, meinte die Frau und verschwand zusammen mit Swain, als hätten sich beide von einer Sekunde zur anderen in Luft aufgelöst. Im selben Moment nahmen sie in Swains Unterkunft wieder Gestalt an, wo bereits Frese und Senar warteten. Erdena sah in die grimmige Miene der Oberin. Unwillkürlich mußte sie lächeln. Dann sagte sie:

»Du hast sicher viele Fragen. Die Zeit drängt, also werde ich dir meinen Geist öffnen, damit du dir die Antworten holen kannst.«

Der Groll der Alten verflog augenblicklich angesichts dieses Vertrauensbeweises der Hohen Gesegneten. Frese versenkte sich in den Geist der Heilerin und erfuhr innerhalb von Sekunden alles, was sie wissen mußte. Maßlose Verblüffung stand der Oberin danach ins Gesicht geschrieben. Sie warf Senar einen sonderbaren Blick zu, den dieser fragend erwiderte.

»Ich werde uns jetzt nach Rhetana bringen«, wandte sich Erdena an den Hünen und Swain. »Wir werden dort mit Sednadrangs Hilfe geeignete Aschereide ausfindig machen. Nachdem wir TRÄGER geworden sind, kehren wir zurück. Seid ihr bereit?«

Beide nickten.

»Sorge dafür, daß Stanton eine anständige Unterkunft bekommt. Wenn er sein Zimmer verlassen will, gib ihm eine Begleitung mit«, trug Erdena der Oberin noch auf. Dann verschwand die Heilerin mit ihrem Gefährten und Swain, als wären sie nie da gewesen.

8
Die Rückkehr des Schreins

DORT
Das zierliche Mädchen mit den zarten Gesichtszügen hatte sich innerhalb weniger Augenblicke in eine Bestie verwandelt, die nur ihren Instinkten zu gehorchen schien.

»Tu' es endlich!« bellte die Stimme des Alten.

Die Fremde wandte den Kopf und sah ihren Begleiter an wie ein Raubtier, das Beute wittert. Ihre Hände, nun sehnig, die Handrücken von hervortretenden Adern durchzogen, öffneten und schlossen sich nervös. Die Fingernägel der jungen Frau wirkten jetzt wie Krallen, lang und scharf.

Für einen Augenblick hatte es den Anschein, als wolle sie sich auf den alten Mann stürzen. Doch dann stieß die Fremde einen zornigen Schrei aus, schnellte herum und warf sich auf Senar, der von diesem Angriff völlig überrascht wurde. Ehe er reagieren konnte, packte sie mit der linken Hand sein Nackenhaar und zog mit unbändiger Kraft den Kopf des jungen 'hala zurück. Fast gleichzeitig schnellte die andere Hand nach vorne.

Ein mörderischer Schmerz durchfuhr den Sohn des Schmiedes. Es war ihm, als hätte der Prankenhieb eines Rorar seine linke Gesichtshälfte förmlich weggerissen.

Gellend schrie Senar seine Qual hinaus. Ein Strom von Blut lief über sein Gesicht und hinterließ einen faden Geschmack im Mund. Getrieben von Angst und Qual versuchte Senar aufzuspringen, doch sein rechtes Bein war gelähmt, so daß er mit dem Gesicht voraus der Länge nach hinschlug. Nach dem Hemd des Verletzten färbte sich nun auch der Sand um seinen Kopf blutrot. Keuchend vor Schmerz drehte sich der

Sohn des Schmiedes zur Seite und wartete hilflos auf den nächsten Angriff.

Vor ihm stand das junge Mädchen. Sie sah jetzt wieder aus wie ein zerbrechliches, liebreizendes Geschöpf. Senar schüttelte immer wieder den Kopf und versuchte sich das Blut aus dem Gesicht zu wischen, weil er auf dem linken Auge nichts mehr erkennen konnte. Er mußte sein Haupt drehen, um die Fremde ganz ins Blickfeld zu bekommen, als sie sich mit tränenüberströmtem Gesicht zu ihm hinunterbeugte.

»Um SEHEN zu können, mußtest du ein Auge opfern. Eines Tages wirst du es verstehen!« flüsterte sie schluchzend...

Swain und Senar hatten für einen Moment das Gefühl, ins Bodenlose zu fallen. Dann standen sie zusammen mit der Hohen Gesegneten auf dem felsigen, von einzelnen Gräsern bewachsenen Untergrund der Insel Rhetana. Erdena deutete auf einen dunklen Punkt in der Ferne.

»Das müßte Sednadrangs Hütte sein. Wir wollen nachsehen, ob er zuhause ist.«

Die beiden anderen nickten und folgten ihr. »Als Erdena den Hüter in So'Hona weggeschickt hat, habe ich mich gefragt, wie er es ohne seine Ausstattung schaffen soll, hierher zurückzukehren. Ich würde mich nicht wundern, wenn er den Passager in die Hände gefallen ist«, unkte Senar.

»Unkraut vergeht nicht, sagt man dort, wo ich herkomme«, meinte Swain und zeigte ein fröhliches Lächeln. Verstohlen musterte sie der Hüne. Irgendwie fühlte er sich zu dieser Frau hingezogen, obwohl er kein sexuelles Interesse an ihr verspürte.

»Nur kommst du nicht von dort, wo man das sagt, Shana«, brummte Erdena.

Der Hüne blieb stehen, als sei er gegen eine unsichtbare Mauer gelaufen. »Wie hast du sie eben genannt?«

»Ihr richtiger Name ist Shana. Wir reden ein anderes Mal darüber, jetzt ist keine Zeit dazu«, beschwichtigte die Hohe Gesegnete.

Den Rest des Weges schwieg der Einäugige. Doch sein Gesichtsausdruck verriet, daß ihn etwas sehr beschäftigte.

»Die Türe ist verschlossen«, stellte Shana fest, als sie an der Hütte angelangt waren.

Senar schlug kräftig dagegen und brüllte: »Hüter, du hast Besuch. Außerdem wartet Arbeit auf dich. Also, mach auf!«

»Du bist reichlich respektlos«, rügte ihn Shana, doch ihre Augen verrieten ehrliche Bewunderung für den kraftstrotzenden Hünen. In diesem Moment wurde geöffnet. Sednadrang stand vor den Ankömmlingen. Senar hätte ihn beinahe nicht wiedererkannt: Die Augen des Alten lagen tief in den Höhlen, umrahmt von dicken schwarzen Ringen. Er war bis zum Skelett abgemagert, die Kleidung schlotterte um seinen Körper. In seinem Gesicht spannte die Haut wie Pergament über den Backenknochen. Die Pupillen Sednadrangs schienen in die Ferne gerichtet und glommen düster.

»Kommt rein!« meinte er mürrisch.

Als die Heilerin an ihm vorbeiging, schien sie für einen Augenblick geistesabwesend. Anschließend nickte sie unmerklich. In der Hütte gebot ihnen der Alte mit einer Handbewegung, am Tisch Platz zu nehmen. Dann brachte er einige Gläser und einen großen Steinkrug mit kühlem Wasser. Nachdem Sednadrang eingeschenkt hatte, nahm er ebenfalls Platz. Der Blick, mit dem er Erdena dann musterte, hatte etwas Lauerndes.

»Seid ihr also endlich gekommen?« bemerkte er dann.

»Der Tag ist da, an dem sich deine Bestimmung erfüllt, Hüter. Wir werden die Symbiose eingehen, nachdem du uns geeignete Aschereide ausgewählt hast«, bestätigte die Frau.

Ein undefinierbares Lächeln umspielte die Mundwinkel Sednadrangs, als er meinte: »Es gibt viele tausend von ihnen. Alle sehnen sich danach, durch einen TRÄGER Zugang zu dieser Welt zu finden. Es wird nicht leicht sein, für jeden den passenden Symbionten zu finden. Manche sind stark und dominant, andere wiederum anpassungsfähiger. Die einen sind ehrlich und geradlinig, andere hinterhältig und verschlagen...«

Erdena wischte den Einwand mit einer Handbewegung beiseite. »Die Zeit drängt, Hüter. Bring' uns jetzt zu dem Ort, wo wir sie finden.«

Sednadrang schüttelte den Kopf. »Nicht alle auf einmal. Einer nach dem anderen. Folge du mir zuerst, Hohe Gesegnete!«

Die Heilerin stand auf. »Gut, ihr wartet hier, bis ich wieder zurück bin«, wies sie Senar und Shana an. Dann folgte sie dem Hüter, der eben das Zimmer verließ und den Flur entlang ging. An dessen Ende öffnete der Alte von Rhetana die Türe zu einer Halle, die viel größer war, als sie es nach den Maßen der Hütte hätte sein dürfen. Im Zentrum dieser Halle schwebte wenige Zoll über dem Boden eine etwa zehn Fuß durchmessende, runde Scheibe, die aussah, als sei sie aus dunklem, polierten Marmor. Sie war absolut zweidimensional. Wollte man sie von der Seite betrachten, sah man nichts.

In der Scheibe bewegten sich schwarze Schemen, die an Rauchschwaden erinnerten. Der Hüter trat an das Gebilde heran und streckte eine Hand hinein, die darin verschwand, ohne auf der anderen Seite wieder herauszukommen.

»Dort liegt ihre Welt. Wenn du dich mit einem Aschereide verbinden willst, mußt du hinein«, meinte Sednadrang und zog seine Hand wieder heraus.

»Ich begnüge mich zunächst mit dir, mein Freund. Wenn ich dann meine, noch weitere von deiner Sorte nötig zu haben, werde ich dort hineingehen.«

Der Alte von Rhetana starrte sie an. »Was meinst du damit?«

»Du weißt, was ich meine. Also, Kreatur, wie soll ich dich nennen?«

Schlagartig verwandelte sich Sednadrang in einen nachtschwarzen Schemen.

+Du brauchst dir über meinen Namen keine Gedanken zu machen. Ich werde dich jetzt töten und anschließend einen deiner Begleiter aussuchen, um in ihm meine Existenz in dieser Welt fortzusetzen, da der Körper Sednadrangs bald absterben wird+, drangen die Worte des Aschereide in Erdenas Geist.

+Warum nimmst du nicht mich? Bin ich dir zu stark? Hast du Angst vor mir?+

+In einem trächtigen Weib habe ich nichts verloren. Also stirb!+

Bei diesen Worten begann das Aschereide, der Heilerin die Vitalenergie zu entziehen. Erdena hatte das Gefühl, in einen schwarzen Schlund zu sehen. Für Sekunden war sie all ihrer Wahrnehmungen beraubt. Dann besann sie sich auf ihre Gaben. Der Geist der Hohen Gesegneten umfaßte das schwarze Gebilde, zerrte und rüttelte daran, brach und bröckelte Teile davon ab. Es ging leichter, als sie gedacht hatte. Die Heilerin empfing panische Gedanken des Aschereide, dessen Widerstand nun völlig zusammenbrach. Systematisch begann sie ihm die Lebensenergie zu entziehen.

+Hör' auf, ich unterwerfe mich! Laß mich dir dienen!+ flehte es.

+Du bist nicht würdig, einer Hohen Gesegneten zu dienen!+ versetzte Erdena verächtlich und beendete die Existenz des Wesens.

Dann beugte sie sich zu Sednadrang hinunter. Er schien völlig ausgetrocknet zu sein. Seine Haut war gelblich verfärbt und zerfiel, als sie sein Gesicht berührte. Sie konnte nichts mehr für ihn tun, denn Tote aufwecken konnte selbst eine Heilerin wie Erdena nicht.

Sie schüttelte traurig den Kopf. Der Hüter hätte sich nie wieder einen Symbionten nehmen dürfen, nicht einmal ein so schwaches Exemplar, wie es dieser gewesen war. Angst vor einer Symbiose, wie sie Sednadrang sicherlich seit seinen Erfahrungen mit Heehna hatte, machte es wohl unmöglich, aus dem Kräftemessen als Sieger hervorzugehen. Der Alte hätte es besser wissen müssen. Nun war er tot und konnte seine Aufgabe nicht mehr erfüllen.

Erdena stand vor der Scheibe. Sie hatte keine Ahnung, was zu tun war, um eine Symbiose mit einem Aschereide eingehen zu können. Hatte Sednadrang die Wahrheit gesagt? Mußte man in dieses Gebilde eindringen?

»Wenn ich es nicht ausprobiere, erfahre ich es nie«, murmelte sie und tat entschlossen den entscheidenden Schritt. Im nächsten Augenblick schienen tausend Stimmen in ihrem Kopf durcheinander zu reden. Erst nach und nach gelang es Erdena, sich dagegen abzuschirmen. Eine Stimme drang jedoch bis zu ihrem Bewußtsein durch.

+Ich fühle, daß du in der Anderen Welt die Mächtigste bist. Hier bin ich es. Verbinde dich mit mir, und deine Macht wird grenzenlos sein, wenn du die Herrschaft über mich erringst!+

Erdena überlegte nicht lange. Sie erkannte, daß jenes Aschereide, das mit ihr Kontakt aufgenommen hatte, ein starkes und wichtiges Exemplar seiner Gattung sein mußte.

+Verbinde dich mit mir+, forderte die Heilerin das Geschöpf auf und öffnete ihm ihren Geist. Die Liaison traf sie wie ein Keulenschlag. Mit aller Macht versuchte das fremde Bewußtsein, ihren Geist zu unterjochen. Erdena spürte, wie sie an Boden verlor. Mühsam unterdrückte sie die aufsteigende Panik.

+Du hast schon verloren. Gib auf, mach' es dir nicht schwerer als nötig. Ich werde dich gut behandeln und dir ausreichende Regenerationsphasen gönnen. Wehre dich nicht länger!+ wisperte die Stimme des Aschereide in ihrem Kopf.

Da meldete sich der Stolz der Heilerin. Die Seelen und der Geist mehrerer Gesegneter waren in ihr vereint. Frauen, die große Macht besessen und ausgeübt hatten. Nein, sie würde nicht versagen und vor dieser Kreatur in die Knie gehen! Mit einem mentalen Aufschrei setzte die Hohe Gesegnete all' ihre Willenskraft frei. Das Aschereide wurde in wenigen Augenblicken förmlich hinweggefegt und mußte sich bedingungslos unterwerfen.

+Bring' mich raus hier!+ befahl Erdena. Augenblicke später stand sie wieder auf dem Gang. Ohne Zeit zu verlieren, ging sie zurück zu Shana und Senar.

»Wo warst du? Wir haben uns große Sorgen gemacht!« empfing sie der Hüne.

»Wieso? Ich war doch höchstens eine halbe Stunde weg.«

»Eine halbe Stunde? Seit zwei Tagen warten wir auf dich. Wir haben schon das ganze Haus auf den Kopf gestellt und die Umgebung nach dir abgesucht.«

»Offenbar ist der Zeitablauf in der Welt der Aschereide anders«, überlegte die Hohe Gesegnete. Senar machte ein betroffenes Gesicht. Er war bereits einmal Opfer der ungleichen Zeitabläufe in den verschiedenen Welten gewesen.

»Es hilft jetzt nichts, darüber nachzudenken. Folgt mir!« befahl die Heilerin. Kurze Zeit später standen sie vor der Scheibe, in der sich dunkle Wolken träge zu bewegen schienen. Erdena erzählte ihren Begleitern, was inzwischen vorgefallen war.

»Leider kann Sednadrang seiner Aufgabe, uns geeignete Aschereide zuzuweisen, nicht mehr nachkommen. Ihr müßt eure Wahl selbst treffen. Da wir schon genug Zeit verloren haben, schlage ich vor, daß ihr beide gleichzeitig in die Welt der Symbionten geht.«

Senar nickte. Wenn er Furcht hatte, zeigte er es nicht.

»Bringen wir es hinter uns«, meinte Shana und ging auf den Kreis zu.

»Shana!«

»Ja?«

»Suche dir ein Exemplar aus, dessen du Herr wirst«, mahnte die Hohe Gesegnete besorgt.

Shana lächelte. »In Ordnung!«

Gemeinsam verschwanden der Hüne und die Frau in dem kreisrunden Gebilde.

Dem Einäugigen erging es ebenso wie Erdena. Als er in die andere Welt trat, flüsterten plötzlich unzählige Stimmen in seinem Kopf unverständliche Worte. Senar brauchte wesentlich länger als die Hohe Gesegnete, um sich dagegen abzuschirmen. Als er es schließlich geschafft hatte, versuchte er, sich zu orientieren. Dies war nicht einfach, denn um ihn herum war nichts als Dunkelheit. Der Hüne spürte seinen Körper nicht mehr, hier schien nur noch sein Bewußtsein zu existieren.

+Verschließe dich nicht länger. Du bist doch gekommen, einen von uns in dir aufzunehmen, oder nicht?+ wisperte es mit einem Mal in seinem Kopf.

+Du bist stark und mächtig, 'hala. Wir sind füreinander geschaffen. Versuche es mit mir!+ meldete sich eine andere Stimme.

Die Aschereide hatten anscheinend seine Anwesenheit bemerkt und versuchten nun, ihn für eine Symbiose zu gewinnen. Dutzenden von ihnen gelang es, seine Abschirmung zu durchbrechen und sich als Partner anzudienen. Senar versuchte vergeblich, sich den mentalen Kontakten zu entziehen. Schließlich gab er es auf und suchte sich jenes Geschöpf aus, von dem er den Eindruck hatte, daß es gegenüber den anderen dominierte.

+Ich will mit dir eine Verbindung eingehen. Was muß ich tun, damit ich vor den anderen Ruhe habe?+ wandte er sich an das Aschereide.

+Öffne dich mir+, war die Antwort.

Obwohl der Einäugige nicht genau wußte, wie er das machen sollte, tat er instinktiv das Richtige. Senar spürte, wie sich der Symbiont in seinem Geist einnistete. Im gleichen Augenblick trat etwas aus einem verborgenen Winkel seines Ichs. Dieses Etwas schien aus einer Vielzahl von ungeheuer aggressiven und bösartigen Konglomeraten zu bestehen, die gemeinsam ein Bewußtsein bildeten.

+WAS HAST DU HIER ZU SUCHEN, KREATUR?+ geiferte dieses Etwas das Aschereide an. Ein mentaler Entsetzensschrei erfüllte das Bewußtsein des Hünen. Der Symbiont versuchte verzweifelt, ihn zu verlassen.

+Was ist los mit dir?+ erkundigte sich Senar ratlos.

+Laß mich gehen!+ Angst und Schrecken schwangen bei diesen Worten mit. Verwirrt löste Senar die Verbindung und bemerkte, wie sich das Aschereide aus ihm entfernte.

Der Einäugige versuchte nun, zu anderen Symbionten Kontakt aufzunehmen. Dabei registrierte er, daß jenes Aschereide, das ihn so überstürzt verlassen hatte, intensiv mit seinen Artgenossen kommunizierte. Mehrmals glaubte der Hüne den Begriff »Gonns« zu vernehmen. Dann setzte eine Massenflucht ein. Überstürzt entfernten sich Hunderte von Symbionten, die ihn bisher umlagert hatten. Ihre Gedanken waren voll Angst und Grauen. Dann war Senar alleine. Sein Verstand hatte längst die Wahrheit erkannt. Es hatte keinen Sinn mehr, noch länger hierzubleiben.

+Ich will wieder zurück+, dachte der Hüne. Augenblicke später stellte sich ein kurzes Schwindelgefühl ein. Als es wieder hell um ihn wurde, sah er in Erdenas Gesicht.

»Das ging aber schnell! Ist alles in Ordnung?«

Der Einäugige schüttelte benommen den Kopf. »Ich möchte jetzt nicht darüber reden. Ist Shana noch drin?«

»Ja, es sind ja erst einige Minuten vergangen...« antwortete die Hohe Gesegnete, wobei sie ihn mißtrauisch musterte.

Auch Shana war dem Durcheinander von unzähligen Stimmen ausgesetzt, die in ihrem Kopf wisperten, als sie in die Welt der Aschereide eindrang. Ohne Mühe, schneller noch als die Hohe Gesegnete, schirmte sie sich dagegen ab. Ihre Erfahrungen mit der mentalen Kommunikation kamen ihr dabei zugute. Ruhig wartete sie ab, was geschehen würde. Als sich nichts tat, schickte sie ihren Geist auf die Reise. Sie erfühlte Senar und registrierte, daß er die Aschereide anzog wie ein Magnet. Offenbar war er als TRÄGER wesentlich begehrter, oder die Symbionten hatten sie aus irgendwelchen Gründen noch nicht wahrgenommen.

Plötzlich schienen diese Geschöpfe vor dem Einäugigen zu fliehen. Hunderte, ja tausende von ihnen drängten an Shana vorbei und rissen sie schließlich mit. Es dauerte ziemlich lange, bis sich die Aschereide wieder beruhigt hatten. Jetzt erhielt Shana Kontakt.

+Wer bist du?+ Die Stimme klang zaghaft und ängstlich.

+Was hat euch so erschreckt?+ fragte Shana zurück.

+Einer der Deinen ist zu uns vorgedrungen. Er trägt die Splitter des Bösen in sich.+

+Was meinst du damit?+ fragte Shana.

+Hast du auch die Splitter des Bösen in dir?+ erkundigte sich das Aschereide, ohne auf die Frage einzugehen.

+Nein, sicher nicht+, antwortete sie.

+Ich möchte in deine Welt. Willst du es mit mir versuchen?+

Shana überlegte. Sie hatte den Eindruck, daß jenes Aschereide, zu dem sie jetzt Kontakt hatte, eher zu den schwächeren zählte. Es würde ihr bei einer Partnerschaft bei weitem nicht soviel Macht verleihen. Andererseits würde es sich leichter beherrschen lassen als ein dominantes und starkes Exemplar.

+Wir wollen es versuchen+, bestätigte Shana. +Komm zu mir!+

Sofort nistete sich das Wesen im Geist der Gesegneten ein und versuchte, die Kontrolle über den Willen seiner Wirtin zu erlangen. Doch diese war darauf vorbereitet. Sie stemmte sich mit aller Macht gegen den Willen des Aschereide. Ihr Ziel war es, den Symbionten in jenen Teil ihres Geistes zu verbannen, wo er hingehörte, nämlich ins Unterbewußtsein. Das Geschöpf war jedoch zäher, als Shana gedacht hatte. Es attackierte sie mit einer Vehemenz, die sie immer mehr in Bedrängnis brachte. Offenbar hatte das Aschereide geschickt seine wahre Stärke verborgen. Shana begann allmählich müde zu werden und spürte ihre Widerstandskraft erlahmen. Das Aschereide gewann an Terrain. Immer weiter drängte es den Willen der Frau zurück. Shana fühlte, daß sie verlieren würde. Verzweiflung stieg in ihr auf. Sie war nahe daran, aufzugeben. Das Wesen merkte dies und triumphierte. Gleichzeitig ließ es sie seine Verachtung spüren.

+Was bist du doch für eine minderwertige Kreatur!+ höhnte es. +Du hast dich maßlos überschätzt. Jetzt werde ich dich benutzen, bis dein schwächlicher Körper seinen Dienst versagt.+

Die Worte des Aschereide vertrieben die Verzweiflung. Zorn machte sich in Shana breit. Je mehr das Geschöpf höhnte, umso wütender wurde sie. Schließlich empfand Shana einen Haß, wie sie ihn bisher nicht gekannt hatte. Ein Wort materialisierte in ihrem Geist: Gonns!

Als sie diesen Begriff dachte, potenzierte sich ihr Haß noch. Gonns! Sie wiederholte das Wort und fühlte, wie ihr dabei aus dem Haß eine unglaubliche Stärke erwuchs. GONNS! Sie geriet in Ekstase. GONNS! GONNS! GONNS! Wie eine Furie griff sie nun das Aschereide an, das den Vorgang tatenlos und mit blankem Entsetzen mitverfolgt hatte.

+Laß mich raus!+ wimmerte der Symbiont.

+NEIN, ICH WERDE DICH AUSLÖSCHEN!+

Das Aschereide geriet völlig in Panik, als Shanas Willen es umklammerte und zu zerquetschen drohte. Im letzten Moment fand das Geschöpf ein Schlupfloch und zog sich in das Unterbewußtsein der Frau zurück. Langsam beruhigte sich Shana. Erst nach einiger Zeit konnte sie wieder klar denken. Sie konnte sich den Vorgang nicht erklären, wußte aber, daß sie nun die Herrin über das Aschereide war. Ich muß irgendwann einmal mit Erdena darüber reden, dachte sie. Dann wünschte sich die ehemalige Forceress in ihre Welt zurück. Shana verspürte einen Sog und stolperte Augenblicke später aus dem dunklen Kreis ins Licht.

Senar fing sie auf. Besorgt musterte er die junge Frau. »Das hat lange gedauert! Fast eine Woche. Wir wollten gerade hinein und dich suchen. Ist alles in Ordnung?«

»Ja, es war knapp, aber ich habe es geschafft.«

»Wir müssen jetzt zurück, die Zeit drängt. Wenn der Schrein erscheint, beginnt der Kampf gegen die Passager. Seid ihr bereit?«

Senar und Shana nickten. Im nächsten Moment standen sie zusammen mit Erdena wieder im Höhlensystem des Zirkels.

Einen Tag später hatte die Hohe Gesegnete jene um sich versammelt, die dazu ausersehen waren, das Volk der 'hala von der Heimsuchung zu befreien. Außer Frese und Shana waren noch Termalnjong, Mares und Senar anwesend. Erdena ergriff das Wort:

»Die Ankunft Shanas war ein Geschenk des Schicksals. In ihrem Geist existiert eine Brücke über den Abgrund der Fremdartigkeit, welcher die Heimsucher vor unseren Gaben schützt. Als ich mit Shana eins war, habe auch ich gelernt, diese Kluft zu überwinden.«

Die Hohe Gesegnete machte eine Pause, um ihre Worte auf die Anwesenden wirken zu lassen. Dann sah sie zu Frese: »Nun mußt du noch diese Fähigkeit erwerben, Oberin. Erst dann sind wir stark genug.«

Die Alte nickte zustimmend und versenkte sich augenblicklich in den Geist der ehemaligen Forceress. Von ihr empfing nun auch die Oberin jenes spirituelle Verbindungsglied, das die Hohe Gesegnete erhalten hatte, als sie Shana heilte.

Frese löste sich wieder aus dem Geist der Frau und lächelte triumphierend. Ab jetzt waren die Heimsucher und das, was mit ihnen gekommen war, nicht mehr vor ihren Gaben sicher.

»Nun sind wir gerüstet«, meinte die Hohe Gesegnete zufrieden und fuhr fort: »Die Rückkehr des Schreins wird die Heimsucher beschäftigen.

Dann ist der beste Zeitpunkt, Stanton in die STADT zu bringen und uns um Miller und seine Metze zu kümmern.«

Termalnjong winkte ab. »Wer weiß, wie lange es noch dauern wird, bis der Immerwährende Beschützer zurückkehrt.«

»Das wird heute noch geschehen«, eröffnete ihm die Heilerin.

Nie hatte der Diener des Schreins überraschter ausgesehen. »Woher willst du das wissen?«

»Wer bist du, daß du glaubst, mich befragen zu dürfen wie ein Beauftragter den Dieb?« wies Erdena den Gnom ungehalten zurecht.

»Verzeih, Hohe Gesegnete. Aber du weißt sicher, wie wichtig dies für mich ist«, erwiderte Termalnjong unterwürfig.

»Ja, ich weiß es«, antwortete die Frau versöhnlich. »Frag' die Oberin!«

Der Gnom sah erstaunt zu der Alten. »Du hast Verbindung mit dem Schrein?«

Die Oberin grinste überlegen. »Natürlich, du etwa nicht?«

Termalnjong war seine Betroffenheit deutlich anzusehen. »Nein, ich nicht«, brachte er mühsam hervor. »Wo hat er sich all' die Jahre aufgehalten?«

Freses Grinsen wurde noch breiter. »Der Immerwährende Beschützer hat ein gutes Versteck. Er ist hier drin.« Bei diesen Worten tippte sich die Alte mit dem Zeigefinger gegen die Stirn.

»Was erzählst du da?« fragte Senar ärgerlich.

Jetzt wandte sich die Alte dem Hünen zu. »Gerade du müßtest mir glauben, bei allem, was sich in deiner Inneren Welt herumtreibt.«

»Was meinst du damit?«

»Hast du dich schon einmal gefragt, wer oder was die Gonns sind?«

»Das will ich gar nicht wissen!« meinte Senar abweisend.

»Dann schweig' und verschließe weiter deine Augen vor der Wahrheit«, versetzte die Alte.

»Du bist mir noch eine Erklärung schuldig«, erinnerte Termalnjong, mühsam um seine Fassung ringend. Für ihn war eine Welt zusammengebrochen. Er, der treue Diener des Immerwährenden Beschützers, kannte den Aufenthalt seines Gebieters nicht, während ausgerechnet Frese Bescheid wußte.

»Ich bin dir gar nichts schuldig«, fuhr die Oberin den Gnom an, bequemte sich dann aber doch zu einer Auskunft.

»Die Sedd waren in der Lage, Dinge zu immateriellen Bewußtseinsinhalten zu transformieren und diesen Vorgang auch wieder rückgängig zu machen. Der Immerwährende Beschützer hat diese Möglichkeit benutzt, um sich wirkungsvoll vor den Heimsuchern zu verbergen. Integriert in meinen Geist und verbunden mit meinen Sinnen war der Schrein immer über das aktuelle Geschehen informiert.«

Während die anderen ihre Aufmerksamkeit den Ausführungen der Oberin schenkten, streckte Shana ihre geistigen Fühler einer unbestimmten Ahnung folgend nach Ol'Jalap aus.

Plötzlich versteifte sich die ehemalige Forceress in ihrem Stuhl. Mit einer Handbewegung machte sie auf sich aufmerksam. »Ich habe Kontakt zu Lassra«, flüsterte sie tonlos. »Die Heimsucher haben, angeführt von der Stellvertreterin des Ersten, Ol'Jalap überfallen. Sie suchen nach Stanton und mir. Außerdem fragen sie nach der Oberin und dem Versteck des Zirkels. Lassra befürchtet, daß die Passager das Dorf zerstören und alle Bewohner umbringen werden.«

Erdena erhob sich. »Es ist soweit. Jetzt dürfen wir keine Zeit mehr verlieren. Also hört zu...«

»Habt ihr sie gefunden?« fragte Jankee statt einer Begrüßung den Einsatzleiter der Safereinheit, die vor wenigen Stunden das Dorf Ol'Jalap abgeriegelt und dessen Bewohner festgesetzt hatte.

»So wie es aussieht, sind sie nicht mehr hier, Zweite. Die bisherigen Verhöre ergaben, daß die beiden schon vor gut drei Wochen mit einer Frau, die Oberin genannt wird, weggegangen sind.«

Jankee verzog spöttisch das Gesicht. »Der Erste hat erst vor zwei Tagen ein Dossier der Zentralen Erfassung erhalten, in dem steht, daß es die Oberin nicht gibt.«

»Man darf nicht alles glauben, was man liest«, meinte der Einsatzleiter trocken und erwiderte ungerührt den strafenden Blick der Zweiten. Lead Commander Kenneth war ein fähiger Mann, deshalb konnte er sich solche Respektlosigkeiten erlauben.

»Vielleicht haben wir eine Spur zu diesem Weib. In diesem Dorf gibt es verbotenerweise noch einen Häuptling, er...«

»Sie meinen, einen Beauftragten?« unterbrach ihn Jankee.

»Ist mir egal, wie die ihn nennen. Er befindet sich unter den Inhaftierten und soll angeblich etwas über die Oberin wissen.«

»Ich will ihn sehen!«

»Das läßt sich machen. Kommen Sie mit, Zweite.«

Die beiden verließen das gleich nach ihrer Ankunft aus Fertigteilen errichtete Gebäude, welches Kenneth als Hauptquartier diente, und gingen hinüber zu den Haftcontainern. In ihnen waren die meisten Bewohner von Ol'Jalap zusammengepfercht worden.

»Holt den Häuptling raus«, befahl der Lead Commander zwei schwerbewaffneten Safern.

»Lassen Sie ihn in Ihr Büro bringen. Ich werde mich dort mit ihm unterhalten«, meinte Jankee zu Kenneth.

»Ja, gnädige Frau, ganz wie Sie wünschen«, erwiderte dieser spöttisch.

Jankee, die schon auf dem Weg zum Kommandogebäude war, machte wieder kehrt und ging freundlich lächelnd auf den Lead Commander zu. Als sie nur noch einen Schritt von ihm entfernt war, drehte sich die Rothaarige zur Seite und rammte ihm ihren Ellenbogen in die Magengrube. Als der Lead Commander nach vorne sackte, traf ihn noch ihr Knie mitten ins Gesicht. Röchelnd blieb er liegen. Dann hatte die Zweite plötzlich eine kurzläufige Waffe in der Hand und richtete sie auf den Kopf des Einsatzleiters. Mit schreckgeweiteten Augen schaute er in die Mündung.

»Vergessen Sie nie wieder, wen Sie vor sich haben, Lead Commander. Das nächste Mal bringe ich Sie um!«

»Es tut mir leid, Zweite. Ich habe mich ungebührlich benommen«, stammelte Kenneth. Das falsche Lächeln der Frau flößte ihm Angst ein. Jetzt erkannte er in aller Deutlichkeit, wie gefährlich sie war und daß sie ihren hohen Rang nicht umsonst innehatte.

»Gut, ich bin im Büro«, meinte die Rothaarige, drehte sich um und ging, als sei nichts gewesen. Wenige Minuten später brachten zwei Safer Lassra zu ihr.

»Beauftragter, ich freue mich, dich kennenzulernen. Nimm' Platz.«

Widerwillig setzte sich der 'hala und musterte Jankee, die bequem in einem Sessel lümmelte, verächtlich.

»Sie können gehen, ich brauche Sie nicht mehr«, wandte sie sich dann an die beiden Safer.

»Halten Sie es nicht für besser, wenn wir...« begann einer der Uniformierten.

Ein finsterer Blick von Millers Stellvertreterin brachte ihn sofort zum Schweigen. Eilig verließ er mit seinem Kollegen das Büro.

»So, jetzt können wir uns ungestört unterhalten, Beauftragter«, meinte die Zweite mit geheuchelter Freundlichkeit.

»Ich wüßte nicht, was wir beide zu besprechen hätten, Heimsucherin.«

Jankee überging die beleidigenden Worte. »Ihr hattet Besuch von zwei Fremden, einem Mann und einer Frau. Wo sind sie jetzt?«

»Bei der Oberin«, antwortete der Beauftragte bereitwillig.

»Gut. Und wo finden wir diese Oberin?«

Lassra lächelte freudlos. »Ihr werdet mich mit Sicherheit töten. Welchen Grund hätte ich also, die Oberin zu verraten?«

»Das will ich dir sagen, 'hala. Wenn ich von dir nicht erfahre, was ich wissen will, wird es das Dorf Ol'Jalap und seine Bewohner nicht mehr lange geben. Bist du jedoch kooperativ, ziehen wir ab, und ihr bleibt alle am Leben.«

»Ich weiß nicht, wo die Oberin ihr Domizil hat«, beteuerte Lassra und fuhr fort: »Niemand weiß das. Wer sie sucht, begibt sich an einen bestimmten Ort und wird dann von ihr gefunden, wenn sie Kontakt möchte.«

Jankee warf einen beiläufigen Blick auf einen Ring, den sie am Mittelfinger der linken Hand trug. Der Stein in der Fassung funkelte in strahlendem Blau.

»Wo ist dieser Ort?«

»Er ist in den Sümpfen von Bet'Nagat, ungefähr hundertfünfzig Landmeilen von hier.«

Jetzt veränderte der Stein seine Farbe. Er zeigte nun ein sattes Grün.

Mit voller Wucht krachte die Faust der Zweiten gegen Lassras Kinn. Dieser kippte mitsamt seinem Stuhl um und landete auf dem Boden. Sterne tanzten vor seinen Augen. Er brauchte fast eine halbe Minute, bis seine Sinne wieder klar wurden.

Der Beauftragte erkannte, daß er der Gewaltbereitschaft und Brutalität dieser geübten Kämpferin nichts entgegenzusetzen hatte. Deshalb ließ er es erst gar nicht auf einen Versuch ankommen.

»Wo ist dieser Ort?« wiederholte Jankee ihre Frage. Der Stein in ihrem Ring war nun kristallklar und farblos. »Nun?«

Lassra hatte Angst um sein Leben und vor weiteren Schlägen. Er beruhigte sich mit dem Gedanken, daß das Areal um den Berg Tenedar so riesig war, daß die Passager den Unterschlupf des Zirkels wahrscheinlich gar nicht finden würden.

»Er ist im Yargagebirge«, antwortete er schließlich und starrte auf den Ring. Der Stein schimmerte in sanftem Blau. Die Zweite registrierte es zufrieden. Als sie den Blick des 'hala bemerkte, meinte sie ironisch: »Wie du siehst, Halbaffe, haben wir sehr subtile Methoden, festzustellen, ob man uns anlügt. Also versuche es nicht noch ein zweites Mal.«

Lassra senkte den Kopf.

»Wir machen jetzt zusammen einen kleinen Ausflug zum Berg Tenedar. Mit deiner Hilfe werden wir sicher den Unterschlupf dieser Oberin finden.«

»Da brauchst du gar nicht soweit zu reisen, Metze. Wie heißt es doch bei deinem Volk: Warum in die Ferne schweifen...«

Jankee fuhr herum und schaute direkt in Freses Gesicht. Nie hatte die Zweite boshaftere und grausamere Züge gesehen.

Die Stellvertreterin Millers fand ihre Fassung erstaunlich schnell wieder. »Du mußt verrückt sein, hierher zu kommen, Alte«, schnaubte sie und holte mit einer tausendmal geübten Bewegung ihre Waffe hervor.

Diesen Moment nutzte der Beauftragte zur Flucht. Er war schon halb durch die Türe, als Jankee zwei Schüsse auf ihn abgab, welche Lassra auf der Stelle töteten. Dann richtete sie die Waffe wieder auf Frese.

Die Oberin lächelte böse. »Du wirst ihn nicht lange überleben. Erdena wartet schon auf dich, um Denaras Vermächtnis zu erfüllen.«

»Du hast jetzt genug Unsinn geschwätzt, Alte. Wir werden uns nun darüber unterhalten, wo genau der Unterschlupf des Zirkels ist.«

Frese ging langsam auf die rothaarige Passager zu. »Du findest uns in einem Höhlensystem im Berg Tenedar.«

Ungläubig starrte Jankee die Oberin an.

»Ich sehe, meine Offenheit überrascht dich. Aber freu' dich nicht zu früh, denn du wirst keine Gelegenheit mehr haben, dein Wissen weiterzugeben!«

Lässig fing Frese die Waffe auf, welche der Zweiten plötzlich von einer unsichtbaren Kraft aus den Fingern gerissen wurde. Jankee griff sich an den Hals und schnappte nach Luft, während die Waffe in der Hand der Oberin zu feinem Granulat zerfiel.

»Wir haben dazugelernt, Kreatur. Jetzt seid ihr nicht mehr vor der Macht unserer Wünsche sicher. Und während ich mich hier mit dir langweile, amüsiert sich die Hohe Gesegnete mit deinem Freund Miller in eurer schönen STADT.«

Die Zweite war inzwischen blau angelaufen und schlug mit beiden Händen wie wild um sich.

Da ging ein Ruck durch Frese. Ihre Augen wurden mit einem Mal ganz weit. »Oh, was ist das...? Ein alter Freund, der lange abwesend war, sieht die Zeit gekommen, seinen angestammten Platz wieder einzunehmen!«

Tausende winziger Fünkchen umtanzten plötzlich den Kopf der Oberin und vereinten sich zu einem glitzernden Etwas, das senkrecht emporschwebte und ohne Widerstand die Decke durchdrang, wobei es ständig an Umfang gewann. Die Alte schien durch diesen Vorgang in eine Art Starre verfallen zu sein. Regungslos und mit weit aufgerissenen Augen stand sie da. Der Druck auf Jankee war allmählich schwächer geworden und dann ganz verschwunden. Die Zweite reagierte hart und kompromißlos. Mit drei Schritten war sie bei der Oberin und trat ihr mit voller Wucht gegen die Schläfe. Frese brach wie vom Blitz gefällt zusammen.

Inzwischen schwebte das glitzernde Gebilde, das inzwischen die Form einer Spindel angenommen und enorme Ausmaße erreicht hatte, sechshundert Fuß über dem Gebäude. Dann, von einer Sekunde zur anderen, wurde das Objekt zu fester Materie. Ein gigantisches, goldmetallen schimmerndes Gebilde schwebte über Ol'Jalap: Der Immerwährende Beschützer war zurückgekehrt.

Im nächsten Moment brach die Hölle los. Schenkeldicke Energiestrahlen verließen den Schrein und verbrannten die Fahrzeuge der Heimsucher zu Schlackehaufen. Jankee erkannte die Gefahr, in der sie sich befand. Sie stürzte aus dem Gebäude und sah gerade noch, wie Kenneth in den Kommandoschweber, eine kleine und wendige Flugeinheit, einstieg. Mit einem kurzen Spurt war sie an Bord, ehe der Lead Commander den Einstieg verriegeln konnte.

»Raus hier!« herrschte sie den Einsatzleiter an, packte ihn am Hemd und warf ihn aus dem Luftfahrzeug. Anschließend führte die Zweite einen Alarmstart durch, noch ehe Kenneth weit genug von der Flugeinheit entfernt war. Mit gewagten Flugmanövern schaffte es die Stellvertreterin Millers, ohne Treffer aus der Reichweite des Schreins zu kommen und in Richtung STADT zu fliehen.

Inzwischen erhob sich Frese ächzend und Beschimpfungen vor sich hinmurmelnd. Der Fußtritt, den ihr Jankee versetzt hatte, wäre für jeden normalen 'hala tödlich gewesen. Mit der rechten Hand betastete die Oberin die blutunterlaufene Schwellung an der Schläfe. Ein warmes, goldenes Leuchten ging von ihren Fingern aus. Augenblicke später war von dem Bluterguß nichts mehr zu sehen.

+Bist du in Ordnung, Oberin?+ entstanden die Worte des Schreins in ihrem Kopf.

+Kümmere dich nicht um mich. Sieh zu, daß du mit den Flugmaschinen der Heimsucher fertig wirst.+

+Das ist bereits geschehen. Die Zweite ist mir jedoch entkommen. Meine Kapazität war zum Zeitpunkt ihrer Flucht ausgelastet, ich konnte mich nicht voll auf ihre Maschine konzentrieren.+

+Die Hohe Gesegnete hätte es dir nie verziehen, wenn du das rothaarige Biest abgeschossen hättest. Erdena legt größten Wert darauf, sie in die Finger zu bekommen. Ich jetzt allerdings auch...+

+Eure Aufgabe ist es, Senholzer von der Heimsuchung zu befreien. Rachegefühle solltet ihr dabei aus eurem Denken verbannen+, mahnte der Schrein.

+Das eine schließt das andere nicht aus, Maschine. Ich begebe mich jetzt in die Stadt, denn ich kann mir vorstellen, daß man mich dort braucht.+

+Geht es dir schon wieder gut genug?+

Die Oberin schnaubte verächtlich und verschwand.

Zum ersten Mal seit längerer Zeit war der Erste wieder besserer Laune. Es war endlich gelungen, eine heiße Spur der Agenten von der Hauptebene zu finden. Miller hatte sofort die Besetzung des Dorfes Ol'Jalap und die Festnahme sämtlicher Bewohner angeordnet, als die Zentrale Erfassung mitteilte, daß sich die Forcer dort aufhielten oder aufgehalten hatten. Obwohl nur zwei Leute gekommen waren, nahm der Kahlköpfige dies nicht auf die leichte Schulter. Viel Kopfzerbrechen bereitete ihm die Tatsache, daß die beiden nicht innerhalb der STADT aufgetaucht waren.

Ein kurzer Signalton kündigte ein Comgespräch an. Miller aktivierte das Gerät. Kenneth, der Einsatzleiter in Ol'Jalap, erschien im Holo.

»Bei uns ist alles klar, Erster. Wir werden in Kürze mit den Befragungen beginnen.«

»Gab es Widerstand?«

»Kaum der Rede wert.«

»Die Zweite ist nach Ol'Jalap unterwegs. Gewähren Sie ihr alle Unterstützung, die sie verlangt.«

»Natürlich, Erster«, nickte der Lead Commander.

Miller unterbrach die Verbindung. Der Herr der STADT lehnte sich zufrieden in seinem Sessel zurück und schloß für einige Minuten die Augen.

Plötzlich störte ein fernes Donnergrollen seine Ruhe. Miller stand auf und sah aus dem Panoramafenster. Am Horizont schob sich eine dicke, schwarze Rauchwolke in den Himmel. Mit einer Handbewegung aktivierte er die Verbindung zum Zentralrechner.

* ERSTER AN ZR. LAGEBERICHT!*

* AN VERSCHIEDENEN STELLEN DER STADT IST ES ZU HEFTIGEN EXPLOSIONEN GEKOMMEN. URSACHE NOCH NICHT BEKANNT. *

Miller verließ sich auf seinen Instinkt, der ihn noch nie getrogen hatte.

* ERSTER AN ZR. ALARMSTUFE EXISTENZGEFÄHRDUNG AUSLÖSEN! *

* ICH BESTÄTIGE DIE AUSLÖSUNG DER ALARMSTUFE EXISTENZGEFÄHRDUNG. ZEITPUNKT 04-01-3548, 15.03.46 *

Augenblicke später wurde die gesamte Verteidigungsmaschinerie der STADT aktiviert. Der Kahlköpfige begab sich in die Zentrale des Hauptamtes. Dort herrschte hektische Betriebsamkeit.

»Schon was Neues?« erkundigte er sich beim diensthabenden Leiter, Major Winger.

»Ja, es sieht so aus, als wäre dieselbe Waffe im Einsatz wie beim ersten Angriff auf die STADT vor einem halben Jahr. Doch diesmal wird sie an drei verschiedenen Stellen eingesetzt.«

Miller verzog das Gesicht. »Verdammt, dieser Sache war schon damals schwer beizukommen. Wenn sie jetzt mit drei von diesen Dingern kommen, wird es ekelhaft.«

* ZR AN ERSTEN. SOEBEN IST DER SCHREIN ÜBER DEM DORF OL'JALAP AUFGETAUCHT UND HAT DIE DORT EINGESETZTEN KRÄFTE VERNICHTET. KEINE ÜBERLEBENDEN, AUSSER DER ZWEITEN. SIE KONNTE MIT DEM KOMMANDOSCHWEBER FLIEHEN UND HAT MICH GERADE INFORMIERT. ICH HABE DEN SCHREIN IN DER ORTUNG, ER BEWEGT SICH MIT MÄSSIGER GESCHWINDIGKEIT IN RICHTUNG STADT. *

»Ordnen Sie Luftangriffe auf die vier größten Städte der 'hala an. Dort darf kein Stein mehr auf dem anderen bleiben«, befahl Miller dem diensthabenden Leiter der Zentrale.

»Erster, wir werden sämtliche Kräfte zur Verteidigung brauchen«, wandte der Major ein.

»Major Winger, Sie sind ab sofort von Ihren Pflichten entbunden, begeben Sie sich in den Hausarrest. Lieutenant Gerster, Sie übernehmen bis auf weiteres die Leitung der Zentrale«, befahl der Kahlköpfige.

Mit steinernem Gesicht verließ Winger die Zentrale. Indessen ordnete Gerster den Angriff auf die 'hala-Städte an. Wenige Minuten später verließen vier Schweberstaffeln die STADT in Richtung Fa'Senn, Grat' Hala, Gren'Volat und Ma'Desch.

»Erster, die 'hala haben im Quadrant L 14 nun ebenfalls diese Waffe eingesetzt. Sie müssen also über mindestens vier dieser Systeme verfügen«, meldete der Ortungstechniker.

»Die Schweberstaffeln sollen zurückkehren. Der Angriff auf die 'hala-Städte wird vorerst nicht durchgeführt. Wir brauchen die Maschinen zur Verteidigung«, revidierte Miller seine Entscheidung, ohne an den gemaßregelten Offizier auch nur einen Gedanken zu verschwenden und fuhr fort: »Ich will diese Dinger aus der Nähe sehen!«

Der Ortungstechniker nahm einige Schaltungen vor. Aus dem großen Holofeld wurden vier kleinere. Auf allen waren pechschwarze Schemen mit humanoiden Umrissen zu sehen, welche die Energiestrahlen der Kampfschweber aufsaugten wie Schwämme und dann an den Ausgangspunkt zurückschickten. Andere Schweber fielen ohne ersichtlichen Grund plötzlich wie Steine zu Boden und explodierten.

»Sie manipulieren die Schwerkraft im Bereich der Kampfeinheiten. Ich kann teilweise den dreihundertfachen Normalwert anmessen. Kein Wunder, daß die Maschinen das nicht mehr kompensieren können«, rief der Ortungstechniker aufgeregt.

Miller starrte auf die Holofelder. Trotz der vielen Explosionen hatte er das Gefühl, daß die Eindringlinge bisher nur verhalten angriffen. Der Schaden, den sie bisher angerichtet hatten, war gering im Vergleich zu damals, als ein einzelnes dieser Systeme die STADT attackiert hatte.

Jankee betrat die Zentrale. Sie wirkte angeschlagen. »Wie sieht's aus?« erkundigte sie sich.

Der Erste wandte sich ihr zu und verzog mißmutig das Gesicht. »Mit den bisher eingesetzten Waffen erreichen wir nichts. Es wäre erforderlich, schweres Gerät aufzufahren, aber dann gehen Teile der STADT auch mit drauf.«

»Haben wir eine andere Wahl?«

»Nein, vermutlich nicht... Übernimm du das. Begib dich in die Schaltstation und steuere den Einsatz der Kampfsatelliten.«

Die Zweite nickte und verließ die Zentrale. Wenige Minuten später tauchte eine gigantische Spindel am Horizont auf. Der Schrein bewegte sich in etwa sechstausend Fuß Höhe auf die STADT zu.

»Jankee, bist du schon in der Schaltstation?«

»Gerade eingetroffen«, kam es aus dem Empfänger.

»Nimm' dir als erstes den Schrein vor, er ist noch etwa hundertfünfzig Meilen entfernt und kommt mit Mach 2 näher, wird aber langsamer.«

»Das Ding wird gleich sein blaues Wunder erleben. Und jetzt stör' mich nicht länger.«

Miller lächelte und unterbrach die Verbindung. Gleichzeitig, als habe das eine etwas mit dem anderen zu tun, verschwanden die vier nachtschwarzen Schemen, als hätten sie nie existiert.

Erdena hatte Termalnjong, Senar, Shana und Stanton in die STADT gebracht. Während sich Senar mit dem Forcer in einem ruhigen Außenbezirk verborgen hielt, suchten sich die TRÄGER drei wichtige Knotenpunkte aus und riefen ihre Symbionten zur Liaison. Erdena hatte die anderen eindringlich ermahnt, nicht zuviel Kraft zu vergeuden, denn der Angriff sollte nur Verwirrung stiften, um leichter an Miller und die Zweite heranzukommen.

Auch die Hohe Gesegnete hielt sich daran, obwohl sie über beachtliche Energien verfügte. Während sie mit Hilfe des Aschereide durch Schwerkraftwellen die Luftfahrzeuge der Passager zum Absturz brachte und die Strahlbahnen der Angreifer auf die Gebäude der STADT lenkte, registrierte die Frau, daß nun auch die Oberin in die Kämpfe eingriff. Offenbar gab es in Ol'Jalap nichts mehr für sie zu tun.

Während Erdena eine Spur der Verwüstung auf ihrem Weg durch die STADT hinterließ, suchte sie mit ihren Gaben nach Miller. Die Hohe Gesegnete kannte von Stanton die Lage des Zentralgebäudes. Dort würde sich der Erste aufhalten.

Da war er! Die Frau spürte seine Ausstrahlung, sie konnte sogar seine Gedanken lesen. Auch die rothaarige Metze des Ersten war in der Nähe. Erdena zwang das Aschereide in ihr Unterbewußtsein zurück. Dann nahm sie kurz Kontakt mit Termalnjong und der Oberin auf und versetzte sich anschließend zu Senar und dem Forcer.

»Ich habe Miller gefunden. Wir holen jetzt Shana, dann werden wir ihm einen Besuch abstatten.«

»Was ist mit Termalnjong?«

»Er wird sich zusammen mit der Oberin innerhalb der STADT bereithalten, falls wir Hilfe brauchen.«

»Die Alte ist auch hier?« wunderte sich Senar.

»Frese ist immer gerade dort, wo man sie nicht vermutet. Wußtest du das nicht?« spottete Erdena und nahm den Ortswechsel zu Shana vor. Als diese registrierte, daß die Hohe Gesegnete mit ihren Begleitern angekommen war, zwang auch sie ihr Aschereide ins Unterbewußtsein zurück.

»Hast du ihn gefunden?«

Erdena nickte. »Er ist im Hauptgebäude und leitet die Verteidigung. Die Rothaarige ist auch dort.«

»Worauf warten wir dann noch?« meinte die ehemalige Forceress.

Im nächsten Moment war der Platz, an dem die vier gerade noch gestanden waren, leer...

Wieder einmal folgte Miller seinem Instinkt. Als die vier Angreifer plötzlich verschwanden, verließ er die Zentrale und begab sich zu Fessner in das Labor.

»Hallo Martha, wie geht es voran?«

Die Professorin sah von einem Computerterminal auf und zuckte mit den Schultern. »Die bisherigen Auswertungen haben ergeben, daß Sie recht haben könnten, Erster. Es besteht tatsächlich die Gefahr, daß es den 'hala in absehbarer Zeit möglich sein wird, ihre besonderen Gaben auch gegen uns zu richten. Der Grund, warum wir bisher immun waren, ist in unserer Fremdartigkeit auf dieser Existenzebene zu suchen. Es erfolgt jedoch ein allmählicher Anpassungsprozeß. In absehbarer Zeit werden wir angeglichen sein, dann schützt uns nichts mehr vor ihren Fähigkeiten.«

»Ist es möglich, daß das jetzt schon der Fall ist?«

»Nein, das schließe ich aus«, meinte Fessner.

»Ich habe ein verdammt schlechtes Gefühl, Martha«, bekannte Miller. »Gehen Sie zum Rißprojektor und machen Sie ihn bereit für eine Passage von drei Personen nach Ebene ZWEI.«

Die Wissenschaftlerin schaute den Ersten ungläubig an. »Steht es so schlecht?«

»Es ist nur ein Gefühl, Martha. Ich halte den Angriff der 'hala für ein Ablenkungsmanöver. Die haben noch einen anderen Trumpf und werden ihn bald ausspielen.«

Fessner nickte. »Ich werde sofort das Nötige veranlassen. Die Passage wäre für Sie und die Zweite, nehme ich an?«

»Ja, und Sie würden dann auch mitkommen, Martha. Auf Ebene ZWEI können wir fähige Wissenschaftler wie Sie gut gebrauchen.«

Die Professorin nickte geschmeichelt und machte sich auf den Weg zum Rißprojektor.

Sie war noch nicht weit gekommen, als die Durchsage des Zentralrechners erfolgte...

Kurz vorher waren wie aus dem Nichts Erdena, Shana, Senar und Stanton in der Zentrale des Hauptamtes aufgetaucht. Die Köpfe der Anwesenden fuhren herum. Ungläubig starrten sie die Eindringlinge an. Stanton hielt eine Speicherkarte hoch und rief mit lauter Stimme:

»Ich bin Major Stanton, Forcer des Amtes für Innere Abwehr der Hauptebene. Ich bin mit dem Auftrag hergeschickt worden, Miller von seiner Funktion zu entheben und vorübergehend das Kommando zu übernehmen.« Nach diesen Worten wandte sich der Forcer an den Zentralrechner.

* STANTON AN ZR. ERBITTE ÜBERPRÜFUNG MEINER LEGITIMATION UND AMTSHILFE IM FALLE DER ANERKENNUNG! *

* LEGEN SIE DIE SPEICHERKARTE IN DAS LESEGERÄT, ANTRAGSTELLER. *

Stanton tat wie ihm geheißen. Die Überprüfung dauerte nur wenige Sekunden.

* ZR AN ALLE: LEGITIMATION ERSTER PRIORITÄT DES AMTES FÜR EXPANSION LIEGT VOR. DIE KOMMANDOGEWALT ÜBER DIE STADT GEHT AB SOFORT AN MAJOR STANTON ÜBER.
ZEITPUNKT: 04-01-3548, 18.13,44 *

* ZR AN MAJOR STANTON:
WARTE AUF DIREKTIVEN. *

Der Major ballte die rechte Hand zur Faust und schlug sie triumphierend in die linke Handfläche.

* STANTON AN ZR.
FOLGENDE WEISUNGEN ERGEHEN... *

Wenige Minuten später stellte sich heraus, daß der Forcer mit Hilfe des Zentralrechners die Lage wenigstens teilweise in den Griff bekam. Die Kampfhandlungen wurden eingestellt. Etwa neunzig Prozent der Stützpunktkommandeure in den Städten und Dörfern der 'hala akzeptierten die Machtübernahme Stantons im Auftrag des Amtes für Expansion.

Der Rest verhielt sich abwartend, ebenso die Einheiten des hiesigen Amtes für Innere Abwehr, die den Befehl, Miller und Jankee festzunehmen, nicht befolgten.

»Der Schrein wird soeben unter Beschuß genommen, Major. Ich kann die Schaltstation für die Kampfsatelliten nicht blockieren. Offenbar hat sich die Zweite abgekoppelt«, informierte Lieutenant Gerstner den Forcer.

»Versuchen Sie, eine Verbindung zur ehemaligen Zweiten herzustellen, aber machen Sie schnell«, befahl Stanton.

»Keine Chance, sie hat alle Leitungen unterbrochen«, meinte der Diensthabende nach einigen Augenblicken resignierend.

»Ich werde mich darum kümmern«, kündigte Erdena an und verschwand.

Die Zweite hatte den Schrein in der Zielerfassung der Kampfsatelliten, als sie die Durchsage des Zentralrechners hörte. Ihre Gedanken wirbelten durcheinander. Was sollte sie jetzt tun? Da meldete sich Miller über den Com.

»Jankee, komm' sofort zum Rißprojektor. Wir müssen verschwinden.«

»Wieso verschwinden? Noch sitzt dieser Stanton nicht fest im Sattel. Ich bin dafür, daß wir hierbleiben und kämpfen.«

»Das werden wir nicht tun. Es war ein kluger Schachzug dieses Forcer, sich zuerst Unterstützung bei den 'hala zu holen. Damit konnte ich nicht rechnen... Außerdem würde ein offener Kampf gegen einen legitimierten Abgesandten der Hauptebene Verwicklungen nach sich ziehen und den Langzeitplan von Ebene ZWEI gefährden. Deshalb werden wir uns zurückziehen!«

»Gut, ich komme. Aber zuerst werde ich noch ein kleines Abschiedsfeuerwerk veranstalten.«

»Wenn du in fünf Minuten nicht hier bist, setzen wir uns ohne dich ab!«

»Wer ist wir?«

»Fessner kommt auch mit.«

Die Rothaarige schnaubte verächtlich und unterbrach die Verbindung. Dann wandte sie sich an die anwesenden Techniker. »So, für euch wird es jetzt Zeit, mich alleine zu lassen. Also raus hier!«

»Zweite, Sie können die Nuklearwerfer der Satelliten jetzt nicht mehr gegen den Schrein einsetzen. Er ist bereits zu nahe. Das gäbe eine Katastrophe!«

»Raus hier!« brüllte die Rothaarige wutentbrannt und zog ihre Waffe.

Nachdem das Personal überstürzt die Schaltstation verlassen hatte, blockierte Jankee von innen sämtliche Zugänge und kappte die Externkontrolle. Die ehemalige Zweite war nun die mächtigste Passager auf dieser Welt. Nun gehorchten ihr, und nur ihr, die Kampfsatelliten mit ihren schweren Waffen. Ihre Abneigung gegen die 'hala war viel zu groß, als daß sie es fertiggebracht hätte zu gehen, ohne diesem Volk noch möglichst viel Schaden zuzufügen.

Der Schrein befand sich im Zentrum der Zielerfassung von Kampfsatellit IV. Ohne zu zögern löste Jankee dessen Nuklearwerfer aus. Gleichzeitig steuerte sie die Zielerfassung eines weiteren Satelliten auf Grat'Hala, der bevölkerungsreichsten Stadt der Ureinwohner. Es war der ehemaligen Zweiten vollkommen gleich, daß ihre Artgenossen im dortigen Stützpunkt bei dem Angriff ebenfalls umkommen würden.

Der Schrein wurde in einen sonnenhellen Glutball gehüllt. Das spindelförmige Gebilde war auf den Monitoren der Zielerfassung nur noch schemenhaft zu erkennen. Wellen durchzogen es, wie ein Spiegelbild im Wasser, in das man einen Kieselstein geworfen hatte. Gleichzeitig wurden die Energien des Nuklearwerfers größtenteils nach unten abgeleitet und richteten in der STADT weit größere Verwüstungen an, als es die Angreifer mit ihren Aschereide getan hatten.

Die ehemalige Zweite spürte von alledem nichts. Die Schaltstation sowie die Zentrale und der Rißprojektor waren auf verschiedenen Ebenen tief unter der Oberfläche von Senholzer im Hauptgebäude untergebracht. Auch unter manchen Zivilgebäuden gab es Schutzräume. Die Plätze dort reichten jedoch bei weitem nicht aus. Deshalb hatten sicher viele Einwohner der STADT bei dem Angriff auf den Schrein den Tod gefunden, doch das interessierte die Zweite nicht. Ihre Aufmerksamkeit galt dem spindelförmigen Gebilde, das den Angriff mit dem Nuklearwerfer unbeschadet überstanden hatte.

Ihre Träume von der Macht waren geplatzt. Bevor sie ging, wollte sie sich noch einen würdigen Abgang verschaffen. Die Halbaffen sollten noch lange an sie denken... Mit flinken Bewegungen huschten Jankees Finger über das Keyboard des Zielerfassungsrechners und nahmen die Feinjustierung des Nuklearwerfers von Kampfsatellit II auf Grat'Hala vor.

»Verdammt, wie kommt denn da die Farbe hin«, murmelte die Passager, als eine rote Flüssigkeit ihre Finger und die Tasten verschmierte. Jankee stand auf und sah sich suchend nach einem Tuch um, mit dem sie ihre Hände und die Tastatur säubern konnte. Währenddessen wurde unter gleichmäßigem Tröpfeln der Fußboden mit roter Flüssigkeit benetzt. Jankee erschrak. Das war keine Farbe, sondern Blut, das aus feinen Rissen in ihren Fingerkuppen hervordrang und zu Boden tropfte. Plötzlich spürte sie einen schalen Geschmack in ihrem Mund. Etwas Feuchtes lief ihr aus den Mundwinkeln und der Nase. Die Passager wischte sich mit dem Handrücken ab. Anschließend war dieser über und über mit Blut verschmiert.

Da hörte Jankee hinter sich ein Geräusch. Sie drehte sich um und sah eine uralte Frau, die jedoch keineswegs einen gebrechlichen Eindruck machte, sondern energisch und vital wirkte. Das leichte, spöttische Lächeln, das um ihre Mundwinkel lag, offenbarte, daß sie nur noch drei Zähne besaß. Das rechte Auge der Greisin war durch den grauen Star erblindet, mit dem anderen blickte sie ihr Gegenüber bösartig an. Trotz des ausgemergelten Körpers, der scheinbar nur von den Lumpen zusammengehalten wurde, mit denen er bedeckt war, wirkte sie kraftvoll und mächtig.

»Blut klebt an deinen Händen, Zweite«, sagte sie höhnisch.

Beinahe automatisch griff Jankee zur Waffe und richtete sie auf die Alte.

»Aber, aber, Kindchen, das haben wir doch schon hinter uns, nicht wahr?« meinte das Weib und schüttelte mißbilligend den Kopf, während die Waffe zu Staub zerfiel.

Jetzt erkannte die Rothaarige ihr Gegenüber. »Das gibt es doch nicht... du bist längst tot und verfault!« stammelte sie.

»Das hättest du wohl gerne. Aber es braucht schon etwas mehr als eine Kreatur deines Schlages, um eine Hohe Gesegnete auszulöschen!« stellte die Alte grinsend fest.

Millers Gefährtin spürte, wie nun auch aus ihren Ohren Blut lief. Allmählich begann sie sich schwächer zu fühlen. Auf dem Boden um sie herum hatte sich bereits eine stattliche Lache gebildet.

»Ich hatte dir gesagt, ich würde dir jede einzelne Ader öffnen. Erinnerst du dich? Nun ist es soweit!«

Inzwischen begann sich Jankees Bauch prall zu füllen und stark zu schmerzen.

»Innere Blutungen. Schwer in den Griff zu kriegen, selbst für eine gute Heilerin...! Ich würde keinen Viertelplenas mehr auf dein Leben wetten«, sagte die Greisin mit geheucheltem Mitgefühl.

Jankee wußte, daß sie jetzt sterben würde. Ihre letzten Gedanken galten Miller. Sie hoffte, ihm würde die Flucht gelingen, bevor er diesem unheimlichen Weib ebenfalls in die Hände fiel.

»Danke für den Hinweis, da muß ich mich wohl beeilen. Schade, daß ich dich jetzt schon verlassen muß, es hat gerade angefangen, mir Spaß zu machen«, meinte die Alte höhnisch und verschwand.

Im selben Moment öffnete sich der Zugang zur Schaltstation. Stanton und Shana stürzten herein. Der Forcer erfaßte augenblicklich die Lage.

»Kannst du ihr noch helfen?«

»Ich werde es versuchen«, meinte die ehemalige Forceress skeptisch und beugte sich über die Rothaarige, die leblos am Boden lag. Wenige Minuten später gab Shana auf. Hier kam jede Hilfe zu spät.

Mit brennenden Augen starrte Miller auf den gleißenden, rechteckigen Fleck, der das Tor zu Ebene ZWEI, seiner Heimat, verkörperte. Jeden Augenblick konnte es dem Zentralrechner gelingen, die Energiezufuhr zu unterbrechen, dann war dieser Fluchtweg abgeschnitten. Was das bedeutete, war dem Ersten klar: Das Ende seiner Karriere und womöglich das Ende seiner Existenz.

»Lange schaffe ich es nicht mehr, die Versuche des ZR, uns die Energie zu kappen, abzuwehren«, mahnte Fessner, die mit schweißverklebtem Haar am Bedienungspult des Rißprojektors stand. Schon vor fünfzehn Minuten hatte der ZR die Klimaanlage deaktiviert. Die Temperatur war mittlerweile auf 45 Grad Celsius angestiegen.

Miller traf seine Entscheidung. »Wir gehen durch. Du zuerst!«

In den letzten Minuten hatten sie alle Förmlichkeiten abgelegt. Im Stillen akzeptierte Miller die Wissenschaftlerin bereits als neue Partnerin.

Fessner nahm noch einige Schaltungen vor, dann trat sie an den Übergang. »Wenn ich durch bin, hast du noch genau 20 Sekunden. Dann fliegt die ganze Halle in die Luft!«

Während Fessner den entscheidenden Schritt tat und verschwand, schwor sich Miller, eines Tages hierher zurückzukehren und seinen angestammten Platz wieder einzunehmen. In absehbarer Zeit würde der Plan der Führer von Ebene ZWEI, der die Hauptebene zur Bedeutungslosigkeit degradierte, Erfolg haben. Dann gab es keine Rücksichten mehr...

Jetzt fiel ihm Genires Prophezeiung wieder ein. Obwohl diese schon einige Zeit zurücklag, hatte der Kahlköpfige den Wortlaut nicht vergessen. Sollte dieser Einäugige doch kommen. Er würde ihm auf Ebene ZWEI einen heißen Empfang bereiten! Miller trat an den Übergang. Da erschien wie aus dem Nichts ein altes Weib in der Halle. Der Erste erkannte sie sofort wieder. Es war jene 'hala, die in den Aufzeichnungen von Keliaths Tod zu sehen war. Das Weib hatte Jankee damals ziemlich erschreckt, als sie in den Körper des sterbenden Informierten geschlüpft war. Nun tat Miller den entscheidenden Schritt. Sein letzter Gedanke in dieser Welt war die Freude darüber, daß die Greisin zusammen mit dem Rißprojektor in die Luft fliegen würde.

Als Erdena in der Halle auftauchte, verschwand Miller gerade in einem gleißend hellen Gebilde. Sie konnte noch ein Gedankenfragment des Ersten auffangen, das ihr höchste Gefahr signalisierte. In einer Reaktion, die mehr vom Instinkt als vom Verstand gesteuert wurde, versetzte sie sich zurück in die Zentrale. Die Silhouette ihres Körpers war kaum verblaßt, als die Anlage in einer donnernden Explosion verging...

Der Kampf war zu Ende.

Epilog

Das Leben der 'hala hatte sich wieder weitgehend normalisiert. Die Stützpunkte der Passager in den Städten und Dörfern der 'hala waren nach und nach aufgelöst worden, die Soldaten in die STADT zurückgekehrt. In jedem Ort gab es wieder einen Beauftragten, der zunächst von den Bewohnern eingesetzt worden war. Auf Geheiß des Schreins hatte Mares in Grat'Hala einige Dutzend geeignete Männer zu einer Zusammenkunft einberufen, aus deren Kreis drei für das Amt eines Informierten ausgewählt werden sollten. Bevor der Immerwährende Beschützer Termalnjong aufnahm und verschwand, sicherte er noch zu, in Kürze wieder zur Verfügung und den neuen Erhabenen Rede und Antwort zu stehen, was die Vergangenheit und Zukunft der 'hala betraf.

Grausam war allerorts die Rache an den Tesern gewesen. Nur diejenigen, die sich erfolgreich verbergen konnten, waren noch am Leben.

Erdena hatte sich mit Major Stanton darauf geeinigt, daß er beim Amt für Expansion unter Hinweis auf die drohende Vernichtung durch eine überlegene Zivilisation die Verlegung der STADT auf eine andere Ebene vorschlagen würde. Die Hohe Gesegnete wußte jedoch, daß sie die Passager noch lange dulden mußte, weil eine Manipulation der Struktur von diesem Ausmaß erst in zwei Dekaden wieder möglich sein würde.

Senar brütete in seiner Unterkunft im Höhlensystem des Zirkels dumpf vor sich hin. Für ihn gab es wenig zu tun. Er sah seine Gefährtin zur Zeit nur selten, denn Erdena sorgte zusammen mit Shana, Mares und der Oberin dafür, daß nach dem Rückzug der Passager eine neue Ordnung installiert wurde.

Löcher in die Luft starrend lag der Hüne auf seinem Bett, als die Türe aufging und die Hohe Gesegnete in Begleitung von Shana eintrat. Der Einäugige stand auf und begrüßte die beiden freudig.

Erdena sah ihn ironisch an und meinte: »Was für ein bemitleidenswertes Bild: Ein Krieger, der nichts mehr zu kämpfen hat!«

Die Miene des Einäugigen verriet Unmut. »Es ist nicht meine Schuld, daß bei den 'hala nur Informierte, Heilerinnen und Beauftragte als Führungspersonen akzeptiert werden«, wies er seine Gefährtin zurecht.

Als Shana ihn anlächelte, ging es ihm sofort besser. Senar fühlte sich zu dieser jungen Frau auf eine ihm unerklärliche Weise hingezogen und hätte gerne mehr Zeit mit ihr verbracht.

»Tja, jetzt habe ich aber eine Aufgabe für dich!« drang Erdenas Stimme in seine Gedanken.

»Welche Aufgabe?« erkundigte er sich eher uninteressiert.

»Du mußt nach Ebene ZWEI.«

»Was!?« Der Einäugige schüttelte ablehnend den Kopf. »Ich verlasse meine Welt nicht noch einmal, auch nicht für die Vergeltung an Miller! Mein Racheschwur ist lange her. Der kahlköpfige Passager soll bleiben, wo der Pfeffer wächst.« Diese Passager-Redensart hatte er von Shana aufgeschnappt.

»Wer redet denn von Miller?« mischte sich die ehemalige Forceress ein. »Du sollst Khera suchen. Sie befindet sich auf Ebene ZWEI, wenn sie noch lebt...«

Der Hüne schaute verblüfft. »Wer ist Khera?« fragte er. Als er den Namen aussprach, begann sein Herz wie wild zu klopfen.

»Khera ist meine Zwillingsschwester«, sagte Shana sanft. »Deine Tochter, wie ich...«

Senar starrte die junge Frau an, als hätte er einen Geist vor sich. Erst nach langen Augenblicken war er zu einer Entgegnung fähig.

»Was meinst du damit?«

»Erinnerst du dich, als Erdena mit dir nach DORT ging, damals, als ihr noch halbe Kinder gewesen seid?«

»Ich habe es nicht vergessen.«

»Während eures Aufenthaltes in dieser fremden Welt hat sie dir Zwillinge, zwei Mädchen, geschenkt. Mich hat es zunächst auf die Hauptebene verschlagen, ehe ich hierher kam. Khera, meine Schwester, deine andere Tochter, ist noch DORT. Bei dieser Welt handelt es sich um Ebene ZWEI, Millers Heimat.«

»Ich habe keine Erinnerung an DORT. Du kannst mir viel erzählen«, meinte der Hüne abwehrend, obwohl sich ein starkes Glücksgefühl seiner bemächtigte.

Die Hohe Gesegnete räusperte sich. »Ich kann dir alles erzählen, was du mit mir DORT erlebt hast, wenn du es hören willst...«

Später schloß Senar seine Tochter glücklich in die Arme. Als er die Einzelheiten seines Aufenthaltes auf Ebene ZWEI erfuhr, zerriß auch bei ihm der Schleier des Vergessens, der sich über seine Erinnerungen gelegt hatte.

»Wir dürfen keine Zeit mehr verlieren. Hoffentlich ist Khera nichts geschehen«, meinte Senar ungeduldig, während er einige Sachen zusammenpackte, die er mitnehmen wollte. Dann hielt er plötzlich inne und sah Erdena fragend an. »Wer soll mich denn nach Ebene ZWEI bringen? Doch nicht etwa du?«

Die Hohe Gesegnete schüttelte den Kopf. »Natürlich nicht. Unsere dritte Tochter muß geboren werden. Es ist nicht gut, wenn ich es noch länger hinauszögere.«

»Das will ich auch meinen!« bestätigte der Hüne. »Also?«

»Die Oberin wird dich begleiten.«

Der Einäugige verzog das Gesicht. »Findet sich da nicht ein anderer?«

»Wen schlägst du vor?« erkundigte sich die Heilerin mit gutmütigem Spott.

Senar überlegte kurz. »Kommt wohl sonst niemand in Frage«, brummte er schließlich und fuhr fort: »Weiß sie es schon?«

»Ja. Sie hat gesagt, sie freut sich schon auf Miller.«

»Na gut, und wann geht's los?«

»In vier Tagen wird es uns möglich sein, einen Übergang zu schaffen.«

»Geht das nicht immer?« wunderte sich Senar.

»Nein. Ich weiß jetzt, daß wir damals Glück mit der Konstellation hatten!«

»Glück?« fragte der Hüne zynisch.

»Ich weiß, was du durchgemacht hast. Aber wenn wir nicht gegangen wären, hätten uns die Passager getötet«, meinte Erdena leise. Für ein paar Sekunden herrschte Schweigen. Als die Heilerin weitersprach, war ihr Blick eine Bitte um Verzeihung. »Leider werdet ihr beide, Frese und du, auch nicht sofort zurückkehren können, wenn ihr Khera gefunden habt. Doch es mag dich trösten, daß die Gonns deinen Alterungsprozeß anhalten.«

Senars Miene wurde abweisend. Von diesem Thema wollte er immer noch nichts hören...

Am Tag des Übergangs hatten sich Frese, Senar, Erdena und Shana in der geräumigen Unterkunft der Oberin versammelt und besprachen die letzten Details. Auch Mednal war anwesend, um sich von der Alten zu verabschieden.

»Sollte es sich während eures Aufenthaltes ergeben, daß ihr Miller erledigen könnt, dann tut es«, meinte die Hohe Gesegnete.

»Darauf kannst du dich verlassen«, brummte Frese.

Shana umarmte ihren Vater und flüsterte ihm dabei ins Ohr: »Mutter hat es mir zwar verboten, aber ich werde trotzdem mitkommen.«

»Das wirst du nicht, es ist viel zu gefährlich!« gab der Hüne nachdrücklich zurück.

»Es ist soweit«, meldete sich Frese zu Wort. »Der günstigste Zeitpunkt ist gekommen.«

»Dann los...«, meinte Senar.

Sekunden später wurden ihre Körper von Wellen durchzogen, wie ein Spiegelbild im Wasser, in das man einen Kieselstein wirft. Dann waren sie verschwunden: Senar, Frese... und Shana.

Die Hohe Gesegnete fluchte, daß sogar eine Wandermetze aus Ma'Desch vor Neid erblaßt wäre.

Was Senar und Erdena in jungen Jahren DORT erlebten, und wie es dem Hünen mit seinen Begleiterinnen auf Ebene ZWEI erging, das soll an anderer Stelle erzählt werden...

GONNS
Die Sedd-Chroniken 2

Leseprobe

Hanns Kneifel

Das Machaon-Projekt

»Einer gefährlichen, wenn auch gut vorbereiteten Mission eine Bezeichnung zu geben, scheint zu den größten Schwierigkeiten eines solchen Vorhabens zu gehören. Mastergeplante Analoge Crewexpedition zur Hochgradigen Aufklärung in Optimaler Normzeit (= M.A.C.H.A.O.N./ Machaon). Ist es nicht unausdenk- und unbezahlbar?! Sie nannten also den dritten Begleiter Calbarakrab Deltas, was auf Arabisch »Herz des Skorpions« heißt, nach der mastergeplanten Expedition in Normzeit. Für ein Vorhaben, das der kolonisierenden Rasse des Homo sapiens möglicherweise in etlichen Jahrhunderten eine besiedelbare, reiche Welt erschließen könnte, wäre ein lodernder, triumphaler, motivierender Begriff angebracht gewesen; phantasieloses bürokratisches Understatement mag hocheffizient sein, enträt indes meist einer begeisternden Komponente.«

Aus: Matos Slenirth/Jossel Seydenblum: Almanach des begreifbaren Universums, Non-Offprint-Verlag, Columbinya, Magna Doradus, II. Auflage, © July 2178; bei Projektbeginn.

Der Nebel begann sich langsam zu lichten, die Schleier hoben sich von den weißen Kieseln des Flußbettes, das hier eine weite Schleife zog; allmählich enthüllten die Sonnenstrahlen die Verlassenheit dieses Ortes. Vor Äonen war ein Feuerberg ausgebrochen und hatte den Fluß in ein neues Bett umgeleitet. Jetzt lag die Mündung im weiten Tal wasserlos da.

Es waren noch viele Tage bis an die Küsten des Nordmeeres. Nur Streifen bleicher Gräser zeigten an, daß zwischen den riesigen Geröllblöcken einmal Wasser versickert war. Die Sonne, eine milchig weiße Scheibe, schob sich über den Horizont, als erschrecke sie vor dem leeren, unbarmherzigen Land. Nach einiger Zeit begannen die Strahlen zu wärmen; Tau funkelte blitzend an den Spitzen der Halme. In einer Linie mit dem schwarzen Kegel eines Feuerbergs, von einem grellroten Steinblock aus gesehen, reckte ein riesiges Skelett seine Knochenbögen aus dem grauen Sand. Das schmutzige Weiß hob sich scharf vom Kobalt des Himmels ab.

Ein Zischen: Unter den Knochen hatte eine orangefarbene Schlange gelegen und die Nacht verbracht. Sie hob den kantigen Kopf, riß den Rachen auf und züngelte; sie kroch aufreizend langsam zu einem großen Stein und in die Wärme. Die Sonne stieg, die Schatten wurden kürzer.

Das hammerköpfige Pteranodon hockte auf der Spitze eines gigantischen Findlingsblocks. Durch den Stein ging ein Spalt von oben bis tief ins Erdreich hinein. Die pergamentene Haut der Flügel bedeckte fast den gesamten Körper; die scharfen Krallen der Fänge zogen feine Rillen in den Stein. Gleichzeitig mit dem knirschenden Geräusch öffnete der Flugsaurier die Augen: Nichts entging diesen Linsen, das sich bewegte und angegriffen werden konnte, kein Lebewesen war vor der Mordlust und der Freßgier der Echse sicher. Das Pteranodon war lautlos schwebender Mord; jedes Tier, das von den Zähnen des langen Speerschnabels erfaßt wurde, war verloren. Die Echse spähte reglos; sie hielt es halbe Sonnentage lang hier aus. Die weißen Kotstreifen auf den Flanken des Findlings bewiesen es. Das Tier war die Herrscherin über das umliegende Gebiet.

Plötzlich kam verhaltene Bewegung in den schlanken Körper. Das Pteranodon hatte etwas bemerkt. Wo zwischen den Hängen der nahen Hügel die Grasebene begann, zitterten die Spitzen der Farngräser. An dieser Stelle ging das kahle Flußbett in ein Hochmoor über und in sandige Flächen, die stechend weiß das Grün unterbrachen. Dort bewegten sich Tiere zur Morgentränke; dort war Beute. Langsam entfaltete das Pteranodon die langen Sichelschwingen und schüttelte die Feuchtigkeit der Nacht aus den ledernen Falten, riß den Schnabel auf und reckte die Reihen der nadelscharfen Zähne in die Sonne; ein trompetender Schrei gellte über das Land. Mit hängenden Schwingen und entspannten Muskelbündeln wartete die Raubechse.

Expeditions-Tagebuch von Wolf Sicard: 9. Tag, 2. Eintragung - kurz nach Sonnenaufgang: »Die kahle Verlassenheit des Landstrichs - und vieler anderer, die wir inzwischen selbst haben sehen können - bildet einen bemerkenswerten Hintergrund für die Richtung und Verzweigung der Evolution, so wie wir sie verstehen können. Tagsüber liegt die riesige Insel voller Schachtelhalme, Farne und Saurier unter dem schwach rötlichen Licht der dritten Scorpius-Sonne, nachts erhellt die hohe Albedo des noch namenlosen Mondes wildes Land und endlose Küsten. Auf der phosphorgelben Oberfläche der Vollmondscheibe bilden Krater, Verwerfungen und Maria eine nicht minder staunenswerte Struktur: einen sechsstrahligen Eiskristall. Stein, Sand, Schachtelhalme und erloschene Vulkane liegen unter diesem fast mytischen Licht, das aus jedem Tümpel, jeder Bodensenke exotische Orte ungewisser Gefahren entstehen läßt. Auf M.A.C.H.A.O.N. herrscht uneingeschränkt die Natur und regelt das Leben auf ihre Art; wir Menschen mögen die Art der Auslese grausam oder zufällig nennen. Auch wenn wir dem Mond keinen Namen geben, geht die Evolution ihren behäbigen Gang: diese Welt ist definitiv menschenleer.«

Die harten Muskeln des Flugsauriers strafften sich, die Schwingen falteten sich auseinander und hoben sich langsam. Ein Ziel war deutlicher geworden; die Echse richtete sich an der schroffen Spitze des keilförmigen Felsens auf. Die Schwingen waren viermal so lang wie die zweibeinige, aufrechtgehende Beute; noch nie hatte das Pteranodon in seinem Jagdgebiet jene Lebewesen gesehen. Der Instinkt sagte der Echse, daß sie eine leichte Beute sein würden. Die Sonnenwärme hatte den letzten Nebelrest gefressen, das Gestirn strahlte greller, und die schwarzgraue Wolke über dem Feuerberg wuchs höher und breiter in das Kobalt des

Himmels hinein. Das Pteranodon bewegte die Schwingen, stieß sich ab und schraubte sich in der heißen, aufsteigenden Luft höher. Die fremden Wesen waren hierher gewandert: Eine breite Spur zertretener Gräser und abgebrochener Sträucher führte auf die Stelle zu, vielleicht zwanzig, dreißig Flügelschläge entfernt, an der die Echse die Zweibeiner sah. In wenigen Augenblicken würden sie in wilder Flucht auseinanderspringen. Das Pteranodon fiel mit rauschenden Schwingen auf das Ziel zu.

Die Krallen der Fänge krümmten sich der Beute entgegen, der Schnabel öffnete sich; ein fauchender Schrei zuckte zum Boden. Der Schatten des Sauriers schob sich zwischen Sonne und Gras, die erste der braunen Gestalten bewegte sich schnell und sah in die Höhe. Das Trompeten der Echse sprengte die Beute auseinander, der Luftjäger ließ sich über der Gruppe fallen, und die Braunhäutigen bewegten sich so wie jedes Beutewesen bisher: Sie warfen sich nach allen Richtungen ins Gras und vollführten mit den oberen Gliedmaßen schnelle Bewegungen. Die Echse glitt auf die erste Gestalt zu, die Schnabelspitze zielte auf die Stelle, an der der Kopf in die Schultern überging; auf die Knochensäule, die unter dem ersten Biß brechen würde.

Vom Boden aus heulten weiße Stäbe auf die Flugechse zu. Die Beute wehrte sich, wurde gefährlich; einige Holzstäbe schlugen durch die Flügelhäute. Schmerz und Wut zuckten durch den Körper der Echse, der sich rasend schnell zu bewegen begann. Das Pteranodon peitschte die Luft und flog einen engen Halbkreis. Wieder pfiffen die Holzstäbe heran und verursachten dort, wo sie in den Körper eindrangen, glühende Schmerzen. Mitten im zweiten Anflug sackte die Echse ab. Ein Geschoß hatte die rechte Schwinge gelähmt; furchtbarer Schmerz tobte durch den Muskel. Wieder bohrten sich drei schlanke Geschosse mit blitzenden Spitzen in den Körper, der Flug des Pteranodons wurde zu unkontrolliertem Torkeln. Mit einem letzten Aufbäumen jener Kraft und der Zähigkeit, die ihn bisher am Leben erhalten hatte, griff der Saurier an und stürzte sich auf die größte Gestalt der Beute. Das letzte Geschoß bohrte sich mit hartem Schlag ins Auge und drang ins Gehirn; die Echse fühlte einen aufflammenden Schmerz und starb zuckend. Krachend, mit berstenden Knochen, stürzte das Pteranodon krachend ins Gras. Aus mehr als einem Dutzend Wunden des braunen Körpers und dem Hammerkopf floß dickes rotes Blut. Scharen kleiner Käfer und Schwärme unterarmlanger, blitzender Libellen stürzten sich auf den Kadaver. Langsam kamen die braunen Gestalten heran und umstellten den erlegten Gegner; große, schlanke Jäger mit rötlich-sonnengebräunter Haut. Der Größte der acht Jäger betrachtete prüfend den Saurier.

»Fünf Augenblicke später, und wir hätten unseren Anführer verloren«, sagte Nayar. »Der Drache wollte ohne Zweifel dich als Beute, Tarask.«

Tarask grinste knapp und entblößte kräftige weiße Zähne.

»Dafür bin ich noch zu jung, zu schnell.«

Die Füße der Jäger steckten in Stiefeln aus gegerbter Saurierhaut, darüber lag eine Hose, deren Stoff aus stumpfglänzender Seide zu bestehen schien. Der breite Gürtel, mit eckigen Knochenplatten gepanzert, trug die Scheide einer fast armlangen Schlagwaffe. Tarask hieb mit seinem Schwert die Krallen der Echse ab und säuberte sie an einem Farnblatt, bevor er sie in einer Ledertasche verstaute, die er über dem Schenkel am Gürtel trug. Neben einem prallen Wassersack steckten zwei breite Dolche in Lederscheiden. Tarask hob den Arm.

»Schade«, sagte er und blickte seine Kameraden an. »Wir können ihn nicht häuten und das Leder mitnehmen. In der Siedlung könnten wir's gut gebrauchen.«

Die Jäger wehrten die Libellen ab und zogen die unbeschädigten Pfeile aus dem Kadaver. Die Spitzen der Pfeile waren breite Dornen des Metallbaumes; sorgfältig zugeschnittene Fischschuppen in den feinen Rillen der Schilfgras-Schäfte bildeten die Befiederung. Die Jäger rückten die Köcher auf den Rücken zurecht und versammelten sich um Tarask.

»Wie weit gehen wir heute noch?« Totona entspannte den Bogen und wickelte die Sehne um den Schaft.

Die rechte Hand des Anführers glitt über die Platten des Gürtels. Tarask sah nach dem Feuerberg und versuchte die Schwierigkeiten des Geländes abzuschätzen. Jede Platte auf dem Saurierleder bedeutete einen Sieg über einen der gefährlichen Erddrachen; die hornüberwachsenen Knochenplatten schützten zwischen den Augen die Stirn der Bestie - gegen Speere aus feuergehärtetem Metallholz waren sie aber kein wirksamer Schutz, besonders dann, wenn Jäger wie Tarask oder Totona die Waffen schleuderten.

Aus dem Schlund des Feuerberges drang der Donner des Ausbruchs an die Ohren der Jäger. Acht Männer rissen die Köpfe herum und starrten die gelbdurchglühte Wolke an. Tarask winkte seinen Kameraden; er hatte genug gesehen.

»Wir gehen heute bis hinter den Wald dort, auf halber Höhe.«

Seine Hand deutete auf den Weg; die Spur führte durch die Zone des wasserlosen Flußbettes.

»Ich denke, der Ausbruch wird nichts verändern. Wenn es so bleibt, können wir bis Sonnenuntergang weiterlaufen - wir müssen unser Ziel erreichen.«

»Etwas viel für einen Tag«, sagte Nayar leise und hob die Schultern.

»Es geht nicht anders«, sagte Tarask entschlossen. Er ging an die Spitze der Gruppe und deutete zum Feuerberg. »Es ist wichtiger als nur der eine Tagesmarsch.«

Nayar zuckte mit den Schultern und folgte ihm. Die Jäger warfen einige zögernde Blicke auf den umwimmelten Saurierkadaver und gingen mit raumgreifenden Schritten weiter. In dieser Geschwindigkeit konnten sie bis Sonnenuntergang rund achtzig Ardons weit gehen. Tarask wischte den Schweiß von der Stirn, feuchtete das kurze schwarze Haar mit einigen Handvoll Wasser an und trank einige Schlucke; seit der alte Anführer von der Schlange getötet worden war, hatten sie neunzigtausend Ardons zurückgelegt. Charcas, der vierte Tote der Wanderung, war auf der Insel der Raupen begraben worden; die Hälfte seiner Waffen hatten sie in sein Grab gelegt. Seit Tarask führte, war kein Jäger getötet worden. Sie hatten fast drei Viertel der gesamten Strecke hinter sich gebracht, die sie noch von der Siedlung trennte.

Nach einem Tageszwölftel hatten sie heute die Grasebene verlassen und waren durch das Flußbett gewandert. Jetzt bewegten sie sich in Schlangenlinien zwischen den Moortümpeln hindurch und kamen auf die Sandflächen, die von einer der vielen Überschwemmungen angehäuft worden waren. Auf dem sandigen Landstreifen, der die Insel der Raupen von der Saurierinsel trennte, tobte sich in unregelmäßigen Abständen die Wut des Südmeeres und des Nordmeeres aus, warf mit gewaltiger Brandung Treibholz aufs Land, die Flutwellen gischteten weit ins Trockene herein und ließen tote Fische, Tang und ertrunkene Echsen zurück; Nahrung für unzählige Heere kleiner Käfer und gefräßiger Libellen.

Über dem Land kreisten gefiederte Gleitsaurier und, hoch über ihnen, hammerköpfige Flugdrachen, die einander bekämpften und entlang des Strandes nach Fischen jagten. Winzige Echsen und Schlangen flüchteten vor den Tritten der Jäger, die sich mit ihren Schwertern die Spur freischlugen, eine Spur, die auf der Landverbindung zwischen den Inseln angefangen hatte und sich zwischen Gingkosträuchern und Wucherfarnen fortsetzte, auf den Feuerberg zu, der jetzt schwieg. Die Wolke in der Luft war größer und weißer geworden; bald würde es wieder feine Asche auf die üppig wuchernden Pflanzen regnen.

Die Jäger rasteten nicht, als das Tagesgestirn seinen Scheitelpunkt erreicht hatte, aber sie waren dankbar, daß sie im Schatten der Gingkos gehen konnten. Die Tage, in denen sie über die Landzunge aus Kies, Sand und Geröll gewandert waren, ohne Schatten, lebende Beute, ohne genügend Trinkwasser, lagen schwer in den Erinnerungen der Männer. Nayar hatte tagelang getragen werden müssen; er wäre während der dreißig Tage an Entkräftung gestorben. Als er daran dachte, lächelte Tarask in sich hinein: Er wußte, daß er ein Jäger von jener Art war, wie ihn sich die Stammesältesten wünschten. Groß, stark, mutig, listenreich und klug. Er legte die Probe seiner Männlichkeit auf dieser langen Wanderung ab. Kamen sie zurück, waren alle Jäger vollwertige Stammesangehörige. Wenn sie zurückkamen ...

Charcas aber und die anderen kamen nicht zurück. Sie waren den Gefahren und Strapazen des fast dreijährigen Weges erlegen, den die vollzählige Gruppe - zwölf Jäger -zu gehen hatte. Jeder Mann des Stammes war einst gen Sonnenuntergang aufgebrochen und gewandert; kam er zurück, feierte der Stamm ein großes Fest. Jeder, der zurückkam, war gereift, ertüchtigt für das Leben auf dieser Welt, denn er kannte alles. Kein Mann von den Jägerinseln, der nicht einmal die Welt zu Fuß umrundet hatte. Mit neunzehn Jahren wurde der Neophyt auf die Wanderung geschickt. Nur einmal in der Stammesgeschichte Chuas kam ein Jäger vor Ablauf der Dreijahresfrist zurück - er blieb Zeit seines Lebens Herrscher auf einer Insel.

Einige Nächte lang hatte Tarask davon geträumt, allein und schneller als die anderen davonzuziehen. Als er sich von der Gruppe trennen wollte, verunglückte Charcas. Zweifelnd und grübelnd, schwankend zwischen Ehrgeiz und seinem Verantwortungsgefühl hatte Tarask sich vor eineinhalb Jahren dafür entschieden, die sieben Männer weiterzuführen; seither wußte er, daß er der Stärkste und Mutigste war, der Jäger mit der größten Vernunft. Und nun wanderten sie seit drei Tagen auf der Insel der Echsen.

Erzählungen der Alten und selbst erlebte Gefahren hatten sie längst vor dem Betreten der Insel gewarnt: Einen fliegenden Mörder hatte ihnen die Natur entgegengeschickt, um ihnen zu zeigen, was sie erwartete. Mit jedem weiteren Ardon veränderte sich die Landschaft. Zuerst waren es trockene Flächen heißen Sandes, der aus den Körpern die Feuchtigkeit sog, dann die riesige Grasebene, zwischen deren Gewächsen sich mörderisch flinke Echsen und Schlangen verbargen; an einem Schlangenbiß war Charcas gestorben, vielleicht ein besserer Jäger als Tarask. Moortümpel, Flugsanddünen und Wucherfarne lagen hinter den Jägern, und statt der angriffslustigen Libellen schnellten sich dornige Lianen auf die Wanderer.

Die Schwerter glitten aus den Scheiden. Von Tarask, Totona und Chime geschwungen, durchtrennte das metallharte und scharfgeschliffene Holz jede Pflanzenfaser. Von den Strünken der Schachtelhalme schwankten Lianen, die an grünen Schlangenleibern herrlich duftende Blüten trugen. Hinter der Schönheit der weißen Gebilde, die vor dichter stehenden Gewächsen schillerten, versteckten sich scharfgerandete Saugnäpfe, die nichts losließen, was sie einmal erfaßt hatten. Tarask deutete zum drittenmal auf ein Jägerskelett zwischen vertrockneten Ranken; er durchtrennte vier peitschende Tentakel, bückte sich und suchte nach dem Stammeszeichen um den Hals des Skeletts. Es war verschwunden.

»Weiter«, sagte er heiser. »Ich weiß, daß ihr hungrig seid. Ich bin's auch.«

Eine Stunde nach dem höchsten Sonnenstand kamen sie aus dem Wald hinaus. Vor ihnen, im tiefen Wasser eines Quellbaches, stand ein Saurier mit stämmigen Beinen in der Strömung und sank langsam ein, während er Wasser schlürfte. Das durchdringende Geräusch hatten sie schon vor hundert Schritten gehört, jetzt biß der durchdringende Echsengeruch in ihre Nasen. Tarask hielt an, sofort scharten sich die Männer um ihn, er deutete auf den vorletzten der Reihe.

»Kannst du hier Feuer machen, Nayar?«

Nayar hob fragend die weißen Augenbrauen, suchte mit Blicken die Baumwipfel ab und verfolgte den Weg eines Sonnenstrahls, in dem die Federn eines Echsenvogels aufleuchteten; als er den hellen Fleck auf dem fast blauen Moosboden sah, nickte er dem Bogenschützen zu.

»Ja. Kann ich.«

Tarask zog aus seinem Köcher abgebrochene Pfeile, gab sie zwei Jägern und sagte: »Chupi und Zaca, ihr holt leichtes Harz. Verstanden?«

Ein paar Atemzüge später huschten beide Jäger zwischen den Stämmen davon. Nayar zog aus seinem Gürtel ein seidenes Futteral und wickelte eine handtellergroße Glaslinse aus. Er hockte sich mitten im Sonnenlicht auf die Fersen und wartete. Tarask sah zum Saurier hinüber, bis Zaka ihm die Bündel filzartiger Blätter gab, die mit flüssigem Harz getränkt waren und sich um die Enden der Pfeile gewickelt hatten. Der Geruch, den das Harz verströmte, war fast betäubend. Nayar brachte den gebündelten Sonnenstrahl auf die Gebinde; augenblicklich begann das Harz zu schwelen, und als er darauf blies, brannte es rauchend und spritzend. Tarask und Totona legten die Pfeile auf die Bogensehnen und huschten davon, dem Plätschern des Bachs entgegen.

Aus der Stille des Waldes drangen plötzlich die gellenden Laute der Jägerstimmen. Der Saurier hob den kleinen Kopf und stierte in die Richtung, aus der die Schreie kamen. Die Pfeile heulten von den Sehnen. Tarask hatte gut gezielt, Totonas Pfeil traf noch besser. Die brennenden Pfeile schlugen in den Kopf des Dreihornsauriers, das Harz flammte im Luftzug, betäubender, fetter Qualm blendete das Tier. Der Allosaurus raste in unbeholfenen Sprüngen durch das Unterholz davon, dessen Stämme wie trockene Halme brachen. Der Saurier brüllte vor Schmerz, krachte mit dem Schädel gegen einen Baum und überschlug sich; zurück blieben der Moschusatem der Beute und der betäubende Geruch des Harzes.

Die Quelle war frei. Die Jäger füllten die Wasserflaschen, tranken dann das kalte Wasser, schließlich zogen sie sich aus und wuschen sich gründlich. Während sie sich von der Sonne und dem warmen Wind trocknen ließen, packte Nayar faustgroße Früchte aus, die im Feuer des letzten Nachtlagers gebacken worden waren. Er verteilte sie, während Tarask und Zaka aus dem Schenkel des Sauriers große Fleischbrocken herausschnitten und, in Blätter eingeschlagen, zur Quelle brachten. Eine beinlange Fackel schwelte, ihr Mark glühte. Die Sonne wanderte eine Handbreit am Himmel weiter, dem Abend zu, und die Jäger gingen zwischen niedrigem Farn davon, dem Endpunkt der heutigen Wegstrecke zu.

2

»Das Leben entwickelt sich offensichtlich - jenseits, abseits aller erfahrenen Verschlingungen evolutionärer Vorgänge -, nachdem ihm einmal gewisse Bahnen vorgeschrieben worden waren, elementar und logisch. Vorgänge, die man Zufall oder Mutation nennen könnte, sind keine Extravaganzen biologischer Art, sondern unverrückbare Bestandteile der Natur - überall im Universum beziehungsweise unserer Galaxis. Naturam non saltat; sie scheint nicht zu springen, nicht zu rechnen, aber durch das wunderbare instabile Gleichgewicht, das sie aufbaut, sind die Vorgänge ebenso exakt wie berechnete Faktoren oder Ergebnisse. Es ist gleich, ob Homo sapiens eine halbe Million Jahre früher oder später seinen Planeten zu ruinieren beginnt, aber es ist nicht gleich, ob er dies fünfzig Millionen Jahre früher tut, als man es aus der Erdgeschichte oder der anderer Welten zu wissen scheint. Stets wird der Mensch versuchen, seine Umwelt zu beherrschen und seinen Zwecken dienstbar zu machen. Es scheint der Natur wichtig zu sein, überlebenstüchtige Individuen einer neuen Entwicklung zu züchten, also führt sie die natürliche Zuchtwahl mit unbarmherziger Konsequenz durch. Überleben leicht gemacht? Offensichtlich nicht dort, wo W. Sicard landete.«

Aus: Slenirth/Seydenblum: Almanach ...; Kapitel: Zufälligkeiten oder das unerwartete Glück des Feldforschers.

Die Sonne sank hinter dem stumpfen Kegel des Feuerberges; morgen würde sie eine neue Teilstrecke der Großen Wanderung beleuchten. Tarask ließ anhalten, als noch rotes Dämmerlicht über der Umgebung lag. Die Jäger schwärmten aus, durchsuchten den Umkreis des Lagerplatzes, durchstöberten jeden Busch und drehten große Steine um. Während der Suche sammelten sie eßbare Früchte, und Nayar machte ein Lagerfeuer, noch ehe Teoti, der Nachtjäger, eine kleine Echse schoß. In der Mitte der Lichtung wuchsen die Flammen; die Sonne ging inmitten roter, schwarzer und blaugeäderter Wolken unter. An geschälten Ästen drehten sich die Fleischbrocken der Saurier, Fett tropfte in die Flammen, und wenn Tarask das Fleisch mit Salz bestreute, sprangen grüne Funken nach allen Seiten. In einer Lehmhülle brieten die Früchte in der

Glut; Flammen und Schatten machten aus den Körpern der Jäger und den Büschen geheimnisvolle Gestalten: Dämonen der beginnenden Nacht. Am Stamm einer Cordaitpflanze kletterte ein Tier mit riesigen Facettenaugen in die Höhe.

»Erzählst du uns ein Märchen, Ticom?« sagte Chime und zog die seidene Hängematte aus dem Rückenbeutel. Chupi trank einen Schluck, rülpste und verschloß den Wassersack. Er nahm die Waffen auf und setzte sich auf einen Stein, den Rücken am Cordaitstamm.

»Ja. Wartet noch.« Ticom nickte und blickte in die Sterne; er zögerte, ließ sich Zeit und schien eine neue, alte Legende zu ersinnen. Er wußte, daß kein anderer Jäger ihm im Erfinden neuer Abenteuer gleich kam; solcher Abenteuer, die Jäger zu bestehen hatten, die sich auf die Suche nach den Göttern dieser Welt aufgemacht hatten.

Auch diese Nacht webte er die Erzählung weiter:

»... Cuaro stieg auf den Berg, in dem die Flammen wohnen. Da sah er eine Lichtung zwischen roten Felsen, und hinter der Lichtung war ein riesiges Loch, aus dem die Götter aus der Tiefe der Welt kamen - so, wie es ihm seine Mutter oft erzählt hatte. Cuaro hielt den Bogen gespannt und schaute sich um. Da sah er, daß auf der Lichtung drei schwarze Zelte standen, und in der Mitte der Zelte war ein weißes Feuer, das keinen Rauch machte ...«

Seine Worte wurden leiser und eintöniger; ihr Klang beruhigte die Jäger, die trotz der geheimnisvollen Laute und der scharfen, harten Geräusche des Urwaldes langsam einschliefen. Zugleich mit den nachtlebenden Tieren schützte sie der undurchdringliche Wald. Nayar stieß im Schlaf einen langen Seufzer aus. Während Tarask den monotonen Worten Ticoms lauschte, lächelte er; nach Sonnenaufgang würden sie weiterwandern, dem fernen Ziel entgegen, dessen Entfernung fast unaufhaltsam von Tag zu Tag um ein paar tausend Schritte schrumpfte.

Schon vor der Morgenhelligkeit waren die Jäger an der Quelle, fünfhundert Schritt vom Nachtlager entfernt. Hängematten und Seidennetze wurden zusammengerollt, der Glutkrug gefüllt, die Reste des letzten Essens gegessen und das Feuer mit großer Sorgfalt gelöscht.

»Weiter, Freunde«, rief Tarask. »Wie immer: in bedächtiger Eile.«

Er hockte auf dem untersten Ast eines Baumes, beschattete die Augen mit der Hand und beobachtete die Baumkronen und die schlanken

Zweige der Cordait. Nachts war lautlos feine Asche aus dem Feuerberg gefallen und bedeckte als weiße Schicht ringsum die Blätter. Tarask prüfte den Streckenabschnitt, der vor seiner Gruppe lag. Der Wald war ruhig; weder die großen Saurier noch die kleinen, viel flinkeren, waren auf Nahrungssuche. Tarask kletterte hinunter und sagte unruhig:

»Der schwere Teil unseres Marsches fängt an. Denkt bei jedem Schritt zweimal an Gefahren!«

»Schaffen wir auch heute wieder achtzig Ardons?« Ticom knotete das Lederband des linken Stiefels. Tarasks Antwort klang grämlich:

»Kaum. Wir können froh sein, wenn wir sechzig schaffen.«

Totona starrte ihn unter gerunzelten Brauen an: Tarask fühlte lauernde Gefahren und fürchtete für seine Gruppe. Sie konnten sich zu jeder Stunde des Tages gegen einen einzelnen Saurier erfolgreich wehren, aber auf dieser Insel von unübersehbarer Größe waren die Echsen die Herren. Die Jäger würden in den kommenden Nächten wenig schlafen können; sie mußten wandern.

»Wie steht der Mond?«

»Er steigt.«

Auch in der letzten Nacht hatte seine Helligkeit die Sterne überstrahlt. Gut so: Die Jäger mußten nachts nicht in völliger Finsternis wandern. Heute würden sie das Tal zwischen den weißroten Felshängen der Länge nach durchwandern müssen; es hob sich und ging abermals in eine bizarre Landschaft aus Sand und Felsen über und fiel schroff zur riesigen Tiefebene ab. Die Jäger hatten auswendig gelernt, was die Ältesten ihnen geschildert hatten, und ständig mußten sie die Landschaft der Erzählungen mit derjenigen vergleichen, in die sie ihre Füße setzten.

»Du kennst die Schluchten und Schründe vielleicht besser als wir, Tarask.« Nayar spannte den Bogen und sah zum Waldrand. »Keine Frage. Du übernimmst die Spitze.«

Der Anführer nickte, musterte seine Männer und sagte leise: »Seid ihr alle bereit? Ja? Fertig? - Wir gehen los!« Die Jäger schulterten ihre Waffen. Wieder schwoll und stieg die Wolke des Feuerberges; Staub und Asche würden sich des Nachts niedersenken. Staub rieselte aus den Bäumen, wenn sich Flugechsen oder kleine Säugetiere bewegten und zwischen den Ästen herumsprangen.

»Weiter!« rief Tarask. Totona folgte ihm, dann kamen Zaca und Ticom, die Seitensicherung übernahmen Chime und Nayar, den Schluß bildeten die schnellsten Läufer Teoti und Chupi. Sie hatten ihre Bögen gespannt und je drei Pfeile in die Schäfte der Stiefel gesteckt. Die Gruppe brach auf.

3

Schon nach einem Viertelardon waren die Jäger mit weißer, nach Rauch und Schwefel riechender Asche bedeckt und schwitzten unter der brütenden Hitze des Morgens. Kein Wind war unter den Bäumen zu spüren. Stetig, ohne Pausen, ohne Aufenthalt und unter Anspannung aller ihrer Sinne wanderten die Jäger.

An diesem Tag hatten sie keinen Zusammenstoß mit den Erddrachen. Der Grund dafür wurde Totona und Tarask erst gegen Abend klar: Die Pflanzen! Totona blieb stehen und sog heftig Luft durch die Nase. Dann veranlaßte er durch einen kurzen Ruf die Gruppe, sich um ihn zu sammeln.

»Was ist los?« fragte Nayar leise.

»Riecht ihr nichts?« sagte Totona. Er blickte sich im letzten Sonnenlicht um, dann sah er, was er suchte. Er winkte Tarask, während die anderen ihnen vorsichtig folgten. Am Rand des Waldes, der hier, fast auf der höchsten Erhebung des weiten Tales, schlagartig aufhörte, lagen große, runde Flächen; seltsam von Pflanzen entleerte Bestandteile der Ebene; möglicherweise gefährlich.

»Thlonai!« flüsterte Nayar vor sich hin. »Und die Schmetterlinge.«

»Ja! Thlonai«, sagte Tarask schroff. »Wir kommen jetzt in die Zone, in der jeder falsche Schritt, jeder Augenblick, in dem einer von uns unaufmerksam ist, seinen und unseren Tod bedeuten kann. Darum werden wir wieder in einer Linie gehen, jeder in den Fußspuren des Vordermannes. Niemand weicht von dieser Linie ab. Die Thlonai können uns alle innerhalb kurzer Zeit in ein Skelett verwandeln. Heute gehen wir nicht mehr weiter!«

Sie suchten kurze Zeit, dann hatten sie zwischen den Thlonai und dem Waldrand einen geeigneten Platz für ihr Nachtlager gefunden. Mitten in der Nacht wachte Tarask auf. Er, dessen Sinne in dieser Gruppe für das Überleben sorgten, hatte die geringen Erschütterungen des Bodens wahrgenommen. Ein kämpfender Saurier, ein Drache, der von der matten Glut des Feuers angelockt worden war, oder ein Erdbeben? Tarask ließ sich aus der Matte fallen, griff nach seinem Schwert und lief einige Schritte bis außerhalb des Lagers. Dann sah er die Ursache der Geräusche:

Eine Thlonai, die mit einem Drachen kämpfte. Ihre zähen Ranken, die Verlängerungen der breiten, mit Dornen besetzten Blätter, hatten sich um den Körper eines Anatosaurus geschlungen und zogen ihn unaufhaltsam an sich. Ätzende Pflanzensäure, die der Thlonai den charakteristischen Geruch nach Gerbsäure gab, wartete darauf, das Fleisch der Echse aufzulösen und der Pflanze zuzuführen. Von den gelösten Stoffen lebten die Thlonai.

Das Licht des gelben Mondes lag über den Pflanzen und ließ die Schatten zu drohenden Tiefen werden. Das Gelb wurde durch den Schleier des Ascheregens gefiltert und erhielt dadurch einen unheimlichen Glanz. Unter diesem vagen Licht kämpfte der pflanzenfressende Saurier seinen letzten Kampf. Er wehrte sich verzweifelt.

Wie aus dem Boden geschossen war plötzlich ein Schatten neben Tarask. Der Anführer fuhr herum, duckte sich; in wildem Schwung sauste das lange Schwert durch die Luft. Das Zischen ließ Tarask innehalten - es war Teoti, der Nachtjäger.

»Ich bin durch die Geräusche des Kampfes wachgeworden und hab gesehen, daß deine Matte leer war. Ich suchte dich«, sagte er. Auch Teoti hatte sein Schwert in der Hand.

»Gut - aber gib nächstens das Zeichen ein paar Augenblicke früher. Ich hätte dich fast erschlagen.«

Tarask lächelte grimmig in der Finsternis. Die Klauen des Sauriers rissen Erde und kleine Felsen aus dem Boden und schleuderten sie in die Luft. Der Saurier wurde von einem zweiten Rankenzweig der Pflanze getroffen, der sich um seinen Kopf wickelte. Peitschend riß eine der zähen Lianen, eine andere schnellte heran. Immer schneller wurde die Echse herangezogen, immer näher kam der Körper, der sich in verzweifelten Zuckungen aufbäumte und schüttelte, dem Mittelteil der Pflanze, die sich nur nachts öffnete, in einer strahlend weißen, gelb überflammten Blüte, deren Anblick Schönheit mit Tod vereinigte.

In der Mitte der Blüte ragte ein roter Dorn hervor, der sich in wenigen Augenblicken in den Leib der Echse bohren und einen Strahl Gift ausspritzen würde, das wie der Zahn der Gelbschlange auf der Stelle tötete. Zitternd schob sich der Stachel aus der Blüte.

Nach knirschendem Kampf hatten es die Ranken fertiggebracht, den Saurier so zu fesseln, daß er sich nicht mehr bewegen konnte. Die Thlonai begann sich zusammenzuziehen. Der Saurier wurde herangezerrt, die breiten Blätter rollten ihn auf das Herz der Pflanze zu. Die Jäger sahen atemlos zu, wie die Pflanze ihr mörderisches Werk vollendete. Endlich kippte die Echse mit einem letzten Schwung in die Blüte. Die weich federnden Blätter bogen sich nieder, der Stachel bohrte sich in den Schenkel des Drachen. Mit kurzem Zittern starb der gepanzerte Saurier.

»Verstehst du jetzt die Warnungen unserer Väter, als sie uns von den Thlonai erzählten, Teoti?« sagte Tarask.

»Schon längst. Wehe uns, wenn wir ungeschützt in den Bereich dieser Lianen kommen! Wir sind verloren.«

Teoti stieß sein Schwert in die Scheide zurück und drehte sich von der zusammengekugelten Pflanze weg.

»Und wir werden noch lange nachts wandern müssen - das ist das Schlechte daran.« Tarasks Stimme warnte sorgenvoll.

»Du wirst uns gut führen müssen, Tarask«, sagte Teoti leise. Er wußte, welche Verantwortung sein Freund trug.

»Ich weiß!« Tarask ging langsam zum Lager zurück, ließ sich in die Matte gleiten und war bald eingeschlafen. Der Instinkt, angesammelt in Generationen von Jägern, ließ ihn rascher einschlafen, als er wollte. Er wußte, daß er viel Schlaf brauchte; seine Natur verlangte danach. Bald würden noch größere Gefahren als Thlonai und Saurier der Gruppe gegenüberstehen - Gefahren aus der Luft. Die Schmetterlinge! Alle wußten davon, niemand aber sprach es aus.

Feuer war das einzige Mittel, mit den Lianen fertigzuwerden. Die Jäger hatten acht Nächte lang Fackeln aus trockenem Holz mit einer Füllung weichen Harzes getragen. Die Lichter hatten zwar keine Saurier angelockt, aber Teoti und Nayar, die auch nachts gut schossen, hatten andere Tiere abgewehrt. Jede Thlonai, die ihre Lianen nach den Jägern schleuderte, wurde vom brennenden Harz aus Pflanzenrohren abgeschreckt und ließ die Jäger passieren.

Dann lag der Pflanzengürtel hinter ihnen - der Fels, mit windverschliffenen Blütencordaitbäumen bestanden, stieg an bis an den Rand der riesigen Ebene. Die Blüten der Cordaiten rochen gut, aber sie würden die nächste Gefahr anlocken - die Geister der Nachtluft.

Tarask hatte die Jäger bisher sicher geführt. Sie waren nur von kleinen Drachen angegriffen worden; dennoch waren große Umwege um Tümpel und Lichtungen, in denen die Drachen lebten, notwendig geworden. So kam es, daß die Jäger in neun Tagen und acht Nächten nicht mehr als fünfhundert Ardons schafften: trotzdem eine gute Strekke. Sie befanden sich nicht mehr weit vom Mittelpunkt der Insel entfernt.

»Wie viele Tage trennen uns noch von den Schwärmen der Nachtgeister?«

Nayar stand neben Tarask und überlegte, was er dem Anführer antworten sollte. Nachdem er den Stand des Mondes mit der Erinnerung an die vergangenen Tage und Zeiten verglichen, die Unterschiede zwischen Kälte und Wärme und seine Erfahrung bedacht hatte, sagte er leise:

»Ich schätze, daß wir innerhalb von zwanzig Tagen mit ihnen rechnen müssen. Wir sind dann wahrscheinlich an den Flanken der jenseitigen Gebirge, aber auf keinen Fall weiter. Sie werden uns mitten zwischen den Saurierherden überraschen.«

»Hmm - zwanzig Tage«. Tarask überlegte. Sie hatten bisher noch keinen einzigen früchtetragenden Cordaitbaum gesehen, aber sie brauchten die Früchte dringend, um die Nachtgeister überleben zu können. Zwar waren sie alle in bester körperlicher Verfassung, denn viel Wasser, gutes Fleisch und viele Früchte, keine Gewaltmärsche - das alles trug dazu bei, den allgemeinen Zustand als auch die Stimmung zu verbessern. Die Gestalten der Jäger wanderten unaufhaltsam weiter, sammelten Wurzeln der Siegelsträucher, die nichts anderes darstellten als Heilmittel, die selbst hier zu finden waren. In Wasser aufgeweichte Scheiben der Wurzeln, die man trocknen und mitnehmen konnte, verhinderten das Entzünden von Stichen, Schrammen und Wunden, verhüteten Fieber und Narben. Die Wirkung war fast verwunderlich gut, wenn die Scheiben rechtzeitig aufgelegt wurden. Der Sud, über dem Lagerfeuer gekocht, war ein Mittel gegen Vergiftungen jeder Art; war die Wunde ausgesogen und ausgebrannt, half er als Trunk und ziehende Salbe auch gegen den Biß der Gelbschlange.

Erfahrungen von Generationen Neophyten, die den Planeten vor ihnen umrundet hatten, halfen den Jägern weiter. Sie bewahrten die pfahlförmigen Wurzeln auf, nachdem sie auf den Spitzen der Bögen in der Sonnenhitze getrocknet und geschrumpft waren; alle diese Arbeiten hielten sie nicht in ihrem Wandern auf. Noch immer fanden sie keine Frucht des Cordaitbaumes - keine Hilfe gegen die Nachtgeister.

Über ihnen schwebten und flatterten tagsüber Pteranodonten, die ersten Saurierherden kamen in Sichtweite, der nächtliche Regen wurde kräftiger; weniger Wald war um sie herum. Jetzt begannen die Vorbereitungen auf den großen Aufstieg vor der Riesenebene. Moortümpel und Grasflächen wurden sichtbar, als die acht höher kletterten. Wind kam auf und strich ihnen den Schweiß der Sonnenhitze von den Körpern. Das Wasser wurde knapp.

Mitten in einer Geröllhalde hielt Tarask an und deutete aufgeregt nach vorn. Hinter einem Felsblock erhob sich der kahle Schaft einer spitzen Pflanze, die mehr als zehn Mannesgrößen hoch war.

»Cordaitbaum - mit Früchten, sehr gut! Eine Sorge weniger«, sagte Tarask zu Totona, der hinter ihm ging. »Jetzt können wir auch den Nachtgeistern beruhigt entgegensehen.«

»Du hast recht«, antwortete der Jäger. »Eine kleine Sorge weniger.«

Sie legten den halben Ardon bis zu dem Baum zurück. Als sie die Cordait, die verblüht war und Früchte trug, erreicht hatten, sahen sie, daß hinter ihr noch andere standen, und rochen auch das Aroma der kleinen, fleischigen Früchte.

Zaca, Chime und Ticom legten ihre Waffen ab und kletterten auf den Baum. Kurz nachher fielen wie dichter Regen die Früchte herunter und wurden eingesammelt. Die Gruppe konnte nicht genug Vorräte der Früchte haben, wenn die Geister zu schwärmen begannen.

Die Nachtgeister, die von niedrigen Schuppenbäumen Blütenstaub sammelten, um sich davon zu ernähren, ließen Spuren dieses betäubenden Stoffes fallen - jedes Lebewesen, auch die Jäger, wurde davon bewußtlos und zur leichten Beute der Geister. Kein Tod auf Machaon war so gräßlich wie der, von den Nachtschwärmern als lebender Leichnam, als Fraß für ihre Eier zu dienen. Man verfaulte bei lebendigem Leibe und bei wachem Verstande, wenn erst die Wirkung des Narkotikums nachgelassen hatte.

Nie würde Tarask die Schreie vergessen, die ihn ein Ardon lang durch den Wald gehetzt hatten. Als er den Neophyten fand - es war auf der Insel der Raupen - sah er, daß jede Hilfe zu spät kam. Der junge Jäger trug schon die Spuren des Todes. Tarask hatte lindern, aber nicht helfen können.

Endlich war die Cordait leer. Schwer atmend sprangen die Jäger von den untersten Ästen.

»Ich schlage vor, Tarask, wir machen für heute Schluß. Ich habe von oben«, die Hand Ticoms wies nach links, hinter eine Felsnadel aus Kreide, »einen kleinen See gesehen. Am Ufer wachsen Pfeilgräser. Mein Köcher ist fast leer.«

»Richtig«, warf Nayar ein. »Wir brauchen neue Pfeile. Die meisten sind verschossen oder brüchig. Ich habe unterwegs viele Dornen und Harz gesammelt.«

»Einen Tag lang Pfeile machen - das kostet uns kaum eine lange Wegstrecke, aber wir haben neue Pfeile. Ich bin auch dafür«, rief Totona, der seine Waffen aufnahm und in seinen Köcher sah.

»Gut.« Tarask entschied. »Wir bleiben. Morgen werden neue Pfeile gemacht.«

Es herrschte der grelle Sonnenschein des frühen Nachmittags. Jetzt waren die Jäger in der Zone der bewachsenen Felsen; die letzte Landschaftsveränderung vor der Ebene, die den Mittelpunkt der Insel ausfüllte. Weit unter ihnen, hinter der Linie des langen Abhanges, den sie heraufgekommen waren, weideten Saurier. Die Jäger richteten an dem kleinen See, der klar und ruhig zwischen den kantigen Felsen lag, ihr Lager. Während die halbe Gruppe die Matten ausspannte, für das Feuer Holz und Harz herbeitrug und die Umgebung nach Spuren oder Schlangen durchsuchte, schnitten die anderen die hochaufgeschossenen Gräser. Sie schleppten viele Armvoll der zukünftigen Pfeilschäfte heran, schossen während ihrer Arbeit kleine Säugetiere und badeten im kalten Wasser des Sees.

Der Abend brach herein. Lange, bevor der Mond hinter den Felsschroffen hochglitt, entzündeten sich im rußschwarzen Firmament die Lichter der Ahnen - Lagerfeuer, an denen die gestorbenen und im Kampfe gefallenen Jäger saßen und sich Geschichten erzählten; das waren die weißen Lichter am schwarzen Himmel.

4

Nachdem die Köcher gefüllt, die Jäger ausgeruht und ausgeschlafen waren, konnte die Wanderung fortgesetzt werden. Sieben Tage lang zog die kleine Karawane durch Geröll und angewehte Sandflächen des Mittelgebirges, dann war sie am Rande des steilen Felsens. Unter ihnen lag die unermeßliche Weite der Ebene. Die Jäger standen staunend; unmittelbar vor ihnen ging es dreihundert Mannslängen senkrecht in die Tiefe. Es schien, als wäre diese Ebene vor grauen Urzeiten ein Meer gewesen und diese Felsen die Steilufer. Unter den Jägern wogte die Steppe, durchbrochen von Waldstücken, Flußläufen und Moorseen. Winzig, wie kleine Käfer, bewegten sich Herden von Sauriern dazwischen; grau, braun und unscheinbar. Die Herden mußten Hunderte von Drachen zählen, alte und junge. Tarask blickte schweigend hinunter.

»Diese Entfernung« - er konnte den jenseitigen Rand nicht sehen, sondern nur hinter dem Dunst ahnen - »müssen wir noch durchwandern. Dann trennen uns ein Meeresarm, eine andere kleine Insel und wieder ein Stück des Meeres von der Siedlung.«

»Wie sollen wir das schaffen?« fragte Nayar schaudernd, voller Zweifel. Tarask legte dem Jungen die Hand auf die Schulter.

»Wir werden es so schaffen, wie wir es bisher geschafft haben; wandern und aufpassen, jagen und schlafen wie bisher. Eines Tages - dann sind wir Männer geworden.«

»Ja, eines Tages.« Nayar schien es nicht glauben zu können.

»Wahnsinn«, flüsterte neben ihnen Totona. Er war neben Tarask der stärkste Jäger und starrte gebannt auf die unfaßbare Weite zu seinen Füßen. Mitten über der Ebene entstand eine weiße Wolke und zog ihnen entgegen.

»Heute nacht wird es regnen«, murmelte er.

»...die Blüten der Cordaiten dort unten werden aufbrechen, die verfluchten Schwärmer werden kommen - die große Gefahr beginnt.«

Der Abstieg war nicht so gefährlich, wie die Jäger befürchtet hatten. Ein Ardon nach links fiel der senkrechte Abhang in einer allmählich schräger werdenden Platte ab, mündete von dort auf einen großen Tafelberg und glitt in die Ebene hinunter. Neben der Stelle, an der der Abhang in die Steppe überging, entsprang aus einer unterirdischen Höhle ein Fluß, der im Westen, unter der Scheibe der Abendsonne, ins Südmeer mündete. Die Jäger schafften am ersten Tage die Strecke bis auf das darunterliegende Land, das sich als eine ebene Fläche entpuppte, die dicht mit verschiedenen Bäumen und Pflanzen bestanden war. Hier wucherten runde Thlonai mit gezackten Blättern; eine ungefährliche, kleinere Form, die keinen Giftstachel hatte.

Der Schein des kleingehaltenen Lagerfeuers flackerte auf. Inmitten farbensprühenden, von wandernden Lichtbalken durchbrochenen Wolken sank die Sonne hinter die Berge. Plötzlich... Nayar sprang auf und wies gegen die tiefrote Dämmerungssonne. Er schrie: »Die Schwärmer!«

Sofort war Totona auf den Beinen, neben ihm sprang Tarask hoch. Was sie sahen, erfüllte sie mit Schrecken. Wie der gewundene Stamm eines Staubsturms, wie hungrige Finger, die vom Land unter ihnen Besitz ergreifen wollten, langte eine schwarze Hand nach der Ebene. Ein ungeheurer Schwarm schwarzer Nachtdämonen, die ihren tödlichen Flug angetreten hatten. Jetzt waren sie nach dem langen Weg über das Nordmeer auf der Insel der Saurier angelangt.

Ein breites Band, das vor der Sonne aus dem Horizont herauszuwachsen schien, spaltete sich in fünf Züge, die sich auflösten. Kleinere Schwärme fielen aus der unübersehbar großen Masse heraus und dem Boden entgegen. Von unten, aus der grauen Ebene, über die dunklere Schatten huschten, klang das ängstliche Gebrüll einer Saurierherde. Totona fühlte, wie ihm ein kaltes Gefühl über den Rücken glitt.

»Sie sind da«, stöhnte einer der Männer. »So unzählbar viele! Ich habe den Alten nie glauben können, daß sie so zahlreich werden.«

»Noch vier Stunden, und sie sind über uns. Hier wachsen besonders viele Cordaits. Kannst du dir vorstellen, welchen Kampf wir gegen die Raupen werden führen müssen?«

»Diesen Kampf verlieren wir. Das ist das Ende unserer Inseln!«

Mit einigen Schritten, noch während er redete, war Tarask beim Feuer und löschte es mit Wasser aus zusammengefalteten Blättern. Nayar stieß hervor:

»Wohin? Wir entkommen ihnen nicht!« Er hob die Schultern. »Ich weiß etwas!«

»Was weißt du?« Totona beobachtete wachsam den Himmel. Hastig und laut teilte Nayar mit, was ihm ein alter Jäger vor drei Jahren erzählt hatte.